二 見 文 庫

誘発

キャサリン・コールター／林　啓恵＝訳

Nemesis
by
Catherine Coulter

Japanese translation rights arranged with
Trident Media Group, LLC
through Japan UNI Agency, Inc., Tokyo

わたしのすてきな伴侶は、
いつも変わらずわたしの本に情熱を傾けてくれています。
感謝とともに、この特別な一冊をあなたに捧げます。

――キャサリン

ＦＢＩ広報部のアンジェラ・ベルへ。あなたのおかげで道を踏み外さずにすみました。ありがとう。早く飲みにいかなきゃね。

トライデント・メディア・グループにおけるＳＭの権威者、ニコール・ロビンソン、エミリー・ロス、ブリアンナ・ウィーバーへ。ソーシャルメディアで『激情』を熱心に宣伝してくれて、（ええ、ＳＭはソーシャルメディアの略よ）感謝しています。こんどはこの本をどう宣伝してくれるか、いまから楽しみよ。

そして最後はやっぱりカレン・エバンスへ。つねに味方としてわたしから離れず、なんでも引き受けてくれるあなたは、わたしの守護天使です。いつもありがとう、カレン。

眠れば夢を見る……
死の眠りのなかで、どんな夢を見ることやら

ハムレット

誘発

登 場 人 物 紹 介

レーシー・シャーロック	FBI特別捜査官
ディロン・サビッチ	FBI特別捜査官。シャーロックの夫
ケリー・ジュスティ	FBIの管理官
グリフィン・ハマースミス	FBI特別捜査官。サビッチの相棒
ジョージ・"スパーキー"・キャロル	ケータリング会社の二代目社長
ウォルター・ギブンス	自動車修理工
ブレーキー・オールコット	トラック運転手
リガート・オールコット	ブレーキーの兄
ルイザ・オールコット	ブレーキーの祖母
ナシム・アラーク・コンクリン	ジャーナリスト
サミール・バサラ	経済学の教授

1

ジョン・F・ケネディ空港
ニューヨーク市
五月半ばの水曜日の午後

空港でセキュリティチェックを待つ人の列は、遅々として進まなかった。六十人近い乗客がストリップダンスのように身をくねらせながら、我慢大会を繰り広げている。今日のシャーロックはグロックを携帯していないので、大量の書類に記入を求められないのが、せめてもの救いだ。近々はじまる殺人事件の裁判に備えて開かれた主任連邦判事からの聴取は、延々六時間半におよんだ。もしシャーロックが席を立って、飛行機の時間があるのでと言わなければ、さらに長引いていただろう。いまはうちに帰り着いて、ショーンとフットボールを投げあうのが待ち遠しい。それには、飛行機がまともな時間に飛び立ってくれなければならないが。早くディロンが淹《い》れてくれる極上のコーヒーが飲みたい。そして、彼の歌声を聴きながら、シャワーで背中を洗ってもらいたい。

仕事柄、つい周囲の人たちの表情や目つき、服装、ボディランゲージを観察してしまう。なにを考え、どうするつもりで、どこへ行こうとしているのか。自宅か、職場か、恋人との逢瀬《おうせ》か？　確実なのは、ここにいる人たちみんなが飛行機の遅延やキャンセルがないのを望んでいることだ。シャーロックのまえの女性がため息をついた。

「早く帰って、バスタブでミッキー・スタージスの痕跡を洗い流したいわ」

シャーロックは笑顔で尋ねた。「ミッキーとお楽しみだったの？」

「火星送りにしたほうがいいゲス野郎のために、宣誓証言をしてきたのよ」

シャーロックは笑った。「あなた、弁護士なの？」

「ええ。でも、そのゲス野郎のじゃなくて、そいつの弁護士に頼まれたの。この借りはちゃんと返してもらわないと」彼女は手を突きだした。「メリッサ・ハークネスよ」

シャーロックは彼女の手を握った。「レーシー・シャーロック。わたしも身を清めなきゃいけないかも」

「あら、あなたも弁護士？」

「それが、連邦捜査局《FBI》なの」メリッサ・ハークネスは三十代後半、木星の衛星かと思うほど大きな黒いトートバッグを抱えていた。憔悴《しょうすい》しつつも、目には知性と好奇心の輝きがある。

シャーロックという名前に彼女が大笑いしたのをきっかけに、シャーロックの父親が連邦判事であることや、シャーロックがＦＢＩの捜査官であることを話しながら、ふたりがならぶ列は背の高いスツールに腰かけて航空券と身分証明書をチェックする運輸保安局《TSA》の検査員に向かってじわりじわりと進んでいった。

シャーロックはメリッサのふたりまえにいる長身の男に目を留めた。なぜかその場に立ちつくして、うしろの男からまえへ詰めろとうながされている。誰もが先を急ぐ空港の保安検査場ではついぞ見かけたことがない光景だ。黒っぽい髪に、細めの体。だが、なにより目を引くのは、男の顔の下半分の白さだった。今朝ヒゲをそり落としたばかりのような白さ。表情こそ落ち着いているものの、黒のローファーを脱ぎ、トレイに置く手が震えているのをシャーロックは見逃さなかった。おかしい。男がジャケットを脱ぎ、ベルトに手をかける。すると、男は不意に振り向いて、背後のふたりを押しのけ、メリッサの首に腕をかけた。そして、ブリーフケースからなにかを取りだした。手榴弾《しゅりゅうだん》。それを振りまわしながら、メリッサを引きずって後ずさりする。異変に気づいた周囲の人たちが悲鳴や叫び声をあげた。みな、男の頭上に掲げられた手榴弾から目が離せない。男の指はリングにかかっている。男が声を張りあげた。その声は手と同様に、激しく震えていた。「ああ、そうだ、手榴弾だ！」ＴＳＡの職員たちに向かってどなった。職員のなかには、無線機に話しかけつつ、男への接近を試みている者もいる。「動くな！　せっかくのＸ線が形無しだな。ぼくみたいに肌が白くなくても！」横から近づいていた長身の黒人職員に向かって、手榴弾を突きだす。「それに、黒くなくても！　いいから、全員、下がってろ。さもないとこの女の命がないぞ。おまえらもろとも、ぶっ飛ばしてやる」男はコンクリート製の柱が背中にあたると、立ち止まった。

ＴＳＡの女性職員が声をあげた。声がかすかに震えている。「手榴弾を置いて。あなたの望みを聞かせて」

男は高笑いした。「おまえらのやり口は承知してる。たとえこの手榴弾がなくたって、おまえらはぼくを犯罪者扱いして、小さな部屋で服を脱がせてたろう。中東出身者らしい顔つきの男がおまえらの標的だからな。法律違反とばかりに、疑ってかかる」興奮して声が甲高くなっている。イギリス風の歯切れのいい口調の奥にフランス風のアクセントがあり、さらにアラビア語かペルシア語らしき響きが混じっている。「そうだ、ぼくの肌が浅黒くて、ヒゲがあるのを理由に」ヒゲをそり落としたのを忘れているの？　「少しでも近づいたら、この場で全員、即死だぞ！」と言って、男はメリッサの首を締めあげた。その腕を引きはがそうともがくメリッサの顔からは、血の気が引いていた。

男が話をするあいだにも、その側面からTSAの職員たちが少しずつ近づいている。ほどなくこうした騒動に対処すべく、万全の訓練を積んだ空港警備員が到着する。シャーロックにもそれはわかっていた。だがいまはまだおらず、自分は現場に居合わせ、間近から男の目を見ている。男の腕はメリッサの首にかけられ、指は手榴弾のリングにかかり、ひとたびリングを引けば、自分をふくむ多数の死傷者が出る。シャーロックの心臓は早鐘を打ち、口内はカラカラだった。つかの間の静けさが広がり、聞こえるのは荒くて速い男の呼吸の音だけになった。シャーロックは淡々とした穏やかな口調で男に話しかけた。「それで、あなたはなにが望みなの？」

男はシャーロックの顔を見ると、さらにメリッサを引き寄せ、手榴弾を近づけた。

「誰がしゃべっていいと言った、ばか女？　おとなしく下がって、黙ってろ！」

「最初からこういう計画だったのよね？　X線にかけられたら手榴弾が見つかるのは自明だもの。でも、理由がわからない。なにが望み？　もし無罪放免にしてもらえるとしたら、どうする？」シャーロックは手榴弾のリングがどうなっているか確認したい衝動を抑えて、男の顔から目を離さないようにした。

男がわめき散らす。「黙らないと、まずおまえを殺《や》るぞ！　おまえら職員もだ、動くな！　あと一歩でも近づいたら、おまえらの足元に手榴弾を投げてやる！」

TSAの職員たちの足が止まる。彼らの目は男からシャーロック、そして最後は男の震える手に握られた手榴弾に向けられた。男の指示どおり、乗客たちは石のように動かず、息すら殺して、祈りながら推移を見守っている。そしてシャーロックは、遠くに複数の人の声を聞いた。遠ざかっているのか、物見高く近づいてくるのか、わからない。いずれにしろ、いい兆候ではない。TSAの職員がふたたび接近している。男は職員たちの動きを目で追おうと、四方八方に視線を向けた。細めた目。顔に浮かぶ玉の汗。この男の狙いはなに？　男から放たれる恐怖と怒り。男はまだリングを引いていない。なぜなの？　土壇場になって二の足を踏んでいるの？　それともまだ声明を出していないから？　男の顔を見れば、なるべく大勢の人を道連れにすべく腹をくくっているのがわかる。実際、靴を脱いでトレイに置いたときは、そのつもりだったのだろう。死ぬ気ならば、靴など、どうでもいい。

シャーロックはメリッサの目を見た。怯《おび》えながらも、気丈にもできることをしたいと思っているのがわかる。シャーロックは彼女に話しかけた。「あなたのお名前は？」

不意を衝《つ》かれた男は、一瞬、メリッサを抱える腕の力をゆるめた。メリッサは息を吸いこんだ。「メリッサ・ハークネス」

　男はシャーロックを見ている。これでいい。シャーロックは男に尋ねた。「あなたはなんというの？」

「関係ないだろ！」男は手榴弾を高く掲げ、唇を舐《な》めて、メリッサの首を引きなおした。

「メリッサを放してあげたらどうなの？　彼女に恨みがあるわけじゃないんでしょう？　なんなら、わたしがあなたの奥さんに電話するから、奥さんや子どもさんと話してみたら？」

「偉そうなことを言うな！　ぼくのすばらしい妻のなにがわかる？　おまえには口にもされたくない」その間も、男は職員を追いやるべく手榴弾を振りまわしていた。

　またもや首の絞まりだしたメリッサが、男の腕を引きはがそうともがいた。

　シャーロックは急いだ。「あなたの奥さんは、あなたが今日、罪のないたくさんの人を道連れにして死ぬつもりなのを知ってるの？　あなたがなにをしてるか、知らないんでしょう？　いま、奥さんはどこ？」じりっと近づく職員たちが視界の隅に入り、恐怖のにおいが鼻を突く。あたり一帯の人たち全員　とりわけ当の男――から、生々しい腐敗物のにおいがする。男もメリッサに負けず劣らず怖がっている。もうやめさせなければ。

「妻のことは言うなと言ってるだろう。ぼくはイギリス国民だ。いいように手玉に取られる哀れなパキスタン人やイラク人じゃないんだぞ」男が不気味な笑い声をあげた。その冷ややかな声の奥には、彼を彼たらしめているなにか、追いつめられた虚勢といったものが横たわっている。この男は死ぬしかないのだと自分に言い聞かせている。「ぼくが生まれたのはロンドン。ロンドニスタンとあざ笑われる、あの退廃的な街だ。ぼくたちの戦いは、アッラーの御名《みな》のもと、世界じゅうを支配できるまで続く」

そんなことをどこの愚か者に教わったの？　教わった言葉をくり返しているようにしか聞こえない。なぜか？

シャーロックは言った。「あなたはそう言うけど、わたしにはあなたが死にたがってるように思えないの。あなたが手榴弾を投げれば、そうなるわけだけど。あなたは死んで、家族には永遠に会えなくなる。一瞬にして、この世から消えたいの？」

2

男の顔が汗まみれになり、手が激しく震えはじめた。手榴弾のリングを持っていられるのが不思議なほどだった。男は歯をむきだしにした。「黙れ」

シャーロックはほほ笑んだ。

「あなたがその手榴弾を投げたが最後、警備員が銃弾を放ってあなたは穴だらけになる。顔も容赦なくやられるから、奥さんにも見分けがつかないわね。でも、その穴の開いた靴下でわかるかもしれない」

男が足元を見るや、シャーロックは男に突進した。「メリッサ、伏せて!」

メリッサが前方に身を投げだし、引っ張られた男はバランスを崩して、手榴弾のリングにかけていた指がすっぽ抜けた。シャーロックはすかさず二歩まえに出て片足に体重をかけると、男の右手首を蹴りあげた。骨が折れる音。悲鳴とともに、男は手榴弾を取り落とした。その場に居合わせた全員が凍りつき、手榴弾が大きな音とともに床に落ちて、転がるのを見ていた。そして、蜂の巣をつついたような騒ぎになった。みな口々に悲鳴をあげ、手榴弾から少しでも離れようと、周囲の人を押しのけて走りだした。なかには転ぶ人もいる。それを圧するように、職員がいっせいに声を張りあげた。

「みんな、伏せて！　伏せてください！」

男は蹴られた手首を握ってシャーロックを罵《ののし》りながらも、手榴弾を拾おうとしている。あとを追ったシャーロックが、男の肝臓を蹴りあげた。どっと息を吐きだした男は四つん這《ば》いになり、痛みにうめきながらも、保安検査場のカウンターの下に転がっている手榴弾を拾おうと這いだした。男の間近にいたシャーロックは、職員の誰かがとっさに発砲しないことを祈った。

シャーロックは男に向かって叫んだ。「やめなさい！」

男は振り返って、恐怖と絶望感に濁った瞳をシャーロックに向けるや、悪態とともに体を投じて、傷ついていないほうの腕を手榴弾に伸ばした。シャーロックは男の頭を蹴った。男がまえに倒れて、手榴弾から手が遠ざかる。それでもなお男は手を伸ばし、手榴弾からリングを引き抜いた。さいわい安全レバーはまだはまっているが、いつまでもつかは神のみぞ知るだ。

一同、その場に釘《くぎ》付けになり、恐怖の面持ちで手榴弾を凝視した。

一秒、二秒、三秒。苦悶《くもん》のうちに時が刻まれる――なにも起きない。

手錠を持っていないシャーロックは、男の背中の中央を踏みつけた。「いいから、動かないで。じっとしていれば手榴弾が爆発しないで、あなたも死なずにすむかもしれない」

男は肩で息をしながら、聞き取り不明の言葉をぶつぶつとつぶやいている。アッラーに祈っているの？　男はぎゅっと目を閉じて、片方の手を蹴られた頭に置いていた。もはや動いてはいない。上向きになったもう一方の手が、手榴弾から少し離れたところにあった。

すすり泣く男の口から、つぶやきが漏れる。「おまえのせいで台無しだ。おまえのせいで、みんな死んでしまう」シャーロックは顔を近づけ、男のつぶやきに耳を傾けた。「ベラ、ベラ」女性の名前。奥さんなの？

「ベラって？」

だが男はシャーロックを見ようとしなかった。自分自身といま起きていること以外は意識の外にあるようだ。

シャーロックは周囲の声が大きくなるのを意識しつつ、無視していた。そのとき、拳銃を手にした警備員を左右に従えて、ひとりの男が近づいてきた。シャーロックには責任者《ビッグドッグ》を見分ける能力があった。どこにいてもすぐにわかる。ＪＦＫ空港の警備責任者にちがいない。屈強にして長身。すっと伸びた背筋。短く刈りあげた白い髪。元軍人。うずくまる乗客たちに向かって声を張りあげた。「みなさん、あわてずに。いまから警備員の先導で、ここを離れてもらいます。そうです、ゆっくりです。全員離れて！」

シャーロックが足を持ちあげて男から離れると、半ダースほどの警備員が男に取りついた。男をつかみあげて、引きずっていく。

ビッグドッグの指示が飛ぶ。「よし、全員、コンクリートの柱の背後に下がれ！」

男性はシャーロックを引き連れつつ、部下たちを手榴弾から離れさせた。

立派な口ヒゲをたくわえた男性が駆け寄ってきて、名乗った。「爆発物処理班のプリチェットだ。手榴弾か？　リングが引き抜かれてるのか？」

シャーロックは答えた。「ええ、引き抜かれて四分ほどになるわ。でも安全レバーがはまったままなの」

「なるほど。これぞ不幸中のさいわい。欠陥品かもしれないが、用心するに越したことはない。アルポート、警備員たちをもう何メートルか遠ざけてくれ」

プリチェットは続いて無線機に話しかけた。「手榴弾。四分まえにリングが抜かれ、安全レバーがはまったまま。欠陥品の可能性もあるが、万全の体制で挑む。フラッグバッグじゃなくて、PTCVを持ってこい」

シャーロックは尋ねた。「PTCVというのは？」

「ポータブル・トータル・コンテインメント・ベッセル。移動式の格納容器だ」

それから数分後、シャーロックはほかの人たちとともに、宇宙人のような緑色のごつい防護服をまとった爆発物処理班のふたりが手榴弾に近づくのを見守っていた。片方は車輪のついた大きな白い筒状の物体を押している。高さと幅がともに一メートル以上あり、正面の中央が開いていた。

爆発物処理班のふたりは手榴弾に目を凝らしたのち、プリチェットからの指示を待って、長いマジックハンドを使った。そっと手榴弾を持ちあげて白い格納容器におさめ、開口部を閉めて、筒を回転させる。あたりに安堵《あんど》のため息が広がった。

プリチェットがビッグドッグに言った。「惜しいところでチャンスを逃したな、アルポート。特別ミサを開いてもらえるとこだった」

シャーロックとビッグドッグは、格納容器を押す防護服姿のふたりを追って非常口に向かうプリチェットを見送った。警備員たちは遠ざかっている。非常口まであと五メートルと迫ったとき、くぐもった爆発音がした。格納容器は震動しつつも、爆発の拡散を食いとめた。

　誰ひとり動かない。プリチェットが大声で言った。「安全レバーが落ちたんだろう。結局、欠陥品じゃなかったわけだ。危機一髪、ニュースになるぞ」

　アルポートは大きなため息とともに、十字を切った。

　シャーロックには彼がまだ体をこわばらせているのがわかった。腕にも背中にも緊張が残っている。それでも、彼は笑顔でシャーロックを見て、シャーロックも彼を見た。「ビッグドッグの活躍が見られて、嬉《うれ》しいわ」

「ビッグドッグ？」

　シャーロックは彼の二の腕に手を置いた。「ええ、わたしにはあなたのようなタイプを嗅ぎつける臭覚があるの。わたしの夫もビッグドッグなの――あなたも珍しい犬種よ。でも、はっきり言って、かなり近いけど」シャーロックは手を突きだした。「FBIのシャーロック特別捜査官よ」

　彼が手を握る。「ガイ・アルポートだ。神経に悪いこの動物園で警備の責任者を仰せつかってる。会えて嬉しいよ。部下からは、犯人に真っ向から立ち向かって、蹴り倒したいかれ女がいると報告があった」

いかれ女とは、よくぞ言ってくれたものだ。シャーロックは黙ってほほ笑み、アルポートが部下たちに囲まれると、彼から目をそむけて二度とこんな試練が与えられないことを祈った。そしてメリッサ・ハークネスを探した。彼女はドアの外で警備員や空港の職員や通行人に囲まれていた。背後のスピーカーから警報が鳴り響き、声が流れてきた。「全員、もよりの出口からターミナルを出てください。つぎに知らせがあるまで、ターミナルを閉鎖します」

まさかの展開。これではいつ自宅に帰り着けるか、わかったものではない。今世紀は無理だったりして。警備員たちが道を空けてくれたので、シャーロックはメリッサの肩に触れた。「最高だったわ、メリッサ。あなたがあの男を引き倒してくれたおかげで、窮地を脱することができたのよ」

メリッサ・ハークネスはシャーロックを抱き寄せた。

「ありがとう。さすがの元夫も、あなたには感謝すると思う」再度シャーロックを抱きしめ、耳元にささやいた。「とんでもないクズだけど、あなたに花を贈るかも。なんだかんだ言っても、わたしは彼の金の卵だもの」メリッサがにやりとする。「低糖質ダイエットをしてたんだけど、続ける気が失《う》せちゃったわ。今日はこの重さのおかげで、助かったんだものね」

「あなたは完璧よ。そのままでいて」シャーロックは深々と息を吸った。「わたしたちみんな、命拾いをしたわね」黒いスーツ姿の捜査官から呼ばれて、シャーロックは振り返った。メリッサに言った。「残念ながら、しばらく入浴はお預けみたいね。お楽しみのはじまりよ」

3

FBIニューヨーク支局の捜査官たちがTSAの検査員と空港警備員からテロリストの引き渡しを受けているそのかたわらで、国土安全保障省の職員とニューヨーク市警察の警官たちは、野次馬を排除しつつ、目撃者たちをいくつかの会議室に導いていた。あらゆる捜査機関が一堂に会し、主導権争いをしている。だがシャーロックは、FBIが――正確には、ニューヨーク合同テロ対策チームが――捜査を指揮することになるのを知っていた。事件発生の報を受けるや、JFK空港駐在のFBI捜査官が連絡を入れたはずだ。いまのシャーロックは、放出されたアドレナリンが底をついたのを感じながら、終わりの見えない現実に向きあっている。シャーロックとビッグドッグは引き離され、事情聴取のためにそれぞれ別の部屋に連れていかれようとしていた。最後に見たメリッサは、捜査官に取り囲まれていた。

シャーロックはテレビモニターとコンピュータが詰まった小部屋に連れていかれ、

傷だらけの長机をまえにして座った。コーヒーのカップを持たされ、ＦＢＩの捜査官ふたりに引きあわされた。彼らは録音機のスイッチを入れるや、本題に入った。なにがあったのか、シャーロックがニューヨークに来た理由、テロリストの発言の正確な内容、挙動、アクセント、声音、シャーロックが考える犯人の動機などなど。延々と続いた。質問にすべて答えていたら、ショーンが大学を卒業してしまいそうだ。捜査官たちは喫緊の危険がないのを確認できしだい空港が再開されると言った。なんと嬉しい驚きだろう。おかげで机に突っ伏して居眠りしたいという気持ちが吹き飛んだ。もし質問を全部引っこめてくれたら、真夜中まえに帰宅できるかもしれない。ターミナルのドアが開いたとたん、シャーロックは不気味なほど静まり返っているのを感じた。搭乗口に急ぐ乗客はひとりとしていない。

女性がひとり入ってきて、まっすぐシャーロックのところにやってきた。「ＦＢＩの捜査官ですって？」

「ええ、シャーロック特別捜査官よ」シャーロックは身分証明書を提示した。

女性はそれを確認して戻すと、シャーロックに近づいて腕組みをした。シャーロックと同年配。肩までの長さの黒いストレートヘア。ミルク色の顔。筋肉質のしっかりした体。黒い瞳は、生真面目そのもの。黒のスーツに白いシャツを合わせ、ローヒールの黒いパンプスをはいたその姿は、隙のない凄腕《すごうで》捜査官そのものだったが、その口から流れだしてきたのは快活なリズムを刻む美しい声、イタリアの音楽のようだった。

「冗談よね？　そんな名前のわけないわ」

シャーロックは笑わずにいられなかった。「連邦判事をしてる父には、なおさらぴったりな名前よ。犯罪者とその弁護士たちが息を呑《の》むの」

「わたしはニューヨーク支局のケリー・ジュスティ管理官。なぜおとなしく専門家に任せておかなかったの？　この手の騒ぎを処理すべく、厳しい訓練を積んできた人たちなのよ」

シャーロックは屈託なくほほ笑んだ。「メリッサがつかまれたとき、わたしがそばにいたからよ。あれ以外の選択肢はなかった」

「どうかしてる」

「たしかにね。大きな疑問の残る行動だったのは、まちがいない。それで、あなたがわたしだったらどうするか聞かせてくれる、ジュスティ管理官？」

ジュスティはシャーロックをまじまじと見た。厳しい口元のほころびは、笑いかけている証拠？「たぶん、あなたと同じくらいどうかしてたでしょうね」ふたりは握手を交わした。「あなたの供述内容は、ここへ来る途中で聞いたわ。被疑者は手榴弾を持ったままセキュリティチェックを受けるつもりだったのかしら？　上空で飛行機を吹き飛ばすために？」

シャーロックは言った。「いくらなんでも、そこまで愚かじゃないでしょう。刃物類や銃器が持ちこまれることがあるのは知ってるけど、それもめったにはないし」

「あなた、人類の愚かさを甘く見てるんじゃない？　靴に爆弾をしこんで爆発させようとしたイギリス人がいたのをお忘れ？」

シャーロックは笑い声をあげた。「その男のおかげで、いまじゃみんなが靴を脱いでセキュリティチェックを受けることになったのよね。でも、今回の被疑者はX線検査をすり抜ける策を講じてなかった。検査の列にならび、靴まで脱いでトレイに置いたのに、うしろにいたふたりを押しのけて、メリッサをつかまえた。そして手榴弾を取りだし、大声でわめきだした。そのすべてが計算ずくだったんじゃないかしら。わたしに台無しにされたと言ってたわ。つまりどこかよそで、なにかが起きることになってたってことだと思うんだけど」

「だったら、この事件がほかのなにかの煙幕だったとしましょう。アルポートはさっそくターミナルのチェックに取りかかってる。三分まえの時点では、とくに異状が報告されてなかったから、すぐにも再開されようとしてるんだけど。

単独犯の単純な事件の可能性もないとは言えない。保安検査場を爆破するつもりでやってきたのに、あなたに手榴弾を取りあげられて、果たせなかったってわけ」

「犯人が女性の名前を口にしたわ。ベラって。奥さんかしら？」

「最期のお別れのつもりだったのかも？」

「ありうると思うけど」

ジュスティはミニタブレットを取りだした。「犯人が持っていた搭乗券によると、名前はナシム・アラーク・コンクリン、三十六歳。住所はロンドンのノッティング・ヒル。なぜそこに住むことになったか知らないけど、ニューアムみたいな、イスラム系の住民の多い地域じゃないわ。

わかっているのはそこまで。パスポートは偽造品と思って、まちがいない。そんな必要もないのにね。犯人は、本人もしくはその指示者の意向で、なるべくたくさんの乗客を道連れに自爆するつもりだったのでしょう。いま彼の指紋を照会させているから、そのへんの事情もじきにわかるでしょう。本人はいまだ口をつぐんだまま。あなたに話して満足しちゃったみたいね」ジュスティは立ちあがった。「ベラっていう名前だけど——それが口を開かせる鍵になるかも。でも、あなたには無関係ね。あなたの行動のプラス面は、まずケガ人が出なかったこと、そして自爆覚悟の犯人を取り押さえられたこと」

「マイナス面は？」シャーロックは尋ねた。

「ターミナルが再開して、この部屋を出たが最後、あなたがマスコミの餌食にされることよ。アルポートがターミナルから外に出たときも、マスコミが群がっちゃって。三度めはあなたを生贄《いけにえ》にして、脱出するつもりでいるわ」

シャーロックはしばし目をつぶった。「いやな目に遭いそうね」

「逃げ足は速い？」

シャーロックは笑った。「夫がこの件を聞いて、卒倒するといけないから、そのまえに電話しておくわ」

ジュスティの携帯が鳴った。「はい、ジュスティ」しばしの間合い。「嘘《うそ》でしょう！」彼女はにわかに駆けだした。

4

セントパトリック大聖堂
ニューヨーク市
水曜日の午後

マディックス・フォーリー合衆国副大統領は、腕時計を一瞥《いちべつ》すると、ふたたび寝ずの番に戻った。彼の座る席から会衆席三列をはさんで、祭壇のまえ、車輪つきの台に白いバラにおおわれた棺《ひつぎ》が置いてあった。美しく飾りつけられたその棺のなかには、ニューヨーク州選出のカーディソン・グライメン先任上院議員の亡骸《なきがら》がおさめられている。金槌《かなづち》のように強引かつ強烈な個性で上院を引っ張ってきた古株のカーディソンだったが、五日まえ、上院会議場で顔からテーブルに倒れこみ、その直前には、大統領が熱烈にその通過を願っていた法案の投票権を失っていた。そう、心臓発作で亡くなったのだ。法案には気の毒なことをしたが、カーディソンの後任者が彼の金槌を引き継いで、使いこなすのは明らかだった。フォーリーは亡き上院議員が好きだった。

わたしなら連続政治ドラマ『ハウス・オブ・カード　野望の階段』にネタを提供できるのにというのが、酔っぱらったときの彼の口癖だった。実際、そうだったと思う。

オルガンの音色。バッハだ、とフォーリーは思った。その音色をバックに、最後のお別れに集まった八百人近い人たちの話す声。ときおりはさみこまれるグライメン夫人のすすり泣き。二週間まえ、この夫人にアルツハイマー型認知症の診断が下された。カーディソンの動揺は大きく、五十年以上連れ添ってきた妻の喪失を突きつけられたことが心臓発作の原因になったのではないか、というのがフォーリーの見立てだ。だが、いま取り残されて悲嘆に暮れているのはエレノア・グライメンのほうで、病気がもっと進行していれば、はらわたを引きちぎられるような悲しみを感じなくてすんだかもしれない。

フォーリーはため息をついて、また腕時計を見た。葬儀ミサの開始予定時刻である五時を五分過ぎていた。そろそろティモシー・マイケル・ドーラン枢機卿《すうききょう》が率いる司祭と侍者と助祭の一団が入ってきて、揺れる香炉から放たれるお香のにおいがあたりに立ちこめ、カーディソンの最後の見送りがはじまるはずだ。そのとき、警護員のひとりが手首につけた装置に話しかける姿が目に入った。ドーラン枢機卿が見つかったのだろう。これでいよいよカーディソン・グライメンの一世一代の晴れ舞台がはじまる。フォーリーは座ったまま振り向き、奥行きのある会衆席の向こうにある拝廊を見やった。

その拝廊では、侍者のロメオ・ロドリゲスがしきりに唾を飲みこみながら、吐き気がおさまることを祈っていた。わずか二メートルほど先には、鮮やかな赤いカソック姿がまばゆいドーラン枢機卿。隣にはこの大聖堂の主任聖職者であるモンシニョール・リッチーが、背後にはジョゼフ・ライリー神父がいる。ロメオはジョゼフ神父が心配そうに自分を見ていることに気づいた。たぶん気分の悪そうな顔をしているのだろう。このままだと、結局吐いてしまいそうで、怖くなる。ロメオはもう一度唾を飲みこみ、一心にアベマリアを唱えて吐き気を忘れようとした。侍者になってまだ七カ月。今日のミサに出られたのは、ジョゼフ神父の推薦のおかげだ。父さんからは何度も、大変な名誉だと言われ、母さんは自慢の息子だと言ってキスをして、立派な人物の葬儀で役割を与えられたことを喜んでくれた。それなのにいざとなったら胃がしくしく痛む。そして、もう我慢できないのがわかる。吐き気が押し寄せてくる。

もうだめだ。

ロメオは、閉店しているギフトショップの隣にあって、ほとんど使われていない小さな祈祷室《きとう》に駆けこんだ。なかに入るなり膝をつき、ギフトショップの商品が入った箱のかたわらで吐き気に体を波打たせた。そのとき、誰かがなだめるように肩に手を置いた。ジョゼフ神父だった。神父はさとすような口調で、戻る必要はない、ここにいていいから、と言った。緊張を解いて、楽に息をしていなさい、と。ロメオは空えずきしながら床に腰をおろし、体の動きを止めた。胃が空っぽになったように感じる。そのとき、部屋の隅に押しこまれている大きなバックパックが目についた。「なんであんなものがここにあるんですか、神父さま？」

「うん、なんだね？　ああ、バックパックか。教区民の誰かが持ちこんで、そのまま忘れたんだろう。ロメオ、おまえを置いていかなきゃならない。そろそろミサがはじま――」

ロメオはバックパックを引き寄せて、ファスナーを開けた。

なかを見おろす少年と神父は、どちらも恐怖の面持ちになっていた。

5

第一次湾岸戦争に衛生兵として従軍したジョゼフ・ライリー神父は、二度の兵役期間中に目にした死と残虐さにより、真の使命へと導かれた。神父はバックパックの中身を見るや、たちまちその正体に気づいた。ロメオの手をつかんで部屋から飛びだし、壮大なブロンズ製のドアのかたわらに立つ警護員に叫んだ。「爆弾だ、時限爆弾があった。爆発まで十二分しかない！」

警護員は祈祷室で爆弾を確認すると、すぐさま行動に移った。フォーリー副大統領はその知らせに怯《ひる》んだものの、すぐに平常心を取り戻した。警護員たちに連れだされるより先にマイクのある説教壇に駆け寄り、不安げにあたりを見まわしている八百人ほどの会衆に向かって声を張りあげた。落ち着きのある低い声で、すぐに大聖堂を出てなるべく遠ざかるように、と伝えたのだ。

会衆は暴徒化することはなく、緊急性だけを意識していた。みな列をなして、それぞれの出口に向かって足を速めた。フォーリーは恐怖がにおい立つように感じた。

壮大なブロンズの扉に向かった人たちは五番街、大聖堂の裏口に向かった人たちはマディソン街に出た。物理的にバリケードを築く時間はないので、パトカーによって大聖堂の周囲二ブロックが封鎖されようとしている。そして警官たちが大量の買い物客と通行人と野次馬たちを大聖堂から遠ざける一方で、会葬者たちが扉から通りへとあふれでていた。それでも、多数の会葬者たちを安全な場所へと誘導させるには、かなりの時間がかかるはずだ。

フォーリー副大統領はそれをよく心得ていた。自分の警護員にグライメン夫人を連れだすよう指示し、夫人は抱きかかえられて外に運ばれた。いまフォーリーは大聖堂から距離を取って、五番街のロックフェラー・センター側に夫人とならんで立ち、複数の捜査官とニューヨーク市警察の警官三人に囲まれている。

フォーリーは死者が出ないこと、そして、人々の敬愛を集めるこの宗教的な建築物が大きな被害をこうむるまえに爆発物処理班がやってきて、爆弾を処理してくれることを祈った。爆発物処理班はどうした？　対応の早さで国内一を誇るはずのニューヨーク市警察の爆発物処理班が、なぜまだ来ない？　それに、警官の数が少なすぎる。ぐずぐずしていたら、セントパトリック大聖堂のなかの美しいステンドグラスがことごとく割れ、貴重な美術品が破壊されてしまう。周囲の人たちも同じ不安に駆られているようだった。不気味な静けさに包まれて待ちながら、息子が三カ月まえに交通事故に遭ったとき同様、必死に祈った。すべての人の目が大聖堂から安全な場所へ逃れようとする会葬者の最後の列にそそがれている。全員、外に出られたのか？　フォーリーは緊張に体をこわばらせながら、グライメン夫人の手袋をはめた手を握っていた。もう一方の手を娘さんに握られた夫人は、事態を把握できずにいる。

そして目のまえでは、驚くべきことが起きている。ドーラン枢機卿、モンシニョール・リッチー、司祭ならびに助祭たちが車輪つきの台に載せられたグライメン上院議員の棺を運びだしていたのだ。祭壇にあった聖具を手にしている者もいる。聖体顕示台や、聖体をおさめた聖櫃《せいひつ》もある。淡々と棺に付き添う枢機卿は、階段をおろすのに手を貸し、通りまで来ると、安全な場所へと速度を速め、上院議員の孫が警官たちといる場所に合流した。フォーリーは不謹慎にも、笑いたくなった。もしカーディソンが生きていたら、いまのこの注目を大いに楽しんだろう。本人のあずかり知らないところで、カーディソンはその死によってシンボルとなった。ひょっとしたら、人はみなシンボルであり、シンボルであることに意味があるのかもしれない。

それにしても、爆弾処理班はなぜ来ない？　どうせ時間切れ、いまさら来ても手遅れだが。

時間切れになりつつあることにジョゼフ神父も気づいていた。ある警護員が別の警護員に話すのを小耳にはさんだところによると、ニューヨーク市警察の爆発物処理班と百人以上の警官がテロ事件の起きたＪＦＫ空港に出動していて、配置しなおそうにも間に合わないとのことだった。別の爆発物処理班もたどり着けそうにない。果たして大聖堂を破壊するほどの爆発力があるのか？　鉄筋コンクリートでできた多数の支柱は倒れるのか？

ほかの人たちの頭にも同じ疑問があったが、一般の人よりも大聖堂をよく知る神父は、テロリストのしかけた爆弾によって聖域と洗礼室が瓦礫《がれき》となった光景を想像した。礼拝堂もすべて破壊されるだろう。唯一救いがあるとしたら、今日、神の家で失われる命がないことだ。

ジョゼフ神父はさっと通りを渡って入り口をくぐり抜け、聖エリザベスの祭壇からレディ・チャペルまでを見渡した。このまま指をくわえて見ているわけにはいかない。引き返せと叫ぶ警官ふたりを無視して、祈祷室に駆けこんだ。バックパックをつかみ、正面の脇扉のひとつを開いて、五番街側に走りでると、警官のひとりから声が飛んだ。だが、警官はジョゼフを制止することなく、隣を併走しだした。

不思議なことに、上院議員の黒い大型霊柩車《れいきゅうしゃ》だけが縁石に残り、人も風景もすべて視界から消えている。神よ、感謝いたします。ありとあらゆる雑音が渾然《こんぜん》一体となって押し寄せる。事情を知らない遠くのドライバーたちが鳴らすクラクション。人々の大声。警官がなにかを叫んでいる。そう、バックパックを置いて逃げろと言っている。だが、神父はその指示に従わなかった。バックパックを五番街に向かって力いっぱい投げた。

爆弾はちょうど霊柩車を越えたあたりの中空で爆発した。爆発の衝撃は大きく、ジョゼフ神父と隣の警官はブロンズ製の大聖堂の扉へと吹き飛ばされた。神父は頭を打ちながらも、霊柩車のドアのひとつが宙を舞って、五メートルと離れていない歩道に落ちるのを見逃さなかった。爆発の衝撃が大きかったために、空高く舞いあがった金属片——釘だろうか、ボルトだろうか——がいまだ通りやパトカーやその背後の群集に降りそそいでいる。驚きや痛みの声があがり、人垣が遠ざかる。神父はケガの程度が気になって自分を見おろし、隣の警官に目をやった。警官は肘をついて上体を起こし、頭を振りながら騒然とするあたりを見まわした。やがてふたりの目が合った。

「だいじょうぶですか、神父さま?」

神父は金属片がカソックやその下の体に突き刺さっているのを感じつつ、うなずいた。たいした問題ではない。ふたりとも死なずにすんだではないか。「きみは?」

「だいじょうぶです。神父さまは勇敢な方ですね」

「きみもさ」ふたりは笑みを交わした。あらためて見ると、警官は人生が刻まれた顔をしていた。五十歳近いのだろう。神父は警官の片方の手を取って、ふたりで状況を見守った。

フォーリーは救急車のサイレン音を聞いた。たくさんの救命士が人混みをかき分けて進み、そのうちの何人かがジョゼフ神父と、神父といっしょにいる警官のまえに膝をついた。そして、まだあどけなさの残る白いケープ姿の侍者が、ジョゼフ神父に駆け寄る。神父は少年に話しかけ、その両手を取って、握りしめた。少年の唇が懸命に祈りの言葉を唱えているのが、フォーリーには見て取れた。フォーリーの隣にいた警護員が少年の名前を教えてくれた。ロメオ・ロドリゲス。爆弾の発見者だという。救命士も少年を追いやろうとはしていなかった。

フォーリーが見るかぎり、大聖堂にはたいした実害がなかった。正面の太いコンクリート柱の表面が少し削れたぐらいだ。人命にくらべたら些細《ささい》な被害だが、それでも、押し寄せる安堵感は大きかった。ニューヨークを代表する建造物の修復のためにつぎこまれた数億ドルという資金が無駄にならずにすんだ。ジョゼフ・ライリー神父がセントパトリック大聖堂を救い、侍者の少年が自分をふくむ八百人あまりの会葬者を救った。ふたりには大統領から謝辞が伝えられるだろう。フォーリーは六番街に停《と》めてあるリムジンへと急ぎながら、大統領に報告の電話を入れた。時間がたち、危険が去ったいま、ある思いが湧いてきた。なにかおかしい。

ケリー・ジュスティは人混みをかき分けた。ＪＦＫ空港がテロリストの攻撃を受けたわずか四十三分後にセントパトリック大聖堂で爆弾騒ぎが起きた。イヤフォンから流れてくる情報で、負傷者はあったものの大事にはいたらなかったことはわかっている。なんという奇跡だろう？

と、激しい怒りが押し寄せてきて、息ができなくなった。多数の死者が出ていてもおかしくなかった。壮麗な大聖堂の内部が破壊されて、ＪＦＫ空港でも数十名の人命が奪われていただろう。カトリック教徒であろうとなかろうと、胸が痛む。ジュスティは天を仰いで、神に感謝した。ジョゼフ・ライリーとロメオ・ロドリゲス、それにＪＦＫ空港に捜査官がいてくれて助かった。ナシム・アラーク・コンクリンの身柄は拘束してある。こってり絞ってやらなければ。おそらく彼は両方の攻撃を知っていた――ふたつでひとつの計画だったのだろう。彼なら立案者も知っているはずだ。

6

レイバンハウス・オフィス・ビルディング
ワシントンDC
水曜日の早い時間

ジョージ・〝スパーキー〟・キャロルは、バージニア州選出のバート・ヒルデブランド下院議員の三階執務室の外にいた。若くて端整な顔立ちのジョージは、とっておきのスーツに白いシャツ、赤いネクタイという姿で、奥歯が見えそうなほどの笑みを浮かべていた。あまりの嬉しさに踊りだしそうだ。目のまえにある延々と続く長い廊下は、ドアを出入りするスタッフやロビイスト、秘書、訪問客、委員会のメンバーなど、いずれも任務のある人であふれ返っている。任務――ジョージはその響きが好きだった。〝ミスター・ジョージ・キャロルからヒューストンへ。任務完了、発射準備、整いました〟

スパーキーはボディガードとおぼしき大男ふたりにぶつかり、急いで詫《わ》びた。ひとつ小さくスキップする。そして長い廊下をどこかにある出口と不興顔の警備員に向かって人混みを縫って歩きながら、口笛を口ずさんだ。心地よい懐メロが流れだす。フランク・シナトラの『アイヴ・ガット・ザ・ワールド・オン・ア・ストリング』だ。スパーキーに注目している人はいない。低い会話の声とともに、みなせわしげに先を急いでいる。

祖母が大事にしていた『積極的考え方の力』という本を熟読したおかげで、みずからを鼓舞して堂々とプレゼンテーションを行い、その結果、なんとヒルデブランド下院議員から書類に署名をもらうことができた。これから二年間、全下院議員の居住区域で行われる会合で、料理の提供を任されたのだ。四十回近くあるはずだ。頭のなかで祖父の古いレジが鳴る音がした。

なにより嬉しいのは、今夜、彼女とセックスできそうなことだ。たぶんタミーは携帯電話を持ち歩いて連絡を待っている。花束を買っていこうか？　倉庫からシャンパンを一本出してきてもいいな。タミーは自分のことをずっと信じてくれていた。そんな彼女と結婚したのが四カ月まえ。ひと月まえには、父からケータリング会社〈食べて繁盛《イート・ウエル・アンド・プロスパー》〉を引き継いだ。小さいころから父に『スタートレック』を観《み》せられてきて、似たような台詞《せりふ》があるのを知っているので、この社名が気に入っている。

いまでは自分のラザニアとなった父のラザニアが、会社を有名にしてくれた。ヒルデブランド下院議員からも、ミルトのラザニアと看板メニューのガーリックトーストが大好きだと言ってもらった。いまはそのラザニアもガーリックトーストも、スパーキーのものだ。

タミーに電話しようと携帯電話を手にしたときも、まだ口笛を吹いていた。電話をかけ、呼び出し音がひとつしたあと、うわずった彼女の声が聞こえた。「スパーキー、どうだった？　下院議員から契約をもらえたの？　スパーキー、早く話して。全部話して」

矢継ぎ早に聞こえてくる彼女の言葉を、スパーキーは満面の笑みで聞いていた。だが、口を開くまもなく、ひとりの男があたりの人を押しのけながら突進してきて、スパーキーを壁に押しつけた。スパーキーはなにか鋭いものが胸に入っていくのを冷たさとして感じた。痛みというには奇妙な、肉が切り開かれる感覚だった。続いて筆舌に尽くしがたいほどの激痛が全身を駆けめぐり、自分が死に瀕《ひん》していることを知ったのだった。スパーキーは携帯電話を取り落とし、壁からずるずるとすべり落ちた。自分を呼ぶタミーの声がぼんやりと聞こえる。その声に恐怖が滲《にじ》んでいるようで、つらくなる。まわりから悲鳴がする。それきりすべてが聞こえなくなった。

7

サビッチの自宅
ワシントンDCジョージタウン
水曜日の午後遅く

　JFK空港でテロリストによる事件が起きた一分後には、サビッチの耳にもその知らせが届いていた。ラングレーからポルシェでジョージタウンに戻る車中だった。FBIに助けを求めてきた大物と会ってきたのだ。貸しを作るのは悪くないし、相手が中央情報局《CIA》とあればなおさらなので、引き受けることにした。

　セキュリティチェックの列にならんでいるであろうシャーロックに電話すべきかどうか迷うこと一分、携帯電話がビリー・レイ・サイラスの『エイキー・ブレイキー・ハート』を奏でだした。

「彼女は無事です」開口一番、オリー・ヘイミッシュは興奮冷めやらぬ声で言った。

「無事で、ぼくに電話してきました。携帯の電源を切らなきゃならないんで、あなたに伝えてくれとのことでした。帰宅したら、ニュースを観てください。目を疑いますよ、サビッチ」なにに目を疑うのか訊《き》きたかったが、尋ねるまえに電話を切られてしまった。

シャーロックが心配で、恐怖に呑まれそうになる。いや、オリーが無事だと言っていたではないか。なにがあったんだ？　短縮ダイヤルでシャーロックに電話をかけると、ボイスメールに切り替わった。

セントパトリック大聖堂の爆破未遂事件のことは、自宅の私道に車を入れながら聞いた。マスコミの連中も、どちらの事件を先に尋ねたらいいか、わからないようだ。どちらも恐ろしすぎる。ＪＦＫ空港でもセントパトリック大聖堂でも、奇跡的に重傷者が出なかったこと以外、彼らもまだ詳しいことを把握していない。

サビッチは玄関から家に駆けこみ、テレビの音声を聞いて、歩をゆるめた。怯えた姿を息子に見せたくない。だが、ショーンはいなかった。ガブリエラひとりがテレビに張りついていた。

彼女はテレビの映像に没頭しながら言った。「すべてのテレビ局がＪＦＫとセントパトリックの映像を行ったり来たりしてますよ。現場にいたほぼ全員が携帯で動画を撮ってるし、監視カメラの映像もありますからね。ロックフェラー・センターからセントパトリックを見おろした映像まではさみこまれたりして。大聖堂から大急ぎで人が出てきて、神父が爆弾を投げる場面や、爆弾が爆発したあとの騒動も映ってるんですよ」ガブリエラは顔を上げ、サビッチが真っ青な顔をしていることに気づいた。「あら、心配いりませんよ、ディロン、シャーロックは無事です。ショーンはマーティのうちでフットボールをしてました。あの子にこんなものを観せて、怖がらせたくないですものね」そして、にんまりと笑った。「早くあなたにも観てもらわないと。シャーロックがヒーローとして、テレビに登場するんです。観たら、びっくりしますよ」彼女はチャンネルを替えた。神父が投げたバックパックが中空で爆発し、その衝撃で神父と警官が吹き飛ばされて扉にぶつかる場面が映った。そこで画面はＪＦＫ空港に切り替わり、サビッチの妻が映しだされた。

ニュースを観るうちに、どうしようもなく震えてきた。そのときふたたび携帯電話からビリー・レイ・サイラスの曲が流れだした。シャーロックだ。「ディロン、ほんとよ、わたしならだいじょうぶだから。わたしが女性捜査官といっしょにいたら、彼女の携帯にセントパトリックに爆弾がしかけられていたという連絡が入って、彼女はすっ飛んでいったわ。空港はまもなく再開される。絶対とは言えないけど、帰りの便に乗る準備ができたら、また電話する。とりあえず、行かなきゃならないの、ディロン。この携帯はボイスメールに切り替わるようにしておくから、連絡したいことがあったら、メールして」そこで電話が切れた。

場合によっては、ちがう結果になっていた。その途方もなさを思って、サビッチは目をつぶった。彼女は助かった。テレビに向きなおると、別のキャスターが妻のことを話しはじめた。シャーロックが会議室から出てくるところがリアルタイムで画面に映しだされる。ケガひとつなく、歩きながら話し、ターミナルを出る彼女にマスコミが多数のマイクを突きつける。

いまのご気分は？　なにがあったんですか？　テロリストにどう言ったんですか？　テロリストはなんと？

シャーロックのことをヒロイン扱いして、先刻承知の質問を投げかけるが、彼女は首を振りながら黙って歩いている。と、彼女が立ち止まり、リポーターたちを見た。

「全員が各自の職責を果たしたおかげで、今日は重傷者を出さずにすみました。いまわたくしに言えるのはそれだけです。現在、捜査中につき、その準備ができしだいＦＢＩの広報からみなさんの質問にお答えします」

それでも記者たちは彼女から離れず、のしかかるようにして、マイクを突きだしている。いかにもＦＢＩの捜査官らしいダークスーツ姿の男三人がついに彼らを押しのけ、シャーロックを導いて歩きだした。待機させてあるフォードのクラウンビクトリアまで、記者やカメラやターミナルの外に溜《た》まっているほうけ顔の乗客たちのあいだを無表情のまま抜けていく。ただ一度、リポーターからセントパトリック大聖堂の爆破未遂事件とここJFK空港での手榴弾事件に関連性があるかと問われたときは、その顔が青ざめ、表情豊かな瞳に一瞬厳しさが浮かんだものの、ふたたび無表情に戻ると、無言のまま歩きつづけた。サビッチは乗客のひとりが携帯電話で撮影した一部始終を伝える動画を観ながら、種々雑多な感情に揺さぶられた。事件の発生とともに怒り、シャーロックがテロリストを制圧したときは恐怖に駆られ、彼女が被疑者に話しかけるのを実際に聞いたのち、身震いが走るほどの安堵に包まれ、誇らしさで胸がいっぱいになった。事件は決着して、シャーロックは生き延びたのだ。

テレビのなかでクラウンビクトリアが走りだす。シャーロックはどこへ運ばれるのか？

どのテレビ局も、空港と大聖堂の映像を交互に切り替えている。大聖堂に集まったマスコミ関係者は、爆心地《グラウンドゼロ》にいる興奮から、言葉がなめらかに出てこない。報ずべき重大ニュースが重なりあうようにあるのだ。当然ながら、マスコミは両事件を結びつけた――むかしながらのテロリストの手口ではないでしょうか？　主たる標的であるセントパトリック大聖堂に駆けつける人たちを排除するために行われた攻撃だったのでは？　もし湾岸戦争の退役軍人であるジョゼフ・ライリー神父の勇敢な行動がなければどうなっていたか――うんぬんかんぬん。サビッチは、すんでのところで爆弾を発見した侍者のロメオ・ロドリゲス少年を見た。青白い顔の痩せた少年は、ショーンよりも三、四歳上のようだ。カメラは、神父の隣に座り、小さな手で神父の手を握っている少年をクローズアップにした。

　国土安全保障省の指示で、国内の全空港が厳戒態勢に入った。だが、どうしたら歴史的な建造物である巨大な大聖堂を守れるだろう？　テロリストが西洋の文化と文明の主たるシンボルを破壊の標的に決めたらどうなるのか。そうした建物はあまりに多い。サビッチのもとには、各所から電話が入った。コミー長官、直属の上司であるジミー・メートランド副長官、犯罪分析課《CAU》の面々、サンフランシスコに住むシャーロックの両親、ニコラス・ドラモンドをふくむＦＢＩニューヨーク支局の捜査官たち、ＪＦＫ空港の警備責任者であるガイ・アルポート。さっきのテレビで観た彼は、つぎつぎと質問を浴びせられて、最後には逃げだすなり、マスコミ関係者たちをみな殺しするなりしそうな顔になっていた。アルポートが電話してきたのは、シャーロックの優秀さと、彼女を妻にしたサビッチの好運を伝えるためだった。アルポートは、彼女がビッグドッグと呼ぶ男性に会ってみたい、と言って大笑いしたものの、たちまち真剣な声に戻った。

「セントパトリックの神父のことだが、神に先を越されたよ。うちで働いてもらいたかった」

サビッチはついに携帯電話の音声を切った。固定電話を留守番モードに切り替えて、隣家までショーンを連れにいった。

シャーロックから帰路についた――やった！――と連絡が入ったときには、十一時になっていた。ショーンをガブリエラに託して、レーガン・ナショナル空港に向かった。驚いたことに、シャーロックを乗せた便は、わずか三時間遅れで到着した。ついに荷物引き取り用のターンテーブルの脇を通ってシャーロックがやってきた。片手には大きくふくらんだFBI支給の黒いブリーフケースを、もう一方の手には小さな黒いハンドバッグを持っている。遠目にもぐったりして青息吐息なのがわかるが、サビッチに気づくと、一瞬にして顔が明るくなった。何人かがシャーロックに気づいたものの、彼女はそれに反応することなく、まっすぐサビッチを見て、視線をそらさなかった。

空港の警備員にガードされながら、駐車禁止区域に停めておいた愛してやまないポルシェにシャーロックを乗せると、エンジンをかけて、車を発進させた。ありがたいことに、記者はいない。黙って車を走らせ、空港の出口を出たあと、シャーロックを抱き寄せた。しばらくすると、彼女が体を引き離して言った。

「ほら、わたしは無事よ。それよりディロン、聞いて。帰りはファーストクラスに座らせてもらって、お土産にシャンパンを三本もらったのよ。フライトアテンダントが割れないようにナプキンで包んでくれたから、ブリーフケースに突っこんできたわ。機内でサインまでねだられちゃった」

そのシャンパンを全部使って入浴しないとな、とサビッチは笑い声を響かせた。

サビッチは自宅までの車中で、ギルバート大統領とフォーリー副大統領から電話があったこと、そしてさらに重要な電話として、ヴァージン・アメリカの最高《C》経営《E》責任者《O》から目的地にかかわらず生涯ファーストクラスに乗ることができる権利の提供があったことを伝えた。サビッチが思うに、ロメオ・ロドリゲスはローマ教皇から個人としてバチカンに招かれてもおかしくない。そのときケガから回復していれば、ジョゼフ神父も付き添いとして呼ばれるのではないか。

シャーロックはいまだ緊張に体をこわばらせているようだった。ニューヨークの話題を避けたほうがいいと判断したサビッチは、その日の早い時間にレイバンハウス・

オフィス・ビルディングで起きた奇妙な事件の話を持ちだした。被害者は若い男性。凶器はアサメイと呼ばれ、魔術に用いられる儀礼的なナイフ。そのナイフで、心臓をひと突きにされていた。そこまでのことはすぐにわかった。被害者の胸に、犯人の指紋がべったりついたナイフが突き刺さったままになっていたからだ。さらに犯人は、廊下に居合わせた人たちによって警察の到着まで取り押さえられていて、その場で逮捕された。では、なぜジミー・メートランド副長官がその事件をサビッチに電話してきたのか。それは犯人が殺人事件の記憶がないと主張しているから、そしてアサメイを凶器とする犯罪には前例がないと監察医が言ったからだった。

「おまえに電話したくなるわけだろう、と副長官から言われてね。で、おれはその男、ウォルター・ギブンズというバージニア州プラケット出身の整備工に話を聞いた。独身だが真剣に交際している彼女がいて、友だちとビールを飲みに出かけるのが好きなやつだ。彼は演技じゃなくびびりあがっていた。人を殺した記憶がないというのも本当だった。意識が戻ったときには、何人かから床に取り押さえられていたそうだ。殺された被害者男性はジョージ・キャロルといって、〈食べて繁盛〉というバージニア州プラケットにあるケータリング会社のオーナーだ。被疑者はスパーキー——ジョージ・キャロルのニックネームだ——とその家族のことを、彼らがプラケットに越してきた小さいころから知っていた。スパーキーのことが好きだったと言っている。そう、スパーキーはみんなから好かれる、腕のいい料理人だった。おれがアサメイを見せると、ウォルターははじめて見た、握りの醜いドラゴンが気味が悪い、と言って触れたがらなかった。あとできみにも写真を見せる。そのアサメイは〝双頭のドラゴン〟といって、赤いルビーの目が入ったドラゴンの頭がふたつ彫りこまれている」

「ウォルター・ギブンズに記憶がないというのは、ほんとなの？　あなたもほんとだと思う？」

「ああ、思うね。率直に言って、人をだませるほど賢くない。ドクター・ヒックスも賛同してくれた。強い力を持つ何者かが彼に催眠術をかけて殺人を実行させた、というのがドクターの見立てだが、信じがたいというんで、ドクターはウォルターに催眠術をかけたがってる。人に脳をいじりまわされるのは怖いといって、ウォルターには断られたがね」サビッチは言葉を切った。「実際問題として、ウォルター・ギブンズの怖がり方は尋常じゃない」

「でも、どういう事情にしろ、ウォルターを責めないわけにはいかないわ」

「だとしても、原因を探る必要はある。まだ説得の余地があるから、明日にはウォルターに催眠術を受けさせせられるかもしれない。ドクター・ヒックスからも、彼を説得する方法を見つけてくれと頼まれてる」

「被害者と被疑者が同じ町の出身だなんて。バージニア州プラケットだったわね？」

「そう。プラケットはリッチモンドから北東に三十分ほどの場所にある、人口二千人そこそこの小さな町だ」しばし口をつぐむ。「そのなかに殺されたスパーキー・キャロルも、殺したウォルター・ギブンズも入ってる。凶器のアサメイがすべてをつなぐ鍵になりそうだ」

「つまり、怒りに駆られた魔術師がいて、スパーキー・キャロルはその魔術師の機嫌をそこねたってこと？」

「そういうことになる」

「まえに一度、アサメイを見たことがあるのよ」シャーロックは言った。疲れているせいで、声が不明瞭になっている。「中世のものだと思うんだけど、きれいだった」

きれいだと？　サビッチにしてみると、ドラゴンがルビーの目で見返してくるあのいまいましいナイフは、邪悪さを感じさせる異様なものでしかない。

ポルシェをガレージに入れ、助手席を向いて愛する妻の顔を両手で包みこんだ。顔を近づけ、ふたりの鼻をくっつける。「愛してる。おれを怖がらせやがって」彼女にキスすると、ささやき声が戻ってきた。

「わたしも愛してるわ。またそう言えて、嬉しい」目をつぶった彼女の唇は、ほほ笑みをたたえたままだった。サビッチはようやく恐怖を手放した。

サビッチはあお向けになって、暗い天井を見つめていた。肩には骨抜きになったシャーロックの頭が載っている。ボトル半分のシャンパンを血流に流しこんだので、軽く酔っぱらっていた。自分ももっと飲めば、いまごろ寝息をたてていたかもしれない。サビッチの頭は隅々まで冴えわたっていた。

シャーロックの度胸に感謝。彼女には先々のことを考える時間がなかったが、コミー長官にはあった。FBIに殺到するであろうマスコミの要求に対応するため、人員をひとり割いてくれた。さらにサビッチの自宅の前庭と私道からマスコミを排除するため、捜査官をふたり派遣してくれた。そして、笑い声をたてながら、夫婦でしばらくカナダにでも行ってきたらどうだ、と提案した。〝なんなら、ロメオ・ロドリゲスとジョゼフ神父も連れていくといい〟

バンフなんかいいかもしれない。そんなことを考えながら、サビッチの脳はようやくぼんやりしてきた。カナダ西部のバンフなら訪ねてみたい。ルイーズ湖でショーンと泳ぐのもいいな。それにはウェットスーツがいる。まだ小さいショーン用のウェットスーツがあるだろうか？　いや、あるな、あるに決まってる。

眠りに落ちる直前にサビッチの脳裏をよぎったのは、どうやったらウォルター・ギブンズの心に侵入して、スパーキー・キャロルを殺すように命じ、そのすべてを忘れさせられたか、という疑問だった。それに、なぜ犯行現場はレイバンハウス・オフィス・ビルディングの三階の廊下だったのだろう？　そして凶器が魔術に使われるナイフだったのはなぜなのか？

8

ライニキー郵便局
バージニア州ライニキー
木曜日の午前五時十五分

エリー・モーランはライニキー郵便局に勤めて二十五年のベテラン郵便局員だった。職場である角張った赤煉瓦《あかれんが》の建物同様、屈強で飾り気のない女性だった。ハイストリートの中央に鎮座する郵便局は、保安官事務所と〈ドーナツヘブン〉にはさまれている。

エリーは町の全住民を知っていて、その多くの秘密を握っていた。ライニキーにおけるゴシップの輪の中心にいると思うと、悪い気はしない。郵便局長の肩書きはないけれど、この場所を牛耳っているのは彼女であり、去年町にやってきた新しい郵便局長も、早々に立場をわきまえて、彼女の方針に従うようになった。

ほぼすべての業務を満遍なくこなせるエリーだが、なによりのお気に入りは、リッチモンドにある配送センターから車輪のついた長距離輸送用《OTR》の大きな金属製コンテナを積んでくる朝一番のトラックを迎えることだった。夜明けまえのあの時間はいい。白んでくる空を見ながら、トラックからコンテナをゴロゴロと転がして局内に運び、中身を配送ルートごとのバスケットに移すのは、楽しい作業だった。局が使っている民間企業所属の契約ドライバーとは全員顔見知りだし、バックで搬入ドックに入ってくる大型トラックの音も一台残らず聞き分けられる。トラックには大きなＯＴＲコンテナが五個から十個あり、コンテナひとつにつき最大五十の小包が入っている。今朝のトラック運転手はブレーキー・オールコットだった。エリーから見ると息子の年齢のブレーキーは、早朝に働く若い人のつねで、いつもコーヒーを飲んでいる。毎回、ＯＴＲコンテナを搬入ドックにおろしながら軽口を叩《たた》きあい、荷物をおろし終わると、きれいなお姉さんまたね、と手を振って、走り去っていく。ところが、今日は軽口がなかった。不安そうに押し黙ったまま、ＯＴＲコンテナを搬入ドックにおろすのも、もどかしげだった。そこで、エリーは、口の悪いオウムが冷蔵庫に入れられ、チキンのパックを見て震えあがったという、お得意のジョークを飛ばしてみたが、ブレーキーは聞いてもいないようだった。新しいスニーカーを賭けてもいい、彼女とひと悶着あったのだろう。

エリーは最初のＯＴＲコンテナを運び入れると、側面の板をおろして小包を取りだし、ひとつずつ配送ルートごとのバスケットに投げ入れた。絶対にまちがえない。何年かまえに訓練を受けたおかげで、あらゆる通りと住所と配送ルートが頭に入っている。そのことでテストを受けたことはないが、新しい家以外、住人の家は一戸ずつすべて把握しているはずだ。仕分けが終わったら、最新のキューリグＫカップ・マシンが置いてある従業員用の休憩所に行こう。たぶんまだ早いからエディ・フープも来ていない。郵便物の仕分けをしているエディは、いつもアメリカの郵便制度は世界一だなんだと言っていて、飽きることがない。

エリーはてきぱきと仕事を片付けながら、ジャスティン・ビーバーの『アズ・ロング・アズ・ユー・ラブ・ミー』を口ずさんだ。六台めのＯＴＲコンテナを運び入れた。上のほうまで小包でいっぱいになっている。小包がコンクリートの床に転げ落ちないように、そっと側面の板をおろした。細長い箱を手に取り、住所を読んで、配送用バスケットの八番に投げ入れた。小さな小包の住所に目が留まった。ヴィクトリアズ・シークレットから、ミセス・ロリ・バンバーガー宛。返品する運命の黒いレースの下着がまたひと組。ロリは毎回、二サイズ小さい下着を注文する。

宛名をおおい隠しそうなこの黒い染みはなんだろう？　触れてみると、乾いてさらっとしていた。配送センターの職員がなにかこぼしたのか？　読むには困らないので、バスケットに投げ入れて、つぎの小包を手に取った。こんどのにはさらに派手に黒い汚れがついていた。液体が滴った跡や、なすりつけたような跡。エリーは眉根を寄せた。この黒い染みはなんなの？　つぎの小包に手を伸ばした。

そして悲鳴をあげた。

9

サビッチの自宅
ワシントンDCジョージタウン
木曜日の朝

携帯電話がビリー・レイの曲を奏でだしたとき、サビッチは夢の国にいた。シャーロックがテロリストと戦ったJFK空港の夢ではなく、まばゆいほど白い部屋のなかを歩いている夢だった。その部屋の壁にはアサメイが積みあげられ、何百とあるナイフの刃の一本一本から血が滴っていた。凝った彫刻が施された古い握りもあれば、黒に塗装された素朴なものもある。問題はその部屋から出られないことだった。

電話をかけてきたのは、リッチモンド支局を率いるジェレミー・ヘイメズ特別捜査官だった。ライニキー郵便局で変死体が発見されたという。「昨日ですよ、サビッチ、レイバンハウス・オフィス・ビルディングで男が殺されたのは——今回の被害者も同じ町、そう、プラケットの出身で、しかも同じ種類の儀式用ナイフが使われてました。

で、あなたに電話したわけです」

「ジェレミー、ライニキーの郵便局で死体が見つかったんだな？　ライニキーというのは、バージニア州のプラケットからどのぐらい離れてる？」

「プラケットから南西に三十キロです」

「被害者の身元は判明してるのか？」

「はい、それが問題でして。保安官助手だったんです。名前はケーン・ルイス、人好きのする太鼓腹の男で、もう孫のいる年齢です。唯一の保安官助手として、十八年間、保安官を支えてきました。いま自分にわかっているのはそれぐらいです。そんなわけで、まわりの人は、ひどい衝撃を受けてましてね。来てもらえますか、サビッチ？」

三十分後、サビッチがシャーロックとショーンとともに階下におりてみると、前庭から叫び声が聞こえてきた。半ダースほどのリポーターが捜査官の制止に負けじと押し寄せている。近くに潜んでいたパパラッチが、外の騒動を見ようと窓に近づいたトランスフォーマー柄のパジャマを着たショーンの姿をこれさいわいとばかりにカメラにおさめた。サンフランシスコで行われた交響楽団のクリスマスコンサートで動画に撮られて評判になった少年のことを記憶に留めている人は多い。サビッチはショーンを抱きあげて、カーテンをきっちり閉めた。息子をキッチンへ運ぶと、折しもガブリエラがFBIの捜査官に伴われて勝手口から入ってくるところだった。
それから四十五分後、サビッチとシャーロックはライニキー郵便局へ向かう車中にあった。

サビッチのまえには金属でできた小包用のケージがあった。OTRコンテナというのだそうだ。まるで抽象画のように血の跡がついている。死体の下になっていた小包のおかげで、床まで血が滴らずにすんでいた。サビッチは頭の周囲に白髪の残る老人の死体を見おろした。胎児のポーズに丸められ、両腕は脚のあいだに引き入れられている。太っているので、このポーズを取らせるのもひと苦労だったろう。保安官助手の制服は着ていない。長袖のフランネルのシャツに、はき古したジーンズ、年代物の茶色のブーツ。その外見から男の人となりを推察することはできない。ジョークが好きだったとしても、家族を愛していたとしても、高潔な人柄だったとしても、そんなものはすべてぬぐい取られ、アサメイが心臓に突き立てられた瞬間に消えてしまった。たぶんケーン・ルイスの行方を案じている人がいるはずだ。その人たちにもまもなく彼の死が伝わる。生前は愛想のいい顔立ちだったろうに、とサビッチは死体を見分しながら思った。だが、死に顔はちがう。死が面立ちを変えてしまった。

サビッチはルイスの首筋に触れたあと、その手を頬にやった。ＯＴＲコンテナに投げこまれた時点で絶命していたのは確かだが、死後どれくらいたっていたのか。二、三時間、いやもっとか？　胸から突きだしている長いナイフを見る。ジェレミー・ヘイメズから聞かされていたとおり、スパーキー・キャロルの胸に刺さっていた儀式用のナイフと似たところがあるが、こちらのほうは飾り気がなかった。木でできた漆黒の握りには、三日月がふたつ彫りこまれ、ルビーの目でにらみつけるドラゴンはない。前夜、夢のなかの白くて細長い部屋にも、これに似たアサメイがあった。

ジェレミー・ヘイメズ捜査官が、さっきから視界の隅にちらちら入っていた郵便事業の事業統括部長と郵便監察官をサビッチとシャーロックに引きあわせた。いずれも高齢で、怯えきっていた。なんとか力を合わせようとしながら、どうすることもできずにいる。

シャーロックを目にした人たちは、ハッとしたあと、称賛と無数の質問を滲ませたまなざしで彼女を眺めた。シャーロックは礼儀を保ちつつも、「ええ、ありがとうございます。いまはルイス保安官助手の事件がありますから」と言って、彼らの口を封じた。

そのときジェームズ・ボンドのテーマ『私を愛したスパイ』が流れてきた。サビッチとシャーロックが音のするほうを振り向くと、郵便局長のマンタノが背中を向けて携帯電話に出た。話を終えたマンタノは、電話を切って戻ると、ＯＴＲコンテナに近づきすぎないようにした。到着したばかりの鑑識が、黄色い現場保存テープを張りめぐらせたコンテナのまわりで作業している。「ヘイメズ捜査官にも言ったんですがね、死体を発見した局員のエリー・モーランは、すぐにわたしに電話してきました。わたしはＯＴＲに死体が入っているのを確認すると、リッチモンドの上司に電話したんです。彼女が郵便監察官に電話して、そこからリッチモンドのＦＢＩに連絡がいきました。六時半には全員ここにそろってました。局員にはＯＴＲに近づかせないようにた。

――」

シャーロックが尋ねた。「ＯＴＲとはどういう意味ですか、ミスター・マンタノ？」

局長は目をぱちくりさせていたが、やがて首を振った。「郵便局で働いて十四年になりますが、知りませんね」局員に順番に尋ねていったが、誰も知らないようだった。

「郵便業界では、誰も覚えていないくらいむかしから使われてるんです」

事業統括部長が、「輸送に関する言葉だから、長距離輸送《オーバー・ザ・ロード》じゃないかと思いますが」と口添えし、神経質に笑った。

リッチモンドのクラウダー監察医は、助手を三人引き連れて現れ、ヘイメズ、サビッチ、シャーロックと握手を交わすと、シャーロックに向かって、あなたはすばらしい、サインをもらいたい、と言ってから、かがんで死体を検視しだした。「うまいスクランブルエッグを食べた直後に見たい光景じゃないな」まえを向いたまま言った。「ひどいありさまだ、捜査官。このナイフ――こんなナイフは見たことがない」

「昨日、似たのを見ました。アサメイといいます」サビッチは言った。「魔術に用いられる儀式用のナイフだそうです」

「日常的に目にするものとは思えないがな。きみはワシントンから来たんだろう、サビッチ捜査官。このナイフについてなにか知ってるんじゃないのか？」

「はい」

「どういうことだか、説明してもらえるかね？」

「まだはっきりしたことは」

「ちょっと待てよ。昨日ワシントンであった殺人か。儀式用のナイフで男性が殺されたとニュースで言っていたが。そのナイフがこれと似ているのか？」

サビッチはうなずいた。

ケーンの上司にあたる保安官は強面《こわもて》の老人で、怒ったような顔をしていた。「ケーン・ルイスとは八〇年代におれがはじめて保安官に選ばれたとき以来のつきあいだから、三十年になる。肝の据わった男で知られてたんだが、プラケットの連中には、あそこの保安官より人気があったから、彼が選挙に立候補しなくて保安官は運がよかったさ。カルマにこだわるには、人生は楽しすぎるというのがケーンの口癖だった。孫が六人いる」こぶしを一方の手のひらに打ちつけた。「誰が彼をこんな目に遭わせたか、あんたにわかるといいんだが」

「まだわかりませんよ、保安官」

クラウダー監察医は上体を起こすと、死体の写真を撮ろうとしている鑑識に場所を譲った。

「死後六時間といったところだな。死因は明らかなようだが、解剖してなにかわかったら知らせるよ。保安官、ルイス保安官助手がこんなことになって気の毒だ。彼の家族にはあんたのほうから伝えるんだろう？」

「ああ、プラケットのワトソン保安官といっしょに行ってくるよ。それぐらいはしないとな。悪魔のしわざだ——ケーンが殺されたと知ったら、ワトソンは震えあがるぞ。たとえ、ケーンのことを嫉妬してきたとしてもだ。ケーンのほうが住民たちから敬愛されてるのが、癪《しゃく》にさわってたんだ。ワトソンとケーンはいやになるぐらい長いつきあいで、しかも義理の兄弟だった。ケーンのかみさんのグローリーがワトソン保安官の妹でね。なんともはや」彼はみんなと握手を交わすと、ぶつくさ言いながら歩きだしたが、しばらくするとサビッチを振り返った。「おかしな魔術用のナイフで殺されるのは、これでふたりめだ。なにが起きてるんだね、捜査官？」

「いずれ明らかにしますよ」サビッチは答えた。

保安官とシャーロックとヘイメズは、鑑識が大きなOTRコンテナを運びだすのを見ている。サビッチにはそれが鑑識の車に載るとは思えなかった。どうやって死体安置所まで持っていくつもりだ？

シャーロックが言った。「デーンとグリフィンは郵便局の仕事を請け負ってる運送会社に行って、ブレーキー・オールコットから話を聞くことになってるわ。今朝OTRを運んできたトラックの運転手よ」タブレットを取りだす。「ブレーキーの本名はジョゼフ。フェイスブックに記載の紹介によると、ブレーキーというあだ名が定着したのは、十六歳のときに父親のピックアップトラックで急ブレーキをかけて、父親が窓から飛んでしまったから。父親は首の骨を折りながらも、どうにか回復。ブレーキーは二十四歳。いまの仕事をはじめてそう長くないけれど、周囲の信頼もあつく、みんなに好かれている。彼の動向は会社のほうで追えるそうよ」

テロリストの攻撃に巻きこまれてまだ一日もたっていないにもかかわらず、場所を心得ているシャーロックは、探るべき対象を短時間で特定する。サビッチは言った。「鍵は時間だ――犯人はルイス保安官助手を刺殺したあと、トラックに死体を運んでOTRコンテナに入れ、小包でおおって、トラックのロックをかけ、ブレーキー・オールコットが来るまえに逃走したことになる。それだけのことを見咎《みとが》められずにやり遂げた。で、ブレーキーのトラックを使うことは計画のうちだったのか？　多大なリスクをしょってでも実行したのは、なんのためだ？　おれには死体が発見されたのが、内部の誰かによる失敗に思えてならない」

シャーロックが言った。「今朝のブレーキー・オールコットはふだんとちがったとエリー・モーランは言ってるわ。しかも、なにかふくみがあるようだったんでしょう、ジェレミー？」

「ええ。ですが、エリーはゴシップ好きと評判の女性で、おもしろい話に目がないらしいんですよ。ルイス保安官助手が殺されたことも午前十時にはライニキーじゅうに広がってるでしょうし、正午にはプラケットじゅうに届いてるでしょう」

サビッチとシャーロックはジェレミー・ヘイメズ捜査官を残して、局の裏側にある駐車場に行った。サビッチは妻のためにポルシェの助手席のドアを開けた。「なんで死体を片付けるためにこんなに異様で面倒なことをしたんだ？　なぜわざわざライニキー郵便局行きの小包のなかに埋めた？　ややこしい処理だし、郵便業務に相当詳しくないとできない。それにブレーキー・オールコットをスポットライトの中央に置くことになる。黒幕たる犯人には、町の住人の半分の面前でブレーキーにルイス保安官助手を刺させておいて、すべてを忘れさせることもできた。実際、昨日、レイバンハウス・オフィス・ビルディングでウォルター・ギブンズにはそうしたわけだ。だとしたら、なぜ、ブレーキーも表舞台に立たせなかった？」

シャーロックは言った。「ジャクソン・ストリートにカフェがあったから、そこでお茶でも飲みながら話しましょう。正直、昨日のことでまだ疲れが残ってて、ひと休みしたいの」

四十五分後、サビッチが最後に残ったお茶を飲んでいると、グリフィン・ハマースミス特別捜査官から電話が入った。「運転手のブレーキー・オールコットですが、いつもリッチモンドから十キロの道路沿いにある〈ミルツ〉という小さな食堂に立ち寄ってます。店が営業中なら入店して、十分のうちにブラックコーヒーを二杯飲み、アーモンド風味の菓子パンをひとつ食べて、ウエイトレスと世間話をする。だいたいはランチもそこでとってます。もう少しでウエイトレスを映画に誘えそうなんですよ。

小包を満載したあとのトラックは、ロックのかかった状態で配送センターに置かれ、彼が最初の立ち寄り先であるライニキー郵便局にOTRコンテナを配送しにいくときまで、ロックされたままだそうです。

ロックを調べてみました。いじられた形跡がないんで、犯人がトラックのキーを持ってたってことですよね。となると、どうやって手に入れたんだか。リッチモンド配送センターが使っている民間業者は、パルトロー運送会社です。運転手たちはその会社の雇われですが、業務に使っているとき以外のトラックは配送センターに停めてあります。

キーはトラックターミナルの内側にあるボードにかけます。OTRコンテナは早朝三時から四時に載せ、そのあと運転手たちがキーを手に出かけます。密な関係のグループなので、トラックのスペアキーを作るには全員と顔見知りでないとむずかしいでしょうね。ですから、運転手か従業員のひとりだと思います」

サビッチは言った。「で、この一週間のうちに不審者を見かけたという話はないんだな?」

「はい。じつは……」

サビッチの顔に笑みが浮かぶ。「言えよ、グリフィン」

「私見ですが、犯人は郵便局か運送会社につながりのある人物じゃないですかね。じゃなきゃ、業務やスケジュールをそこまで詳しく知りませんから。で、思ったんですが、理由は不明ながら、ブレーキー・オールコットは事件に関係がある。ひょっとすると、犯人かもしれない。そうでないと、業務にわからないことが多すぎます。もしブレーキーじゃなければ、運送会社か郵便局に勤める別の誰かに乗り換えますけど、おれの見るところ、サビッチ、センターコートにいるのはブレーキーですよ」

サビッチは言った。「ただし、スパーキー・キャロルを五十人の目撃者のいる場所で殺したウォルター・ギブンズとちがって、今回の犯人は身元を隠そうとしている。いいか、グリフィン、ブレーキー・オールコットを見つけたとしても、ギブンズと同じで彼自身が殺人を犯したことを知らない可能性があるのを忘れるな。近づくときは低姿勢でいけよ、グリフィン。ブレーキーの協力がいるんだから、威圧的な態度は避けるんだ。ギブンズ同様、手先として使われたらしいと思ったら、やつを近くに置いておく必要があるから、フーバー・ビルディングまで同行してこい。

連絡を絶やすな。シャーロックとおれはスパーキー・キャロルの奥さんに話を聞いてくる。それがすんだら、こんどはワシントンでブレーキー・オールコットの言い分を聞く」

「凶器のアサメイのことがなければ、こんなふうに考えることはなかったですよね」

グリフィンの言うとおりだった。ふたりの男を殺させておいて、その記憶を失わせるほどの力を持った犯人とは、いったい何者なのか？

10

フェデラルプラザ二十六番地
ニューヨーク市
木曜日の午前中

支局担当責任者であるミロ・ザカリー特別捜査官は、部屋に居ならぶさまざまな機関の職員を見渡した。ＦＢＩ、国土安全保障省、ＪＦＫ空港警備、ニューヨーク市警察、国家安全保障局《NSA》、アルコール・たばこ・火器および爆発物取締局《ATF》。ここにいる面々には、上司や、国政レベルの政治家、マスコミなど、ありとあらゆるレベルから絶え間なく圧力がかかっているが、彼らが感じている切迫感は、つぎなる攻撃が迫っているという予感に由来する。昨日の事件からわずか二時間後、大統領は国民向けに会見を開き、副大統領はいまだショックの癒えぬようすで事件現場のことを雄弁に語った。

そうしたことはいっさい無視してもらいたい、とザカリーは一同をまえにして語った。〝解決するまで、捜査における各自の役割に全精力を傾けること〟「わが国はいま危機的状況にあり、われわれは崖っぷちに立たされている。空港や公共の場所、さらには教会までが狙われ、事件がすべて解決するまでこの状態が続く」九・一一のときのことは、いまだザカリーの脳裏に刻まれている。あのときのショック、憤怒《ふんぬ》、中東出身者らしき風貌の人たちに向けられたお門違いの怒り。さいわいにも今回は死者が出ず、どちらの攻撃とも、もののみごとに失敗した。「運よく今回はこちらの勝利に終わった。そのせいで犯行声明がないのかもしれないが、脅威はいまだ続いていて、それを終わらせられるかどうかは、わたしたちにかかっている。みんなすでに睡眠を削られていることと思う。わたしもコーヒーの飲みすぎで、神経が高ぶったままだ」ザカリーは言葉を切った。「それでいいのかもしれないが」ザカリーはテーブルを囲む主要な人物を紹介してから、続きをケリーに託した。

ケリー・ジュスティ特別捜査官は、細長い会議テーブルの上座に立った。テーブルには、開いたノートパソコンとタブレット、ノート、コーヒーカップ、ソーダの缶、デニッシュの皿——いまやほぼパン屑《くず》しか残っていない——が載っている。十六階でゆっくり熱いシャワーを浴びてきたおかげで、車に轢《ひ》かれてぺちゃんこになった動物のような気分は晴れたものの、早くもじわじわと疲れに浸食されつつあるのを感じている。ケリーはコーヒーをもうひと口飲んだ。歯に染みるほど濃いコーヒーが、脳を直撃した。会議テーブルをさっと見まわすと、二十数名の捜査員や職員が自分を見ていた。多くは自分と似たり寄ったりの状態ながら、それでも集中力を絶やさず、会議に臨んでいる。彼らを支えているのは、アドレナリンとテロリストによるＪＦＫ空港とセントパトリック大聖堂の爆破未遂事件に対する怒りだった。

壁にかけられたスクリーンのスイッチを入れると、ナシム・アラーク・コンクリンの写真が十枚以上、映しだされた。「ナシム・コンクリンについて、経歴や家族など、現在わかっているすべての情報をお手元のファイルにまとめました。最初にお伝えしたいのは、いわゆるテロリスト像に合致しないことです。三十六歳、フランスとイギリスの二重国籍を持ち、母親はシリア人、父親はイギリス人です。ロンドン在住の父親が死去したのを機に、最近、フランスのルーアンからロンドンに転居しました。裕福な家庭です。父親はイギリスにあるチェーンのクリーニング店のオーナーで、そのチェーン店は現在、コンクリンが売りに出しています。

コンクリンの家はロンドンの高級住宅街ノッティング・ヒルにあり、家族は妻と八歳を頭に子どもが三人。フリーランスのジャーナリストとしてウェブサイトを運営しており、ヨーロッパ経済に関する記事を《ル・モンド》に寄稿していました。フランス政府の相談に応じる中東問題に関するシンクタンクのメンバーでもあります。この点については、まだ詳しいことはわかっていませんが。

　つまり問題は、なぜナシムのような人物が昨日、ＪＦＫ空港の保安検査場の列でブリーフケースから手榴弾を取りだしたかです。ナシムと母親はいずれもイスラム教徒ですが、ナシムにはあらゆる面で西洋化の兆候が見られ、結婚相手はフランス人のカトリック教徒です。ただ、ナシムの母親はロンドン南部にあって、この一年、保安局《MI5》の監視下に置かれているサウス・ロンドン・モスクを定期的に訪れています。そこで新潮流に染まったのだろう、というのがロンドン側の推察です。とすると、そこでつながりのできた人物たちによって、ＪＦＫでの実行犯にしたてあげられた可能性があります。ＭＩ５は、このモスクがテロリストの資金調達ならびに人材確保拠点になっているのではないかと見ています。モスクを運営しているのは、アル・ハーディ・イブン・ミルザ導師、五十八歳。カリスマ性のある過激な原理主義者で、トカゲを岩からどかせるぐらい説得力があるとされ、ＭＩ５では、彼が寄付金をかすめて、裏で多額の現金を手にしているのではないかと疑っています。ファイルをご覧いただければわかりますが、彼は傲慢にも、イギリスの法律を超越していると考え、そう公言しています。ですが、いまのところ疑義はあるものの、逮捕にいたるだけの証拠は入手できていません」

ケリーはグレー・ウォートン捜査官にうなずきかけた。ベテランのグレーはコンピュータに詳しく、ケリーとは友人関係にある。会議室に集まった男性陣の大半がそうであるように、むさ苦しいヒゲ面で、服も薄汚れていた。

グレーは咳払《せきばら》いをした。「ナシムがそのモスクに行ったことがあるのなら、MI5は監視カメラの映像でやつを特定できるはずだ。

ひるがえって、いまこちらでわかっていることを話すと、ナシム・コンクリンは今週の月曜日にJFKに到着し、税関を通っている。ターミナルの外で機内持ちこみの手荷物をひとつ持っている姿が確認できた。まだこちらで特定できていない男が合流して、ナシムを大型の黒いバンに先導した。ふたりを乗せた車は空港出口に向かったが、防犯カメラにも交通監視カメラにもいっさいとらえられていないんで、その先の足取りはわからない。つまり、月曜と火曜の夜の宿泊先も、やつが水曜にJFKで使った手榴弾の入手先も不明だということだ。事件当時、やつはパスポートと二百ドルの現金だけで、携帯電話を持っていなかった。パスポートによると、この三年でフランスから国外に出たのは、ロンドンで父親の葬儀に参列したときだけだ。つまり、テロリストの訓練キャンプには参加していない。いまロンドンにおけるやつの携帯電話と固定電話の通話記録を申請中だ。

やつの家族は火曜日にボストンのローガン国際空港から入国している。税関を通り、歩いてターミナルを出て、同じ飛行機に乗っていた男ふたりがいっしょだった。家族は黒いSUVに連れていかれたが、ナンバープレートには、特定を嫌って泥がなすりつけてあり、どちらの男も、顔が認識できないように帽子とサングラスを使っていた。それで調べてみたところ、その飛行機にアメリカの偽造パスポートで搭乗した男がふたりいたことがわかった。よくできた偽造パスポートだったが、顔写真がちがった。家族についていたのはそのふたりだったと思われる。

ジュスティ捜査官が言ったとおり、おれたちはナシムが生贄《いけにえ》にされたと考えている。テロリストの人質にされた家族の命と引き換えに、JFKで自爆テロを決行するよう強いられたんだ。家族はまだ入国したときと同じ、ボストンにいるかもしれない。ファイルのなかには、ナシムの家族の写真も入っている。ミセス・コンクリンに怯えたようすはなかったんで、夫のもとに連れていくと言われていたのかもしれない。夫がなにを強いられていたか、まったく知らない可能性もあるし、すでに家族の命がない可能性もある。ナシムは任務に失敗したわけだからな。ケリー、いいかい？」

ケリーがうなずいて、話しだした。「ナシム・コンクリンには家族を守る以外の動機がなかったことを確認しておく必要があります。少なくとも、いまのところは見つかっていません。となると、疑問は、なぜナシムが選ばれたかです。電話の通話記録にあたり、彼の連絡先や知人から話を聞いたり、電子メールやインターネットの履歴、経済状況をチェックしたり、家族や信仰についても深く探る必要があります。

そしてこの数日の彼の所在と、どこで手榴弾を手に入れたか？　ここニューヨークにいた一日半のあいだ、誰と話をしたのか？　それに名前の問題もあります。そう、ベラという名前——奥さんの名前でしょうか？　作戦のコードネームの可能性はないでしょうか？　ＮＳＡのバリッキー捜査官が傍受通信をチェックしています。彼の滞在していた場所がわかったら、携帯電話も見つかるかもしれません。

この半年間のコンクリンの行動を追って、やりとりのあった相手を洗いだす必要があります。併せて、彼の母親の行動もチェックしなければなりません。そのあたりはＭＩ５がほぼカバーしています。ファイルには、各自がとくに注意してもらいたい点を詳説した資料が入っています。

ここにいる何人かには、セントパトリックの事件の捜査にあたってもらいます。大聖堂が実際の攻撃対象で、ＪＦＫが目くらましだったのは明らかです。残念ながら、大聖堂に関してはあまり手がかりがありません。三台の防犯カメラと二台の交通監視カメラに大聖堂へ直接バックパックを運びこむ中東系の人物が映っていました。ロメオ・ロドリゲスが爆弾を見つける二時間まえのことです。男はキャップをかぶってサングラスをかけており、まだ身元を特定できていません」ケリーは動画のスイッチを入れた。「ここに男の顎の一部と鼻が映っているので、人相認識プログラムにかければテロリストとして知られている人物の目鼻立ちにヒットするかもしれません。ですが、不完全な写真ですから、公表してもあまり意味がないでしょう。

いまはセントパトリックに入るところ、あるいは出てくるところを見ていた目撃者を探しています。さらに、もし犯人がそのへんに残っていたら、何百という携帯の動画と防犯カメラの映像があるので、犯人の特定に希望が持てます。

アル・カイダやＩＳＩＳ、あるいはより小規模な過激派グループの発案にもとづく計画だったのかどうかも突きとめなければなりません。ロンドンで計画されたもののようですから、うちとしては、ほかの可能性が浮上するまで、サウス・ロンドン・モスクとアル・ハーディ・イブン・ミルザ導師に注目することになります。ドラモンド捜査官が――」ケリーがニコラス・ドラモンドにうなずきかけると、彼は小さく手を振った。「ＭＩ５との窓口になります。ロンドンから情報が入ったら、彼が随時、情報を更新することになっています。

コンクリンに弁護士をつけるかどうかをめぐって簡単なやりとりがあったのをすでにお聞きおよびかもしれません。上層部の決定で、現時点で弁護士をつける予定はありません。うちに捜査権があり、全体の利害を考慮したうえで、彼を隠れ家に移すことになりました」ケリーはそこで口をつぐんだ。認めたくはないが、黙っているわけにはいかない。さっさと片付けなさい、ジュスティ。「で、現状ですが、コンクリンは黙秘権を行使しています。話すならシャーロック捜査官にと言いつづけているのです。そうです、空港で彼を倒したFBIの捜査官のことです。しかしながら、うちのほうで働きかけを続けていますので、いずれは口を開くものと考えます」

「もし口を開かないようなら、シャーロック捜査官に取り調べに加わってもらったらどうですか?」ニコラス・ドラモンドが尋ねた。

FBIの捜査官からイギリスなまりの英語を聞くとは、なんとも不思議な感覚だ。

「ようすを見て」と、ケリーはあっさり答えた。

国土安全保障省の職員が言った。「セントパトリック大聖堂での攻撃についてですが、副大統領の暗殺の可能性については、いまのところ検討すらしていません。加えて州や国の有名政治家ならびに実業家も多数いました」

支局担当責任者のミロ・ザカリー捜査官が立ちあがった。「いい指摘だな、アーロ。

うちでもその可能性を考慮して、少人数のグループに調べさせている。漏れのないようにしたい。さて、これで各自すべきことが確認できたと思う。疑問や提案があるときは、直接、ジュスティ捜査官に伝えてくれ」ザカリーは念を押すようにひとりずつの顔を見た。「これできみたちにも圧力がかかったことと思う。ありがとう、好運を祈るよ」

11

バージニア州プラケット
木曜日の午前中

シャーロックはリッチモンドからプラケットに向かう途上で、ケーン・ルイス保安官助手の解剖を終えたばかりの監察医から電話をもらった。思ったとおり、死因はナイフで胸部を貫かれたことだった。ほかに注目すべきこととして、ルイス保安官助手には長年の飲酒歴があり、肝硬変の悪化がいちじるしかったことがわかった。〇・二五%もの血中アルコール濃度があったので、刺されたときは半ば人事不省だったと思われる。「そのおかげと言ったらなんだが、ナイフが入ってきたのを感じたかどうか。ただし、住民に知らせる必要はない。家族も知らなくていいことだ」

家族、とりわけ妻が、知らないわけはないけれど、とシャーロックは思った。夫に女の影があるとき、妻はかならず気づく。大量飲酒についても、同じことだ。

サビッチが言った。「ワトソン保安官の耳には入るだろうがな。仕事中ではなかっ

たにしろ

スパーキー・キャロルについては、昨日レイバン・オフィス・ビルディングで殺されたとき、体内には酒も薬もなかった。防御創も見あたらなかった。攻撃してきたウォルター・ギブンズのことは知っていたにしろ、廊下には大勢の人がいたから、直前になるまで気づかなかったろう

保安官はメートランド副長官からスパーキー・キャロルの捜査をうちがすると聞かされてご機嫌斜めだったらしいが、凶器はアサメイで、ウォルター・ギブンズに記憶がないとなったら、内心、ほっとしたんじゃないか。

保安官は昨日の午後、牧師を連れてスパーキー・キャロルの新妻のタミーに話しにいったそうだ。彼女が取り乱して、つらい仕事だったようだ。彼女の母親と姉ふたりに阻まれて、彼女から話を聞くことはできなかった。だが、三人ともウォルター・ギブンズが犯人と聞かされて信じられずにいた。ウォルターとはむかしからのつきあいで、母親によると、スズメの涙ほどのお金で車を修理してくれる、親切な男だそうだ。明日になったらまた状況が変わる」サビッチは続けた。タミー・キャロルも多少は落ち着いて、ウォルター・ギブンズが魔術用のナイフを使って彼女の夫を殺し、そのあといっさいの記憶を失っていることについて、考えをめぐらせる余裕ができるだろう。

「双頭のドラゴンの彫り物があるアサメイの写真をジョージ・ワシントン大学のホーンズビー教授に送ってみた。知ってのとおり、彼は理論物理学者で、実践的なウィッカンでもある。そう、古代欧州の多神教的信仰を復活させたとされる、あのウィッカの専門家というふれこみだ」

「彼には一度会ったことがあるわ。じっとわたしを見て、黙って首を振ったのよ。意気地なしの教師みたいだった」

サビッチは笑いながらウインカーを出し、あっさりと十八輪トラックを追い越した。

「きみが怖かったんだろ。社会生活能力は高くないようだからな。なんにしろ、彼はすぐに電話をくれて、双頭のドラゴンのアサメイは珍しいと教えてくれた。握りの部分の彫刻が凝っていて、ドラゴンの顔にルビーの目は入っているけれど、中世のものではない。ちなみに目のルビーは本物だそうだ。作られてせいぜい百年、たぶんもっと最近のものだが、ある程度の年数はたっているんで、一族のコレクション、おそらくはウィッカンの家族から出たものだろうとのことだった。おれがある男性の心臓に突き立てられていたんだと言うと、教授は絶句していたよ。

教授の話によると、ウィッカンにとってアサメイは武器じゃない。もっと言えば、ハーブを切るのにも使わない、もっぱら儀式用だそうだ。自分は不器用だし、刃はなまくらなままにしていると言って、教授は笑っていたよ。複数のアサメイの写真も見せてくれた。だいたいは、そっけないぐらい素朴で、握りは黒、石でできているものが多かった。天然の物質を使うことが大切なんだそうだ。刃渡りは十センチ、すべて諸刃《もろは》でまっすぐだった。双頭のドラゴンのアサメイの刃渡りは十八センチある。

教授は、ウィッカンにとってアサメイはもっとも重要なツールだと言っていた。持ち主のエネルギーに密接に結びついているからだそうだ」

「どういうこと？」シャーロックは尋ねた。「象徴的な意味なの？」

「彼が言っていたことをそのまま伝えると、アサメイは持ち主のエネルギーの導体となる——つまり、持ち主のエネルギーを直接、外に伝えるんだ。そう、光線のように。そして制御するとされている。どういう意味だか、おれにはよくわからない」

「アサメイによって威力がちがうとか、特別強いものもあるとか、そういうことは言ってなかった？」

「いいや、どれもそれぞれに個性があって、その持ち主のパワーなりエネルギーなりを引きだすと言ってたよ」

サビッチは95号線から123号線に入り、十五キロほど先でプラケットの出口を右に折れた。ほどなく古い田舎町のメインストリートに入り、二千百二人の人口を高々と掲げる道路標識を見た。建物の多くは前世紀のスタイルで、多少の傷みはあるものの、同時にある種の魅力もある。セントラル・スクエアにある築百年の石造りの庁舎は、カエデにぐるりと囲まれ、その片側に十羽ほどのカモが憩う小さな池があった。

スパーキー・キャロルとその妻タミーの住む家はパイン・ナット・ストリートのなかほどにあり、メインストリートと並行して走るこの通りは、紛れもない中流家庭の住宅街だった。春も終わりに近いこの季節、オークとカエデは青空を背景にしてたっぷりと葉をつけ、かすかな風が板石敷きの私道をランチスタイルの家屋に向かうふたりの髪をやさしくそよがせた。築十年といったところだろうか。家屋は手入れが行き届き、芝生は刈られたばかりだった。家の正面側にある細長い花壇には、パンジーが植えられている。私道に車がないのを見て、サビッチは喜んだ。ミセス・キャロルはご在宅かと尋ね、彼女ひとりと話がしたいと伝えた。

玄関に応答に出てきたのは、ポケットサイズのビーナスだった。身長は百五十センチそこそこ。丸みのある体つきで、長い茶色のロングヘアに、泣き腫らした茶色の瞳をしていた。痛々しいほどの若さだ。サビッチとシャーロックは身分証明書を提示して、自己紹介をした。

「お悔やみ申しあげます、ミセス・キャロル」サビッチは言った。「こんなときにお会いいただき、ありがとうございます。あなたの協力を必要としています」

タミーは無言だった。夫から携帯電話に連絡があって、叫び声や悲鳴のかずかずを聞いたときから、喉に大きな塊がつかえて取れない。あのときにもう、なにか恐ろしいことが起きたことがわかったのだ。タミーは小さな足で回れ右をすると、ふたりを細長いリビングルームに案内した。表側に窓があるけれど、厚地のカーテンを隙間なく閉めて、光をさえぎっていた。

彼女は白くて小さい手を振った。「どうぞ、かけてください。飲み物はいかがですか？」

「けっこうです」サビッチが応じた。「お気づかいなく」タミーに近づき、その小さな両方の手を自分の手で包みこんだ。「ウォルター・ギブンズがご主人を殺した動機を突きとめますからね、ミセス・キャロル」

タミーは彼を見あげて、まばたきをした。「でも、ウォルターは動機を言ってないんでしょう？」

「ウォルターにはご主人を殺した記憶が皆無です。なぜワシントンまで車を転がし、レイバンハウス・オフィス・ビルディングに行ったかも、わからずにいる。意識が戻ったとき、スパーキーから下院議員に売りこみ中だと聞いたことは覚えていたけれど、自分のしたことは説明できなかった。彼は恐れおののいています。なにがあったか、すっぽり記憶が抜け落ちているからです。そして、わたしたちも彼が嘘をついているとは考えていません。さあ、かけてください、ミセス・キャロル」

タミー・キャロルは唇を舐めると、うなずいた。そして見るからに夫のものとわかる大きなテレビ観賞用の椅子に腰かけた。体をこわばらせ、背を板のようにして、椅子の端に腰かけている。ジーンズの膝に手を置いたその姿は、女子学生のようだった。

「タミーでいいです。あたし、うんと考えたんです。でも、どんなに考えても、スパーキーが誰かに刺されるなんて、どうしてもわからない。しかも、よりによって親友のウォルターだなんて。ウォルターは覚えてないって、言いましたよね？　それって、後悔の念が強すぎて記憶を消しちゃったってことですか？　あんなことをしておいて？」彼女は唾を飲んだ。

サビッチが答える。「わたしたちに言えるのは、ウォルターが覚えていないという事実だけです。ふたりのあいだになにかありませんでしたか？　仕事上のいざこざとか、なにかをめぐるケンカとか、嫉妬とか。ウォルターがご主人を刺す動機になるようななにかが？」

「いいえ、そんなの、なにも」盛りあがった涙が頰にこぼれ落ちた。シャーロックはまえかがみになり、穏やかな低い声になった。「ミセス・キャロル、いえ、タミー、ウォルター・ギブンズとはいつからのお知りあいですか?」

タミーは涙を飲んで、背筋を正した。「ウォルターとスパーキーとあたしは、幼なじみなんです。あたしがふたりと知りあったのは、五学年のときで、ふたりは八学年でした。学年はちがったし、あたしは小さかったけれど、友だちになりました。ハイスクール時代は、いつもいっしょでした。ウォルターはあたしとデートしたがったけれど、もうそのころには、スパーキーと真剣な間柄になってて。でも、そんなこと問題じゃなかった。関係は壊れなくて、友情が続きました。だから、わけがわからないんです。あたしたちの結婚式のとき、ウォルターはスパーキーの付添人だったんですよ」タミーは言葉を切り、涙に濡れた瞳でサビッチを見あげた。「それが四カ月まえです。まだ四カ月。あたし、二十歳で未亡人になっちゃった」彼女は顔を伏せて、両手でおおった。肩が震えている。

シャーロックは大きな椅子に近づき、幅の広い革製の肘掛けに腰をかけた。タミーを抱き寄せ、背中をさする。タミーは両腕をシャーロックの背中にまわし、その胸に顔を押しつけた。「悲しいわね」シャーロックは涙に濡れたタミーの頬にささやきかけた。「こんなことになって。絶対に真相を突きとめるわ。でも、それには助けてもらわなきゃならないのよ、タミー。力を貸してくれる？」

タミーはしだいに静まり、最後にはシャーロックから離れた。顔を上げた。「取り乱してごめんなさい。ただ――」

「それはいいの、心配しないで」シャーロックは彼女の腕に触れると、ワイン色をした真新しい革製のソファに戻って、腰をおろした。「アサメイって聞いたことある？」

「ええ、もちろん。あたしのママも、自分で作ったのをふたつ持ってるわ。エネルギーを落ち着かせるために最初に作ったほうを地面に埋めたのよ」

驚いた。サビッチは言った。「きみのお母さんはウィッカンなのかい？」

「ええ。おばあちゃんも、ママの妹のひとりもよ。ママのアサメイは石英の黒い握りがついてるの。やんなるぐらいみっともないんだけど、あらゆる儀式に使うから、そのためにピカピカに磨いて、誰にもさわらせないのよ。アサメイがないと対象物の精神につながれないんだって。ママがそういうことを本気で信じてるんだかどうだかよくわからないけど、正直に言うと、あたしにはべつにどうでもいいの」

「お母さんの名前はなんていうの？」シャーロックが尋ねた。

「ミリセント。みんなはミリーって。ステイシーというのが、結婚まえの姓よ」

サビッチは彼女に自分の携帯電話を渡した。「このアサメイに見覚えは？」

タミーはナイフを見てから、悲しみに満ちた目を彼に向けた。「このアサメイで殺され――」

タミーは首を振った。「あたしが見たことのあるのは、ママのアサメイだけよ。これはとっても古そう。ひょっとして、騎士たちが馬に乗り、お互いを馬から落としてた時代とか？　ここに彫刻してあるのは、ドラゴンの頭？」

「そうだよ」

シャーロックが尋ねた。「プラケットには実際に儀式をしているウィッカンがたくさんいるの、タミー？」

「このへんにもっとたくさんいればいいのに、ってママが言ってた。いても二世代以上まえの人がほとんどだって。ママはおばあちゃんからウィッカンに育てられたの。イギリスのガードナーさんという人が五〇年代にみんなにすべてを教えたんだって。グウェンは――ママの妹のひとりだけど――そしてあたしもだけど――そういうのに興味が持てなくて、ママも無理強いはしなかった。ママともうひとりの妹は、来月、リーサ――夏至のことよ――のお祝いをするわ。ふたりにとっては大いなる喜びのとき、手を握りあうのにいいときよ。それがウィッカン流の結婚式みたいなものなの。どうして知ってるかっていうと、来月のリーサのとき、あたしとスパーキーもみんなと手を握りあって祝いましょうって言われたから。スパーキーはまごついてたけど、参加するって答えてた。

あたしのパパはそういうのを全部くだらないと思ってるから、ママも無理にとは言わない。パパは、炎のまえで激しいセックスができるんなら、リーサに出てもいいぞ、と言ってた」タミーは笑みを浮かべた。はかない笑みではあるけれど。「で、ママはパパを軽く叩いてたわ。ママにとっては、リーサはスピリチュアルな祝祭なの」

サビッチは尋ねた。「ウォルター・ギブンズはウィッカンなのかい？　彼の家族は？」

「ちがうと思うけど。でも、ウィッカンは自分から宣伝してまわるようなもんじゃないから。ママがそう言ってたんだけど。ママは、このへんにはパパみたいな人が多いとも言ってたわ。ウィッカンについて誤解してるって」彼女は側頭部で、指をまわしてみせた。「だからウィッカンは自分たちの信念や儀式について口を閉じて、宣伝してまわらないの」

「町の住人で、実際に儀式を行っているウィッカンを教えてもらえるかい？」

「そうね、オールコット家はまちがいないわね。自分たちはウィッカンだって公言してるから。そういえば、まえにママが声を潜めて、オールコット家とは距離を置いてるって言ってたわ。オールコット家の人たちを怖がってるみたい。変だと思うかもしれないけど、たぶん実際にそうよ。ママには感じたり、察知したりする能力があるの」タミーはとまどいを滲ませながら、最後につけ加えた。

「それはどういうこと、タミー？　感じたりって、どんなことを？　例を挙げてくれる？」シャーロックが身を乗りだし、タミーの顔を見た。

「よくわからないわ、シャーロック捜査官。あまり興味を持ったことがないから。ごめんなさい」

サビッチが言った。「ブレーキー・オールコットについてはなにかわかるかい？　彼もウィッカンなのかい？」

「ブレーキー？　彼はちがうと思うけど。ブレーキーは面倒なことに巻きこまれないように、いつも小さくなってる。いい人よ。ちょっと恥ずかしがり屋で。学校の勉強はあんまりできなかったけど、いわゆる感じのいい子っていうの？　スパーキーの一学年上だった」声が引きつり、小さな手がぎゅっと握られた。濡れた目をサビッチの顔に向けた。「スパーキーはブレーキーのひとつ下だった。まだ現実だと思えない。スパーキーは若干二十三歳なのに」

何分かすると、タミーは顔を上げた。「ブレーキーもオールコット家の一員だもの、自分の家族がどう言われてるかはよく知ってるはずよ。知らないわけないわ。でも、どうしてブレーキーのことを尋ねるの?」

「ケーン・ルイス保安官助手の事件に関係がありそうでね」サビッチが答えた。「きみは彼のことを知ってたかい? スパーキーはどうだった?」

「彼はずっとここにいるのよ。あたしが生まれるまえから。子どものときのほうが、よく知ってたわ。ルート7のミルソンズ・ポイントで見つかるたびに、こっぴどく叱られたの」顔を赤らめて、唾を飲みこんだ。「スパーキーとふたりでいて、不意を衝かれそうになったこともある。あぶないところだった。彼のことはあまり好きじゃないけど、うちの両親をふくめて、親たちは好意的よ。なんでそんなこと訊くの?」

サビッチが説明し、その説明を聞くタミー・キャロルをシャーロックはつぶさに観察した。「今朝ライニキー郵便局でルイス保安官助手が発見されてね。彼もスパーキーと同じように別のアサメイで胸を刺されて、気の毒に、亡くなっていたんだ」

タミー・キャロルには受け入れがたいニュースだった。黙ってサビッチを穴の開くほど見つめながら、椅子から床にすべり落ちた。気絶はしていなかった。横向きに丸まり、音もたてず、涙も流さず、ただ前方を凝視していた。

12

FBI本部ビル、犯罪分析課《CAU》
ワシントンDC
木曜日の昼過ぎ

サビッチはフーバー・ビルディングの三階にある取調室のドアを開いた。すでに部屋のなかにはグリフィンの手配でブレーキー・オールコットがいた。〈ミルツ〉でハンバーガーを食べているところを引っ張ってきたのだ。グリフィンによると、食堂でのブレーキーは屈託なくウエイトレスと話をしていて、やましいようすはなかったそうだ。だが、いまの彼は萎縮していた。

サビッチは言った。「ミスター・オールコット、わたしはサビッチ捜査官、こちらはシャーロック捜査官だ。ハマースミス捜査官にはもう会っているね」テーブルの端に腰かけ、椅子の背にもたれているグリフィンにうなずきかけた。精いっぱいのしかめっ面で、腕組みをしている。そんな顔をしても女性には通用しないのをシャーロックは知っていた。グリフィンの美男子ぶりは並大抵じゃない。

ブレーキー・オールコットは華奢《きゃしゃ》で、パーキングメーターのように痩せていた。どう見ても、六十五キロはなさそうだ。美しい緑色の目に、芸術家の手――指は先細りで、全体にほっそりしている。小指にシルバーの大きな指輪、中指には濃い色のサファイア。いや、サファイアではない。よく見ると、黒い石のようだ。汗ばんでいて、不安げで、まえのテーブルに置かれた優美な手をしきりに開いたり閉じたりしている。サビッチとシャーロックはそんな彼の向かいに座った。

ブレーキーはやさしげなバージニアなまりに恐怖ととまどいを滲ませた。「サビッチ捜査官、ハマースミス捜査官はろくに説明してくれないんです。〈ミルツ〉でハンバーガーを食べてたら、テーブルに近づいてきて、いっしょに来いって。おかげで、みんなから変な目で見られました。ルイス保安官助手が殺されて、ライニキー郵便局で死体が見つかったって話は聞きましたよ。ハマースミス捜査官はその死体がぼくのトラックに載ってたOTRコンテナから見つかったって言うんですけど、誓ってもいい、ぼくにはなにも関係がない」

ブレーキーは椅子から腰を浮かした。三人のいかめしい顔をした捜査官に信じてもらえていないことに気づいたのだ。「聞いてください、嘘じゃない。ルイス保安官助手の事件についてはなにも知らない。〈ミルツ〉で聞いたことだけです。みんなが保安官助手のことを話してて、変な顔をしてぼくのほうを見ました。なんだかローリーまでおかしくて、ぼくはハンバーガーはいつもウェルダンと決めてるのに、ミディアムレアのを運んできたんです。でも、ぼくは気にしなかった。ルイス保安官助手のことでみんなも彼女も動揺してるんだって、わかってたから。そこへやってきたのがこの捜査官です。ぼくが連れだされるのをみんなが見てた。ぼくが暮らしてる町なのに」彼は言葉を切り、シャーロックに視線を据えると、椅子から立ちあがった。「あの、あなたのこと知ってます、マダム、昨日はどこのテレビ局もあなたのことで持ちきりでした――JFKでテロリストを蹴り倒して、やっつけたんですよね、シャーロック捜査官？」笑顔を輝かして、シャーロックを見た。

「ありがとう、ミスター・オールコット、でもそれは昨日のことよ。今日はOTRのなかで死体になってた人のことについてあなたと話がしたいの。お願いだから、ケーン・ルイス保安官助手の死体がなんでそこにあったか知らないなんて言わないで。時間の無駄もいいとこ」

「でも、ほんとなんです、知らないんだから」ブレーキーはグリフィンにうなずきかけた。「彼に言ったとおり、保安官助手がそんなところにいるなんて、ぼくは知らなかった。全然知らなかった。みんなと同じように、ぼくだってショックだ。だってそうだよね、ルイス保安官助手のことはずっと知ってて、むかしから好きだった——」

サビッチは身を乗りだして発言をさえぎり、険しい声で言った。「そんな話を信じられると思うか？　きみはなにか？　きみが今朝〈ミルツ〉という食堂でコーヒーを二杯飲みながら甘いパンを食べているあいだに、たまたま殺人犯がきみのトラックに乗ってたって、そう言いたいのか？　きみのトラックには誰かが不法に侵入しよう、無理やりドアをこじ開けようとした形跡はないし、きみはトラックに鍵をかけてたと言っている。もし何者かがきみの知らないあいだにトラックに乗りこんだんだとしたら、きみがコーヒーを飲んでるあいだに、そいつがどうにかしてルイス保安官助手の死体をOTRコンテナに押しこんで、その死体を小包で隠したってことか？　これでも、おれたちがきみを疑わないと思うか？」

ブレーキーは口を開き、そのまま閉じた。小声で言った。「どうにかして、誰かがやったんだ。誓って言うけど、ぼくはなにも知らない」

サビッチは椅子から立ちあがり、かがんで、ブレーキーのシャツの胸元をつかんだ。「きみが関係しているのはまちがいない。となると、問うべきは、きみがなにを考えているかだ。逮捕されたくないのなら、きみのその態度はばかげている。うっかりだったのか？　それで、ルイス保安官助手を刺したあと、パニックになって、OTRコンテナに詰めこみ、そのうえに小包を投げ入れ、そこでふだんの業務に戻って、ライニキー郵便局のエリー・モーランのもとまでいつものように配送したのか？　あのOTRを置いていったのはうっかりなのか、それともパニックで思考力が落ちてたのか？」

　ブレーキーは死人のように青ざめ、怯えた表情で、首を振った。サビッチはシャツを放し、ブレーキーは遠ざかるように椅子に深く腰かけた。

　サビッチはケーン・ルイス保安官助手の写真を叩きつけるように置いた。「これを見ろ、ブレーキー。きみに心臓を刺された彼がどんなようすか、その目でしっかり見るんだ」

　ブレーキー・オールコットは写真を見おろし、一度、二度と唾を飲んだ。

「死んでる、ルイス保安官助手はほんとに死んだんだ。ぼくは彼が好きだった。あのクソ頭のワトソン保安官より――」ブレーキーはちらっとシャーロックを見た。「すみません、マダム、ほんとにいやなやつだから。でも、汚い言葉を使うのはまちがってました」ブレーキーはふたりを交互に見た。「ぼくがルイス保安官助手にこんなことをしたと思ってるんですか？　ぼくは誰にだって、絶対にこんなことはしません」

「もしそれが事実なら、それを証明するのを手伝ってくれなきゃ」シャーロックは言った。「昨夜はどこにいたの、ブレーキー？　どこでなにをしてたの？」

ブレーキーはまばたきを返した。「昨夜ですか？〈ミルツ〉のローリーを誘いだそうとしたんだけど、誘いに乗ってくれなかったから、家に帰って母さんとおばあちゃんとテレビを観てました。ニュース番組です。それで、あなたが映ってたんです、シャーロック捜査官。兄のジョナが、いつもどおり子どもたちを連れてきて、しばらくいました。ふたり兄がいるんですけど、どちらもうちの敷地の、庭をはさんで向かいに住んでるんです。兄と子どもたちが帰ると、ぼくたちもみんなベッドに入りました。それだけです、ほんとに。ぼくはベッドでひと晩じゅう眠り、今朝の四時十五分まえに目覚ましで起きました」

この男は真実を語っている。サビッチの目から見て、ブレーキー・オールコットは、演じたり嘘をついたりできる男ではなかった。自分のしたことが記憶から抜け落ちているのだ。そして、レイバンハウス・オフィス・ビルディングの廊下でスパーキー・キャロルを刺したウォルター・ギブンズが同じ供述をしていることも、ブレーキーは知りようがない。さいわい、マスコミはそのことをまだ嗅ぎつけていなかった。

サビッチはブレーキーのまえに二本のアサメイの写真を置いた。「左側のアサメイは双頭のドラゴンと呼ばれている。もう一本はルイス保安官助手を刺し殺すのに使われたものだ。これをどこで手に入れた、ミスター・オールコット？」

「手に入れてません。ぼくのじゃないから！」

シャーロックはまえのめりになり、『オズの魔法使い』に出てくる、よい魔女のグリンダのような猫撫《な》で声を出した。「でも、どちらにも見覚えがあるんじゃないの、ブレーキー？　だって、あなたの家族はウィッカンなのよね？　このアサメイはあなたのお母さんのコレクションなの？」

彼は激しくかぶりを振った。「ちがいます。ぼくにはよくわからない。アサメイはたくさんあったから。尋ねるんなら、母さんに尋ねて。母さんが答える」

いまのブレーキーは嘘をついていた。家族を守りたいのか？　と、サビッチは思った。ブレーキーはいまにも崩壊しそうだった。わからないことと、恐怖と、あまりにもわかっていることのせいで。

サビッチは立ちあがった。「そうだな、きみの母親と話をさせてもらおう。父親とも」

「父さんは半年まえに亡くなった。１２３号線で交通事故に遭って。母さんはまだそのショックを引きずってる」

「それは気の毒に。とりあえずここまでにしよう、ミスター・オールコット。プラケットまで送らせる」

サビッチはシャーロックとグリフィンにうなずきかけ、三人で部屋をあとにした。残されたブレーキーは石像のように身をこわばらせていた。

13

ルイス家
バージニア州プラケット
木曜日の午後

夫を失ったばかりのミセス・ルイスは、ひとりではなかった。サビッチがファースト・アベニューを折れて、ブライアー・レーンに入ると、ルイス家の私道のみならず、家のまえの縁石と向かいの通りにも、車が両方向に一ブロックほど連なって停められていた。ルイス家は築五十年ほどとおぼしきすっきりした二階屋で、二台用のカーポートがあり、見るからに居心地がよさそうだった。まるで何十年とスポーツ観戦に使われてきた古い肘掛け椅子のようだ。多少塗装がはげて、芝生が伸びてきているけれど、放置されている印象はなく、家の持ち主が好んでそうしているかのような趣がある。

サビッチは一ブロック先にポルシェを停め、ルイス家まで徒歩で引き返しながら言った。「すごい混みようだな。かえってミセス・ルイスひとりと話がしやすいかもしれない」

玄関に応対に出てきた年配の男性は、不審げな目つきで戸口に立ちはだかった。

「誰だ?」

シャーロックは屈託のない特上の笑みを浮かべて、身分証明書を提示した。「FBIのシャーロック特別捜査官です。こちらはわたしのパートナーで、サビッチ捜査官」サビッチも身分証明書を出した。「そういうあなたは?」

「エズラ・ワトソン保安官だ」彼は人でごった返したリビングルームを振り返った。「おれが弔問客に対応してる。よくこんな日に来たな。グローリー――ミセス・ルイス――も家族も、事情聴取を受けられるような状態じゃない。日をあらためるか、あとでおれに電話してくれ。知りたいことがあれば、おれのほうから話す」

彼は保安官の制服姿ではなかった。てかてかした黒いスーツを着ていたが、長年しまいこんであったのか、窮屈そうだった。頭はすっかり薄くなり、わずかに残る淡い茶色の髪を撫でつけてある。シワがちな馬面はいかめしく、口はきつく結ばれていた。大変な一日なのだろう、とサビッチは思った。自分の人生にも、同胞である人類にも、満足していない男の顔だ。サビッチは男の領域に踏みこみつつ、朗らかに応じた。

「できることなら出なおしたいが、保安官、こちらも仕事なんでね。ミセス・ルイスに紹介してもらえるだろうか？　それが無理なら、こちらで直接、自己紹介させてもらう」

おれを殴り殺したがっている、とサビッチは思った。保安官はこちらを凝視したまま動かず、煮えたぎる怒りをかろうじて抑えつけていた。部下である保安官助手が殺された直後なのだから、気が立っているのも無理がないとはいえ、彼のようすには、ふだんからこの調子なのではないかと思わせるものがあった。

紫色のワンピースを着た女性が保安官の背後から現れると、その場の緊張がゆるんだ。顔つきは生真面目で感じがよく、髪は頭上でひっつめにしている。「エズラ、そちらの方は？」

保安官は軽く振り返った。「ＦＢＩの捜査官だ。こんなところまで押しかけてきた。おまえが娘たちや友人と過ごす時間だというのに」

「この方たちにも対応しますよ。わたしから話を聞く必要があるのは、わかるもの」

彼女は保安官をまわりこんでまえに出た。犬をあしらうようだ、とシャーロックは思った。ミセス・ルイスがこの場を取りしきっているのは明らかだった。彼女はしなやかな手を差しだした。「グローリー・ルイスです」

ふたりは彼女と握手し、身分証明書を提示した。ミセス・ルイスは大柄ながら、太ってはいなかった。活力にあふれて、凛《りん》としていた。シャーロックは尋ねた。「ほかの方に邪魔されずにお話しできる場所がありますか、ミセス・ルイス?」

「ありますとも。書斎なら誰もいないわ。どうぞこちらにいらして」人いきれでむっとする玄関ホールとリビングルームへとふたりを導き、人混みのなかを進んだ。だいたいの人はしゃべるのをやめ、部屋を横切っていく彼らを見ている。ミセス・ルイスは若い女性ふたりのまえで足を止めた。ふたりとも赤い目をして、顔には悲しみとショックがあらわになっていた。外見は母親譲りだけれど、その冷静沈着さは受け継いでいない。シャーロックが見るところ、ふたりの連れ合いらしき男ふたりが、番犬のように付き従っている。ミセス・ルイスは言った。「娘のアンジェラとシンシアです。捜査官のサビッチさんとシャーロックさんよ。お父さんのことで話を聞きにいらしたの」

アンジェラはうなずいて、ぼそりと言った。「JFKにいたFBI捜査官だわ」

「ええ、そうなの」シャーロックは言った。「でも、いま大切なのはそのことじゃないわ。このたびのこと、お悔やみ申しあげます」

サビッチはミセス・ルイスが小さく足踏みしているのに気づいた。娘たちから早く離れたがっているのだ。サビッチは娘ふたりに会釈して、シャーロックの腕を取り、ミセス・ルイスについてキッチンの奥の小部屋に入った。むかしながらの書斎だった。写真が炉棚にならび、ありとあらゆる場所に飾られている。シャーロックは写真のなかにアンジェラとシンシアの姿を認めた。いまより若いふたりが笑顔で夫や子どもたちと写っているもの。赤ん坊のころ、幼児のころ、子どものころ。

「兄のこと、許してくださいね」ミセス・ルイスは言った。「釘があると金槌を使いたがる人で。わたしの夫は釘の使いどころを心得た人でした」シャーロックとサビッチのふたりに同じようにほほ笑みかけ、ソファを指さした。「なにか飲むものをお持ちしましょうか?」

「いえ、けっこうです、マダム」シャーロックが答えた。「ワトソン保安官がお兄さまなんですか?」

ミセス・ルイスはうなずき、ふたりの向かいにあるくたびれたふたり掛けのソファに腰かけた。「ええ、そうです。おふたりとも、ほんとになにもお持ちしなくてよろしいの?」

「はい、けっこうです、マダム」シャーロックは重ねて断った。ミセス・ルイスがここまでホステス役に徹するのは、夫の身に起きた悲劇から気持ちをそらすため? 目には泣いていた形跡がわずかに残っているものの、悲嘆をむきだしにはしていない。タミー・キャロルよりもはるかに年上な分、人の生き死ににについても経験を積んでいる。それに悲しみの表し方は人によって異なる。

「あなたのお兄さまとご主人は犬猿の仲だったと今朝、聞きました」サビッチが言った。「実際そうだったんですか？」

「そのへんの人に訊いていただければわかるけど、ケーンはみんなに好かれていました。住民たちの子どもたちに目を光らせていたから。誰がどこの子で、その子がなにをしていたか、ちゃんと頭に入っていたんです。きっかけは、うちの下の娘——アンジェラですけど——が、地元の少年と車のなかにいるところを見つけたことでした」

彼女は亡き夫の写真に笑いかけた。若かりしころの保安官助手が、拳銃の入ったホルスターを装着した制服姿で、屈託のない笑みを浮かべている。「両親に伝えることはめったになかったんですけれど、みんな、ケーンが自分たちの子を見守ってくれているのを知っていました。それに引き換え兄のほうは、さっきお会いになっておわかりになったと思いますけど、ぶっきらぼうで杓子定規《しゃくし》です。夫とちがって、人とうまくやっていくことができないんです」

「ご主人は保安官のことをどう思ってらしたんですか？」

「ときどき、エズラのご機嫌が麗しくなかったと帰ってきて笑ってましたよ、サビッチ捜査官。エズラは今日もまた窮屈なパンツをはいてきたんだろう、なんて言って。そもそもわたしたちがなぜここへ引っ越してきたかを、お話ししなければいけませんね。わたしたちは八〇年代、エズラの妻がガンで亡くなりかけていたとき、この町に来ました。エズラが妻の世話をしていたんですが、ふたりには支えとなる子どもがおらず、わたしたちの助けを必要としていました。コニーが亡くなると、かわいそうに、エズラは変わってしまった。それでもケーンは精いっぱい兄の気持ちを引き立てようとしてきました。たぶん兄のことを哀れみ、兄なりに一生懸命なのだと思ってくれていたんでしょう。エズラが上司であることも気にしていませんでした。ふだんからあまりこだわりのない人でしたから」

でも、あなたは気にしたんじゃないの、ミセス・ルイス？　と、シャーロックは思った。夫にも自分のように気骨があればいいのにと思ったはずだ。

グローリーはとくになにかを見るともなしに部屋を見まわし、膝で手を組んだ。「わたしは黒いワンピースを持っていないんです。ケーンは紫色が大好きだった」小さく肩をすくめる。「このワンピースも彼が買ってくれたんですよ。だから、これを着ることにしました。明日になったらまたクローゼットの肥やしに逆戻りだけれど」

「ミセス・ルイス」シャーロックは落ち着きはらった女性のほうに身を乗りだした。「つまり、あなたのご主人には敵がいなかったということですか?」

グローリー・ルイスは組んだ手に視線を落としてから、シャーロックを見た。「夫は保安官助手だったんですよ。腹を立てた人たちと向きあい、ときには逮捕もしたけれど、わたしが知るかぎり、敵はいなかった。さっきも言いましたけれど、この家にいる人たちに訊いてみてもらえればわかります。ケーンはやさしくておおらかな人、誰にでも笑顔で対応する人でした」

「ミセス・ルイス、ご主人の飲酒量が人並み外れていたことに気づいていましたか?」

「サビッチ捜査官、このとおりわたしには目があるし、頭もしっかりしています。うちの人は殺されたとき、酔っていたんですか?」

14

「はい」サビッチは答えた。「泥酔と言っていいほどに。昨夜ご主人がどこにいらしたかご存じですか、ミセス・ルイス？」

「ライオンズクラブの会合だと言って出かけましたが、66号線沿いにある三つのバーのどれかに行くことはわかっていました」グローリー・ルイスは頭を振った。「帰宅するまえにブレスミントを使ったりして。あんなに酔っぱらっていて、わたしが気がつかないとでも思っていたんでしょうか。年齢が年齢ですから、体のことが心配でした。でも、わたしがそれを言うと、責められたと思うようで。

昨晩のわたしは、いつもと同じ時間にベッドに入りました。彼のいびきがひどいんで、寝室は別なんです。だから、兄が今朝早くに来て、彼が死んだと聞かされるまで、帰宅していないことにも気づいていませんでした」彼女の声は揺らがず、息ひとつ乱れない。

「お兄さんはあなたのご主人が酒飲みであることを知っていたんですか？」

グローリーはサビッチにほほ笑みかけた。諦観に満ちた悲しげな笑みがすべてを物語っている。「もちろん、エズラは知っていました。心配してはいませんでしたが。一人前の男なのだから、道から転げ落ちたいなら、本人の勝手だと言って。兄はケーンがどうこうより、なにかあったら町民になんと言われるかのほうを案じていたんでしょう。彼の命にかかわること、そう、彼が殺されたとき、ケーンは酔っていたんですね？」

「詳しいことはまだわかりません、ミセス・ルイス」シャーロックが答えた。「ですが、お尋ねしたいことがあります。あなたはウィッカンですか？」

「あら、いまなんと？　どうしてそんなことを質問なさるの、シャーロック捜査官？」

「的外れな質問だと思われるのは承知のうえです、マダム。けれど、お答えいただかなければなりません。あなたはウィッカンですか？」

「ウィッカンですって？　まさか。ケーンとわたしは三十年近く、日曜日はプラケットのバイブル・チャーチに通ってきたんですよ」

「プラケットでウィッカンとして活動している人をご存じですか？」

「プラケットとその周辺にちょっとしたグループがあるようね。いまどき、どこにでも何人かはいるんじゃないですか？　わたしはこの世のなかで平穏を探し求める人たちすべてに神の恩寵《おんちょう》があることを願っていますけれど、わたし自身はハーブや呪文やシンボルにそれを求めようとは思いません。でも、そういう人たちにあまり関心を払ったことがないというのが正直なところ。この際だから言いますけど、うちの長女のシンシアは、十四歳のころ、ウィッカンになりたがりましてね。ちょうど男の子に興味が出る年ごろだったから、キャンドルを燃やしたり、地面に円を描いたり、森のなかで震えたりするより、男の子のほうが楽しめるわよと言ってやりました。それきり娘からその話題が出ることはありませんでした」

「オールコット家をご存じですか、ミセス・ルイス？」

彼女はサビッチに向かって小首をかしげた。「知っていますとも、サビッチ捜査官。ここは小さな町で、ほぼ全員が顔見知りです。半年まえにご主人が悲劇的な亡くなり方をしたので、ケーンが捜査していました。轢き逃げだったんですよ」

「捜査でなにがわかりましたか、ミセス・ルイス？」

ふたたび小首をかしげた彼女は、さしたる興味も示さずに言った。「タイヤ痕がいくらか。でも車の特定にはつながらず、それ以外にはなにも。オールコット氏を轢いた車は、いったん完全に停まったようだ、とケーンから聞きました。そのあとパニックを起こして、走り去ったらしいと。結局、誰のしわざかわからずじまいでした」

「では、ミセス・オールコットをご存じなわけだ」サビッチは言った。

「ブレーキーがうちの人を殺したと思っているから、そんなことを尋ねるのね」淡々とした口調で、事務的ですらあった。「あら、否定しないでくださいましね。結局、あなた方がうちのリビングに踏みこんできたのは、みんなが話していることを知るためだったってことになりますわ。もちろん、わたしがいない場所でですよ。ブレーキーはうちの人を殺したんですか?」

「ご主人の殺害にはアサメイが使われていました、ミセス・ルイス」サビッチは言った。「ウィッカンが儀式に用いるナイフです。もちろんお気づきでしょうが、昨日、ワシントンでスパーキー・キャロルが殺されましてね。彼に使われた凶器もアサメイでした。われわれはいま、ブレーキー・オールコットがどう事件に関与していたかを捜査中です、ミセス・ルイス」

グローリー・ルイスはふたりをまじまじと見た。「スパーキーとうちの人が同じ人物に殺されたと言いたいの? でも、ウォルター・ギブンズは捕まっていたんでしょう? どういうことでしょう、サビッチ捜査官?」

「申し訳ありませんが、やはり捜査中なので、その質問にはお答えできません、ミセス・ルイス。恐れ入りますが、オールコット家の人たちについてお話しいただけますか」

「でも、ウォルター・ギブンズはまだ子どものようなものですよ、ブレーキーもだけれど。ふたりともうちの娘より年下ですもの。スパーキーとウォルター・ギブンズの件ではみんな動揺して、誰も理解できないでいます。そこへうちの人までこんなことになって。町の人たちはブレーキーがやったにちがいないと噂《うわさ》しています。あなたたちが彼を逮捕したとエズラに聞きましたよ。でも、ブレーキーはほんとにいい子なの、むかしから。それにわたしが知るかぎり、ケーンとは仲良しでした。ウォルターとスパーキーは一度として敵対したことがないし。あなたがオールコット家について知りたいのは、ブレーキーのことがあるから?」

「ブレーキー・オールコットは逮捕されていません。ですが、ご存じのことを教えてください、ミセス・ルイス」

「デリアとは、わたしとケーンがここへ越してきて以来のつきあいだから、こんどの秋で三十年になりますね。以前は裕福なお宅ではなかったんですが、二十年ぐらいまえかしら、敷地から天然ガスが見つかり、その権利を売りはらってからは、とても羽振りがいいんですよ。よその人とはほとんどつきあいがないわ。人からあれこれ言われるのをデリアが嫌ってるからかもしれないわね。でもわたしに対しては、彼女も息子たちも、ずっと感じがいいんですよ。ただ、リガートという長男がいて、うちの人はそのリガートのことを、めっぽう酒が強くて、飲むとたいそうな口をきいて人に暴力を振るうと言ってました。何度か留置場にぶちこんだと聞いてますよ」言葉を切って、紫色のワンピースのスカートを撫でつけた。「たぶん同じ酒場にいて、逮捕しなきゃならなくなったんでしょう」

「ほかにもオールコット家とご主人のあいだになにかありましたか？　リガート以外にも？」サビッチは尋ねた。「あるいは、オールコット家とスパーキー・キャロルならびに彼の家族とのあいだには？」

「ありませんよ、そんなもの。うちの人はみんなと良好な関係を結んでいたんです。リガートとだって、逮捕した日以外はどうということもなくつきあっていました。スパーキー・キャロルにしてもそうです、いい子でしたしね。あの子は野心家で、父親のミルト・キャロルがはじめたケータリング業を拡大したがっていました。父親のほうもケーンとは仲がよかった。ミルトが〈食べて繁盛〉という店をはじめた――」彼女は天を仰いだ。「八〇年代だったわね」組んだ手をふと見おろす。「スパーキーの母親のレイチェルとも知りあいでした。家族のために腕を振るいたくても料理をさせてもらえないのよ、とよくこぼしていました。お気の毒に、その彼女も二年まえに亡くなって。

あなたがご存じないはずありませんけど、サビッチ捜査官、どの町にも犯罪者はいるし、欲深い人もいれば暴力もあります。それに対処するのがケーンの仕事でした。でも、どちらの青年も犯罪者ではありません」

「ご主人の飲み仲間を何人かご存じですか、ミセス・ルイス？」

「まったく存じあげませんわ、サビッチ捜査官」彼女はとり澄ました声で言うと、顎を突きだした。ルイス家でケーン・ルイスの飲酒問題について尋ねても、多くを語ってくれる人はいなさそうだ、とサビッチは思った。

15

オールコット家
バージニア州プラケット
木曜日の夕方

サビッチとシャーロックはプラケットのダウンタウンにある〈カントリー・カズンズ〉というピザ店に入った。店内はスパーキー・キャロルとケーン・ルイス保安官助手の話で持ちきりだった。サビッチが思うに、この小さな町でいま生きている人のなかに、過去の殺人事件を記憶している人はいるだろうか？　その殺人事件が二件も起きたのだ。ありがたいことに、誰ひとりとして、ふたりには近づいてこなかった。例外であるウエイトレスは好奇心ではち切れんばかりになりつつ、どうにか口を閉ざしていた。

それから三十分後、ふたりはプラケットを出て、オークと松の木におおわれた丘陵地帯に入った。シャーロックはタブレットを開いた。「車椅子に座りっぱなしの八十三歳の祖母をふくめて、オールコット家には三世代が住んでいるわ。デリア・オールコットにとっては姑《しゅうとめ》にあたる女性よ。デリアの息子三人とその家族たちも同じ敷地内に住んでる。末っ子がブレーキー、その上がジョナで、長男がリガートよ。リガートって変わった名前だと思って、調べてみたの。語源はよくわからなかったけれど、セルビアの名前みたい。どういうわけだか」

「半年まえにあった亡きオールコット氏の轢き逃げ事件について、ほかになにかわかったことはあるか？」

「そうね。保安官事務所の報告書によると、事故が起きたのは、この——敷地と呼びましょうか——の百メートルほど外よ。オールコット氏は幹線道路で飼い犬を散歩させていて、車に轢かれ、犬はその場で吠《ほ》えつづけて人を呼び、警察が来るまで主人のもとを離れなかった。そして臨検したのがケーン・ルイス保安官助手だった。この先はさっき聞いたとおり、保安官助手はタイヤ痕しか見つけられず、車やドライバーの特定にはいたらなかった」

ポルシェのカーナビゲーションシステムが右折の指示を出した。それからまもなく、ふたりは砂利敷きの長い私道と、その奥に寄り添って立つ複数の家屋を目にしていた。なるほど、敷地と呼ぶにふさわしい広い土地の中央に、大きな二階屋が立っていた。

二階屋の両隣には、ランチハウススタイル（西部の牧場主が好んだ家の様式）の平屋が一軒ずつ、プライバシーなど無視しているのか、三軒が身を寄せあうように立っている。どの家も手入れが行き届いていて、背後にはオークと松の木立があった。

サビッチはなめらかにハンドルを切って私道に入り、シャーロックはあたりを見まわしながら言った。「きっとブレーキーからたっぷり話を聞かされてるわ。あなたもうまいこと考えたわね。彼を釈放して、その見返りに家族から話を聞かせてもらうなんて」

「家族も協力的だとありがたいんだが」サビッチは母屋の正面で立ち止まった。周囲にぐるりとポーチのある魅力的な家で、まだ築十五年程度だろうが、半ダースもある煙突が一九四〇年代風だった。トリミングだけ茶色で、あとは白く塗装されている。幅広のポーチには花の咲き乱れる鉢が置かれ、ポーチの梁《はり》には、バスケットが吊《つる》されている。広々とした芝地に面した木立は鬱蒼《うっそう》と茂り、あたりには刈ったばかりの芝生の甘いにおいが濃厚に漂っている。前庭では子ども四人がフットボールに興じ、叫んだり、笑い転げたりしながら、全力であたりを走りまわっている。ポーチには車椅子に乗って前後に体を揺すっている老婦人の姿があり、編み物をしながら、眼鏡の上から子どもたちを見守っていた。子どもたちはぴたっと動きを止めると、身を寄せあって、サビッチとシャーロックを凝視した。

小さな男の子が叫んだ。「すごいきれいな車！」

「ただの車じゃないぞ」それよりは年上の、八歳ぐらいの男の子が言った。「レーシングカーだ」サビッチはほほ笑まずにいられなかった。

「あら、喜んでもらえてよかったわね、ディロン」シャーロックはポルシェのルーフを叩いた。「あなたたち、こちらに来て、車を見ない？」子どもたちにとっては最高の環境だ、とシャーロックは思った。清々《すがすが》しい春の香気と、刈ったばかりの芝生の青々としたにおいが混じりあい、排気ガスのにおいはまったくしない。子どもたちが集まってきた。「あたし、赤、好き」少女が言った。大きすぎるお下がりのジーンズの裾をロールアップして、胸にフットボールを抱きしめていた。「おばあちゃんに会いにきたの？」

サビッチはふたたび老婦人を見た。ロッキングチェアのように揺することができる車椅子を見るのは、はじめてだった。老婦人は椅子を前後に揺すりながら、黙ってこちらを見ていた。「おはようございます、マダム。ＦＢＩのディロン・サビッチ特別捜査官です。こちらはシャーロック特別捜査官。オールコット家のみなさんから話を聞きにうかがいました」ふたりとも身分証明書を取りだした。

老婦人はいまだ椅子を揺すりながらふたりをちらりと見ると、そこでようやく、うっすらとした笑みを浮かべた。「なんとも見目麗しいお嬢ちゃんとお坊ちゃんだこと」甘いシロップが滴るような、耳に心地よい声だった。「あなたたちが来ることは、ブレーキーから聞いてたよ。留置場に入れない代わりに、わたしたちと話をさせろと、取引を持ちかけたんだって？　ブレーキーの無実を証《あか》すため、あの悪徳の街ワシントンからこんなとこまで来てくれるとはねえ。あの子はやさしい子だ。子羊なみに罪がない。あの子が悪事を働いた証拠を手に入れたいのかい？　そりゃ、無理ってもんだ。ハイスクールのときも、フットボールでタックルができなかったぐらいで、虫一匹殺せやしないからね。あなたたちが捜してる悪党はブレーキーじゃないから、まだまだ捜さなきゃならないよ。タニー、ご立派なＦＢＩの人に踏みつけにされたくなかったら、下がっておいで」

フットボールを抱えた少女は二歩下がったものの、身を乗りだしたまま、ふたりを見つめていた。明るい緑色の瞳には好奇心と自意識が表れていた。年齢よりはるかに大人びている、とサビッチは思った。そう、ふつうの人が知らないことを知っているような目つきだ。いや、小さくて、かわいい女の子にすぎない。サビッチはため息をついた。

シャーロックは老婦人の観察に余念がなかった。全身、骨に羊皮紙状の皮をかぶせたような状態で、手の甲に紫色の血管が大きく浮きあがっていた。体重は四十キロそこそこだろう。雪をかぶったような白い髪は後頭部で髷《まげ》に結っているが、髪が痩せているために、留めてあるピンがいまにも外れそうだった。だが、口を開くや、間延びした声音の奥にぴりっと刺激的なものが横たわっている。「はい、マダム、わたしたちは悪徳の街からまいりました」シャーロックは言った。「ご協力いただけたら、感謝いたします」

老婦人は椅子をキーキー鳴らして揺らした。「聞いたよ、今日グローリー・ルイスを訪ねたんだって？　さだめし、町じゅうの連中があのリビングに集まって、持ち寄ったキャセロール料理を食べてたんだろうね。ケーンはみんなに好かれてたから。で、グローリーだけど、あの女は半端じゃないよ。エズラとケーンが束になってかかったって、彼女にはかなわない。エズラってのは保安官のことだ。悪いことは言わない、グローリーは敵にまわさないほうがいい。えらい目に遭う。エズラだってそうだけど、グローリーのほうがずっと巧妙なんだ」

なぜこんな話をするのだろう？「そうですね、マダム」シャーロックは応じた。「たしかにルイス家には大勢の人がいましたけれど、キャセロールは見ませんでした」

老婦人はふたたびうっすらとした笑みを浮かべて、ずらりとそろった大きすぎる白い歯を見せた。「かわいそうなブレーキーを連邦刑務所にしょっぴきにきたんじゃなけりゃ、わたしらみんな、できるだけの協力はさせてもらうよ。さっきから言ってるとおり、やさしい子でね。母親の頼みだとしても、蜘蛛《くも》一匹、踏みつぶせない。その子がケーンの胸にナイフを刺すだって？　ブレーキーにかぎって、ありえないね」

「お母さん？　なにを――あら、連邦捜査官の方々ね？」

サビッチはうなずき、自分とシャーロックを紹介して、身分証明書を出した。老婦人とちがって、ミセス・オールコットはふたりのIDを手に取って確認した。「昨日あなたをテレビで観たとブレーキーから聞いたわ、シャーロック捜査官。その人がいまここにいるなんて」

「はい、マダム。あなたがブレーキーのお母さまのミセス・デリア・オールコットですか？」不要な質問だった。それほどよく似た親子だったのだ。淡い緑の瞳も同じなら、首のかしげ方も同じ。ただ、ミセス・オールコットのほうが息子より髪の色が濃かった。手はブレーキーと同じ、細くて華奢で、すらりとした指がついていた。端整という形容詞がぴったりの女性だった。息子のブレーキーよりも長身で、若木のようにまっすぐだ。ガーゼ素材の長いサマードレスというカジュアルな恰好《かっこう》で、幅のせまい足にサンダルをはき、ペディキュアは施していない。髪は濃い茶色で白髪も見あたらないが、年齢が五十五歳なのをシャーロックは知っていた。太い三つ編みが腰近くまである。ネックレスがシャーロックの目を引いた。いろんな石が交じっている。彼女にはなにか意味のある石なのだろうか？　ウィッカンらしい外見だ、とシャーロックは思った。手を加えず、ナチュラルで、そのことをよしとしている。

「ええ、デリア・オールコットよ。あなた方と取引したと、ブレーキーから電話で聞いたわ」顎をそびやかす。「お話はするけど、少しでもブレーキーを脅したら、弁護士を呼ぶから。それでいいわね？」

「はい、マダム、けっこうです。脅すようなことはしません」

「どうしてこんな高級車に乗ってきたの？」

サビッチは笑顔で流した。「ブレーキーはご在宅ですか？」

「ええ、兄のジョナといっしょよ。ニュースを観てたの。ニューヨーク市で起きたテロリストによる爆破未遂事件に対する捜査のことをやってたわ。そのあと殺人事件が起きて、スパーキー・キャロルとケーン・ルイスが亡くなった。ふたりともここ、プラケットの住民だなんて、信じがたいことよ、ほんと、恐ろしいわ。しかも悪いことに、どちらも凶器はアサメイだなんてね。おかげで耐えがたいことになってる。わたしたちに向けられる町じゅうの人たちの目が変わったのよ。わたしたちが疑われるなんて不当だし、まちがってる。

ケーンの死体があんな場所で見つかったんだものね、あなた方がブレーキーの関与を疑うのもわかるわよ。でも、ブレーキーにはケーン・ルイスにそんなことをする理由がないの。ブレーキーは生まれたときからルイスのことを知ってて、彼のことが好きだった。それにブレーキーはまだ二十四よ、子ども同然だわ」

「なんの、モルガナ、実の姉妹をショベルで殴り殺した二十歳の娘だっているぐらいだからね、年齢なんて、関係ないさ。でも、さっきも言ったとおり、ブレーキーは生き物を傷つけられる子じゃない。あの子はおまえ似だものねえ？」老婦人は満面の笑みになり、真っ白の歯を見せつけた。老人特有の涙っぽい目に浮かんでいるのは、あざけりの表情だろうか？

16

「わたしのことをモルガナと呼ばないで、お母さん」デリア・オールコットが言った。「この方たちが混乱するわ。それより、ちゃんと自己紹介したの？　こちらは夫の母親のミズ・ルイザ・オールコットです」

老婦人はまたもや満面の笑みになった。シャーロックの目にまちがいがなければ、膜のかかった老人の目がきらりと光った。「そりゃ、かわいそうなブレーキーに足枷《あしかせ》をかけさせたくないわけだよ」彼女は言った。「疑問に思ってるといけないから言っとくけどね、わたしはかの小説家のルイザ・メイ・オールコットじゃないよ。そこまで年寄りじゃない。いつかはそうなるにしろ」

「いい名前ですね」サビッチは言った。「そんな名前なら自慢できる」

「期待に沿えず、わたしのミドル・ネームはメイじゃなくてローナ、小説の『ローナ・ドーネ』のローナだよ。母親はわたしと同じく魔女だったんだけどね、登場人物たちが愚かだと文句を言いながらも、古典的なロマンスが大好きだった。魔術が使えれば、もうちょっと賢く立ちまわれるのに、とよく言ってたよ」

「では、代々魔女の一族なんですね、ミセス・オールコット？」サビッチは老婦人に尋ねた。

「ああ、そうだよ。モルガナが得意げにしゃべってるウィッカンなんかより、うんと由緒がある」

「わたしの名前はモルガナじゃないわ、お母さん」

老婦人は角張った肩をすくませた。「デリアよりましだろ。モルガナは性悪で、力のある女だった。彼女が哀れなアーサーにしたことをごらんよ。さんざんもてあそんだろ？」

ウサギの穴に落ちてしまった。サビッチはブレーキーの母親のデリアに言った。

「ミセス・オールコット、なかで、あなたおひとりからお話をうかがいたいのですが」

デリアはふたたび大騒ぎしている四人の子どもたちを見た。タニーがジェニーにフットボールを投げている。デリアが声を張りあげた。「うちに帰る時間よ」まだ暗くないよ、と子どもたちから不満の声があがったが、容赦なかった。彼女は振り返って、サビッチとシャーロックを見た。「いいわよ。息子たちは書斎にいるから、リビングで話しましょう」

「でも、父さんは？」子どものひとりが言った。

「ジェニー、あなたのお父さんはテレビのニュースが終わったら帰るわ」デリアは言った。「さあ、帰りなさい。お母さんが待ってるわよ」

子どもたちはしだいに静まり、ふたりずつに分かれると、なごり惜しそうにそれぞれの家に帰っていった。デリアは老婦人を見おろした。

「捜査官とお行き、モルガナ。うるさい子どももいなくなったことだし、わたしはひとりで残らせてもらう。じき、虫の音も聞こえてくる。いい時間だよ」

「必要なときは、なかにいますから」デリアは言った。「でも、モルガナと呼ばないで」このやりとりが日々の約束になっているのだろうか？

デリアはサビッチとシャーロックの先に立って、豪華な装飾が施された玄関の扉をくぐった。扉には少なくとも三十センチはある真鍮《しんちゅう》製の五芒《ごぼう》星がぶらさがり、円内におさまる星の五つの先端は、ピカピカに磨きあげられていた。なにかのお守りなの？　シャーロックが疑問に思っていると、正面に向いた窓のひとつずつにぶらさがる五芒星が目に入った。扉にかかっているものよりは小ぶりだが、やはり磨きあげられている。入ってすぐのところに、いにしえの大釜を思わせる三本脚の鉄製コンテナが置いてあり、生き生きとした花が活《い》けてあった。お香のにおいが漂っている。デリアはふたりを大ぶりの家具の置かれたカントリースタイルのリビングに招き入れた。壁には十九世紀末にさかのぼるセピア色の写真が飾ってある。一見すると魅力的な部屋ながら、あちらこちらに奇妙ながらくたが転がっている。鳥の羽、貝殻、ハーブの瓶、香炉。アンティークの寄せ木細工のテーブルの上では、水晶玉が輝きを放っていた。

シャーロックは大きなテレビの背後にひと組の本棚があるのに気づいた。種々雑多なペーパーバックが詰まっており、手前の本棚の本の背表紙がいくつか読めた。『水晶の魔力』、『ハーブ百科』。ソファの脇のテーブルにも、やはりウィッカンらしい小道具としてタロットカードの箱があった。

デリアはふたりが室内を観察していることに気づいた。「あなた方が目にしているオブジェはわたしたちの伝統の一部よ。わたしたちはツールと呼んでて、誇りにしてるから、隠す必要がないの」

彼女は黙りこむと、腕を両脇に垂らして、ふたりのほうを向いた。「あなた方がわたしの息子を人殺しだと思ってるのは、わかってる。あなたたちのせいで、息子は怯えきってるわ。あなた方が知りたいことを言ってくれたら、この問題にケリをつけて、あなたたちを追いはらえるかもしれない。そうしたら、友人のエイリーンには電話するまでもないわ」声がだんだん大きくなっていく。「ええ、そう、エイリーンはうちのお抱え弁護士なの。ブレーキーの弁護士として同席したがってたわ」

サビッチはデリア・オールコットの瞳の向こうに世間の圧力を感じた。彼女は緊迫感と怒りを抱え、それを隠そうともしていない。サビッチも承知しているとおり、彼女の夫が亡くなって、まだ半年しかたっていない。そしていまは息子がやっかいな立場に立たされている。サビッチは言った。「わたしたちが今回こちらにうかがったのは、情報を集めるためです、ミセス・オールコット。あなたがウィッカンであることは、わかっています。ウィッカンのツールのなかに儀式用のナイフがあって、それがアサメイと呼ばれることも。ブレーキーからお聞きおよびと思いますが、ふたりの殺害にはアサメイが使われていた。そしてブレーキーは昨晩の記憶がないと言っている。その点について、うかがわせていただけますか？」

彼女は疑心暗鬼の表情で、サビッチから言われたことを逐一、検討しているようだったが、それでもうなずいた。「ええ、アサメイのことはブレーキーから聞いたわ。どういうことだか見当もつかないけれど。わたしに言えることがあるとしたら、誰かがわたしたちに罪をなすりつけたがってるってことよ。それ以外には考えられない。

息子が昨夜のことをまったく覚えていないこと、意識がないことは……わたしにも答えがないわ。ほんと、できることなら答えたいけれど。

でも、ブレーキーなりほかのウィッカンなりがアサメイで人を殺したと考える人がいるかもしれないけれど、そんなことは不可能、考えられないのよ。人を傷つける道具としてアサメイを使うなんて、受け入れがたいことだもの」彼女は実際ぶるっと身を震わせ、うっすらと嫌悪の表情を浮かべた。「信じてもらえないかもしれないけれど、事実なの。夫もわたしもウィッカンの家系だから、ウィッカンの伝統に慣れ親しんできた。なかにはブレーキーみたいに別の道を選んだ者たちもね。夫は驚くべき人だった。彼は……」声がか細くなって、途絶えた。悲しみがよみがえったのだ。デリア・オールコットは感情を抑えこみ、咳払いをした。

「ウィッカンが守るべき第一のルールは、思いやりの実践。他人に害をおよぼせば、それが自分に戻ってくるからよ。わたしたちの力は、それぞれのカルマに導かれて自分や他人を癒すことに用いられるべきなの。他人を痛めつけたり、殺したりするためのものじゃないわ」

「その力とは、たとえば？」

「エネルギーは物理的に存在すると思ってるでしょう、サビッチ捜査官？　わたししたちはちがう。自然界に存在するものはすべて、人間もふくめてエネルギーの一形態だと考えてるの。ウィッカンはそのエネルギーをより意識的に感知し、そしてより一体化することを目指す。月や太陽や季節のリズムや、自然やわたしたち人間のなかに内在する力、人間がむかしから神として崇《あが》めてきた力を称《たた》えることによってね。

いまあなたたちのまわりには、わたしたちが用いるツールのいくつかがある。その多くはふつうの人にもなじみのある日常的なものよ。わたしたちはそれを儀式に用いる。ダンスとか音楽とか詠唱とか。いずれもわたしたちの気づきを高めて、自然界のスピリットと一体化しやすくするためよ。

もちろん魔術は信じているけど、魔術だって自然なの。そのへんのこと、おわかりかしら、サビッチ捜査官？　超自然的なことなど、ひとつもない。わたしたちの魔術は、わたしたち自身の力を使う。天の力を借りながら、視覚化したものにエネルギーを向ける。欲望の対象や、必要とするものに。世間の人たちには偏見や思いこみがあるみたいだけれど、一般に思われているほどみんなとちがってるわけじゃないのよ」

サビッチは言った。「ミセス・オールコット、あるいはあなたの言うとおり、何者かが殺人の罪をウィッカンになすりつけようとしているのかもしれません。あなた方の価値観を理解していない何者か、あるいはあなた方が知らないうちに傷つけた何者かが」

「ええ、そうよ、そうとしか考えられない」彼女は言葉を切り、深く息を吸った。「わたしたちもばかじゃないのよ、捜査官。口では信じていると言いながら、逆のことを思っている人たちがいることはわかってるわ。でも、ブレーキーはそういうやからとはちがう。故意だろうと、無意識だろうと、あの子は絶対に人を傷つけないから、復讐《ふくしゅう》という線は考えられない。わたしたちは人生に肯定的なこと、前向きなことに目を向けるのをよしとして、人を傷つけたり、利用したりする、破壊的な魔術は行わない。ひょっとしたら、暴力的なことができる人のいるグループもあるかもしれないけれど、わたしは無理。そんなことをしたら、罪悪感で身動きできなくなっちゃう。ブレーキーだって同じよ。ブレーキーにそんなことができないと思うのは、そういうこと。わたしたちではない誰かのしわざにちがいないわ」

「ミセス・オールコット」シャーロックは言った。「ご主人はウィッカンの家系だったと言われましたね。交通事故で轢き逃げされたとうかがいましたが」

デリアはふたりから顔をそむけた。こんども感情を抑えようとしている。彼女は唾を飲みこんで、顔を戻した。「夫は——アーサーは——天賦の才のある人だった。スピリチュアルな指導者であり、力のある魔術師だったけれど、決して他者を傷つけることのない親切で高潔な人だった。ブレーキーは父親からそんなところを受け継いだのね。なぜアーサーを撥《は》ねた人が車を停めて、彼を助けてくれなかったのか、わたしにはわからない」

ミズ・ルイザの耳障りな笑い声が戸口から聞こえてきた。嫁に向かって、棒針を振りまわしている。三十代前半にして髪が薄くなりはじめている男が、その車椅子を押して入ってきた。「まるでディリーが大魔術師かのごとき口ぶりだね、モルガナ。ディリーが強風にあおられてねじれたり曲がったりする物干しロープみたいな男だったのを知ってるくせに。たしかに悪い魔術師じゃなかったが、あの子には気骨がなかった。まるで水のように。ディリーはひ弱だった」

17

「ディリーというのは？」シャーロックが尋ねた。

「夫が生まれたときにつけられた名前はアーサー・デラフォード・オールコットよ」デリアはいらだたしげな顔を姑に向けた。「それをディリーって、そんなばかげた名前で呼ぶのは彼女だけよ。車椅子を押しているのは、息子のジョナ・オールコット。ジョナ、こちらはＦＢＩのサビッチ捜査官とシャーロック捜査官。ブレーキーはご存じのとおりよ」

ブレーキーがジョナの背後から出てきて、使いこまれた茶色い革製のリクライニングチェアの脇に立った。両脇に垂らした手をこぶしに握り、顔は青ざめている。見るからに怯えている。シャーロックはうなずきかけた。「ミスター・オールコット」

「どうも、マダム、捜査官」

ブレーキーの兄のジョナが堂々と近づいてきて、身分証明書の提示を求めた。しかめっ面で確認し、ふたりを漠然と見た。「こんなところでなにをしてるのか、わからないな。ブレーキーがケーン・ルイスを殺せるわけがないのに。どうかしてる」

「失礼なことを言わないで、ジョナ」デリアはおそらく長年の習慣から、反射的に息子をいましめた。

「おれたちウィッカンにとって、人殺し呼ばわりされるのは、侮辱以外のなにものでもないよ、捜査官。あんたたちがやってるのはそういうことさ。おれたちの第一にしてもっとも重要なルールは、人を傷つけないことだ。母からもう聞いてると思うけど」

ジョナが言うと、無知な人々に対する紋切り型の公式見解のように聞こえた。

「じゃあ、あなたもウィッカンなんですね、ミスター・オールコット？」サビッチが尋ねた。

「ああ、魔術を扱うよ」

ブレーキーが割って入った。「父さんはぼくたち子どものまえで、絶対にそういう話をしなかった。人前では儀式のことを話さなかったし、キャンドルや石なんかのツールを使うことにも頓着してなかった。リガートもそうだ。たぶん父さんはリガートに賛成したと思う。リガートは、白いローブで火のまわりを踊ってまわったり、満月に向かって祈祷したりする母さんを大笑いしたんだ」

デリアが言った。「それ以上お父さんのことを悪く言ったら、許さないわよ、ブレーキー。あなたにはお父さんのすごさがわかってないの。あなたが怖がってるのはわかる。わたしたちはみんな怖がってる。だからといって、言っていいことと悪いことがあるわ」彼女はサビッチのほうを見た。「夫のことだったわね。ええ、そうよ、ウィッカンの儀式のなかには彼の意に染まないものもあったわ」

「あの子は魔術師だった」老婦人が口をはさんだ。「魔術師はちゃらちゃらしたことはしない」

デリアが咳払いをした。姑を殴りたいだろうに、その思いをみごとに隠している。

「夫にとって魔術師であることは私的なことだったの。だから彼の存在や信念が人にさらされるようなことには、参加しなかった。でも、彼が成し遂げたこと、その能力には、信じがたいものがあったわ。それにわたしの信念を見くだすようなことは、いっさいなかった」

「実例を挙げていただけますか？」シャーロックが尋ねた。

「実例？　そうね、このあたり一帯に大きな被害をもたらした二〇〇九年の竜巻のあとのことだけど、夫はわが家に害がおよばないように防御の魔法をかけたの。それから五回竜巻が来て、このあたりはその被害をまぬがれなかった。でも、ここだけは別よ。彼の魔法がまだ効いてるの」

ジョナが言った。「うちの私道の向こうにある道路沿いはこのまえの竜巻に直撃されたんだが、こっちには来なかった」

老婦人がけたたましい声で言った。「すごいだろ？　で、ディリーはわが身を守ったかい？　車がやってきて、バン！　側頭部にあてられて、死んじまった。ポケットに水晶が入ってたって、ルイス保安官助手が言ってたがね」ディリーの母親は鼻を鳴らした。「あの子は弱かった」さっきの話を蒸し返し、椅子を揺らす速度を速めた。静かな部屋に棒針がカチャカチャ鳴る音が響く。「自分の子だからね。どの程度のもんか、承知してる。あんたがあの子を轢いたのさ、モルガナ」

「モルガナと呼ばないでと言ってるでしょう！」デリアは歯を食いしばった。いまにも老婦人を叩きのめしそうだ。このふたりはいつもこんな調子なのか？　姑にぎりぎりと追いつめられて、最後には爆発する？　たぶん長年こんなことが続いているのだろう。デリアはウィッカンのルールに反して、姑に呪いをかけたいと思ったことはないのだろうか、とシャーロックは思った。

デリアはため息をついた。「わたしの名前は、デリア・メカーラという、百年以上まえにこのあたりに住んでいた魔女にちなんでつけられたの。この名前を誇りに思ってるわ。彼女はヒーラーでもあって、空気と風の女神を崇拝してたの。いまでもわたしの手元には、彼女が記したいわゆる『魔術本』があって、それで知ったんだけど」

ミズ・ルイザは顔を伏せ、棒針の音をさせながらせっせと編みつづけていた。

ジョナ・オールコットが言った。「ただ、おれは父さんの魔法が竜巻からこの家を守ってくれてるとは思っていない。父さん自身が追いはらってるんだ。おれたちに向かってきた竜巻が向きを変えたんだからね」

ミズ・ルイザが言った。「いいや、ジョナ、竜巻を追いやったのは、あんたの父親じゃない、このわたしさ」顔を上げる。「リガートの長女のタニーのことがあってね。ちょうどあの子がひとりで庭に花を植えた直後だった。それがやられたら、悲しむだろ」

また脱線だ。サビッチはブレーキーに言った。「きみの父親は魔術にツールを使わなかったと言ったね。アサメイもかい？　それとも一本ぐらい持ってたのかな？　コレクションしていたとか？」

ジョナがじれったそうに手を振った。「犯人たちが殺害にアサメイを使ったからだな。誰でもインターネットで安く買えるんだぜ。そんなのなんの意味もないさ」

ブレーキーがそれに乗じて言った。「ジョナの言うとおり、なんの意味もないよ。でも、ぼくは一本も持ってないけど、父さんはアサメイのコレクションを持ってた」

デリアが言った。「ブレーキーから聞いたけど、アサメイの写真があるそうね」

サビッチは携帯電話を取りだして写真を表示し、デリアに手渡した。写真を見つめる彼女の目には曇りがなく、なにかに気づいたふうはなかった。よっぽどの役者でないかぎり、そう思ってまちがいない。デリアが目を上げて、サビッチを見た。「一本めは双頭のドラゴンね。少なくともわたしの知るウィッカンは、めったに使わないわ。かなり古いものじゃないの？　もう一本はたぶん手作りの、ありふれたものよ。ウィッカンの多くはこのタイプを好む」

サビッチはジョナにも携帯電話をまわした。「このナイフのどちらかを見たことは？」

ジョナは首を横に振った。

サビッチは続いて携帯電話をミズ・ルイザに渡した。彼女は鼻歌交じりに写真を見て言った。「ああ、モルガナの言うとおりだ。それにジョナの言うとおり、こんなもの、いまどきどこでも買える。悪いけど、そういうことさ」

サビッチはあらためて尋ねた。「アサメイのコレクションをお持ちですか、ミセス・オールコット？」

「いいえ。アサメイはとても私的なツールよ、サビッチ捜査官。自分のアサメイになにかあったら、新しいのを作るの。

聞いて。ブレーキーは今回の事件のことは、なにも知らない。スパーキー・キャロルとは幼なじみだし、ケーン・ルイスには見守ってもらって育ったのよ。さっきから言ってるとおり、何者かがなんらかの理由でウィッカンを罠《わな》にはめようとしてるのかもしれない」ため息をついた。「でも、ウォルター・ギブンズはウィッカンじゃないのに、アサメイを殺しに使ってる。なぜなの？　ルイス保安官助手が殺されたのだって、なぜアサメイが使われたの？　頭がどうかなりそうだわ」

「そうですね」シャーロックが言った。「ミセス・オールコット、ウィッカンは他人に影響を与えられると言いますが、ほんとですか？　場合によっては、操ることもできるとか？」

「高度な魔術を使えば、ある出来事や、それに関係する人たちに影響を与えることができると言われているけれど、するとしても、自分のためではなく、相手の同意を得てその人のためになるときだけよ。くり返すけど、わたしたちは人に害をおよぼすようなことはしない」

「でも、同意なしで試すこともあるのでは？」

「そうね、めったにないけど、ときには。拘束の魔術が必要になったときなんか」

「拘束の魔術とはどういうのは？」サビッチは尋ねた。

「拘束の魔術というのは」デリアはじれったそうだった。「ほかの魔女がいたずらをするのを防ぐためのものよ。それ以外で同意なしにその人に影響を与えるのは、ウィッカンにとって道義に反する行為——いえ、唾棄すべき行為ね」

ブレーキーが言った。「母さん、リッキー・タッカーがぼくに母さんは魔女だから磔《はりつけ》にして火焙《あぶ》りにしろと言ったときのこと、覚えてる？　あいつが町じゅうにそう言いふらしたときのこと」デリアはなにも言わずに、サマードレスのやわらかな生地を撫でつけていた。「すごく腹が立ったから、彼にそう言ったんだけど、事実だろってあざ笑われた。それから一週間後、リッキーは父親のトラックを運転中に、クレムソン・フォークでオークの古木に突っこみ、脚を骨折して、意識を失った。リッキーは母さんにやられたと思ってた」

「わかってるでしょう、無知からくるたわごとよ、ブレーキー。あれは純粋に事故だったの」デリアはサビッチとシャーロックに言った。「ブレーキーの父親とわたしは、長年にわたってありとあらゆることを聞かされてきたわ。思春期の少年が言ったくだらないコメントぐらい、痛くも痒《かゆ》くもない。わたしが知るかぎり、リッキーの父親はとくになにも言ってなかったけれど」

ミズ・ルイザが言った。「リッキーの父親が骨折や脳震盪《のうしんとう》のことでつべこべ言わなかったのはほんとだ。ただし、トラックのことは怒り心頭だったがね」彼女は上目づかいにサビッチを見ると、大きく笑って真っ白な歯を見せた。「トラックは大破してたんだ。一カ月間、息子に説教しつづけた。なんてことないさ、リッキーは両脚を折って、ベッドから出られなかったんだから。トラックには保険がかけてなかった」

デリアは言った。「同意してもらえると思うけど、わたしたちはじゅうぶん協力的だと思うの、捜査官。ブレーキーがあなたたちとした取引に従ってね。同席できなかったのは、リガートだけよ。リガートは、弁護士のエイリーンを同席させないのはまちがってる、と言ってたわ」

「リガートは利口だよ」ミズ・ルイザは言った。「つねに必要なことをするのが、あの子の流儀だ」老婦人は小首をかしげてふたりを見つめたが、手は休めることなく編み物を続け、棒針が触れあう音が一定のリズムを刻んでいた。この音がデリアをいらだたせているのかもしれない、とシャーロックは思った。実際、耳についてしかたがない。

「もう少しで終わりますから、ミセス・オールコット」サビッチは言った。「最後にもうひとつ、ブレーキーに訊きたいことがあります」サビッチが目を向けると、ブレーキーは狙われた鹿のようにサビッチを見返した。「ケーン・ルイス保安官助手が亡くなった件に関して記憶がないというきみの話は信じる。ついては、きみが記憶を取り戻すのに手を貸したいんで、クワンティコまで来てもらえないか。ドクター・ヒックスがきみに催眠術をかけて、なにがあったのか探りだすのを手伝ってくれる。きみもわたしたちも助かって、この件に決着をつけることができるんだ、ブレーキー」

「この子は誰も殺してないのよ！」

シャーロックが口をはさんだ。「ミセス・オールコット、誰かが殺して、ブレーキーはその場に居合わせたにちがいないんです。でも、彼には記憶がない。だから彼のためにも、わたしたちのためにも、それを探りだす必要があります。なにがあったのか、ブレーキーに語ってもらうんです」

ジョナが言った。「おためごかしを言いやがって。あんたらの都合のいいように供述させるつもりだろ？」

シャーロックはブレーキーに話しかけた。「いいえ、そうじゃないわ、ブレーキー。

危険はないし、あなたの無罪を証明するにはこの方法しかないのよ」

「だめよ！」ミセス・オールコットはふたりに向かって指を振った。「催眠術なんてだめ。意識のないブレーキーの頭のなかをつつくなんて、このわたしが許さない。あなたのお父さんだってきっと反対したわよ、ブレーキー」

シャーロックは言った。「ミセス・オールコット、あなたの息子さんは二十四歳のれっきとした大人です。自分で答えられます。わたしたちに協力してもらわないかぎり、彼を逮捕するしかありません。彼に不利な証拠がそろってますからね」

デリアは平手打ちを食らったようになった。声を落として、哀願口調になる。「ブレーキー、あなただってそんなことしたくないでしょう？　する必要もないのよ。電話してエイリーンに助けてもらいましょう。この人たちにはあなたに無理強いする権利なんかないんだから」

ブレーキーは考えこんでいた。体を起こすと、肩をいからせた。「サビッチ捜査官、ぼくは嘘をついてない。ルイス保安官助手を殺したとしたら、覚えてないんです。あなたが言うとおりだ、ぼくは真実を知りたい」そして母親を見るや、幼子のような顔つきになった。「ぼく、刑務所に行きたくないんだ、母さん」

ジョナがまえに進みでた。「ブレーキーはなにかしらの発作を起こして、ひょっとすると、一時的な記憶喪失かなんかでルイス保安官助手を殺したかもしれない。もしそうだったら、公正な扱いはしてもらえないぞ。その場で供述調書にサインさせられて、うんと長いあいだ刑務所にぶちこまれる。母さんの言うとおり、催眠術なんかやめとけ」

「兄さんの言うとおりよ」デリアはさっと息子に近づき、その顔に両手を添えた。「ブレーキー、わたしを見て。あなたはそんなことしたくないはずよ」

ブレーキーが両手を上げて、母親の肩に置いた。「ぼくだって怖いよ、母さん。でも、なにが起きたかわからないとか、記憶がないとか、なによりそれが耐えられない。だけど、それを解明する方法があったんだ。母さん、この人たちはぼくがルイス保安官助手を殺したと思ってる。母さんも聞いたよね？　ぼくを逮捕して、有罪にできるだけの証拠があるのは、わかるよね？　それに、もし彼らの言うとおりだったら？もしぼくが人を殺したんなら、罰を受けなきゃならない。母さんにだってそれは自明なことだし、父さんだってそう考える人だった。ぼくは真実を突きとめるつもりだよ」

シャーロックが言った。「ミセス・オールコット、ドクター・ヒックスは催眠術の専門家として事実を探りだす力になってくれます。わたしたちにはケーン・ルイス保安官助手の殺害について、ブレーキーには責任がないと信じる理由があります。真犯人はほかにいる。それを証明させてください。ブレーキーは真実を求めています。あなたにとっても悪いことではないはずです」

「いつできますか?」ブレーキーは葦《あし》のようにか細い声で尋ねた。

「明日の午前中です、ミスター・オールコット。人を手配して、クワンティコまであなたをお連れします。向こうでお待ちしてますよ」

ミズ・ルイザは嫁を見あげて、サビッチとシャーロックにうなずきかけた。「こちらのすてきなお若い方たちはなにか珍妙なことが起きてるとお考えのようだ。おもしろいじゃないか。この人たちの精神科医がブレーキーの脳みそを探りたいって言うんなら、やらせておやりよ。なにが出てくるんだろうねえ。人殺しかもしれないし、自分の肘と膝の区別もつかないような坊やかもしれないし」

18

サビッチの自宅
ワシントンDCジョージタウン
木曜日の夜

夜もとっぷり更けていた。サビッチの胸にはぐっすりと眠るシャーロックの手があり、その肩には温かな寝息があたっている。サビッチは妻の髪に口づけして香りを吸いこみ、思考を手放した。眠りにつくと、骨が砕け散りそうなほどの寒さに包まれた。するとと、指を鳴らして合図を出したように、寒気が雲散霧消し、鬱蒼とした松の木立に囲まれた小さな空き地に立っていた。松葉におおわれた枝が伸び広がって、頭上の空をおおい隠しそうなほどだ。まちがいなく夜なのに、黄昏《たそがれ》どきのようにまわりが見え、漆黒の闇は木立の梢《こずえ》あたりにぼんやりと漂っているようだった。

動かない歩哨《ほしょう》のような松の木のなか、サビッチはひとりきりで、どこにいるかわからなかった。なにも着ていないのに寒さを感じず、それが変なのはわかる。そここに雪が溶け残っているからだ。そのとき、足元に確固とした大地がないのに気づいて、パニックに胸を衝かれた。これは夢にちがいない。だとしても、なぜこんな夢を見るのか？　それにもし意識があって、夢を見ていることに自覚的なら、夢の内容を変えることができるはずだ。そう、意識的な夢ならば。夢から覚めることができるだろうか？　サビッチは意志の力でベッドに戻ろうと、シャーロックを抱きかかえ、首筋にキスしている自分を思い描いた。

うまくいかない。

ふたたびパニックが襲いかかってきた。落ち着け。肩の力を抜いて、現状を受けとめろ。選びようなどないのだけれど。

サビッチは空気を嗅いだ。煙のにおいがする。夢のなかでにおいを嗅いだことなどこれまではないが、いまは嗅いでいる。すぐ右側で木が燃えるにおいがしていた。サビッチはそちらに向かって歩きだした。木立や下生えのあいだを抜ける幅の広い小道を歩きながら、こんどもイバラの上を歩いているのに足にその感触がないことに気づいた。松の木に触れようと手を伸ばしてみたものの、すっと手が通ってしまう。手を引き戻して、もう一度勢いよく木の幹に触れようとするが、そこにはなにもなかった。それで自分が夢を見ているのではないことに気づいた。無意識がどうという問題ではない。なにか別なこと——ホログラムのようなもののなかにいるのか？

なにか、あるいは何者かが、自分を操って森のなかを歩かせ、知らないどこかへ導こうとしているのか。なにか、恐れるべきなにかがいるのを感じた。おれになにをさせたい？　なぜおれはここにいる？

サビッチは松の木立を進んで、別の空き地に出た。目のまえに苔《こけ》むした古い石造りの塔が立っている。荒く切りだされた細長い窓がふたつある。動物の毛皮でおおってあるようだ。この異様な塔はなんだ？

大きな黒いドアの取っ手を押そうと手を上げて、中空で手を止めた。そろそろとドアに手のひらをつけた。意外にも実体があり、ざらりとした木の感触があった。そのまま押すと、ドアが開いた。踏みこんだ先はイスラム模様のタイルを張った通路になっており、天井がべらぼうに高かった。煙のにおいが強くなった。空気そのものが燃えているようで、目に涙が滲む。素足の下にある冷えびえとした石には、ドアと同じようにたしかな実体がある。いいだろう。どういう理屈だか知らないが、塔のなかだと実体を取り戻すらしい。

そのとき、不意に冷気が突風となって押し寄せた。なんなんだ？　なにかしらの警告か？　おれがルールを破ったから？　誰のルールだ？

サビッチはぬくもりを求めて腕を叩き、周囲を見まわした。いずれにせよ恐るべき幻影だった。広大な空間がゴシック趣味で埋められていた。石の壁にはイグサの松明《たいまつ》が設置されているが、火はついていない。そこまではできなかったということか？

五、六メートルほど向こうに幅の広い石の階段があった。上に延びる段の先は、黒々とした闇に沈み、何百年となく頑丈な靴で踏みつけられてきたように、段が磨《す》り減っていた。サビッチの右手にはがっちりとした石の壁、左手にはアーチ状になった石の戸口がある。そちらに進んでみると、リスボン近郊の古城で目にしたような、緻密な彫刻が施された黒っぽい重厚な家具が置かれた古めかしい部屋があった。牛を丸焼きにできるほど大きな暖炉では、めらめらと炎が燃えて、白っぽい煙を吐きだしている。サビッチは近づいて、冷えた両手を炎にかざしたが、まるでそれが映像であるかのように、いっさい暖かみが感じられなかった。頭上には黒っぽい梁が縦横に走っているものの、ひとつとして窓はなく、中世の狩猟の場面を描いた色褪《あ》せた大きなタペストリーが何枚も壁にかかっていた。

室内の空気はむっとするほど重いけれど、あれほど濃厚に漂っていた煙のにおいはしなかった。サビッチは背後になにかの気配を感じた。森でその存在を感じたなにか、それがそこにいた。ゆっくりと振り返ったが、誰もいなかった。

声を張りあげた。そっけなく、せっかちに響く。「凝った夢をおれに見させてここまで導くとは、ずいぶんと手のこんだことをするな。おまえの望みどおり、おまえの煙のにおいを嗅ぎつけて、ここまでたどり着いたんだから、才能をひけらかすようなまねはやめて、姿を現したらどうだ」

笑い声がした。男の野太い笑い声。つられて笑いたくなるような声ではなく、まがまがしくてあざ笑うような声だ。サビッチがアーチ状の戸口を振り返ると、こんどは人がいた。

男がひとり、腕組みをして立っていた。ふんわりした袖とフードのついた、黒くて長いローブをまとっている。そのローブが見えない風にあおられているように、黒いブーツにまとわりついて見えた。ウエストには金色の細い紐《ひも》を結び、その先端が膝あたりまで垂れている。顔は細長く、頭にはフードをかぶっていた。青白い顔をして、フードからはみだした長い髪が肩にかかっているのがわかる。古代の学者か、さもなくばこうした塔で暮らしている修道士のようだ。こんなローブをまとった魔術師たちの写真も見たことがある。儀式のなかで踊り、興奮に顔を輝かせながら天に祈りを捧《ささ》げ、研ぎあげたアサメイで空《くう》を切っていた。

「驚いたな」男は低い声で言った。「恐れていないとは。わたしがおまえを呼び寄せたのは、わたしのために働いてもらう、その内容を指示するためだ」

朗々と響くと同時にうつろな声だった。再生をくり返しすぎた古い録音のようだ。かすかにヨーロッパ風でもある。サビッチは言った。「ウォルター・ギブンズやブレーキー・オールコットに与えたような指示か？　友人を刺させるための？」

「なるほど、直観にすぐれているようだ。わたしのことをさほど怖がらない理由は、そこにあるのやもしれぬな。おまえはわたしの美しい森が夢でないことを早々に見抜いた。わたしがおまえの頭のなかに入りこみ、驚くべき舞台を作りあげて、おまえを引き入れたことを」

「恐れるべきなのか？」

「恐れようと恐れまいと、おまえもあやつら同様、わたしの指示に従う。ここでの話が終わるころには、おまえはわたしを崇め奉っている。そしてここでの記憶を失う」

サビッチは周囲に手をめぐらせた。「実際の話、なにを恐れるんだ？　よく見ろよ。明かりもろくにつけられず、どこもかしこも陰だらけ、塔のなかは暗がりばかりだ。それにぬくもりだって提供できない。

そんなおまえを崇める？　言わせてもらえば、寒すぎてそれどころじゃない」

フードをかぶった男は、黒いローブを足元にまとわりつかせたまま、動かなかった。

どうやら、サビッチの嘲笑に驚いたようだ。どう出るだろう？　認めるのは業腹ながら、サビッチは恐れていた。自分が頭のなかの世界で殺されたらどうなるのか、見当もつかない。実際の肉体も死んでしまうのか？

魔術師――にしろ、そうでないにしろ――は、首をかしげた。黒い髪がフードからさらにこぼれて、顔の片側をおおった。

「芝居がかったまねはいいかげんにしろ。おまえは何者だ？　なにが望みだ？」

「わたしはステファン・ダルコ。わたしの狙いはさっきから話している」

「その名前、ルーマニアのファンタジーかなんかに出てくるのか？　おまえの正体は？　このことがおまえにどんな関係がある？」

「それを突きとめるころには、おまえの命はない。おまえをここへおびき寄せたのは、わたしを質問攻めにさせるためではないぞ。嗅ぎまわるのをやめさせるためだ。なんとしても」

「それだけの力があると誇示しながら、おれに正体を明かすのは怖いのか？」

ダルコから怒りが放たれる。強い怒りがにおい立つようだ。「おまえはほかの連中とはちがうようだ」ダルコは言った。「なみの連中なら恐怖に呑まれて、因果を考えることができなくなり、自分の正気を疑う。だがおまえはここにあっても、自分を見失っていない。魔術師ではないにしろ、まったく別種のなにかなのだろう。わかるだろう？　わたしたちのような存在は多くはいない」

「だとしたら、ハリウッドの三文芝居に出てくる悪党みたいな恰好はやめたらどうだ？　フードをおろして、顔を見せろ」

一瞬の沈黙。硬い声で彼は答えた。「わたしは相手の期待に合わせて外見を変える。たとえばこの手だが――」ダルコは紫色の血管が浮く、ほっそりした両手を上げた。指はすらりと長く、爪は尖《とが》らせてある。「繊細な印象だろう？」

サビッチは黙して答えず、中世風のタペストリーに目をやった。ダルコが集中力を途切れさせたのか、狩猟の場面が消えて、いまや大きいだけの汚らしい茶色の織物と化している。おれをここにとどめるだけの力がダルコにはあるのか？　あるとしたら、いつまで続くのか？　おれが死ぬまでか？

サビッチはダルコに顔を戻した。「スパーキー・キャロルとケーン・ルイスをなぜ殺した？」

見まちがいではない。陰に沈んだダルコの顔に苦痛が走った。なぜだ？　ダルコは言った。「死んで当然のふたりだったとだけ言っておこう。このわたしの手で。邪魔立てをするおまえも同じことと」

ダルコは二歩まえに出ると、長く黒い握りのついたアサメイを振りあげ、サビッチに向かって投げつけた。だがすでに横様に倒れていたサビッチは、大きな椅子のひとつを盾にした。アサメイが木の椅子に深々と突き刺さる。サビッチの頭から十センチと離れていなかった。

身を守るものはなにひとつ持っていない。ダルコの荒い呼吸の音が聞こえた。「なんという傲慢さ、見逃しがたい尊大さ。おまえは決して屈しない。だが、おまえごときに滅ぼされるわたしではないぞ」

ダルコがまたもやアサメイを手に近づいてくる。殺意を感じる。サビッチは意識を集中して、バージニア州マエストロにあるウィンクル洞窟を思い描いた。何度か夢に見た場所、自分をふくむ友人たちが死んでいたかもしれない場所だ。その洞窟のなかでダルコとふたり、天井から鍾乳石《しょうにゅうせき》のぶらさがる広い空間にいるところを想像した。

不意にふたりは洞窟にいた。

ダルコがなりを潜め、壁を見つめた。「どうやった？」

サビッチには返答のしようがなかった。わからないのはサビッチも同じだったからだ。ダルコの幻影から自分の幻影のなかに移るように念じたら、それが現実になった。

ダルコは思案げに言った。「過去にも経験があるのをわたしに黙っていたな？」

「おまえに言う義理がどこにある？　おれの洞窟のなかに埋もれたいか、ダルコ？」サビッチは壁を指さした。「おまえの棺を見るがいい。特別あつらえだぞ」

ダルコは石に彫られた棺を見た。彼の名前が大文字で彫りこまれている。ダルコは一瞬ふらついたものの、気を取りなおすと、ふたたびサビッチに向きなおり、頭を揺すって言った。「こんなことはありえない」パニックを起こしているようだった。サビッチに背を向けて走りだし、突如、すべてが消えた。

「ディロン、ディロン！　頼むから、起きて！」

シャーロックが大声で言いながら、サビッチを揺すったり、叩いたりしていた。サビッチは勢いよく息を吸い入れた。全身汗まみれだった。

「お願い、起きて。悪い夢を見てたのよ」

妻の手首を握って、彼女を顔のまえに引き寄せた。「もう心配いらない。起こしてくれてありがとう」

シャーロックは首にかじりついて、サビッチの体を引き起こすと、鼻や口にキスの雨を降らせて、きつく抱きしめた。「ニューヨークであんなことがあったせいなの？」

「それが」サビッチはゆっくりと言いながら、身を引いた。「そうじゃないんだ」妻の顔からみごとな巻き毛を払った。「スパーキー・キャロルとケーン・ルノスを殺した男がわかった。ダルコという名前だ。「ステファン・ダルコ」ふたたび妻にキスし、ぎゅっと抱きしめた。「夢じゃなかった。その男が作りだした舞台のなかに引き入れられた。やつはおれに話をして、おれを殺そうとした」

朝まだきの淡い光のなかで、シャーロックは夫の顔を見た。恐怖と安堵が一挙に押し寄せる。「それを阻止したのね」

「ああ、今回は」次回があるのはまちがいない。そのときどうなるか？　早朝の静けさのなかで、いまだサビッチの耳にはダルコの声が残響していた。

アラームが鳴った。ふたりはショーンが廊下を走って近づいてくる音を聞いた。また新しい一日がはじまる。

19

FBI本部、CAU
ワシントンDC
金曜日の午前中

シャーロックがCAUの自分のデスクに向かっていると、デスクの手前で携帯電話が『ボーン・オン・ザ・フォース・オブ・ジュライ』を奏でだした。

発信者を画面で確認した。あらあら、驚いた。「こんにちは、ジュスティ捜査官」

「聞いたわよ。あなたとサビッチ捜査官は、早くもレイバンハウス・オフィス・ビルディングで起きたあの注目事件の担当になったんですって？　捜査官の半分はあなたたちを誇りに思い、残る半分はやっかんでるわ」

「最善を尽くすのみよ」シャーロックはこまかいことは言わずに、素直に応じた。なにがあったかをサビッチから聞かされて以来、心がひとつところをめぐっている。

「どういったご用件かしら、ジュスティ捜査官？」

沈黙の末に口を開いたジュスティは、言葉を引っ張りだすようにして言った。「JFK空港のテロリスト――ナシム・コンクリンの件なんだけど。あなた以外には話さないと言って、取り調べに応じないの。そういうわけで、あなたにいますぐニューヨークに来てもらわなきゃならないんだけど」

「あなたが優秀なのはわかってるわ、ジュスティ捜査官。コンクリンもそのうち喜んで口を割るはずよ、まちがいない」

「そう思う？」またもや沈黙。「いま抱えている事件で忙しいのはわかるけど、わたしも負けを認めつつあるの。上司もよ。なんとしてもナシムに口を割らせなきゃならないわ、シャーロック捜査官。そのためにはあなたに助けてもらうしかないみたい」

前夜のことがあるだけに、シャーロックはサビッチを置いていきたくなかった。

「聞いて――」と切りだしたが、ジュスティにさえぎられた。

「現実問題として、シャーロック捜査官、あなたに選択の余地はないの。あなたをこちらに呼ぶのには、もうひとつ理由がある。これから何日か、あなたを世間の目から遠ざけることよ。コンクリンを背後から操るテロリスト集団は、JFKで彼があなたと話したのを知ってるわ。つまり、あなたたち両方を消したがるだろうという推察も、的外れじゃないってこと。計画を台無しにした報復としてね。ふたり両方が標的にされるかもしれない。ナシムは失敗したから。そしてあなたを首尾よくしとめられたら、最高のイメージ戦略になる。そんなことをさせるわけにはいかないから、ニューヨークであなたを無事にかくまえるまで、身辺には重々注意してちょうだい。ナシムのほうも、赤ちゃんなみに大切に隠してあるわ。

メートランド副長官にはわたしの上司のザカリー捜査官から話がいってて、すでに決裁ももらってる。ＦＢＩのベルヘリコプターでクワンティコからあなたをニューヨークに運ぶ手はずを整えてあるわ。東三十四丁目のヘリポートで会いましょう。そうね、三日分の着替えを持ってきて」

そういうこと。シャーロックは天井を仰いだ。やるじゃない。ジュスティは正規のルートを通じて段取りを整えていた。梯子《はしご》の両側から攻め、シャーロックから逃げ道を奪ったのだ。ディロンのことが気にかかる。異常な精神病質者《サイコパス》が現実のみか彼の頭のなかにまで侵入してきた。どう考えても、いまのこの流れを喜ぶとは思えない。

「なるほどね。だったら二時にクワンティコに行くわ」シャーロックが話しかけたのはただの携帯電話だった。ジュスティは電話を切っていた。

20

クワンティコ
金曜日の昼近く

キャラム・マクレーン特別捜査官はクワンティコでヘリコプターの隣に立ち、パイロットのJ・J・マーキーと話をしていた。火の玉野郎のマーキーが、自分がいかにしてアフガニスタンの地獄の真っただ中にヘリコプターで突入して敵とやりあい、そのあと口笛交じりに帰還したかを話していると、シャーロックが信頼に足るボルボに乗って現れた。シャーロックはキャラム——キャル——と面識があり、彼のことを気に入っていた。頭がよくて、おもしろく、いざというときには頼りになる男だ。三十代前半の、筋骨隆々とした大男。ダークスーツに白いシャツで決め、おそらくベルトにはグロックが装着してある。そしてシャーロックが見ると、足元はウイングチップではなく、黒のブーツだった。ディロンが彼をお供につけてくれて嬉しかった。せめてシャーロックの身の安全を守りたいとディロンが思っているのがわかったので、四の五の言わずに受け入れた。

「シャーロック捜査官、お久しぶりです」シャーロックと握手したキャルは、彼女の手から小ぶりの旅行カバンを奪った。「四カ月ぶりですかね。長官が自宅に捜査官を呼んでバーベキューをやってくれたとき以来です」

シャーロックは笑顔で彼を見あげた。「ベジタリアン向けに特別料理まで用意してくれたのよね。あの焼きトウモロコシのおいしかったこと。ディロンの大好物なの」

「おかげで、彼の分のリブがおれにまわってきました。お宅の息子さん――ショーンでしたっけ？　いつかおれにもあんな息子ができたらなあと思ってるんですよ」

マーキーがキャルの肩をつついた。「その夢を実現したきゃ、そのまえに人を疑うことを知らない女性を見つけないとな、マクレーン。やったな、シャーロック。JFKでのテロリスト退治は、たいしたもんだった。娘のルースは、大きくなったらあんたみたいなFBIの捜査官になりたいと言ってるよ。あんたと同じようにするために、髪を巻いて赤く染めるのかと訊いたら、もちろん、もうそっくりの色を見つけてある、とさ。明日にも空手の練習をはじめたいそうだ」

「娘さんはいくつなの、J・J？」

「小さな鉄砲娘は先週六歳になったところだ」マーキーは腕時計を見おろした。「そろそろ行けるか？　この鳥さんを空に浮かべてやりたい。ニューヨークの連中に暇つぶしをさせとくのも癪にさわるからな」

ふたりが後部座席に座ってシートベルトを締め、ヘッドフォンが使えるようになると、マーキーから安全に関する説明があった。そのあと、「東三十四丁目のヘリポートまで一時間とかからない。北向きのいい風がテールにあたって、機体を押してくれる」

まずゆっくりと十五メートルほど浮かんでから、機体を北に傾けて向かった。何分かすると、シャーロックは白い花崗岩《かこうがん》のビルと歴史建造物を眼下に見ていた。ポトマック川がそうした建物にまとわりつくようにゆったりと流れ、ワシントン記念塔は雲を突くようにそびえている。シャーロックはマイクを通じて話した。「キャル、知らないかもしれないから言うけど、ディロンはメートランド副長官にあなたを名指しして頼んだのよ。あなたならわたしを任せられる、恐れ知らずな男だからって。そんなことを聞いたら、かえって不安になるかもしれないけど、あなたには伝えておきたくて」

恐れ知らず？　そう言われて悪い気はしなかったが、そのとき、キャルの目にシャーロックのいたずらっぽい笑顔が映った。「うちの上司には、あなたたち両方が面識もないニューヨークのカウボーイじゃなくて、うちの捜査官に頼みたがってると言われましたよ。この際だから言うけど、シャーロック、今回のテロリストの捜査に加わって、犯人捜しに乗りだせるとは、おれにとっても願ったり叶ったりです。あなたに張りついて離れないと約束します」

シャーロックには頼もしい言葉だった。キャルはシャーロックの顔をのぞきこんでから、腕に軽く触れた。「とはいえ、おれなど出る幕がないかもしれないな。ＪＦＫであなたが活躍したときの動画をクワンティコでも観せるべきだ。テロリストの注意をすかさず引いて、やつの気をそらせた。やっぱりすごかった。やつが人質にしてた女性――メリッサ・ハークネスでしたね――も、やっぱりすごかった。最後は自分で身を守ったんだから。それで兄貴に言ってやったんですよ。彼女に電話して、コーヒーに誘ってみろって。財務省勤務の、人畜無害な独身男なんで、彼女みたいな人とつきあうといいんじゃないかと思いましてね」

「お兄さんのがんばりに期待したいわ。メリッサにはいい人を見つけてほしい。でも、あなたのお兄さんは競争になるかもね。今朝メリッサに電話したら、すごく盛りあがってたのよ。同僚たちからちやほやされて、楽しんでるみたい」

「それにしても、なんでテロリストはあなたにしか話さないと言い張るんだか。あなたにこてんぱんにされたっていうのに。もし世界じゅうが見ているまえでおれをこてんぱんにした女がいたら、その女と楽しくおしゃべりしようなんて気にはとてもなれない」

「みんなそこを疑問に思ってるわ。ひょっとしたら、彼の知ってる悪魔のしわざで、その悪魔は、チャンスさえあったらわたしを絞め殺したいのかも。たぶん彼と話をするまえに、ジュスティ捜査官が捜査の進捗状況と今後の見通しを教えてくれると思うんだけど」

キャルは言った。「もしやつがあなたを絞め殺そうとしたら、こんどはおれにやっつけさせてもらえると嬉しいんですが」

「そうね、いいわよ。我慢して、あなたに譲るわ。それと、あなたが行くことをジュスティ捜査官は知らないから、たぶんわたしの護衛として別の捜査官を派遣してくれているわ」

「銃を使える人間がもうひとりいても、害にはなりませんよ。ジュスティはニューヨーク支局でもたちの悪さで有名らしい。そもそも粗暴なやつが多い組織だから、相当なもんなんでしょうね」

「あなたの評判だって似たようなものよ、キャル。ディロンがあなたをわたしにつけたのも、それが理由のひとつなんだから」

キャルは驚きをあらわにした。「このおれが、たちが悪いので有名？　まさか。ジュスティの話に戻りますが、彼女とは面識がないながら、さっきも言ったとおり、噂は耳にしてます。噂どおりの女なら、隙あらば、おれの鼻をへし折ろうとするでしょうね」

シャーロックはケリー・ジュスティのまっすぐな背筋や、こわばった肩、最後の最後でようやく引きだした小さな笑みを思いだした。「わたしがお金を賭けるんなら、彼女のほうよ、キャル。タフで賢くて集中力がある——というと、あなたのことみたいね。ただし、あなたのようなユーモアのセンスはないわ。そうね、彼女には苦しめられるんじゃないかしら。ダース・ベイダーみたいなもので。ふたりともプロとして、うまくやるとは思うけど」シャーロックは彼の腕をこづいた。

「心配いりませんよ、おれはプロ中のプロなんで」彼は黙りこむと、指先で膝を小刻みに叩いた。「あなたが駆りだされることをサビッチは喜んでないそうですね。無理もありませんが」

これに対して、シャーロックは「わくわくしてないことは確かね」とだけ答えた。ディロンは黙っていた。怖がっているからだ。彼自身のことでではなく、妻のことで。

そして肋骨《ろっこつ》がきしむのがわかるほど、シャーロックを強く抱きしめた。シャーロックは背をそらすと、両手で彼の顔を包んでキスした。二度。「愛してるわ。わたしはだいじょうぶ。できるだけ電話するからね」ショーンに電話する時間しかなかった。〝出かけなければならないの。二日だけ、それで帰るから〟ニューヨークに行くのかとショーンは尋ねた。〝だったらおもちゃ屋さんの〈FAOシュワルツ〉で、なにかいいもの買ってきて。リバー・トロールが出てくるキャプテン・マンチキンの新作テレビゲームとかだと、嬉しいな〟

21

ニューヨーク市、東三十四丁目
金曜日の午後

その日の午後のニューヨークは、イースト川の川面《かわも》が日差しを反射して、美しかった。三人を乗せたヘリコプターは、川の上を低空飛行して渋滞するFDRドライブに向かった。J・Jは三十四丁目のヘリポートにそっと機体を着陸させ、ふたりが降りるや、満面の笑みで手を振ってふたたび飛び立った。

ヘリコプターのメインローターに黒髪をあおられながら、ケリー・ジュスティ捜査官が進みでた。シャーロックと握手をすると、キャラム・マクレーンをちらと見て、黒っぽい眉を弓なりにした。わたしにはできない芸当だわ、とシャーロックは惚《ほ》れぼれした。ジュスティが言った。「この人はなに?」

シャーロックは輝くばかりの笑顔を見せた。「キャラム——キャル——マクレーン特別捜査官よ。ワシントンでテロ対策を担当しているから、あなたとはおのずと組んて彼がここにいるの？」

キャルが手を振る。「やあ、本人がここに立ってるんだが」

ジュスティは頑としてシャーロックから目を離さず、シャーロックも笑みを張りつかせていた。「さっきも言ったとおり、キャルはテロ対策の担当なの。メートランド副長官がワシントン支局への連絡員兼捜査要員として指名したのよ。彼とは知りあいだし、彼になら守ってもらえるという信頼がある。経験豊富な捜査官なら、いて邪魔になることはないでしょう？」

キャルは横目でシャーロックを見た。ずいぶんと箔《はく》をつけてくれたが、ジュスティには通じそうもない。現にまるでフットボールのラインマンを見るような目で自分のことを見ている。しかも、派手にすっころんで、投げだした腕を折りそうになったラインマンをだ。それにしても、おれはなにを考えていたんだろう？　ジュスティというのはもっと年長で恰幅のいい女性、携帯電話のイヤフォンをはめて、鼻の下にうっすらと産毛が生えているような女性だとばかり思っていた。だが、実物は大ちがい――黒髪で、自分と同年配で、ついでに身長も同じくらいある。黒のパンツに黒のジャケット、なかにはストレッチのきいた白いキャミソールを合わせ、首からネックストラップで身分証明書をかけている。髪こそふわふわしているが、残りの部分はまっすぐでこわばっている。それにあのレーザー光線のように鋭い黒い瞳――相手を釘付けにするとはこのことだ。笑ったことがあるんだろうか？

キャルはにっこりして、手を突きだした。

ジュスティがその手を握った。「あなたをイースト川に投げこんだら面倒なことになりそうだから、マクレーン、シャーロックにくっついて離れないで。彼女になにかあれば、わたしたちふたりとも永遠に許されない。そんなことになったら、あなたの一番大事な部分をちょん切らせてもらうわ――それも、あなたの命があればだけど」

「そりゃ厳しいな」

シャーロックが言った。「だいじょうぶよ、ジュスティ捜査官、キャルにならわたしを守れるわ」

ジュスティはかたわらに立っていた年上の男性のほうを向いた。「シャーロック捜査官、マクレーン捜査官、こちらはアーウィン特別捜査官よ。彼があなたを護衛することになってたのよ、シャーロック」

男ふたりは互いに相手を値踏みした。ピップ・アーウィンが言った。「力はじゅうぶんありそうだな。足は速いのか？」

「ええ」キャルが言った。「むかしのあなたぐらいには」

「よかった」アーウィンは言った。「ボディガードにしちゃ、おれは機敏さに欠ける」

キャルは黒のウイングチップをふくめて、ピップ・アーウィンのたたずまいが気に入った。年齢は五十歳の手前。鍛えた体をＦＢＩの捜査官らしい黒いスーツに包んだ切れるしゃれ者。世界を見通す瞳は、ジュスティのそれよりも黒く険しく、ほとんどのものを見てきて容易には驚きそうにない。彼の全身から皮肉が滲みでているようだ。あらためてジュスティを見ると、年齢では下の彼女のほうも、やはり並大抵のことでは驚きそうにない面構えだった。

ジュスティが黒のＳＵＶを手で指し示した。「さあ、もう出ないと。このままロング・アイランドのコルビーまで行くわ。向こうの隠れ家にナシム・コンクリンをかくまっているの」

車に乗りこむふたりをアーウィンはバックミラーで見ていた。「訊いてもいいかな、シャーロック捜査官。おもしろい名前だが、ホームズとは関係があるのかい？」

「家系図をたどったら、彼がいると信じてるんだけど」

アーウィンが笑顔になる。印象ががらっと変わった。「名前のことでしょっちゅういじられてるんだよな？」

「久しぶりだったわ。わたしのルーツを思いださせてくれて、ありがと」

「マスコミとはどうやって折りあいをつけてるんだい、シャーロック捜査官？」

「おふたりとも、わたしのことはシャーロック、彼のことはキャルと呼んで。彼らがご近所のお宅のまえに張りこむのに疲れるまでには、もうしばらくかかりそう。でも、わたしはいまここニューヨークよ。誰もこんなところにいるとは思ってないわ」

ジュスティは革製のブリーフケースからタブレットをふたつ出し、片方をシャーロックに渡した。「ここまでの捜査でわかったことが極秘ファイルになってるわ。ミスター・色男がいっしょとは知らなかったから、彼には横からのぞいてもらって。情報は定期的に更新されてる。これで目的地に着くまでのあいだにナシム・コンクリンについてこっちで調べたことを頭に入れてもらえるわ」

「特別捜査官のミスター・色男だけどな」そう言ったキャルは、ジュスティの口角が持ちあがるのを見逃さなかった。

シャーロックはタブレットの電源を入れ、キャルとともに読むことに専念した。アーウィンが真っ黒なレンズのサングラスを取りだし、どでかい車を発進させた。激しく車が行き交う公道をたくみにハンドルを切って進んでいく。まるで爆撃飛行隊の隊長のようだ。タクシーの運転手がよくわからない言葉でどなっても、中指を立てても、動じるようすはない。ロング・アイランド高速道路までたどり着くのに、たいして時間はかからなかった。

情報を読み終わると、シャーロックは顔を上げてジュスティを見た。「じゃあ、まだセントパトリック大聖堂の爆破未遂事件とJFKでコンクリンが手榴弾を爆発させようとした事件のあいだには、つながりが見つかってないのね?」

ジュスティがうなずいた。「ええ、タイミングだけよ。誰が考えたって、関係あるに決まってる。ある方角に最初の応対者と勢力を引きつけておいて、別の方角を攻撃する。古典的な手口よ。

セントパトリックに爆弾をしかけた犯人については、顔が一部わかってるだけで、身元は特定できてないの。向こうが慎重だったってことよね。携帯の動画は引きつづきアップされてるけど、決め手がなくて。五番街のど真ん中、セントパトリックに残されてた木箱にプラスチック爆弾がわずかに付着してたんで、いまそれをたどってるとこ。ローテクの自家製爆弾による犯行じゃなくて、綿密に計画された犯行よ」

「これでニューヨークはますます住みやすくなる」キャルが言った。「交通規制が厳しくなって」

「悪夢なら間に合ってるんだがな」アーウィンがキャルを振り返った。「しかも、口を開けてぼんやり見物する連中の多いこと——だいたいは旅行者なんだが。ニューヨーク市民はひと目見るなり、帰途について、中華料理のテイクアウトを注文する」

キャルが言った。「シャーロックが取り調べをすることになってる犯人のナシム・コンクリンのことだけど、ＪＦＫで手榴弾を投げるように強要されたと考えてるのかい？　家族を殺すと言って、脅されたと？」

ジュスティがうなずいた。「彼のプロファイルを読めば、それ以外に考えられないのがわかるわ。携帯でもメールでも不審なやりとりはないし、インターネットや通話記録にもあやしい履歴は残っていない。こんなことをしそうな証拠がどこにもないのよ。仕事上、彼とつきあいのある人たちはひとり残らず、青天の霹靂《へきれき》だと言ってる。これがもし本物の工作員で、なんらかの目的のために身分を隠して活動していたとすると、表に出ることで貴重な資源を無駄にしたことになる」

「彼らはナシムが空港で死ぬものと思っていた」シャーロックは言った。「そして、彼にそんなことを強要した人物は永遠に見つからないと」

「そのとおり」ジュスティが言った。「ＭＩ５が撮っていた監視カメラの映像でコンクリンがサウス・ロンドン・モスクという、過激なモスクにこの二週間のうちに三回訪れていたことは確認できてるの。うち二回は母親といっしょに午後の祈りに参加し、一回はひとりだった。それ自体におかしな点はないんだけど、問題はモスクの運営者よ。アル・ハーディ・イブン・ミルザ導師といって、今回の事件の首謀者でもおかしくない過激な人物で、かなりまえからＭＩ５の監視対象者になってるわ。ナシム・コンクリンの母親のサビーン・コンクリンは数年まえからこのモスクに通い、導師と彼が唱えるごたいそうなレトリックに心酔してるみたい。導師は新しい信者を求め、西側に対する聖戦を呼びかけてる。彼女自身は高級住宅街のベルグレービアに瀟洒《しょうしゃ》な住居を構え、事件後すぐに弁護士を立てて、質問にはいっさい答えてないわ」

「家族をてこに使うのも、よくある手だよな」キャルは言った。「それにしてもわからないのは、コンクリンの母親だよ。孫を脅しの手段に使わせるか？　それを言ったら、息子もだが」

アーウィンが言った。「彼女がなにかを知っていたのかどうか、あるいはいま知っているのかどうか、彼女が口を開かないかぎり、こちらにはわからない。ＭＩ５は孫たちになにかあったら彼女が導師に反旗をひるがえすんじゃないかと期待してるが、きみと同じで、おれにも彼女がわかっていて自分の息子を犠牲にするとは思えない」

「賛成」シャーロックが言った。「彼女は詳しいことを知らずにいたんでしょうね」

ジュスティが言った。「うちではナシムの母親がナシムの妻のマリ・クレールを快く思っていなかったんじゃないかと考えてるの。フランス人でカトリック信者だからよ。でも、そこまでは言えないかもね。ナシムのほうもだんまりを決めこんでるわけだし、わたしたちよりも、彼の家族を拘束している人物たちのほうが怖いんだと思う。彼に口を割らせることができるかどうかは、あなたしだいよ。もうしばらく考える時間があるわ。あと少しでグレートネックで、そこから大渋滞のなかを四十五分ほど行くと、コルビーの出口なの」

アーウィンが言った。「腹が背中にくっつきそうだ。グレートネックにいいデリがあるんだが、サンドイッチでも食べないか?」

22

クワンティコへの道中
金曜日の午前中

十八輪の大型トラックを慎重に追い抜いたサビッチは、ポルシェのアクセルを踏んで、二台の車のあいだを突っ切った。クワンティコに近づけば、渋滞がもう少しましになるはずだ。生きているのが嬉しくなるような日だった。抜けるように青い空。いまのところさわやかさが残っているものの、いずれ夏の熱気がワシントンを包むだろう。こんな天気だと、シャーロックがいないことがますます残念になるが、彼女はコンクリンの取り調べをするためにニューヨークに連れ戻されることになった。サビッチはシャーロックに、ブレーキーを催眠術にかけるにあたってクワンティコまで別の捜査官を同行すると約束し、それがグリフィンになるだろうことをシャーロックは察していた。理由は明快。グリフィンなら前夜サビッチの身に起きたことを頭から丸のまま信じる。シャーロックにも彼が無条件に信じることがわかっていた。グリフィン、自身が特殊な能力に恵まれているからだ。

サビッチは助手席のグリフィンを見た。彼が恵まれているのは特殊な能力だけではなかった。頭脳明晰《めいせき》なうえ、こうと決めたら命懸けになり、直感力にもすぐれている。サンフランシスコ支局からワシントンに来ないかと誘ったのは、そうした理由による。そんなグリフィンになら、いま自分たちが対峙《たいじ》しているのが霊能者である可能性や、その問題を察知することができる。グリフィンがブレーキーの事件を担当していて、彼を知っていることも、マイナスにはならない。サビッチの読みが正しければ、グリフィンは、催眠術にかかったブレーキーによってサビッチが体験したとおりの場面が再現されるのを聞くことになるだろう。

サビッチはすでに今朝、オフィスでグリフィンに語りはじめていた。夢にかこつけて、松の森のこと、煙のにおいをたどって古い塔まで行ったこと、ステファン・ダルコと名乗る男が登場したことを話した。もちろんグリフィンは耳を傾けてくれた。だがサビッチが、じつは夢じゃない、幻影のなかに引き入れられた、ウォルター・ギブンズとブレーキー・オールコットも人殺しになるまえに同じことを体験したはずだ、と言うと、グリフィンの目に炎が燃えあがった――そうとしか言いようがない。そしてサビッチの願いどおり、彼はすべてを知りたがった。それでひとつずつ、順を追って説明した。

いまグリフィンは黙りこみ、すべてを考えあわせている。そして口を開くと、淡々とした口調で、サビッチにというより、自分に言い聞かせるように言った。「もしダルコのナイフが刺さっていたら、どうなっていたんでしょう？」

「それはわからないが、ひとつ言えることがあるとしたら、グリフィン、あの幻影には実体があって、リアルだった」

「それと、あなたはダルコがウォルター・ギブンズとブレーキー・オールコットにも同じ幻影を見させたと思ってるんですね」

「ああ、その変形を。ダルコはウォルターやブレーキーに近づいたのとはまったく異なる理由でおれに近づいた。おれを殺すためだ。捜査を打ち切らせたかったんだ」サビッチは首を振った。「いまのところ、たいして進んじゃいないんだが。それに、もしおれになにかあったら、おまえが続きを引き継ぐのに気づいてないのか？」

「おわかりでしょうけど、あなたと同じようにはやれません。それより、驚きましたよ、サビッチ。ウィンクル洞窟の場面に変えてしまうとは。そのおかげで命拾いしたのかもしれませんね」

「まあな。じゃなきゃ、シャーロックに救われたか。おれを揺さぶったり叩いたりして、起こしてくれたんだ」

「ルイス保安官助手を殺したのは、ブレーキーだと思ってまずまちがいないでしょう。ブレーキー以外の人物がやるとなると、いくら夜でも、リスクが高すぎます。でも、ダルコはなぜブレーキーを選んだのか言わなかったんですよね？　ウォルター・ギブンズについても？」

　サビッチはうなずくと、ポルシェを法定速度ぴったりで進んでいるシャーロックの車に似たボルボのうしろにつけた。「イギリス人の友人ニコラス・ドラモンドなら、ダルコは犬のようにわめき散らしている、とでも言うだろう。おれもそう思う。にしても、やつにはやつの理由がある。復讐とかな。ルイス保安官助手は運悪くやつか、やつが大切にしている誰かを逮捕して、その腹いせに殺されたのかもしれない。だが、なぜブレーキーを使わなきゃならなかったのか？　そこのところがわからない」

「どうやったんですか、サビッチ？　どうやってダルコから逃れたんです？」

「ありったけの力を集めて、ウィンクル洞窟の広い空間を思い浮かべた。ふっと場面が変わったとき、ダルコとおれのどちらがより驚いたか、わかったもんじゃない」

　車はみすぼらしいなりをしたヒゲ面のヒッチハイカーのまえを通りすぎた。バックパックを持ち、傷んだ革製のブーツをはいていた。グリフィンが言った。「すごいなあ。それに恐ろしくもある。それで、ブレーキーからも森や塔の話が聞けると思ってるんですね？　ケーン・ルイス保安官助手の殺害をダルコから指示されたことを思いだすと？」

「そう思って、まちがいない。となるとダルコは、正体不明ながら、バージニア州プラケット近郊に住んでいる何者かだ。そしてケーン・ルイス保安官助手とスパーキー・キャロルのふたりには、共通のなにかが、ダルコから標的にされるなにかがあることになる。ダルコはふたりのことを死んで当然だと言っていた。だから、実際なにをしたか知らないが、やつにしてみたら殺すに足る行為だったということだ。というか、ブレーキーとウォルターを使ってやらせたわけだが」

「ブレーキー・オールコットとウォルター・ギブンズは若いですからね」グリフィンは言った。「従順で影響を受けやすいと踏んで、選んだのかも？　それにアサメイの件があります、サビッチ。ダルコも、殺したふたりも、アサメイを手にしていた。そしてオールコット家にはアサメイがある。こうしたことのすべてが関連しあっているのは、まちがいないんです。ダルコはふたりを知っていて、ふたりに接触した。少なくとも、ブレーキーには影響を与えてる。昨日の夜のことですけど、あなたとシャーロックは彼の家族全員と会ったんですか？」

「長男のリガートには会えなかった。ミセス・オールコット——名前はデリア——が嘘をついているのは確実なんだが、どこが嘘なのかがわからない。残念ながら、アサメイの出どころが追跡できないのは、わかるだろ？　とはいえ、ブレーキーとウォルター・ギブンズはどうにかしてどこかに持ってたはずだ。捜索令状を取って、オールコット家に置いてある山のようなアサメイを調べることもできるが、凶器のアサメイはとうに消えてるはずだ」

「ひょっとしたら、ブレーキーが教えてくれるかもしれません」グリフィンは言うと、首を振った。「オールコット家が関与してるとしたら、なんでブレーキーに容疑がかかるようにするんでしょう？　彼が疑われるように仕向ける理由がわからない。ダルコはウォルター・ギブンズを大事にしてるようには見えない。レイバンハウス・オフィス・ビルディングのなかでスパーキー・キャロルを刺させるという、言い訳不能の派手なことをさせたわけですから。ひるがえって、ブレーキーは？　なんでオールコット家がブレーキーに罪を着せなきゃならないんです？」

「ブレーキーからそのあたりの疑問を埋める話が出なかったら、プラケットの住民から話を聞かなきゃならない。それ以外にスパーキー・キャロルとケーン・ルイスのつながりを見つけて、殺人事件の背後にいる人物を探りだす方法がない。保安官にも声をかけて、ルイス保安官助手の逮捕事件記録を調べてもらおう。ひょっとしたら、手がかりがあるかもしれない」サビッチは言った。「保安官に頼んでみたらどうだ？」きっかり一分後には、サビッチはワトソン保安官と話をしていた。名前を告げてから、エズラ・ワトソンに任務を依頼した。

「いいだろう。なにかやることが欲しい、意味のあることがしたいと思ってたところだ。みんな、宇宙人だとか、テロリストだとか、突拍子もないことばかり言ってるてな。殺人事件が二件も起きて、怖いやら、動揺するやらで、正気ではいられないんだろう。そのあたりの心理は理解できるから、適当にあしらってるがね」

「妹さんはどうしてる、保安官？」

「おれにつきまとって、どうにかしろとうるさいんで、事件の担当はおれじゃない、できることはないから、なんならあんたに電話しろ、と言ってやった」保安官は言葉を切った。「だが、これでおれにも打ちこめることができる。なにか役に立ちそうなことが見つかったら、連絡するよ、サビッチ捜査官。二件の殺人事件について、わかったことはまだないのか？」

「いや、あるんだが、まだはっきりしない。いずれ話すよ、保安官。協力に感謝する」

サビッチは電話を切り、バックミラーを確認した。「警察がそのへんにいなくてよかった。運転しながら携帯を使ったといって停車させられるとこだったよ」

「なんせポルシェですからね」グリフィンが言う。「その場で刑務所送りにされますよ」だが、彼の笑顔はたちまち曇った。「ステファン・ダルコのことですが——正体を探ってみたんですか？」

「その名前でわが国に入国した人物の記録はないし、アメリカ国民にもその名前の人物はいなかった。似顔絵もろくに描いてもらえないんで、マスコミにも首都警察にも渡せない。やつの外見はほかのもろもろ同様、幻影めいてたんだ。ただ、ブレーキーに見せるため、ジェスに顔のスケッチを描いてもらったよ。顔も本物じゃなくて幻影かもしれないが、ブレーキーになら見覚えがあるかもしれない」

「今朝ブレーキーのトラックの運行記録を取り寄せました。彼は殺人が行われた朝、配送センターから寄り道せずにいつものルートに直行してます。なので保安官助手をどこで殺して、どこでトラックに乗せたか、彼の口から聞く必要があります。そして、その理由も。

　おれはまだ半信半疑ですよ。いくら年齢が若いからって、どうやったら人ふたりを操って、ほかの人を殺すように命じたり、教唆したりできたんだか」

サビッチはちらっとグリフィンを見た。「おれが思うに、ダルコに殺すと脅されたんだろう。いや、ダルコはスリルを感じたくて、もっと悪のりしたかもしれないが」

「でも、あなたはそいつを打ち負かしたんです、サビッチ。やつも度肝を抜かれたんじゃないですか？」

「いまはそうかもしれないが、のんびりとはしていられない。ダルコの正体を突きとめないことには、つぎになにをしかけてくるかわからないからな。やつに逆らった者を殺すのか？　なんにしろ、またおれを狙うのはまちがいない」

グリフィンはサビッチに笑顔を向けた。「もし、そうなったら、そのときは、おれを呼んでください」

23

クワンティコ、ジェファーソン棟

それから四十五分後、グリフィンとサビッチは静かに座って、ブレーキー・オールコットを見ていた。座り心地のいい椅子に腰かけたブレーキーは前方に視線を向けているが、目はうつろでドクター・ヒックスを素通りしている。「まっすぐぼくのほうに歩いてくるのを見てる。すぐ近くに顔がある。彼のローブが脚に触れてて、黒い鼻毛が見える。彼はぼくを名前で呼んだ。ブレーキーって。そして、誓ってもいい、彼の思考がぼくを探るのを感じた。ぼくのポケットに指を突っこんで、財布をくすねるみたいに」ブレーキーは頭を揺らして、うめき声を漏らした。

サビッチは身を乗りだして、彼の肩に触れた。「だいじょうぶ、きみは安全だ。彼に傷つけられることはない。わかったら、彼がなんと言ったか教えてくれ、ブレーキー」

ブレーキーがおとなしくなった。「おまえはこれから夢を見るって言われた。鮮明な夢、大いなる悪を討つチャンスになる夢だ、ただの夢だが、おまえには完璧さが求められる、と彼は言った。ぼくは夢のなかでベッドを出て、着替えをしたら、〈ガルフ〉まで車を走らせる。ルート79の沿線にある古い酒場だ。店内はたぶん混んでる。ビールを注文して、奥の、手洗いの入り口のあたりで待て、と指示された。ケーン・ルイス保安官助手が仲間といっしょにそのあたりで飲んでるから、保安官助手が店を出るときに、そのあとを追えと。ただし、誰にも見られてはならない。駐車場でふたりきりになって、保安官助手が彼の車に近づいたら名前を呼び、彼が振り向いたら、心臓にアサメイを突き刺す。ぼくはその死体を抱えてきっちり百歩分森に入り、そこに死体を捨てる」ブレーキーの呼吸が乱れて、速くなってきた。

サビッチはやさしく手を撫でた。「だいじょうぶだ。苦しいだろうが、最後まで話してくれ」

「誰にも見られるなと、彼から何度もくり返し言われた。彼は右手をぼくの額に置いて、おまえはもうすぐ目を覚ます、目を覚ますとまた夢のなかにいる、つぎの夢だ、と言った。

たぶんぼくは首を振ってた。ただの夢だ、正義たるものをぼくに教える夢だ、と彼がまた言ったから。彼の言葉がぼくを包んで、ぼくを乗っ取るのを感じた。それがぼく自身の言葉、ぼくが言ったかのようになった。ぼくは目を覚まして、さっさと着替えをすませると、母さんに気づかれないように外に出た。彼から聞かされていたとおり、アサメイは車のフロントシートにあった。ぼくは車で〈ガルフ〉に行った」

ブレーキーの顔にいま目にしているものに対する恐怖が浮かぶ。「そしてルイス保安官助手を刺した。アサメイはすんなり入った。彼はすごく酔ってたから、なにが起きているかわかってなかったと思う。血がぼくに飛び散った。手にも顔にも服にも。それで夢じゃない、これは現実なんだってわかった。ルイス保安官助手——小さいころから知ってて、なんの恨みもない人なのに、殺してしまった。そのときにはもう、夢じゃなくて、彼がぼくのせいで死んだのがわかった。彼はその場でふらついただけだった。そのあと倒れたんだけど、ひとことも言わず、音もたてず、ただびっくりしたような顔をしてた。ぼくも目のまえで起きていることが信じられなかった。彼の胸を押してみたけど、もう死んでた」ブレーキーの声が途絶えた。

グリフィンが尋ねた。「ブレーキー、きみはルイス保安官助手を森に運べと言われていたのに、そうしなかったんだね？」

「ぼくの目には血と、地面に転がってる彼しか見えなかった。もう考えるなんて無理で、なんとかしなきゃとしか思えなかった。そのまま置いていけないから、彼を自分の車のトランクに乗せて、車を発進させた。それでどこに向かったかって？　いつのまにか配送センターに行ってた。なかに忍びこんで、翌朝運転することになってるトラックのキーを取り、ＯＴＲコンテナのひとつに彼を入れた。理由なんかわからない。ただ、そうしたんだ。その上に小包をいくつか載っけた。

ぼくはうちに帰って、体を洗い、血のついた衣類を捨てた。誰にも気づかれてない。ぼくの思考はあっちこっちに飛んだ。配送センターに出勤する時間になって、配送車に乗ったあとどうしたらいいか、わからなかった。ルイス保安官助手がトラックのうしろにいて、死んでるのはわかってた」ブレーキーが黙りこんだ。両手で顔をおおって、すすり泣いている。「あの男、ダルコっていう男が、みんな夢だって言ったんだ。でも、嘘だった。そうじゃなかった。ぼくはルイス保安官助手を殺した」顔を上げた。涙に濡れた顔で、見るともなしにサビッチたちを見た。「たぶんうとうとしたんだと思う。つぎの朝目覚まし時計が鳴ると、ぼくは出勤して、ＯＴＲコンテナをライニキー郵便局に運んだ。そのなかのひとつに保安官が入ってるなんて、ちっとも思ってなかった。記憶がまったくなかったんだ」

サビッチが身を寄せた。「おれを信じて、おれの話をよく聞いてくれよ、ブレーキー。怪物はきみじゃない、ステファン・ダルコだ。ルイス保安官助手の死に責任を持つべきはダルコであって、きみじゃない」

ブレーキーは頭を揺すっていた。「ぼくは誰も殺したくなかった。あの男がまた戻ってきたら？　今夜戻ってきたらどうしたらいい？」

きみに勝ち目はない。もしブレーキーがダルコとその夢の記憶を、つまりルイス保安官助手を刺し殺した記憶を取り戻した状態で家に帰ったらどうなるか？　一瞬にしてそのことがプラケットじゅうに広まり、ダルコが動きだすのがサビッチにはわかった。ダルコはブレーキーの近くにいる。アサメイを彼の車に置けるぐらい近くに。そして、ブレーキーには危険が迫る。差し迫った危険だ。サビッチは決断した。ドクター・ヒックスに体を寄せて、話しかけた。

ドクター・ヒックスは〝正気だろうな〟という顔でサビッチを見返すと、穏やかな声で言った。「ブレーキー、きみは目を覚ましたとき、催眠術にかけられたことを覚えていない。きみがわたしたちに語ったこともすべて。きみの記憶にあるのは、今朝ここへ来たときに知っていたことだけだ。怖がらなくていい。目を覚ましたら、サビッチ捜査官から指示があるから、そのとおりにすること。わかったね、ブレーキー？　よし。さあ、目を覚まして」

ブレーキーはまばたきをして、ドクター・ヒックスからサビッチへ、さらにはグリフィンへと視線を移動させた。「催眠術をかけてもらっていいですよ。なにをぐずぐずしてるんですか？　誰か来るとか？」

「聞いてくれ、ブレーキー」サビッチは言った。「催眠術というのは、たまにかからないことがある。だが、逮捕はしないから、心配いらない。きみは協力の意志を示した。もし話したいことができたり、おかしなことが起きたりしたら、おれに電話してくれ」サビッチは自分の携帯電話の番号をカードに書き留め、ブレーキーのポケットに入れた。

「わかりました、そうします。そうか、ぼくには催眠術がかからなかったんだ」ブレーキーが顔を曇らせた。「でも、まだなにが起きたか、わからないんですよね。ルイス保安官助手を殺したのはぼくだと言いましたよね？　だったらなんで逮捕しないんですか？」

「協力してくれてるからだ、ブレーキー。ただし、足首にモニターをつけてもらう。きみの身の安全のためだ」

ブレーキーが目をしばたたいた。「ぼくの安全のため？　モニターって、ぼくを監視するためじゃないんですか？」

「両方だ」サビッチは答えた。「きみの居場所を知っておく必要もある。また記憶をなくすことがあるかもしれないからね。モニターの装着が終わったら、ハマースミス捜査官がきみを自宅まで送り届ける。帰宅にあたってお願いだが、ここクワンティコでのことはプラケットの誰にも言わないでくれ。ご家族には、催眠術がかからなかったことを伝えてもらってかまわない」ひと息ついた。「ブレーキー、なにかの理由でルイス保安官助手がスパーキー・キャロルに厳しくあたったことはないか？」

「スパーキーに？　いいえ、スパーキーはむかしからずっと真面目だったから。仕事は料理を作ることだし」

「きみの知る範囲でいいんだが、スパーキーは〈ガルフ〉で飲んだことがなかったか？　店でルイス保安官助手と出くわすことは？」

「いいえ。飲んでたのはスパーキーの父親です。ミルト・キャロルっていって、奥さんがガンで亡くなってから、酒浸りでした。〈ガルフ〉にもしょっちゅう行ってて。それでもミルトの料理は抜群で、大酒飲みでも関係なかった。スパーキーのほうはたまに飲むぐらいで、だいたいビールでした。それも何カ月かまえに父親が肝硬変で亡くなったあとは、やめちゃった。ほんとにいいやつだったんです。あいつがいなくなって悲しむ人がたくさんいる」

「そうだな。気の毒なことをした」サビッチは言った。

ブレーキーの顔から表情が消えた。「ウォルターはスパーキーの最初の車を修理してやったんです。九学年のときに父親から譲り受けた古いシボレーです。ウォルターは十四歳になるころには、車輪のついたものならなんでも直せるようになってた。それがいまのウォルターの仕事になって、ぼくが配送センターで稼ぐよりたくさんの金を儲《もう》けてる」

グリフィンが尋ねた。「それで、ウォルターとスパーキーはずっと仲がよかったのかい？　仲たがいは一度も？」

「そうですよ。ハイスクールではふたりで改造車を走らせてて、オールド・ポンド・ロードでよく大騒ぎしてました。ウォルターがオフィスの入ったビルでスパーキーを刺すなんて、ぼくにはわけがわかりません、サビッチ捜査官。ぼくとウォルターになにが起きたんですか？　いつかわかるときが来るのかな？」

24

ロング・アイランド、コルビー
金曜日の夕方

アーウィンはロング・アイランド高速道路を降りて、コルビーに向かった。「人口およそ二万五千人、その多くが大きすぎる家に住む退職者だ。リスも多いし、それと同じぐらいの数のゴルフボールがゴルフコースじゅうに転がってる。隠れ家を置くには最適な場所だ」

ジュスティが続く。「細長いブロックの端にあるの。のんびりした界隈《かいわい》だし、静かで人目につかないところよ。そうね、たしかにリスは多いわね」

「オークとカエデも多すぎる」と、アーウィン。「あれだとこっそりなかの人間に近づける」

「ええ、あなたはまえからそれを心配してるわね、ピップ。でも、わたしたちがいるし、リスと同じくらい足音が静かじゃなきゃ近づけないわ」シャーロックとキャルを振り向いた。「ピップは誰にも気づかれずに部屋に入れると思ってるのよ。奥さんにはなんて言われてるの？」

「ジューンはおれに見つかる危険を冒してまで、裏でこそこそやるつもりはないと言ってるよ。冗談じゃなくて、ケリー、おれが言いたいのは、あれだけ木が生えてると、狙撃手が隠れ放題だってことだ。死角をなくすことはできない。もしコンクリンを失うとしたら、そういう形になる」

「それはみんなもわかってるのよ、ピップ。でも、つぎの場所に移動できるまでは、いまの隠れ家でなんとかするしかない。近々引っ越せることになってるし、連邦の拘置所に入れておくよりは安全だもの。ここまで誰にもつけられていないのは、あなたとわたしとで確認した。そもそも、人につけられる心配はないんだけど」

一行を乗せた車は、袋小路で縁石に寄って停まった。一九六〇年代風の風変わりな板張りの家が立っている。風雨にさらされた灰色の外壁はすぐにも塗りなおしたほうがいいし、屋根も葺《ふ》き替える必要がありそうだ。この界隈なら後ろ指を指されることもないだろうが、それもかろうじてといったところ。目立たない建物で、敷地の周囲には大人の身長ほどの高さのフェンスが張りめぐらされている。賭けてもいいが、警報装置が設置されている、とキャルは思った。電流が流れている可能性もある。だが、こんなにふつうの、なんの変哲もない家を取り囲むフェンスを近づいて見ようと思う者など、いるだろうか？

鬱蒼としたオークとカエデの木立については、ピップ・アーウィンが心配するのも、うなずける。敷地内は問題ない。家の周辺はきれいに空いているが、問題は敷地外だった。とはいえ、窓の大半は小さく、カーテンが閉まっている。家のぐるりに幅広のポーチがしつらえられているものの、やはり警報装置が取りつけられていると思ってまちがいない。見えない場所に監視カメラがあるだろうし、動作センサーや音声探知デバイスも設置されているはずだ。リスやウサギが警報装置に触れて、なかの捜査官の心臓を跳ねさせるのは、どのぐらいの頻度なのだろう？　キャルはふとそんなことを思った。いや、悪くすると、慣れっこになって反応せずにいるかもしれない。だが、ジュスティの言い分も、もっともだった。警護員すべてを突破するのはむずかしい。しかも、コンクリンがここにいることを知っている可能性のある人間はごく少数にかぎられる。

ジュスティの携帯電話が『スター・ウォーズ』のテーマを奏でだした。ミズ・司令官にもこんな面があったのか、とキャルは嬉しくなった。

彼女が電話に出て、小声で言った。「こちらは四人。ピップとわたしとワシントンから来たシャーロック捜査官とマクレーン捜査官。尾行の心配はないわ。ピップがサンドイッチを買いに出て、確認してる」

それをキャルは空腹ゆえの行動だと思っていた。ごく一般的な手続きだ。

ブザー音がして、目立たないゲートが開いた。アーウィンは両サイドにわずかな隙間を残してゲートにSUVを進め、シボレーのうしろに停めた。シボレーはぼんやりしたベージュで、新車でもないし古すぎもしない。捜査官の姿はひとりもなかった。よし。

ひとりの捜査官が玄関のドアを開けて、ポーチに出てきた。ジーンズをはき、白いTシャツに防弾チョッキ、さらにシャツをはおって、片方の手にグロックを握っている。男は一同と握手を交わし、エリオット・トラバーズと名乗った。

彼は四人を小さな部屋に招き入れると、ドアを閉めて、鍵をかけた。なにか言うより先に表側の窓に近づき、黒っぽいカーテンを少しだけ引いて外を見た。窓から下がってジュスティにうなずきかけ、声をあげた。「ジョー、心配ないぞ。すべて問題なし」

ジーンズをはいてジャイアンツの青いスウェットシャツ——下に防弾チョッキをつけていることは言うまでもない——を着た女性捜査官がリビングルームに入ってきて、

アーウィンとジュスティに会釈した。年齢はピップと同じぐらい、白髪交じりの髪にきらきらした青い瞳を持つ健康そうな女性だ。キャルにはジャイアンツの試合で大声援を送る彼女の姿が目に見えるようだった。「裏も問題なし」彼女はキャルとシャーロックに笑いかけた。「われらが慎《つつ》ましき住居へようこそ。ジョー・ホーグよ」手を突きだした。「お目にかかれて嬉しいわ、シャーロック捜査官。ＪＦＫでのあなたの活躍ぶりったら――法の執行官のすべてが鼻高々よ。ケリーから聞いたと思うけど、ナシムはあなたにしか話さないと言ってる。理由も言わずにＪＦＫにいた赤毛の捜査官と話がしたいの一点張りなの。あなたからあんな目に遭わされたんだから、会いたくないと思ってもおかしくないんだけど」

彼女は別の捜査官を振り返った。消火栓のように頑丈そうな四十代とおぼしき男性が部屋に入ってきた。

「彼はアーロよ」

アーロ・クロッカー捜査官は手を出して、みんなと握手した。「説得を試みたんだが、だめだった。あなたと話したいと言いつづけてるよ、シャーロック捜査官。彼と話をするまえに、アイスティーでもどうかな?」

シャーロックは首を振った。「いいえ、すぐにはじめるわ、アーロ。早くナシムと話してみたいの」

ジュスティが言った。「あちらを見て、シャーロック」

ナシム・コンクリンが目のまえにいた。リビングルームの壁の目の高さに設置された高解像度のモニターに映っていたのだ。「彼は奥の寝室にいるわ」ホーグが言った。「椅子に足枷でつながれて、テレビを観てる。ニュース番組よ。それ以外のときは新聞とか雑誌とか、こちらが渡したものを読んでるわ。あまり眠ろうとしないし、食も進まない。読んだり観たりしてないときは、世界が終わったような顔をして座ってるわ。実際、彼にとってはそうだし、それがわかってるんでしょうね。バスルームを使うときは部屋を出るし、昨夜は真っ暗なのを確認のうえ、三十分ぐらい外にも出たのよ」

ジュスティが言った。「わたしたちはここで待ってる」

ホーグがシャーロックを奥の寝室へと連れていき、鍵を開けて、ドアを大きく押し開いた。「ナシム、あなたのシャーロック捜査官が来たわよ」彼女はそう言うと、脇によけて、シャーロックを進ませた。ホーグがドアを閉めようとすると、キャルが首を振って、寝室に入った。ほとんど家具のない小部屋だった。シングルベッドがひとつ、ダークブルーのスプレッドをかけて部屋の真ん中に置いてある。ナシム・コンクリンは椅子からベッドへと移動するように言われ、実際、それ以外に居場所がなかった。彼の隣には雑誌と書籍と新聞が山と積まれていた。

シャーロックはまっすぐナシムのもとへ向かい、彼のまえに立った。

「こんにちは、ナシム。わたしたちふたりとも、手榴弾に吹き飛ばされずにすんだことが、いまだに信じられないわ」

彼はゆっくりと顔を上げて、シャーロックを見た。その瞳には知性の輝きとともに苦痛があった。ホーグ捜査官の指摘は正しい。ナシム・コンクリンは自分が人生のどん詰まりにいることを知っている。だが、どうやってそこへいたったのか？　シャーロックが探るべきはそこだった。

「いや」彼は事務的な口調で言った。「あなたはそこまで近くなかったから。でも、爆発してたら、体についたぼくの肉片を洗い流さなきゃならなかっただろう」苦くて痛々しい笑い声を響かせた。「ぼくにあれを使う勇気があったら、そうなってた」彼は流暢《りゅうちょう》なイギリス英語を話しているが、軽いフランス語なまりと、独特の癖がある。シャーロックは彼の出身地がシリアであることを知っていた。

シャーロックはベッドの端に腰かけた。「結局、爆発したのよ――ありがたいことに、爆発物格納容器のなかでだったけど」

彼のまえにある両手にはゆるく手錠がはめられ、腰のベルトにつながっている。これなら本のページを繰ったり、鼻をかいたりするぐらいのことはできる。シャーロックがＪＦＫ空港で折った手首には、薄いギブスがはめられていた。

「あなたに投げつけることもできた。そしたらぼくの目のまえで、血まみれの肉片になって飛び散ってた」

「すごい光景」シャーロックは言った。「ほんと、あなたが投げないでくれてよかったわ」

彼は腕組みをしてドアのまえに立つキャルにうなずきかけた。「彼には遠慮してもらいたい。彼をどこかへやってくれ。あなただけだ」

「おれはいないものと思ってくれ」キャルが言った。

「あなたのボディガードなの？」ナシムは手錠をじゃらじゃらいわせた。「いまのぼくじゃあ、ほとんどなにもできない」

キャルはドアにもたれかかった。まだ腕組みしたままだ。「忘れたのか？　あんたは最初から彼女にはなにもできなかったろ？」

ナシムは笑みを浮かべ、それが消えるに任せた。「情けないけど、そのとおりだね」

キャルを見つめ、たっぷり一分ほどすると、シャーロックに目を戻した。

「どうしてほかの捜査官に話をしなかったの、ナシム？　なぜわたしなの？」

ナシムは彼女をひたと見据えて、こともなげに言った。「あなたは死を恐れていないからだよ」

25

静まり返ったふたりのあいだの空間にその言葉が漂っていた。彼からどんな答えが返ってくるか見当もつかなかったけれど、この答えでなかったことは確かだ。シャーロックは首を振った。「それは誤解よ、ナシム。生きているかぎり、人は誰しも死を恐れるわ」

「でも、それでもあなたはぼくに襲いかかった」

誰もその理由をシャーロックに問わなかった。「実際はとっても単純な話なの。すべてがめまぐるしく起きたわ。わたしにわかっていたのは、メリッサやほかの罪のない人たちみんなをあなたに殺させるわけにはいかないということだった。だって、わたしの仕事は人を守ることだもの」

「あなたはあの女性の名前も覚えてる。そう、メリッサ。彼女をつかんだのがまちがいだったんだ。手榴弾を投げて、それでおしまいにすればよかった」

「でもあなたはそうしなかった」

「ぼくが空港で失敗したのは、ぼくが死ぬのを恐れたからだ」

「あなたを引き留めたのは、恐怖じゃないかも。あなたには人が殺せなかったのかもしれないわ」

彼は親指の爪をいじりだした。「捜査官たちがまだ小さいあなたの息子さんのことを話してた。あなたにはご主人も息子さんもいるのに、それでも死を覚悟で行動した。ご主人や息子さんがどうなるか、考えないの？　ふたりともあなたのことを思って悲しむだろうに」

この発言はどこから来ているのだろう？　キャルもリビングルームにいる捜査官たちも、とまどっているのではないか？

そこでシャーロックは気づいた。「夫と息子はわたしの人生の中心にいる。あなたにも家族があって、お子さんがいるから、わかるわよね。わたしにわからないのは、なにがあなたを突き動かし、なにを成し遂げたかったか。あなたは教養のあるジャーナリストよ。あなたの記事や行動からは、あなたがテロリストや聖戦の戦士であることを示すものは出てこない。テロ組織とのつながりも見つかっていないし、彼らの大義を代弁したり、その行動を擁護したりした過去もない。平穏で立派な暮らしを送り、奥さんを愛し、家族を大切にしてきた。

そんなあなたがなぜ？　なぜ手榴弾を持ってＪＦＫに行き、多数の人を殺そうとしたの？」

「そうするしかなかった」

「彼らがあなたの家族をあなたから奪ったからね？」

「なぜそのことを？　いや、ぼくはなんて愚かなんだ。いまじゃあなたたちは、うちの下の息子の膝裏に痣《あざ》があることだって知ってるだろうに。ぼくのことはすべてお見通しなんだろう？　ぼくの家族のことも？」

「まだそこまでいかないわ。でも、あなたの奥さんのマリ・クレールが三日まえにお子さん三人を連れてボストンに到着したこと、あなたのご家族といっしょに飛行機に乗っていた男ふたりがとてもよくできた偽造パスポートを所持していたことは、わかってるわ。あなたの家族とターミナルを出る姿が空港の監視カメラにとらえられていたの」

「じゃあ、行き先はわからないんだね？」

「空港から出ていく黒のＳＵＶに乗っていたのはわかったけど、その先はまったくよ。いまのところだけど」

「わかるかい？　ぼくはああするしかなかった。何者かがあなたのご主人と息子さんを人質に取って、あっさり殺すかもしれないとしたら、あなただって同じように行動したはずだ」

否定してもいいことはない。シャーロックは言った。「あなたがＪＦＫに送りこまれるまえ、家族とはどのくらい引き離されていたの？」

「三日三晩」

「家族が殺されるんじゃないか、手榴弾を爆発させなければ、家族を失うかもしれない——その恐怖と悲痛を感じながら過ごすには、長すぎる時間だわ。しかも、あなた自身が死ななければならないという現実を突きつけられながら」

「彼らは残酷で容赦なかった。でも、いまとなってはどうでもいいことさ。どうせぼくは死ぬし、その覚悟はできてる。ただひとつの望みは、あなたがぼくの家族を見つけてくれることだ。連中に殺されるまえに」

「あなたはわたしたちに保護されているのよ、ナシム。わかるわね、ここにいれば安全なの」

「あなたたちアメリカ人は自分を過信してるね、捜査官。ぼくの身の安全など、もはや二の次だ。家族がどんな目に遭わされるかと思うと、死んでも死にきれない」

彼の声には疑いがなかった。自分の死が迫っているのを確信している。「なにがあったのか聞かせて、ナシム。あなたをこんな立場に立たせたのは誰なのか」

「万難を排してぼくの家族を捜すと誓ってくれたら、ぼくの知っていることをすべて話す。アメリカ政府にとって価値のない存在になっても、ぼくの家族を犠牲にしないと誓ってくれ。そうしたらぼくは話す。ほかの誰でもない、あなたに」

「誓うわ、ナシム。あなたの家族捜しにはわたし自身が加わる。犯人捜しにもよ」

彼はシャーロックの顔をじっくり眺め、ゆっくりとうなずいた。「もうあまり時間がない」

「だったら話して、ナシム。彼らはどうやってあなたに近づいたの？」

「ぼくに近づく？　買い物帰りにランカスター・ロードを歩いていたら、ナイロン製のマスクをかぶった男がふたり現れて、ぼくをバンのうしろに投げ入れたのさ。運転手は見てない。動こうとすると、なにも言わずに殴られた。場所はわからないけれど、ぼくを腐った魚のにおいのする汚らしい倉庫に鎖でつなぎ、なんでそんな目に遭うのかわからず、殺されるのかもしれないと怯えるぼくを放置した。

　連中は決まって三人で戻ってきた。かならずマスクをかぶって。そしてぼくが死なない程度の食べ物と水を持ってきた。なにも言わず、ぼくがなにか尋ねても、いっさい答えなかった。妻に電話をかけて、ぼくが生きていることを伝え、身代金を用意させてくれと頼んでも、まったく取りあわず、しゃべりすぎると、また殴られた。連中が口にしたわずかな言葉から、アラビア人であることはわかった。そしてアラビア語にシリアのアクセントがあった。ひょっとしたら声を聞き分けられるかもしれないけれど、できるのはそれぐらいだ。

二日後、連中はぼくを座らせ、一番なまりの強い男からニューヨークに行けと言われた。おまえにさせたい任務がある、と。そいつは携帯でぼくの家族がマスクをかぶった男たちに囲まれている写真を見せ、ぼくの妻の動画を見せた。妻は怯えきって、この人たちの言うとおりにして、と懇願していた。そしてぼくのパスポートを取りだしたんで、ぼくの家族がうちから連れ去られたのがわかった。パスポートなんかはすべて自宅にあったからね。男は任務の内容は追って知らせる、失敗したら妻と子どもを殺す、と言った」

ナシムは黙りこみ、こぶしに握った手を見おろした。「この手で順番に絞め殺して、ひとつの墓穴にまとめて埋めてやる、とそいつは言った。脅しじゃないとぼくは思った。ぼくは妻が生きている証拠が欲しい、妻と話をさせてくれと頼んだ。ニューヨークに着くまで待てというのが返事だった。それならもしぼくが誰かに苦境を伝えられたとしても、ロンドンで家族を捜される心配がないからだ。連中はぼくと家族全員の航空券をぼくに買わせ、ニューヨークまでの機内はぼくに見張りもつけなかった。

JFK空港に着くと、男が近づいてきて、待機させてあったバンに連れていかれた。目隠しをされて、空港を出た。向こうはたぶん三人だったと思う。三人ともしゃべらなかったけれど、目的地だけは口にした。クイーンズだ。クイーンズの、どこにあるかわからない小さなアパートメントにぼくを押しこめた。つぎの日の夜はじめて、マリ・クレールと話ができた。最初はフランス語で話してたんだが、英語で話せと脇腹をこづかれた。妻は連中からそう言えと言われたんだろう。自分たちはいまのところだいじょうぶだ、アメリカまでたどり着いた、と言っていた。背後から子どもたちの声が聞こえた」

ナシム・コンクリンはひとつきりの窓を見やった。カーテンが隙間なく閉めてあって、暗い。「そのあと連中に携帯を取りあげられた。妻と話せたのはそれが最後だ」

「あなた、〝連中〟って言ってるけど、ナシム、彼らを見たということね。どういう人たちだったかわかる？　彼らの人相やバンを説明できる？」

「三人いて、最初の三人と同じようにシリアなまりがあった。ぼくと同年配もいたし、年上のもいた。三人ともスラックスにジャケットというきちんとした身なりをして、見た目も感じがよかった。物腰もやわらかく、英語もうまかった。バンだけれど、ナンバープレートは見てない」

「いずれ写真を見せるから、そのなかに見覚えのある顔があるかどうか確認して」

「わかった、やってみよう。三人はイギリスのパスポートを持ってるはずだけど、それも偽造品かもしれない」

「それで、そのときはじめてなにをするか聞かされたのね？　ＪＦＫの保安検査の列で手榴弾を爆発させろと？」

彼はうなずいた。「携帯を取りあげられたあとだ。ぼくの想像をはるかに超える悪夢だった。手榴弾を見せられた。連中は爆発させるまでの扱い方を説明すると、眠れと言って、ぼくを奥の部屋の簡易ベッドにつないだ。もちろん眠れるわけがない。そのとき漏れ聞いたんだ。閉じたドアの向こうで交わされる、連中の会話のはしばしを。アラビア語だった。ときどきぼくに聞こえていることに、向こうは気づいていなかった。そのとき〝ベラ〟という言葉が聞こえた。彼らがしようとしている作戦のコード名かなんかだと思う。そして、会話のなかに〝戦術家〟と呼ばれる男が登場した。アラビア語にはそれに相当する言葉がないんで、そこは英語だった。何者かわからないけれど、敬意をもって語られているのがわかった。畏敬と言ってもいいぐらいだったから、首謀者かリーダーかもしれない。そして三人のうちのひとり――ラハルという名前の男だ――が彼の兄弟としてホスニという名前を出した。ホスニはここ合衆国にいる彼らの協力者だ」ナシムは少し笑った。「ホスニ・ラハルという名前に意味があるだろうか？」

シャーロックの心臓が躍った。「ホスニ・ラハルね。検索してみる。戦術家の正体につながるような情報はないのね？」

ナシムはうなずいた。「ベラ計画の立案者らしいということだけで、あとはわからない。ぼくが聞いた名前はこれだけだ。役に立つかどうかわからないけれど」

「じゃあ、つぎに注目すべき問題は、どうしてあなただったかよ、ナシム。誰があなたを選び、その理由はなんだったか？　それが判明すれば、連中の正体がわかって、あなたの家族も見つけられるかもしれない」

「ぼくもその疑問が頭から離れない。こんな目に遭うなんて、ぼくやぼくの家族がなにをしたというんだろう？　聖戦に命を捧げたいと願う迷える魂ならたくさんある。どうしてそういう人たちを使わなかった？　徹底的に訓練を積んだ者でなく、ぼくみたいな素人を使う危険を冒したのはなぜだ？　案の定、ぼくは立ち往生したわけで」

「そのとおりよ。あなたを選んだのは、連中に結びつけられなくてすむからかも？

連中の正体を知らないまま、あなたが死んでいくと思っていたんじゃないの？　それとも個人的な理由がある誰かがあなたの死を願ったとか？」

「ぼくの知るかぎり、そこまでの敵はいない」

「でも、誘拐されたとき、身代金目的だと思ったんでしょう？　あなたのお父さんの事業を売りはらおうとしてて、売れれば大金持ちになるから？」

「それはそうだけど、それで得をするのは母だけだ。ぼくの死を望むとは思えない」

シャーロックはうなずいた。「いいわ、ナシム。だったら、過去にさかのぼりましょう。半年まえのロンドンでのことに」

26

彼はうなずいた。「そうだね。半年ほどまえ、父が死んだ直後のころに戻ろう。父の死でがっくりきた母のサビーンは、ぼくにロンドンに戻ってくれと泣きついてきた。正直なところ、ぼくもマリ・クレールもルーアンで幸せにやってた。地元になじんで、先々まで住むつもりだったんだ。でも、母はぼくを必要としてた。孫のいる生活を望んでたし、イギリスには家業があって、それも放ってはおけなかった」

「お母さまにルーアンに来てもらって、お孫さんたちと過ごしてもらうわけにはいかなかったの？」

「母と妻のマリ・クレールは折りあいが悪くてね。母はぼくがフランス人のカトリック信者と結婚したことが受け入れられず、ぼくの子どもがカトリックとして育つことにかかりかりしてた。ぼくの父は無神論者で、母がぼくをイスラム教徒にするのを許した。ぼくはとうのむかしに信仰なんか捨ててたんだが、母はぼくをイスラム教徒に戻そうと必死だった」

「それで、あなたのお父さまは？」

「父もまた別の理由で結婚に反対だった。父はドライクリーニング店をチェーン展開して、大成功していた。イギリスとスコットランドじゅうに店があって、ぼくに仕事を継がせたがってた。だから、ぼくは興味がない、ぼくがなりたいのは物書き、ジャーナリストだと言ったら、ひどく腹を立てて、ぼくを勘当した」

ナシムは肩をすくめた。「そのあと父が死んで、ぼくはロンドンに戻る以外に道がないように感じた。少なくとも一時的には。それで翌月、ロンドンに引っ越した。母を訪ねるのに便利で、けれど近すぎない場所にアパートメントを借りた。子どもを母といっしょにしておいたら、宗教のことでなにを吹きこむかわからないといって、マリ・クレールが気を揉《も》んでいたからだ。

なるべく早く事業を売却するつもりだった。そう母に伝えると、驚いたことに、母は、ずいぶんまえから自分も仕事にかかわってきたと言いだした。だから売らないでくれ、あなたは手伝わなくていいから、と懇願された。母に任せることもできたけれど、ぼくは断った。チェーン店にかかわりたくないのはそのとおりだったけれど、じつはまだ父に対する怒りが強く残ってたんだ。ぼくにとって父の仕事は過去の因縁を思いださせるお荷物だった。それに、世界的な企業から仕事の依頼が入りつつあったし、その時点ですでに《ロンドン・ヘラルド》からも記事を書いてくれという依頼が来ていた」

「あなたのお父さまは、お母さまがチェーン店の仕事を続けたがるのを知ってたはずよね。なぜあなたに遺《のこ》したのかしら？」

「父はつねに自分にとって最善の手を打つ人だった。なんらかの理由で、母をビジネスにかかわらせたくなかったんだろう。ぼくには理由はわからない。ぼくに遺したら、売りはらうことはわかってたと思う。ただ、母を貧乏にしようとか、そういうことじゃなかった。現に母には住宅三軒と大金が遺されてた。

　うちの母は扱いのむずかしい人だ。ぼくがイギリスに引っ越して一週間もしないうちにサウス・ロンドン・モスクに行こうと誘われた。導師のアル・ハーディ・イブン・ミルザに会わせたいから、と。それで最後にはぼくも同意した。ぼくなりの理由があってのことだ。その点ははっきりさせておきたい。長いあいだ離れていた信仰にあらためて触れたらどう感じるか知りたかった。母はぼくといると導師の話しかしなかった。その聡明《そうめい》さや情熱がイスラムを世界に広げ、世界がイスラムにひれ伏す、そして大いなる聖戦によって西洋風のやり方に毒されながらも、宗教上の義務を満たそうともがいているムスリムを救うだろうと、そりゃあもうぞっこんだった。

ついにぼくは礼拝のあとアル・ハーディ・イブン・ミルザを訪ねた。たしかにカリスマ性があって、ぼくみたいな人間ともなごやかに懇談してくれた。信仰に関するぼくの迷いに耳を傾け、真の道が見つかるよう祝福を与えて、よかったらまた話しにくるように言った。

驚いたことに、お茶を飲んでいたら突然、導師が父の事業のことを持ちだした。売りはらわないでもらえないか、もう一度考えてもらいたい、と。うちの母親のような女性がイギリス国内で地位を保つことは、イスラム教にとっても重要だ、彼女はモスクの支柱の一本であり、その支えを必要としている、とね。母が導師に頼んだのは明らかだったんで、ぼくはカッときた。それで、あなたにもイスラム教にもまったく無関係なことだと、決して丁寧とは言えない口調で言い返した。導師はぼくの責任がどうのと説教をはじめたが、通じないとわかると、頭を下げて謝った。ぼくも短気を起こして申し訳なかったと、頭を下げた。導師は話題を変え、ぼくのジャーナリストとしての業績を称えて、彼が改宗に成功した地元の若い青年たちのことを書いてみないか、きみが信仰を考えるうえでも参考になると思う、と言った。

ぼくは考えてみると答えた。まだロンドンに引っ越してきて日が浅いので、少し時間がいる、と。それがそのときのやりとりのすべてだ。あとになってそのときの会話を何度も思いだしてみたけれど、導師との面談が今回の件に関係あるのかどうか、わからないでいる」

シャーロックは言った。「導師もそのモスクも、もうＭＩ５の監視対象になっていたのよ、ナシム。あなたが出入りしていたことも把握されてた。こんどはあなたのお父さまの事業について、尋ねさせて。あなたがなにかを勘繰って、動揺するのも無理ないわ」

「妻のマリ・クレールはぼくよりはるかに動揺してた」彼は口を閉じ、よみがえった記憶にふと笑みを浮かべた。「彼女はそもそもぼくが母についてモスクに行くことからして反対だった。〝母親のテントに足を踏み入れる〟なんて言い方をしてね。そして母に電話をして、導師を使ってぼくを操るようなことはやめろ、父親の事業を売るかどうか決めるのはぼくだから、首を突っこむなと伝えたんだ。想像がつくと思うけど、母はこの申し入れを聞き入れなかった。マリ・クレールは価値のない十字軍づきの売女《ばいた》だ、ぼくがイスラム教徒に戻るまで絶対にあきらめないとわめいた。言うまでもなく、以来、ふたりのあいだの接触は途絶えた。

笑い話に聞こえるかもしれないが、ぼくたち当事者にとっては大問題だった」ふたたび口を閉じ、口元に笑みをたたえた。「マリ・クレールもいざとなると激しいんだ」

あらためて顔を上げたナシムは、ささやき声で言った。「なにが一番苦しいかわかるかい？　そのマリ・クレールがどんなにがんばったって、自分や子どもたちを救えないことさ。ぼくもこんなありさまで役に立たない。

ぼくの知っていることはすべて話した。この情報を使って、ぼくの家族を助けてくれ。これぐらいしかできなくてすまない」

「あなたがおとりだったかもしれないと思う点はない、ナシム？　セントパトリック大聖堂がメインの標的だったのかもしれないわ。爆弾が置かれたとき、大聖堂のなかには合衆国の副大統領がいた。ほかにも政府の高官が何人も参列していたのよ」

「いや、ぼくは知らない。でも、ほかにも攻撃があるかもしれないと思ってた。セキュリティチェックの列で手榴弾だけじゃ、しょぼすぎるだろ？」

「あなたが話を漏れ聞いた男たちは、副大統領のことを言ってなかった？　別のアメリカ人の名前は？」

ナシムはかぶりを振った。「ベラっていう単語だけだ。知ってのとおり、イタリア語で美しいという意味になる。そして彼らがフォーリー副大統領を美しいと呼ぶとは思えない。ひょっとしたら、ほかの大聖堂をふくめて、美しい大聖堂ってことだったのかも。大聖堂というのは価値のあるシンボルだし、その美しさによって畏怖の対象にもなっている」

「それに悪いことに、テロリストにしたら絶大な効果の望める標的でもある。もし教会のなかで安全だと感じられなければ、どこで安全さを感じられるかしら？」

「そうだね。誰かに爆破される危険を冒してまで、礼拝の場所に出向くだろうか？　ぼくはルーアンにある壮麗な大聖堂が瓦礫と化すのを想像した。見るにたえない光景になる」

シャーロックは言った。「連中を見つけないかぎり、彼らの動きは読めないわ。あなたの家族を解放する見込みはないの？」

「ぼくが生きていて、ＦＢＩに拘束されているあいだはないね。家族を生かしておけば、ぼくをコントロールできる。連中には慈悲も許しも共感もない。犬と同じ、クソしてまえに進むだけだ。家族がまだ殺されていないことを祈るばかりだ」希望のない瞳をシャーロックに向けた。「そしてまだ生きていると信じるぼくが愚か者でないことを祈る」

シャーロックは彼の手錠に触れた。「あなたは正しいことをしたのよ、ナシム。わたしたちも、あなたの家族を助けるためにがんばるわ」

ナシムは足枷にいましめられた足を見た。「昨日の夜は暗くなってから三十分ぐらい外に出してもらった。ぼくに新鮮な空気を吸わせて、生きた心地を味わわせるためにね。また外に出るのが楽しみだよ。悪いけど、いまからペンと紙を持ってきてもらえないか？　家族に手紙を書きたい。あなたなら渡してくれると信じてる。可能であればかならず」

「ああ」シャーロックが立ちあがると、彼は言った。「まだ腎臓が痛むけど、頭痛のほうはおさまった。あなたの鍛え方が足りなかったのかもな」

「あら、あなたに正真正銘の脳震盪を起こさせて、なんならしばらく入院させるつもりで蹴ったんだけど。そんなことにならなくてよかったわ」シャーロックはナシムに笑いかけ、キャルが自分について部屋を出るのを待って、ドアを閉めた。

いま耳にしたのは笑い声だろうか？

27

シャーロックとキャルがリビングルームに戻ると、ホーグがシャーロックに向かってカップを掲げた。「よくやったわ」

ジュスティは手をこすりあわせている。「さっそくＭＩ５にあだ名を伝えたわ。戦術家――うちにはなんの記録もないの。ホスニ・ラハルのほうも、その名前で知られている人物を捜して、居場所を知らせるように手配してある」彼女はシャーロックを見た。「ナシムが気の毒でならない。彼の命は守るし、殺させるようなことはしないけど、家族のことで怖くなる気持ちは痛いほどわかる」

キャルが言った。「ナシムの疑問はもっともだ。なんでナシムだったんだ？　その導師が決めたのか？　理由は？　導師の経済状況とか、亡くなったナシムの父親、それに母親のことなんかをもっとＭＩ５に掘りさげて調べてもらわないと。そのあたりに絶対なにかがある」

ピップ・アーウィンはアイスティーで口を湿らせた。「なんでナシムがあなただけを信頼して、ほかには口を開かなかったのかが、いまだ謎だ。あなたひとりとはね、シャーロック」

シャーロックは言った。「誰かに話したくて、つながりを感じたのがわたしだったんでしょう。でも、変よね、自分はすぐにでも死ぬと思いこんでいるなんて」

ジュスティがうなずいた。「本気でそう思ってるみたいね。ここから百五十キロ圏内にはひとりのテロリストもいないはずだけど、ああまで言われるとセキュリティを強化したくなるわ。今夜は家から出さないほうがいいかも」

「彼は外に出るのを楽しみにしてるわ」シャーロックは言った。「そのとき、わたしもまた彼から話が聞けるだろうし」

表に面する窓の横に立っていたキャルは、腕組みしたまま言った。「なあ、いいか。毎晩あんな木立のなかに彼を連れだすのは、どうかと思わないか？　暗視ライフルスコープでのぞいたことは？　たとえばアレス6なんかをH&Kに装着したら、数百メートル先からでもしとめられる。シャーロックもいっしょなのに、そんなリスクを冒していいのか？」

ホーグは近づいてキャルの肩に手を置いた。「キャル、周辺を歩いてみたけど、狙撃手に狙われそうな場所はごく一部よ。そちらには絶対にナシムをやらないから」

「ナシムの死を願う連中がいて、それについては彼の言うとおりだ」キャルは言った。「ナシムはそいつらを失望させ、しかも最大級のやっかいもの、危険物になった。おれなら時間を決めずに部屋から部屋へと移動させて、外にはいっさい出さない。シャーロックを彼といっしょに外に出す件については、拒否権を行使する」

「あなたが反対なのはわかった」ジュスティが言った。「ただし、マクレーン、ここの責任者はあなたじゃなくてわたしよ」

キャルはずけずけ言った。「彼女の安全に関してはおれも指示を受けてきた。それに従うのがおれの仕事だ」視線をピップ・アーウィンからジョー・ホーグ、そしてアーロ・クロッカー、最後にシャーロックへと移した。「もしおれがついていてあなたになにかがあったら、シャーロック、おれの命には唾ほどの値打ちもなくなる」

シャーロックは言った。「わかったわ、キャル、わたしはあなたの指示に従う。あなたに守ってもらっているからには」自分の身になにかあったらディロンがどうなるか、考えたくない。いや、そんなことは考えられなかった。だが、リスクはつきもの。それにケリーが言うとおり、誰がこの場所を知っているというのか？「ナシムに関することはすべて、あなたに決定権があるわ、ケリー。さて、誰かペンと紙のありかを知らない？　ナシムが家族に手紙を書きたいそうよ」

暗くなるまで一時間ほどだった。シャーロックとキャルはナシムの部屋でいっしょに食事をとり、音声を落としたテレビでローカルニュースを観た。ナシムが夕食に頼んだのはファストフードのハンバーガーとフライドポテト。旅先だとこの手のものが食べたくなる、とナシムは言った。食事中の話題は家族のことだった。キャルには兄のほかにも三人の姉と、甥《おい》と姪《めい》が六人、それに息子であるキャルに会うたび、おまえにも早く孫を見せてもらいたい、とせかす母親がいるのがわかった。

ナシムはカメラを見あげて、バスルームを使いたいと訴えた。

一分とせずにホーグ捜査官とクロッカー捜査官が現れた。食後のバスルーム詣《もう》でが習慣になっているようだった。ナシムは立ちあがった。

シャーロックとホーグは、ナシムの手錠に手をやるクロッカーとともに、廊下の突きあたりまで行った。クロッカーは手錠から手を離してバスルームのドアを開け、せまい室内を調べて、うなずいた。ナシムがなかに入り、クロッカーは少し隙間を残してドアを閉めた。

ホーグが腕時計を見た。「あともう少ししたら、彼を玄関まえのポーチに出せるぐらい暗くなる。ケリーがそう決めたら、だけど。あそこが一番狙われにくいから」水洗の音に続いて、洗面台で水を使う音がした。

　そして銃声が一発、二発。鋭く大きく響いた。ライフルの銃声だ。

「まずい！」クロッカーとホーグはドアからバスルームに飛びこんだ。ナシムは洗面台にもたれかかり、鏡に映った自分を見つめていた。そこに映っているのは血まみれの姿、彼自身の血にまみれた姿だった。ナシムは鏡に映ったシャーロックの青い顔を見ながら、両手を胸に押しつけ、ゆっくりと床に沈んでいった。音にはならないものの、口が言葉を形作っている――家族を頼む。

　シャーロックは彼のかたわらに膝をついて、胸の銃傷を圧迫した。二発めを被弾した肩から血があふれだす。「ナシム！　わたしのまえで死なないで。さあ、目を開けて、わたしといっしょにがんばるのよ！」捜査官たちが叫び、走り、通信機器にどなっているのが、ぼんやりと聞こえる。バスルームの窓の外でも叫び声や大きな銃声が響いていたが、シャーロックは聞いていなかった。両手でナシムの胸を押さえていた。だが、銃傷を見た彼女には、わかっていた。彼におおいかぶさり、静かに話しかけた。「ナシム、あなたを死なせるわけにはいかない。聞こえてる？　あんな話をしておいて、死んでいいと思ってるの？　さあ、しっかりして！」

28

弱々しくなっていたナシムの鼓動が間遠くなり、遅くなって、やがて止まった。首の脈は感じられない。シャーロックは壁から彼を引き離し、床に横たえると、心肺機能蘇生《そせい》術を施しはじめた。くり返し胸を押しては、口に息を吹き入れる。キャルの手を肩に感じても、やめようとしなかった。「死んだんです、シャーロック。もう終わりです」

シャーロックにはやめられなかった。そう簡単にあきらめられるわけがない。血まみれの胸をこぶしで叩いて、口に息を吹き入れる。

「シャーロック、彼の目を見て」

そのときだった。銃弾が三発立てつづけにバスルームに撃ちこまれて、ふたりの周囲のタイルが砕けた。シャーロックは銃弾が左こめかみあたりの髪をすり抜ける熱と、タイルの欠片《かけら》が頭にあたるのを感じた。続く二発でさらにタイルが砕け、バスタブの縁が削り取られた。シャーロックはナシムにかぶさり、その上に重なったキャルが体を使って精いっぱいシャーロックをおおった。

怒声。矢継ぎ早の銃声。そして静かになった。

ホーグが叫んでいる。「トンプソンがやられたけど、エリオットが狙撃犯をしとめたわ！」

キャルがシャーロックの耳元でささやいた。「だいじょうぶですか？」

シャーロックは彼を見あげて、うなずいた。「彼は死んだわ、キャル。こんなふうに」パチンと指を鳴らした。

キャルは体を起こして手を差し伸べたが、シャーロックはナシムの上で転がって横向きになると、なにも見ていない彼の目をのぞきこんだ。「いいえ」ささやき返した。手を伸ばして、彼の頰に触れた。「彼を死なせてしまった」

「さあ」キャルが声をかけると、シャーロックもようやく立ちあがった。彼女の白いシャツのまえと、ナシムの胸に押しつけていた両手は、彼の血に染まっている。

「キャル、腕から血が出てる」

なにも感じていなかったキャルの感覚が戻り、痛みが腕を貫いた。シャツに広がる血の染みを見おろし、上腕に手を押しつけた。「あまり出血してないから、浅いですよ。表面をかすっただけでしょう」捜査官たちがバスルームに押し寄せ、いっぺんに話しはじめた。ジュスティの声を聞きつけて、キャルが振り返ると、白い顔が目に飛びこんできた。

シャーロックも彼女を見た。「ナシムの言ったとおりだったわ、ケリー。ここで死ぬことになると言ってた」

「どうやってここを突きとめたのか、わからない」ジュスティはバスルームに一歩入った。「あなたはだいじょうぶなの、シャーロック？」

「ええ、これはすべてナシムの血よ。でも、わたしをかばってキャルが腕を撃たれてしまって」

「心配いらない、だいじょうぶです」キャルは言った。「あやうくシャーロックがやられるところだったよ、ケリー」

ホーグが廊下の向こうから叫んだ。「エリオットが木の上にいた狙撃犯を撃ち落としたわ。まだ生きてる！　トンプソンはだいじょうぶ、たぶん脳震盪でしょう。もうすぐ救命士が来るはずだから、外まで出迎えに行ってくるわね」

シャーロックが言った。「ジョー、待って。救命士には狙撃犯とトンプソンの手当てをさせて、ここには入れないで。亡くなったナシムにはもはや手の施しようがないもの」大きく息を吸い入れた。「聞いて。ナシムが死んだことをまだ公表しないほうがいいと思うの。せめて彼の家族を見つけるまで、できれば救いだせるまで、テロリストを疑心暗鬼にさせておきたいから。ナシムは自分が犠牲になって命を差しだせば家族を殺さないというテロリストの約束を完全には信じていなかった。わたしに話をしたのはそれが理由だと思う。わたしをもしものときのバックアップにするためよ。

わたしもテロリストが約束を守るとは思えないから、先延ばしにしたい。せめて一日、一日でいいから、彼の家族を捜す時間が欲しい。世間に公表して、非難に耐えるのはそのあとでいいわ」

ジュスティが言った。「そうはいかない、シャーロック。大がかりな隠蔽工作を疑われて、餌食にされる。そんなことになったら――」

「わからない、ケリー？」シャーロックはさえぎった。「わたしはナシムとちがって、彼が死んだことがわかったら、テロリストは家族を殺すと思ってる。彼が死んだことがわからなければ、こちらにもチャンスがある。こちらにはホスニ・ラハルという名前がある。家族を捜しだせるわ」言葉を切って、ナシムを見おろした。彼の瞳はまっすぐ天井に向けられている。その顔に驚きはなく、ただ諦観の表情があるのみだった。

ジュスティはしばし考えこんだ。「そうね、わかった。ザカリーに決裁を取らないといけないから、電話するわ。長くて一日。その間にラハルを捜す。合衆国内にいれば見つけられるはず。そいつが家族を拘束していることを祈るのみよ」腕時計に視線をやった。「鑑識と監察医は三十分もしたら到着するわ。キャル、シャーロック、リビングに来て。ザカリーに電話するまえに、どういうことだったのか整理しておきたいから。エリオットが射撃の名手だったからいいようなものの、そうでなければ悲惨なことになってたわ。彼にならワシの翼の羽根一枚でも撃てるって――」

ジュスティは自分がショック状態に陥りかけていることに気づいた。いつもの自分を取り戻さなければ。

見ると、キャルがこちらを向いて首を振っている。

「なに？」

「きみのせいじゃない」キャルは彼女を責めたくなかった。それでなくとも、すべてを背負って彼女は自分を責めている。

ジュスティはかすれた笑い声をあげた。「だったら誰のせいよ、キャル？」

「すべきことがたくさんある」キャルは淡々と述べた。「指揮官はきみだ。みんながきみの指示を仰ぐ」

「ええ、そう、そうよね」ジュスティはうなずき、息を吸いこんで、自分を立てなおした。

キャルが言った。「誰よりも死に近づいたのはシャーロックだ。こめかみの髪のあいだを銃弾が通過するのを見たときは、縮みあがった。あの一連の攻撃は、ナシムが倒れたのを知ったうえで、彼女を狙って放たれたものだ。狙撃犯はナシムに続いてシャーロックまで倒そうと木の上でがんばっていなければ、逃走できたかもしれない。つまり、シャーロックはたんなるおまけじゃなくて、れっきとした彼らの標的だってことだ」

ジュスティは腹部に一発食らったような顔になった。「こんなことになって残念だわ。どうしてなにも言ってくれなかったの？」

キャルが言った。「いや、彼女がきみにそれを認めることはありえない。サビッチにも言わなきゃならなくなるからね」

ジュスティは目をつぶった。「それで、あなたの腕の傷はほんとに軽傷なのね？」

「ただの擦り傷だよ」キャルはにっこりし、ジュスティがそれを見て安堵するのを感じた。よかった。彼女は今回の件がＦＢＩにおける出世に響くことを心配している。彼女の保護下にあったテロリストが命を落としたのだから、前途洋々とは言いがたい。

シャーロックが言った。「キャル、わたしに傷口を見せて。救命士が到着しても、まずは狙撃犯とトンプソンの手当てをしなきゃならないから」彼女はまず救急箱のアルコールで傷口を消毒してから、白くてやわらかな包帯を腕に巻いた。痛みはさほどひどくない。そしてシャーロックとキャルは、ほかの捜査官たちがことの顛末《てんまつ》を話しあい、なにがどうしてこうなったかを探りだそうとするのを聞いていた。シャーロックはキャルに言った。「病院に行ったら、また診てもらってね。わたしが見るかぎり、ステリストリップを貼っておけばだいじょうぶだと思うけど。運がよかったわ」

運がよかったのはあなたのほうだ、とキャルは思った。「連中がどうやってナシムを見つけたか、わかるか？」

ピップ・アーウィンがかぶりを振った。「おれにはわからない。尾行者はいないはずだ。テロ対策班から情報が漏れるとも思えないし」

キャルはシャーロックを見た。「あなたにはわかってたんでしょう？」

「ええ、そうだろうと思ってたわ。いくら隠れ家にかくまわれていても、自分はどうせ殺されるとナシムがくり返してたのを覚えてる？　自分の命はどうでもいい、家族を救ってくれとしきりに訴えてた。知っていることをすべてわたしに伝えたナシムは、自分を撃ちやすい標的にしたんだと思う。バスルームのカーテンが大きく開けてあったでしょう？　撃ちやすいように、ナシムが開いたのよ。家族を殺させないために自分にできる唯一のことだと思ったんでしょうね――それと、わたしに洗いざらい伝えることが。家族のためにできることはすべてしたと思ったはずよ」

ジュスティが言った。「じゃあ、テロリストから家族を生かしておきたければいずれにしろ死ななければならないと言いふくめられて、それがまだ有効だと思ってたってこと？　だとしても問題がある。彼らはどうやってナシムを見つけたの？」

シャーロックは答えた。「監察医に調べてもらったら、ナシムの死体のどこかに小さな傷があるはずよ。脇の下とか、内腿とかの皮膚の下から、低電力の追跡用電子チップが見つかると思うんだけど。わたしの推察どおりなら、ナシムがＪＦＫに入ったときから、テロリストにはその足取りが逐一わかっていたことになる。チップがあれば、彼がセキュリティチェックの列にならんだことも確認できるし、彼が離れれば、それもわかるわ」

キャルは娘を自慢に思う父親のような面持ちでシャーロックを見た。そして、誰にともなく言った。「彼女の洞察力のすごいこと。たぶんそのとおりだろう」

ジュスティが言った。「あなたの仮説が正しいにしろ、まちがっているにしろ、シャーロック、わたしたちはかつがれたのよ。しかも相手はカッターナイフや自家製爆弾で武装した若者のグループじゃない。何者かわからないけど、犯人像として浮かびあがってくるのは、血も涙もないプロの集団よ」

ジュスティの携帯電話が鳴った。彼女は電話に出て話を聞くと、電話を切った。「救命士は狙撃犯を直接、病院に搬送したそうよ。肩から弾を取りだす手術になるだろうって」いったん黙って、短縮ダイヤルを押した。「ザカリーに報告しないと」そう言って、玄関のドアから出ていった。

シャーロックはその後ろ姿に叫んだ。「監察医が到着したら、ケリー、追跡チップを見つけて取りだしてもらって。ナシムが死んだことがテロリストにばれないように、チップはここへ残していかないと」

29

コロンビア特別区《DC》拘置所
ワシントンＤＣ
金曜日の午後

美しい景観のなかに置かれたいかめしい建物。サビッチはＤＣ拘置所について、つねづねそう思っていた。Ｄストリートの突きあたりにあって、隣にはコングレッショナル墓地、背後にはアナコスティア川が控えている。ゲートで身分証明書を提示してから十分後には、スプーナー所長から会議室の使用許可を与えられていた。連れていかれたのは、緑豆色の壁にそっけない家具が置かれたせまくて実用的な部屋で、すでにウォルター・ギブンズとその家族が細長いテーブルを囲んでいた。防弾ガラスをはさんで話すのを避けたかったサビッチは、ウォルターの家族が面会に来ていると知って、全員を会議室に移してもらうよう所長にかけあったのだ。

サビッチが殺風景な部屋に入っていくと、ウォルターの父親が振り返った。彼は両手をばたばたさせながら言った。「あんたにお礼を言ったらいいのかね？　あんたのおかげで、うちの息子は看守に見張られたガラスの向こうから出してもらえたんだろう？」

サビッチは自己紹介をして、身分証明書を見せた。「全員でいっしょに話をするには、こちらの部屋のほうがいいと思いましてね」

ミセス・ギブンズがサビッチに向かって力説した。「うちの弁護士から聞いたよ。ブレーキー・オールコットに催眠術をかけたそうだね。もし催眠術を勧めるつもりで来たんなら、ウォルターにはお断りだよ。わたしたち全員をリッツカールトンに連れてってくれたって、聞き入れるわけにはいかない」

「ウォルターに催眠術は必要ありません」サビッチは立ちあがっていた父親に椅子を勧めた。驚いたことに、室内には思春期の少女がいた。ウォルターの十七歳になる妹、リサ・アンだろう。サビッチは少女に笑いかけた。

「あんたがなにかを見つけたんじゃないかぎり、こっちから言うことはない」父親が言った。「スパーキー・キャロルになにがあったか、まだウォルターの記憶は戻ってないんだ。廊下で大勢の人に取り押さえられて、スパーキーを刺したと聞かされたのを覚えてるだけでな。うちとしては医者の検査をお願いしたい。なにか急におかしなことになって、スパーキーの死には責任が取れない状態だったとわかるかもしれない。口添えしてもらえるかね？」

二十三歳のウォルター・ギブンズは収監されてわずか二日にもかかわらず、青白い顔色をしていた。というか、生気が抜けたようだった。今回のことがこたえている。当然だろう。彼は二日まえに自分の友人を殺して人生を見失い、おそらくはみずからの正気も見失った。

サビッチは言った。「こちらでも医療的、精神病理学的な検査を行うことになるし、そちらで手配することも許可されます。弁護士が手配してくれるはずですよ。わたしの口添えは無用です。あなた方に知ってもらいたいのは、わたしもウォルターがスパーキー・キャロルの殺害に責任がないと思っていることです。それを証明したいのです」

ミセス・ギブンズは身を乗りだした。「そうだよ、ウォルターはそんなことができる子じゃない。なんでウォルターがあんなことをしでかしたのか、なにがあったかわかってるの？」

「探りだしたいと思っています」サビッチは答えた。「そのためにもわたしの質問に答えていただきたい。ご心配はわかります――わたしも心配している――けれど、みなさん全員、まずは平静を保ってもらうことが大切です。マスコミのインタビューは受けないこと。このことを口外しないでもらいたいんです。きみもだよ、リサ・アン。ウォルターの話となれば、タブロイド紙もインターネットのニュースサイトも大喜びで飛びついてくるでしょうが、わたしたちにはひとつの得にもなりません。すでにウォルターの弁護士からマスコミには話をしないようにと言われていると思いますが。ちがいますか？」

「あの猟犬どもの群れに、マイクでなにができるんだと言ってやった」父親がきつい口調で言った。「あのハゲワシどもめ。今日リサ・アンがハイスクールから出てくるのまで待ち伏せしおって。そうだろう、リサ・アン？」

リサ・アンはとびきりかわいい少女だった。長く艶《つや》やかな茶色の髪がハート形の顔を縁取っている。彼女はうなずいた。「ひどかったよ。マイクを持った太っちょの男から呼びとめられて、走って逃げようとしたら、追ってきたの。すぐに息切れしてたけどね。ふたつ折りになって、肩で息をしてた。体力なさすぎ」リサ・アンは黙って、淡い色のリップスティックを塗った唇を舐めた。「でも、あたし、ほんとは言ってやりたかった。ウォルターは人を傷つけるような人間じゃないって。あたしのことだって一度も殴ったことなんてないんだもの。兄さんのパンツを盗んで、学校で女子のロッカールームに掲げたときだってそう。兄さんは顔を真っ赤にして父さんの古いジープまで行き、ボンネットを開けただけだった」

「プラグを交換したんだ」ウォルターが言った。

ミセス・ギブンズがくすくす笑いながら、首を振った。娘と同じ色合いの艶やかな茶色の髪をポニーテールにしている。「わたしは自宅で美容院をしててね、サビッチ捜査官。それでお客さんの娘のひとりがこの子がやったのを見てたんだ。それでウォルターにもばれた」ミセス・ギブンズはぴたっと口をつぐむと、青ざめて、なんでこんなことを言ってるんだろうとばかりに首を振った。

サビッチは穏やかで淡々とした口調を保った。「あなた方の誰かがなんらかの形で他人を傷つけたり、怒らせたりしたことがあるなら、教えていただきたい。それがあなた方個人や家族を攻撃する理由にならないともかぎりません」彼らの困惑が手に取るようにわかった。ウォルターが発作的に行動したと信じているからだ。「わたしの頼みを聞いてください」サビッチは言った。「誰かと対立関係にないかい、ウォルター？　ミスター・ギブンズはどうです？」そして、母親とリサ・アンにもうなずきかけた。

リサ・アンが口を開いたものの、黙って首を振った。

サビッチはそちらに身を乗りだした。「なんだい、リサ・アン？」

「いま急に思いだしたんだけど、ばかみたいだから。タニー・オールコットに大嫌いって言われたことがあるの。わざとフットボールをぶつけてきた。あたしが告げ口したからだけど」

「どういうことなの？」母親が尋ねた。「だいたいタニーはまだ十歳じゃないかい」

サビッチも尋ねた。「彼女がなにをしたのかな？」

「まえにあたしが小学校へ行ったときに、トイレに入ったらタニーがいて、ほかの女の子をからかってたの。その子は白血病にかかってて、抗ガン剤治療のせいで髪が抜けだしてた。やめろって言ったんだけど、やめなかったから、あの子の担任のエイブラムズ先生に言いつけたんだよね。あたしが性悪のチビ魔女って呼んでやったら、タニーは気持ちの悪い変な顔して、覚えてろって。そのときに大嫌いって言われたの」

「なぜ彼女のことを魔女と呼んだのかな？」サビッチは尋ねた。

「オールコット家の人たちが魔女なのは、プラケットの住人ならみんな知ってるよ。ミセス・オールコットは自称ウィッカンだけど、悪い魔女じゃないって意味だと思って聞いてる」

サビッチはうなずいて、ウォルターを見た。「きみはオールコット家の人たちとそういうざこざはなかったのかい、ウォルター?」

ウォルターは首を振ったものの、父親が言った。「おい、ウォルター、〈ガルフ〉でリガート・オールコットとケンカになったことがあったろう?」

「そうだね、思いだした。先月、肥料倉庫の外で、彼が息子のテディを叩いてるのをたまたま見かけたんで、やめろって言ったんだ。一週間後、〈ガルフ〉でその件が蒸し返されてさ。向こうは酔ってたもんだから、ルイス保安官助手がひと晩、留置場に入れるって連れてった。ぼくは無罪放免だったよ。みんながぼくの肩を持って、ケンカをふっかけたのはリガートのほうだと言ってくれたから」

「ウォルター」サビッチは言った。「スパーキー・キャロルはどうかな? オールコット家の誰かを傷つけたという話は聞いたことがないか?」

ウォルターは考えてみて、首を振った。「悪いけど、サビッチ捜査官、思いつかないよ。彼とブレーキーとぼくは小学生のころからずっと仲良しでさ、スパーキーとぼくは子どものとき、よくオールコット家に出入りしてた。それで問題になったことはなかったよ。ぼくたちはオールコット家の人たちが自分たちをウィッカンだと言うのを滑稽だと思ってた。大きくなるとよくあることだけど、スパーキーとぼくは自然にブレーキーと離れた。共有できるものがあまりなかったから」

ミセス・ギブンズが言った。「リガートはちょっとね。年上で、いばってて。知りあいから聞いた話がほんとなら、奥さんのことも殴ってるらしい」

ウォルターが言った。ささやき声で。「スパーキーはぼくの子ども時代からの友だちで、親友のひとりだった。どうしたらそんなやつを殺せるんだろう、サビッチ捜査官？　どうしてこんなことになってしまったんだろう？」

それはブレーキーから聞かされたのとほぼ同じ疑問だった。

30

オールコット家
バージニア州プラケット
金曜日の夜

オールコット家の玄関が勢いよく開いた。「ブレーキー!」

サビッチから彼女の特徴を聞かされていたグリフィンには、デリア・オールコットだとすぐにわかった。デリアは薄地のスカートを持ちあげて走ってくると、息子を抱きしめた。頭を撫でまわし、顔に両手を添えて尋ねた。「だいじょうぶなの、ブレーキー? なにがあったか思いだした? どうしたの、にやにやしちゃって? ルイス保安官助手を殺したのがあなたじゃないって、証明してもらえたの?」

ブレーキーは母親の腕に手を置いて、そっと押しやった。「なにも思いだせなかったんだけど、だいじょうぶ、平気だよ。ぼくには催眠術がかからなくて、でも、うちに帰してもらえたんだ。ハマースミス捜査官が送ってくれて、ほら——」かがんで、ジーンズの裾を持ちあげた。「ルイス保安官助手を殺した犯人が見つかるまでは、この足首用のモニターをつけなきゃならないけど、それだけだよ。あとは好きなようにしてていいって、サビッチ捜査官から言われてる」

デリアは足首用のモニターからグリフィンに目を移し、ブレーキーの手を握った。

「その足輪だけど、人に見せないようにね、ブレーキー。ただでさえあることないこと言われてるんだから」デリアはきつい目つきでグリフィンを見た。「あなたがハマースミス捜査官？」

「はい、マダム」グリフィンは身分証明書を提示した。「ブレーキーのお母さんですね、ミセス・オールコット」

「ええ」彼女はグリフィンに近づいて、真っ向から顔を見た。「この足輪はどういうこと？　この子に逃走の恐れがあるとでも？」

「彼の居場所を把握する必要があるという、ただそれだけの理由です、ミセス・オールコット。彼は事件のことを思いだせず、犯人はまだ捕まってません。彼を守るためでもあります」

「その人をお連れして、モルガナ。ブレーキーを送ってきてくれた人にわたしも会わせておくれ」デリアの背後からきしんだ老人の声がした。

デリアはグリフィンをじっと見たあと、五芒星がぶらさがる手のこんだ木の扉へと彼を押しやり、車椅子でも楽に通れる幅の広い入り口へと通した。その先は広々とした玄関ホールで、お香のにおいがかすかに甘く漂っていた。

サビッチから聞かされていた老婦人がいた。ミズ・ルイザ——ルイザ・メイではない。なんとも気むずかしげな老女だというのが、グリフィンの第一印象だった。まぶたがかぶさった黒い目を見ながら、亡くなった息子というのもこんな目をしていたのか、と一瞬思った。自己紹介をして、関節炎で血管の目立つ手を握った。

「このまえのお若いのもハンサムだったけど、あんたはまた格別だね。そう思わないかい、モルガナ?」

デリアはいらだたしそうに肩をすくめて、口を開いたが、玄関ホールにふらっと入ってきたジョナとおぼしき男にさえぎられた。彼は立ち止まった。「戻ったのか、ブレーキー。拘束されずにすんでよかったな。で、あんたは?」じろっとグリフィンを見た。

グリフィンはいま一度自己紹介をして、身分証明書を見せた。デリアはグリフィンに次男を紹介したうえで、ブレーキーには催眠術がかからなかったのだとジョナに伝えた。ジョナ・オールコットがふたりを見ているあいだに、老婦人はリビングルームの中央まで電動車椅子を進め、器用に切り返してUターンすると、車椅子のスイッチを切った。そして、一同を手招きしながら言った。「さあ、なかに入って、哀れな保安官助手の殺人について、お利口さんのあんたたちの考えを聞かせておくれよ。さすがにどこぞの悪党がうちのかわいそうなブレーキーを罠にかけたことがわかったろうから」

グリフィンはブレーキーとその母親について広いリビングルームに入った。ここにも同じ甘い香りが立ちこめている。デリアはグリフィンに席を勧めなかった。彼女自身腰かけず、大きく息を吸いこんだ。「気が気じゃなかったわ」ブレーキーに一瞥を投げる。息子がここにいて、無事だということを確かめるように。「今日はわたしのなかにあるポジティブなエネルギーをありったけあなたに送りながら、無事に帰ってくるのを祈ってたのよ、ブレーキー」ふたたびグリフィンを見た。「それで、どういうことなのかしら？　これから息子はどうなるの？」

「ハマースミス捜査官は同意してくれてないんだけどね、母さん」ブレーキーが言った。「ぼくは、ウォルターもぼくも薬を盛られたんじゃないかと思うんだ。それで、無理やり——」言葉に詰まった。「あんなことをさせられたんじゃないかと」

「でも、あなたがルイス保安官助手を殺したとは決まってないのよ、ブレーキー。まだ犯人が見つかってないだけで」デリアが言った。「だって、証拠はないんでしょう？　だったら、この人たちの説を真に受けないで。なんで自分がそんなことをしたかのように語るの？」

「だって、ぼくの記憶はないし、使われたのはぼくのトラックで、ぼく以外に乗りこめる人がいたとは思えないよ」

「一本取られたね、モルガナ」ミズ・ルイザは言うと、膝に載せた目の覚めるような緑と金色の毛糸の山から棒針を引っ張りだした。「ブレーキーをもっと苦しい立場に追いやらないよう、口には気をつけないと」

うまく立ちまわれ、とサビッチから言われていたので、グリフィンは精いっぱいがんばった。「実際は、ミセス・オールコット、サビッチ捜査官もぼくも何者かがブレーキーを操って、ルイス保安官助手を殺させたのだと考えてます。いまはその人物を追っているので、協力していただけませんか」

デリアから老婦人、さらにはジョナへと視線をめぐらせた。次男のジョナは暖炉にもたれて、手に一組のカードを持っている。「ブレーキーには催眠術がかからなかったという話だが、それが事実なら、どうやってブレーキーにルイス保安官助手を殺させたんだ？　そんなことをさせられる薬なんか、あるのか？　そうやってあんたが人を殺したことでもあるのかよ?」

どう立ちまわればいいと言うのか? グリフィンはいったん引いた。「すみません、ミスター・オールコット、ぼくも詳しいことはよくわかりませんが、捜査の一環なんです」ジョナはそれに対して鼻を鳴らすと、片手でカードを切りだした。みごとな手さばきだった。

デリアは腕組みしたまま、グリフィンの正面にいる。ブレーキーはプリント模様の大きなソファにどっかりと腰かけ、ミズ・ルイザはなにか得体の知れないものを編みつづけ、棒針がぶつかるカチャカチャという音だけが部屋のなかに響いていた。

グリフィンは尋ねた。「殺されたルイス保安官助手とスパーキー・キャロルに、殺されなきゃならなかった共通の原因のようなものがなかったかどうか、ご存じないですか?」

オールコット家の面々はぼんやりと彼を見た。デリアが言った。「あったとして、あなたがそれを見つけたとしても、ブレーキーには無関係なことに決まってるわ。何者かが操ったと言ってたけど、誰なの?」

グリフィンは携帯電話を取りだして、サビッチの話をもとにFBIの似顔絵担当官が描いたステファン・ダルコの似顔絵を彼女に見せた。

デリアが凍りついた。おっと。この男と面識があるのだ。グリフィンは確信した。

「この男をご存じですか、ミセス・オールコット?」

「いいえ——なんだか異様な風貌で驚いただけ。外国人みたいね」

グリフィンはジョナとミズ・ルイザに似顔絵を見せた。ふたりとも首を振った。

「お宅にあるアサメイを見せてもらえますか?」

「ジョナとわたしは一本ずつ持ってるけど、コレクションみたいなものはないわ、ハマースミス捜査官」

ブレーキーが言った。「父さんのコレクションは、父さんが死んだあと人にあげたんだ。だよね、母さん?」

「どなたに差しあげたんですか、ミセス・オールコット?」

「ミリー・ステイシー」デリアは一瞬、口をつぐんだ。「タミー・キャロルの母親」

ぼんやりした目をグリフィンに向けた。「スパーキー・キャロルの義理の母親よ」

31

コルビー・コミュニティ病院
ロング・アイランド
金曜日の夜

ほとほと疲れはてていたケリー・ジュスティは、待合室の壁からすべり落ちて、モロッコ風の古いカーペットにへたりこみたかった。けれど、ナシム・コンクリンの死に顔が頭から離れない以上、くつろぐことも眠ることもできない。最初は狂気のテロリスト以外の何者でもなかった男が、しだいに変化して、気がついてみると、その人生を奪われて虫けらのように踏みにじられた男になっていた。罪のない勇敢な男であり、テロリストたちはその死を願った。そしてナシムは自分がなにに巻きこまれたかもわからぬまま、この世を去った。

身が凍るようだ。それ自体に驚きはないが、言葉では言い表しがたいほどの悲しみがあった。平静なときには、三十一歳にしてふてぶてしくなりすぎたかもしれないと思ったりする。テロ対策に従事してきた数年のうちに、いやになるほど悪党を見てきた。いま必要なのはいい知らせ——たとえば、ナシムを誘拐した男たちのひとりの兄弟であるホスニ・ラハルが見つかるとか、手術室に入ったままの狙撃犯の身元が判明するとか。案の定、犯人は身分証明書を携帯していなかった。犯人の指紋と顔写真は照会システムにかけてある。あとは待つしかない。ケリーはキャルを見た。小声でシャーロックに話しかけているから、ナシムのことでも相談しているのだろう。少し離れてはいるけれど、シャーロックの顔に涙の跡があるのがわかった。

シャーロックの携帯電話からいきなりブルーワー・キングの『イッツ・ア・コールド・デイ・イン・ヘル』が流れだし、彼女がびくりとした。

発信者を確認して深呼吸すると、シャーロックは部屋を出ていった。

シャーロックは前方のナースステーションに背を向けて、目をつぶった。あやうく銃弾にやられてバスルームじゅうに脳みそが飛び散るところだったと知らせても、ディロンを怖がらせるだけだ。ここは平然と嘘をつきとおすしかない。とりあえず、やってみる価値はある。シャーロックは深呼吸して、のっけから言った。「ディロン、ナシムが死んだわ。隠れ家にいて、狙撃犯にやられたの。現時点ではトップシークレットよ」

一瞬の間があった。「わかった、漏らさない。それで、きみはだいじょうぶなんだな？」

「ええ。キャルが腕をケガしたわ。バスルームの窓から銃弾が撃ちこまれてたとき、ナシムの近くにいたの。でも、心配ないわよ、ディロン。わたしが応急処置をして、救急救命室《ER》の医者に診せたら、ステリストリップを貼って、破傷風の注射を打てばだいじょうぶですって」

長い沈黙。信じてもらえなかったのか？

サビッチが言った。「教えてくれ、シャーロック。ナシムは知っていることをすべてきみに話したのか？　なにひとつ残さずに？」

「ナシムから名前をふたつ教わったわ。ひとつは戦術家というあだ名よ。アル・ハーディ・イブン・ミルザ導師と接触があったことも認めたけれど、セントパトリックの爆破未遂事件を導師に結びつける話はなかった」ナシムが言ったとおりのこと、あったとおりのことを伝え、ただひとつ、自分が死にかけたことだけを省いた。ディロンは黙って話を聞き終えた。「よくやった。とっかかりとしては悪くない。コンクリンには気の毒なことをしたが。それで、連中はどうやって隠れ家を見つけたんだ？」

彼の脳がつぎつぎとシャーロックの言うことを解析していく音が聞こえるようだっ

た。シャーロックは急いで先を続けた。ナシムの体からGPSが見つかるのではないかと考えていること、そして狙撃犯が手術中であることを話した。「ケリーは――ジュスティ捜査官のことだけど――犯人の身元を特定したという電話が入るのを待っているところよ」

「キャルはナシムの近くにいて撃たれたんだろう？　きみはどこにいた？」

話題の替えどきだ。「近くにいたけど、わたしはだいじょうぶだったの。ところで、ディロン、ブレーキー・オールコットとドクター・ヒックスはどうなったの？」

うまくいった。「思ったとおり、ダルコがど真ん中にいたよ。察しはつくだろうが、ブレーキー・オールコットは大混乱だ。足首にモニターをつけて、グリフィンに送らせた。ついでに家族と話してくるから、なんらかの収穫があるだろう。保護留置しないとなると、それぐらいしかできない。うちの弁護士に事実を伝えて、助言してもらうつもりだが、天を仰がれそうだよ。

それより、そちらでの役目は終わった感じだな。いつうちに戻ってくる？」

シャーロックは自分が泣いていることに気づいた。音がしないように頰の涙をぬぐう。「でも、ディロン、ＪＦＫのことを大局的に見ると、ナシムは家族のために犠牲になるのを覚悟で犯行に臨んだのよ。そして勇敢にも、みずからを殺させたわ。その人に家族を見つけると約束した以上、わたしも最善を尽くさないと。さいわい手がかりはある。彼の家族に導いてくれるかもしれない男の名前がね。それにケリーにもいてくれと言われてるの。キャルとわたしの両方に捜査を手伝ってほしいって」

サビッチは抑えようとしつつも、感情を隠しきれなかった。「ジュスティ捜査官はきみを使うべきじゃない。彼女にもじゅうぶんわかってるはずだぞ。テロリストはナシムの死を望むと同じくらい、きみの死を望んでる。JFKで彼らの計画の邪魔をしたことに対する復讐というだけじゃなくて、いまきみを殺せば、その気になれば誰でも——そう、たとえきみでも——排除できるという、強烈なメッセージを世に放つことになる」

下腹部に恐怖感を覚えたシャーロックは、それを握りつぶして、声に出ないように気をつけた。事実を洗いざらい話したら、ディロンはなんと言うだろう？「連中はそのつもりかもしれないけど、キャルとわたしがそれを許さないわ。わたしの皮膚にはGPSが埋まってないから、彼らだって近づけないしね。いまわたしが望んでいるのは、ナシムの家族を見つけることだけよ。わたしの代わりにショーンに特大のキスをしておいて」

サビッチが納得せず、反論したがっているのがわかる。もしロング・アイランドのコルビーにある病院で座っているのが彼のほうなら、自分だってそうだろう。長い沈黙をはさんで、彼が言った。「ああ、そうしよう」

別れの言葉がシャーロックの口から飛びだした。「あなたも気をつけてね、ディロン。約束よ、愛してるわ」

「おれのほうがもっと愛してる」言葉を切る。「いいか、忘れてくれるなよ。きみはおれの片割れなんだ。役に立つように、キャルをちゃんと立たせとくんだぞ」

ディロンが自分のことを片割れと呼んだ。片割れ。シャーロックはその響きが気に入った。ここまで飛んで来てくれるかもしれない。いや、いまはまだ無理だ。それより銃弾のことをうっかり口にしないよう、キャルに釘を刺しておかなくては。

シャーロックが待合室に戻ると、ケリー・ジュスティの携帯電話が鳴った。ボストン支局の捜査官からだ。ケリーの鼓動が速くなる。お願い、いい電話でありますように。電話に耳を傾けるうちに、希望がしぼんだ。電話を切った。

「なんだって？」キャルが尋ねた。

「ボストン支局から、マサチューセッツ州プロバー在住で、搭乗拒否リストに載ってるシリア人の兄弟がいるホスニ・ラハルに関する続報よ。ナシムの家族が監禁されてた証拠や、事件への関与を示す証拠を求めて家宅捜索したんだけど、なにも出てこなかったって。一家にもなにかを知ってるようすはないし、ラハルも兄弟とはこの二年、話してないと供述してるそうよ」ため息。「少なくとも、本人の弁では。彼のパスポートも見たそうだけど、五年間は出国の記録がなかった。それ自体にたいした意味はないけど。引きつづき監視すると言ってたわ」

「倒れるまえに座ったらどうだ」キャルが言った。

ジュスティはかぶりを振り、薄緑色の壁にもたれかかった。弱さを見せたくないのだろう、とキャルは思った。ストレッチをしているのは、どうにか立っているためだ。

「いいから、ジュスティ、座れって」

彼女がキャルを見返した。「座ったら、気絶するわ」黙りこみ、親指にはめたオパールの指輪をしきりにいじりだした。古い指輪のようだ。一族に代々受け継がれてきたものか？

「監察医からはまだ連絡がないのかい？」

ジュスティはこんどもかぶりを振った。「もうそろそろよ。埋めこまれたGPSなんかを見つけたら、すぐに電話してと言っておいたの。ナシムはJFKでX線検査を受けるつもりがなかったのね。手持ちの探知機で検査したら、GPSが見つかってただろうから。いや、無理かな、部品のほとんどがプラスチックだし」監察医に念を送るかのように、携帯電話を見おろした。しばらくすると、ジャケットのポケットにしまって、ため息をついた。「わたしが手持ちの探知機で彼を検査するべきだったのよ」

「なんで?」キャルは眉を吊《つ》りあげた。「ふつうしないものを、なぜナシムに?」

「お黙り、マクレーン。いまのわたしに道理は無用よ」

ジュスティは青白い顔をしていた。緊張に体をこわばらせ、失意が肩に重くのしかかっている。キャルは言った。「おれが小さいころ、よく母親がだいじょうぶだと言ってハグしてくれたのを思いだすよ。いまここにあのハグがあったらな。遠くオレゴンに住んでるのが残念だ」

ケリー・ジュスティは小さな笑みを返した。どうしたらこんなときに軽口が叩けるの? わざとだと気づいて、もう一度、彼に笑いかけた。気持ちが落ち着いてくる。「わたしは祖母によくそんなふうにハグしてもらったわ」彼女は言った。「祖母が亡くなったあとは、母がビッグハグを受け継いでくれた」大学教授だった元夫のことは言わない。ひとつ屋根の下に暮らしていても、支えてくれなかった人のことは。ケリーがFBIの捜査官になったときは、FBIを世界征服を狙う右派勢力のねぐら扱いして、嫌悪を示した。最後に彼の近況を聞いたときには、毛主席が西洋によって毒された中国をいかにして救ったかというごたくをバークレーの若くて優秀な脳に詰めこんでいるとのことだった。少なくとも、いまは思想を同じくする人たちに囲まれているわけだ。

ケリーは膝の上で握った手を見つめているシャーロックに手を振った。「ユーチューブであなたの坊やを観たことがあるわ」

「世界じゅうの人が観てた」キャルが言った。「ショーンはぶっ飛んでるよ」

シャーロックが顔を上げた。「たしかに。ぶっ飛んでるって、ぴったりの表現ね」

「起きてはならないことが起きてしまった」ケリーが言った。「わたしのせいよ」

キャルはあくびをした。「おれがひれ伏したくなるぐらいのパワーが戻ってきたら、教えてくれ」

「充電中よ。ナシムは死んだの。わたしのせいで」

「そうさ」彼は言った。「それぐらいわかってる。おれからきみの上司にメールを送ってやろうか？　なんなら手紙にするか？　それと、ハグがしてほしかったら、いつでも言ってくれ」

彼女が息を吸いこんで、笑い声を漏らしたのがわかった。笑ったうちにも入らないぐらいの笑い声だけれど。

シャーロックが言った。「わたしもいるわよ。いまハグしないで、いつするの？」

ジョー・ホーグがやってきた。「狙撃犯が手術室を出たわ。安定してるって。執刀医がわたしたちに同情して、あと十分したら、回復室で少し話をさせてくれると言ってる。

それとね、ケリー、狙撃犯の正体が判明したわよ。指紋がジャミール・ナザリという人物のものと一致したの。MI5にファイルがあるのがわかったんだけど、アメリカにどうやって入国したかは不明。三十四歳のエジプト人で、一時期はムスリム同胞団に入ってた。彼はムンタジム、ざっくり言うと、オーガナイザーみたいな位置付けで同胞団と関係を持っていたの。軍事政権のあいだは彼らとともに反対運動に身を投じ、彼らは爆弾闘争も誘拐もありだった。彼は射撃の名手でもある。三年まえ、父親が政府軍との小競りあいで死んだあと、姉妹ふたりと母親を連れてアルジェリアに現れた。地元の軍事組織に入ると目されていたみたい。あと少ししたら、彼の家族や関係者に関する情報がさらに手に入る。そうそう、英語はアラビア語同様にじょうずに話せるらしいわ。フランス語もいくらか」

シャーロックが勢いよく立ちあがった。「ペンチは持った、ケリー？」

キャルが言う。「耳の穴から扁桃腺《へんとうせん》でも抜くつもりかい？」

ケリー・ジュスティは興奮に笑顔を輝かせてふたりを見た。「いいえ、ぺてんにかけてやるつもりよ。さあ、おふたりさん、ミスター・ナザリと話をしにいくわよ」任務を負ったケリーの目には、一瞬にして炎が戻った。いいぞ、彼女が魔力を取り戻した、とキャルは思った。

ケリーは高らかな笑い声とともに、長い脚を動かして部屋をあとにした。

32

ベティーナ・マール看護師は彼らを麻酔後回復室に呼び入れるなり、先制攻撃を食らわした。「FBIの捜査官ですって？」手を突きだして、全員の身分証明書の提示を求めた。「いいでしょう。ミスター・ナザリに会わせます。ベーカー先生からは十分だけ、それ以上はだめだと言われてます。ミスター・ナザリはいま麻酔から覚めだしたところで、モルヒネが全身にまわって、ご機嫌ですよ。頭のなかはとっちらかってるでしょうから、役に立つことが聞きだせるものやらどうやらわかりませんけどね。あの人がほんとにテロリストなんですか？」

「ええ」シャーロックが答えた。「さっき男性がひとり、彼に殺されました」

マール看護師の声が小さくなった。「ひょっとしたらですけどね、手術中に投与されたもろもろの薬に麻酔薬の残存効果が重なって、あなた方が知りたいことをべらべら話すかもしれない。この部屋にはもうひとり患者さんがいます。でも、なにかあっても、手出しをしないで。さあ、ミスター・ナザリはあちらです。がんばって」

ジャミール・ナザリのベッドは部屋の奥の一隅にあった。もうひとりの患者は、せまいベッドに寝かされた年配の女性だった。頭に包帯を巻かれ、彼女の手を軽く叩いてくれている看護師をほうけた笑顔で見あげていた。

ナザリは眠っているかのように目をつぶって動かず、経鼻カニューレで酸素を投与されていた。浅い呼吸で息苦しそうなのは、胸に取りつけられた大きなプラスチックの袋のせいでじゅうぶんな息が取りこめず、ポンプのようなものでピンク色の液体が排出されているせいなのだろう。ポンプが吸引する音と酸素が投与される音で呼吸の音が聞き取りにくい。

彼らは点滴のチューブやモニターのコードに気をつけつつ、ナザリのベッドを囲んだ。ケリー・ジュスティはカーテンを閉めて、プライバシーを確保した。窮屈だが、誰にも出ていけとは言わない。誰にとっても無関心ではいられない場面だ。ケリーは静かに言った。「お願いだからなにも言わずに、この場はわたしに任せてね」

ジュスティはナザリの肩を揺すって、耳元に口を近づけた。「ジャミール、目を開いて。わたし、わたしよ、あなたの姉さん、のんびり屋の姉さんよ。ほら、起きなさいってば！」

ナザリはうめくと、目をしばたたき、しかめっ面で彼女を見あげた。「ジャナ、気分が悪いんだ、ジャナ。母さんはどこ?」彼の英語は明瞭だったが、格式張っていて、アラビア語風のアクセントが強く出ていた。

ケリーは精いっぱいそれをまねた。「母さんはうちじゃないの、ばかね。あんたがなにをしたか話してごらん、ジャミール。さっさと話さないと、痛い目に遭わせるわよ」そう言って、彼の肩を叩いた。

「痛いよ。小さいころから、よくぼくを痛めつけてたよな」

「あんたはいつもやられて当然だったわ。ほら、めそめそしてないで、いますぐなにをしたか話して」

「喉が渇いた」

「だったら、話をしたら、水を持ってきてあげる」

「そうだね、だったらいいよ」脳が向こうの世界に行ってしまったのか、ナザリが黙りこんだ。

ジュスティは再度、ナザリを揺さぶった。「ジャミール、あんたにナシムを撃たせた男のことを聞かせて。戦術家のことを」

「ああ、ジャナ、姉さんはむかしからエルキュールに惚れてたね。彼と結婚したがってたのに、向こうは興味がなくてさ」

「そうよ、エルキュールが好きだった。彼はいまどうしてるの、ジャミール？　どこに住んでるの？」

ジャミールの膜のかかった目のなかで、なにかが音をたててはまった。まばたきしながらジュスティを見あげた。「待てよ！　おまえはジャナじゃない、ジャナは英語がろくに話せない。だからおまえは——思いだした！　隠れ家にいた女だ——」ナザリは枕に頭を押しつけて、声をかぎりに叫んだ。「助けて！　助けてくれ！」

マール看護師がカーテンをまわりこんで現れ、冷静な目つきでジャミール・ナザリを見おろした。彼女を見あげたナザリは、まだ口を開いていた。「助けて」

「大声を出さないでください、ミスター・ナザリ。もうひとりの患者さんにご迷惑ですよ」

「でも、聞いてくれ、こいつらがぼくを殺そう——」

「あなたの思いちがいですよ、ミスター・ナザリ。薬のせいで頭が朦朧《もうろう》としてるんでしょう。すぐにはっきりしてきますからね。だいじょうぶ、わたしを信じて」

看護師が身を引くと同時にジュスティはふたたび彼の顔に顔を近づけた。「どうしちゃったの、ジャミール？　姉さんのジャナともう話したくないの？」

「嘘つき女！　誰がおまえと話したいものか！」ナザリはまた助けを求めて大声を出した。マール看護師が引き返してきて、平然といくつかの点滴ボタンを押した。わずか数秒で彼は頭を枕に戻して、眠りに落ちた。

「協力できる状態じゃないんで、また眠ってもらいましたよ。ミスター・ナザリはこれからしばらく誰とも話せないから、あなた方も帰って、しっかり睡眠をとってらしてください」ケリーに笑いかける。「聞かせてもらいましたよ。すばらしいお仕事ぶりでした」

回復室から廊下に出たジュスティは、笑み崩れて、ホーグとキャルとシャーロックとハイタッチした。

「やったな、ジュスティ」キャルは言った。「名前が手に入ったんだ。ＭＩ５も形無しさ」

「そうよ、名前がわかったわ」ジュスティは言った。「エルキュールなんて名前のフランス系アルジェリア人がいったい何人いると思う？　しかもその人物はナザリの家族や彼の姉のジャナを知っている。家族から話を聞いたり、彼らの知りあいをたどったりできるわ」

ホーグが言った。「きっと時間もかからないわね。そのとおりよ、ケリー、アルジェリア人のエルキュールがそうたくさんいるとは思えない。おかしな名前。よくやったわ」

「少なくともこれでたしかな手がかりができた」ケリー・ジュスティが言った。

「それに勤務評価にも影響するぞ、ジュスティ」キャルが言った。「で、そろそろハグしてもらいたいんじゃないかい？」

33

サビッチの自宅
ワシントンDCジョージタウン
金曜日の深夜過ぎ

サビッチがMAXを閉じたのは、夜も遅く深夜を過ぎたころだった。思いつくかぎりの公的な記録にあたったものの、殺されたプラケットの住人や、殺人犯について、いまわかっている以上の情報は見つからなかった。やはり足で稼ぐ必要がある。被害者と加害者の両方を知っている人に直接会って、話を聞かなければならない。ワトソン保安官には昼まえに電話をかけて、手応えのあるなにかが見つかったかどうか尋ねてあった。サビッチはベッドに寝転がると、暗い天井を見つめ、ときおり聞こえる家のきしみ音に耳を澄ました。耳になじんだ、心やすい音だけれど、今夜はそれも慰めにならない。シャーロックの頭がない肩が寂しく、鼻をくすぐる髪の感触や、小さくなめらかな吐息が肌にあたる感触が恋しい。彼女を乗せたヘリコプターがニューヨークに向かって飛び立った瞬間、彼女の身を案じて怖くなっているのを自覚した。口には出していないけれど、シャーロックもそれを察している。

サビッチはどうせ眠れないならと、起きあがって、ショーンを見てくることにした。シャーロックも眠れないときはそうしている。本棚やスーパーヒーローのポスターでいっぱいの子ども部屋に入り、シングルベッドで眠るショーンをのぞきこんだとき、勉強机の近くに脱ぎ捨ててあるスニーカーと、無造作に椅子の背にかけてあるジーンズが目に入った。〝汚れた衣類はカゴに入れて、靴はクローゼットにしまいなさい〟そうショーンに言いつけるシャーロックの声が聞こえるようだ。サビッチは気づきもしなかった。でもまあ、風呂に入ることと、歯を磨くことは、ちゃんとさせたが。ショーンを風呂に入れたときは、入浴させながら『アナと雪の女王』の『ありのままで』を歌ってやると、ショーンも声を合わせて歌いだした。今朝、出勤する途上で歌詞を覚えておいた甲斐《かい》があったというものだ。

窓から差しこむ月光を浴びながら眠る息子を見おろした。いつもながら、この小さな人間に対する愛情が湧きあがってきた。シャーロックでもあり、自分でもある小さな息子。いまショーンとふたり、シャーロックのいない状況でがんばっている。サビッチはショーンの頬を包みこんだ。うーんと伸びあがって、眠そうに鼻を鳴らしたショーンを見ていると、自然と頬がゆるむ。ショーンはふたたび力を抜き、枕に頬をすりつけた。

サビッチは上掛けでショーンの肩をおおい、窓を少し閉めた。ショーンは暖かい部屋で眠るのを好む。サビッチは自分の寝室に戻って、ベッドに横になり、手を枕の代わりにして、意志の力で眠ろうとした。意志ではどうにもならないとわかると、ベッドサイドのランプをつけて、MI5のジョン・アイザリーに電話をかけた。なんとかしてシャーロックの力になりたかった。ロンドンでは朝の五時だと気づいたのは、発信音が鳴りだしたあとだった。

驚いたことに、ジョンはすぐに携帯電話に応じ、ひそひそ声で言った。「サビッチか？　おい、大英帝国の属州では真夜中過ぎのはずなのに、なんで寝てないんだ？　ちょっと待ってくれ、メアリー・アンを起こしたくないから書斎に移動する。生後二カ月の娘のせいで、ろくに眠れてなくてさ。サシィがつぎに目を覚ましてミルクを飲ませろと騒ぐまでにあと一時間ぐらいあるはずなんだ」

それから一分もすると、ジョンがタイプする音が聞こえてきた。サビッチが長々と謝罪の言葉をならべていると、ジョンがさえぎった。「奪われた睡眠時間は三十分ぐらいさ。どんな顔かわかったほうがいいだろうから、いまアル・ハーディ・イブン・

ミルザ導師の写真をメールで送る。いや、待てよ、おれはなにしてんだ？　やつの写真なんかもう持ってて、おれと同じぐらいやつのことをよく知ってるよな」

「それでも送ってくれ、ジョン」

「二秒くれ」ジョンは言った。「送ったぞ。いまのところ、コンクリンの家族についてはなにもつかめていない。ただ、こちら側で確認できたかぎりでは、一家はいまも合衆国にいることになってる。目的地はボストンだったから、まだそのへんにいるかもしれないが、たしかなことはわからんな。フロリダにいたっておかしくない」

サビッチの携帯電話がメールの受信を告げた。導師の顔はすでに記憶に刻まれている。哀れみ深そうな顔つき、魂を見透かしそうなやわらかな焦げ茶色の瞳。信頼して心の内を打ち明けられる相手。テロリストを支援する過激な人物らしいところはどこにもなかった。だがジョンが送ってくれた導師の写真はちがっていた。撮られていることに気づいていない導師は、ローブをまとっておらず、話している相手に見るからに腹を立てている。その写真のなかの焦げ茶色の瞳は瑪瑙《めのう》のようにこわばり、信頼に値するというより、恐れるに値する男という印象だった。サビッチは携帯電話を耳に戻し、赤ん坊の泣き声を聞いた。

「サシィが起きた」ジョンが言った。「今日メアリー・アンとそのことを話してたんだ。テロリストがわが国の大聖堂を狙ったとしたら、る。誰もが恐怖と怒りに駆られる。なにより悲惨なのは、ベラと名付けられた今回の計画が杞憂《きゆう》に終わったとしても、連中はそれであきらめないし、きみたちにもそれがわかってることだ」

「ジョン、おれと同じぐらい、きみにもわかってるはずだ。テロリストが動くまえに阻止できなければ、相手が動いたあとにその始末をすることになり、そうなれば、気持ちを切り替えることしかできない」

「ああ、頭ではわかってる。やつらがつぎにするかもしれないなにかに怯えながら生きていけないのと同じぐらいいな。そうだ、恐怖のなかで生きていくことはできない。そうなったら、向こうの勝ちだ。ベラ計画に関するなにかが見つかったら、すぐに知らせる」

サビッチは言った。「ほかに新情報はないのか？　サシィのこと以外に？　ああ、彼女の泣き声が聞こえるよ。肺がじょうぶなんだな」

ジョンが笑った。「あの子のおかげで、おれもメアリー・アンもほぼ一日じゅう気の休まる暇がないよ。医者はもう少ししたらひと晩じゅう寝るようになると言うんだが、ほんとか？」そこで現実に戻った。「ああ、ベラ計画に関するなにかが見つかったら、すぐに知らせる」

サビッチはジョンとメアリー・アンがサシィとうまくやれることを祈って電話を切ると、枕に戻った。そういえばショーンも、夜中に二度は耳をつんざくような声で泣きわめき、最初の数カ月はシャーロックとともに振りまわされっぱなしだった。

そして爆弾によってセントパトリック大聖堂があやうく破壊されかけたことを思った。葬儀の参列者の命が多数奪われていたかもしれないのに、気分が悪くなった少年のおかげで難を逃れることができた。サビッチはサンタ・マリア・デル・フィオーレ大聖堂を思い浮かべ、フィレンツェのすばらしい大司教座聖堂の内部が爆破され、空っぽになったさまを想像した。

ようやく意識が遠のき、深い眠りに落ちた。

朝の五時半にグリフィンが電話をかけてきた。「サビッチ、ブレーキー・オールコットが動きだしました」

34

バージニア州ライニキー近郊
土曜日の早朝

サビッチのポルシェは回転灯やサイレンを使うまでもなく、往来の少ない95号線を疾走した。助手席に座るグリフィンは、膝のタブレットで地図を調整しながら、ブレーキーの足首のモニターを示す赤い点滅に近づいていくのを見ていた。

「なんでブレーキーが動かないと思いこんでたんだか。判断をまちがえた」

「そう言うと思ってました、サビッチ」グリフィンが言った。「決めたのがおれだったら、こだわらずにまえへ進めと言うはずですよ」グリフィンは黙って、サビッチがビールを積んだ大型トラックを追い越すのを待った。「モニターの信号がほとんど動かなくなりました。ブレーキーはがらんとした未開地にいます。森じゃないかな。この地図によると、もよりの道路から五百メートルぐらい離れてますね。ただし田舎道か、消防用の道はあるでしょうけど。まわりにはなにもなくて、なぜかオールコット家からは十五キロぐらいしか離れてないんですよ。どういうことですかね？　森のなかでなにをしてるんだか」

「なんにしろ、ダルコが彼にやらせたいことだ」サビッチはそれが殺人でないことを祈った。

「つぎの出口で降りてください、サビッチ。ダルコはおれたちがブレーキーを追跡してるのを知ってるはずです。おれたちがブレーキーを見つけだして、連れ戻すことを。状況を制御してるのは自分だと見せつけるために、ちょっかいを出してきたんでしょうか？」

「ありきたりすぎて、ダルコがそんなことに魅力を感じるとは思えない。自己評価の高い男なんだ、グリフィン。力を誇示したいんだろう」

「心配なのはブレーキーですよ。ダルコにならなんだってさせられる。自死させることすら可能です」グリフィンは言葉を切った。「じゃなきゃ、おれたちを殺させるとか」

「夜明け直前までブレーキーを待機させたのは、彼のしていることを見せるためだ」サビッチは言った。「マ・サメイで自分を刺させるだけなら、そこまでする必要はない」

サビッチはポルシェの速度を落とし、蛇行する田舎道に入った。家と家の間隔が広くなり、カエデとオークに隠れて見えなくなる。よりによって、このタイミングで雨が降ってきた。

サビッチは低速ワイパーを入れ、メトロノームのような音を聞きながら、雨を透かし見た。「森で死体になったブレーキーやほかの誰かを見つけないですめばいいんだが」こぶしでハンドルを叩く。「ブレーキーはなぜおれに電話してこなかった?」

「できなかったんですよ」グリフィンはタブレット上で点滅する赤い点を見おろした。「その未舗装の道を左に入ってください。もうすぐです」

その道を行くと、森に接した空き地に出た。まもなく朝の七時だが、鈍色《にびいろ》の空と、暖かな霧雨のせいでもっと早い時間に思える。サビッチは空き地のぎりぎりにポルシェを寄せて停めた。

ふたりしてレインポンチョを身につけ、グロックをチェックする。サビッチはグリフィンを見た。「悪党退治に出かけるとするか」

35

強くなった暖かな雨が顔に降りかかり、鉛色の空を霞《かす》ませていた。ローファーより長靴に適した天気だ。ありがたいことに、地面はまだぬかるんでいない。遠目には平らに見えた空き地だが、実際に来てみると、そうでもなかった。岩や隆起や窪《くぼ》みがあって、それを避けるのに時間をとられる。ようやく森まで来ると、草におおわれた小道があり、背の高い松の森のなかを縫うように続いている。密生する木立が雨よけになっていた。

「ブレーキーは森のなか、ここから五十メートルもしない地点で止まってます、サビッチ」

ふたりはグロックを手に小道を左右に分かれ、ゆっくりと歩を進めた。降りかかる雨と葉擦れの音、それに野ネズミの走りまわるかさこそという音しか聞こえない。ブレーキーの気配はどこにもなかった。

十メートル四方ほどしかない空き地に出た。樹木がほぼ真円を描いて立っている。サビッチはぴたりと止まった。この場所は知っている――ダルコの夢に出てきた情景だ。かすかに煙のにおいまでした。近くに煙が溜まっているのか？　サビッチは空き地のなかにある小さな切り株に目を留めた。その上にブレーキーの足首につけてあったモニターが置いてあった。

サビッチはグリフィンの腕をつかんだ。「罠だ――伏せろ！」

ふたりが地面に伏せて、木立に転がりこんだのと、銃声が立てつづけに響いたのは、同時だった。ふたりの周囲で土塊《つちくれ》が跳ねあがり、一発の銃弾がサビッチの頭の隣にあった松の樹皮を削った。ふたりはあてどなく撃ち返した。サビッチがモニターに気づいていなければ、どちらも命を落としていた。グリフィンにはそれがわかった。

銃声がやんだ。

「撃ち手はひとりですね」グリフィンがささやいた。「セミオートマチック拳銃で、弾倉を交換してるんです。おれは十一時の方角につきます」

「おれは反対側にまわろう。左に六メートルほど行って、向きを変える。どちらかがやつの背後につかないとな」

サビッチとグリフィンは腰をかがめてふた手に分かれ、鬱蒼とした木立を盾にして、できるだけ足音を忍ばせて移動した。ふたたび七発立てつづけに銃声が響いたが、狙われた先はふたりがさっきまでいた場所だった。向こうも標的を見失っている。

果たして三つめの弾倉はあるのか？ 撃ってきているのがダルコ本人だといいのだが。サビッチはそう思いつつ、ちがうことを知っていた。汚れ仕事に手を染めるのはダルコのスタイルに反する。であれば、ブレーキーでないことを祈るばかりだった。

サビッチとグリフィンは耳をそばだてて待った。不気味なほどに静まり返り、動物や鳥の物音もしない。松葉に降り落ちる雨音さえやみ、時間が息を詰めているようだった。

銃撃者のほうが移動してまわりこんでいないかぎり、ふたりから三メートルと離れていないはずだ。ふたりにはお互いしか見えず、木立には動くものがなかった。サビッチは顔にかかった雨をぬぐい取り、「広がるぞ」と小声で告げた。

グリフィンは頭上の、木々のあいだに物音を聞いた。力のかぎりサビッチを突き飛ばした。「サビッチ、上だ！」

ふたたび銃弾が降りそそぎ、周囲の土塊や松葉を跳ね散らした。ふたりは身を隠しつつ、人影が見えないまま、頭上の木に向かって銃弾を放った。

サビッチは顔を上げて、どなった。「そこのおまえ、おまえは弾倉を三つ使った。

多少残ってるにしろ、そろそろ弾切れだろう。悪いようにはしないから、いますぐ木からおりてこい」

ふたりは枝に銃口を向けつつ、くだんの木に近づいた。頭上からカチリと音がしてはじめて、人の気配に気づいた。葉擦れの音に続いて、枝が折れる音がした。男がひとり、枝のあいだから飛びかかって、サビッチを地面に押し倒した。グロックが宙を舞う。サビッチは体をねじって、男を見あげた。若い男。口を開いて歯をむきだしにし、野蛮な怒りを宿した目は、雨に煙ったような光のなかでほぼ真っ黒に見えた。サビッチは喉にパンチをみまって、男をのけぞらした。まだティーンエイジャーだ。野球帽をかぶり、雨を避けるためにつばを低く下げている。少年はうしろざまに倒れると、喉をつかみ、苦しそうにあえいだ。サビッチはその足元に転がる拳銃に目を留めた。ケルテックPF9、装弾数七発。それほど一般的な拳銃じゃない。未成年がどこでそんなものを手に入れたんだ？

サビッチは少年は気絶したものと思っていた。だが、彼はナイフを掲げて、サビッチに飛びかかってきた。そして容赦なく振りおろそうとしたとき、グリフィンが彼を撃った。

グリフィンはかがんで彼に言った。「なにもせずに、息だけしてろ」そしてうつろな口調でサビッチに告げた。「まだ子どもです」

サビッチが見ると、少年は険しい目でサビッチを見返した。いわゆる暗殺者には見えないが、銃傷を負いながらも、やみくもな嫌悪をあらわにしている。サビッチが肩にある傷口に手を押しつけると、少年は逃れようと身悶《みもだ》えした。「いいかげんにしろ！　おとなしくしないと、失血死するぞ。おまえは誰なんだ？　なんでおれたちを殺そうとした？」

サビッチを見あげる少年の顔に困惑が広がり、眉根が寄った。痛みのせいか、それとも疑問のせいか？　少年は口を開いてうめき、目を閉じるや、地面に頭が転がった。

グリフィンは携帯電話を取りだし――ありがたいことに、電波が届いている――911にかけた。電話を切ると、かがみこみ、ぐったりした若い顔を見た。「どんな具合ですか？」

サビッチは血だらけの指を少年の首筋にあてて、脈を調べた。「よくないな。こいつのポケットを調べてくれ。もしプラケットの住人じゃなくてブレーキーとウォルターを知らないんなら、レッドスキンズのシーズンチケットを進呈する。ありがとうな、グリフィン、おれの身の安全を守ってくれて」

グリフィンは少年のジーンズのポケットから財布を引っ張りだした。「名前はチャールズ・マーカー、やっぱりそうですね、プラケットの住人です。若く見えますが、実際は二十四なんで、ブレーキーと同じ年です。救急車は十分ほどかかりそうです。かなり離れてますからね」

サビッチはグリフィンの声に怒りを聞き取った。チャールズ・マーカーが死なないことを願っているのがわかる。「可能であれば、おれたちふたりを殺していたろう」

「あの足輪」グリフィンが言った。「ダルコはブレーキーに足輪を切らせて、それをマーカーに渡させた。そのあとマーカーに切り株の上に置かせ、来るとわかっていたおれたちを待たせた。なんで見えるところに置いたのかがわからない。どうして隠さなかったんですかね？」

マーカーがうーんとうなって、目を開いた。朝の光のなかで見ると、深い青色だった。最初は澄んで見えたが、目をかっと見開くと、痛みのショックに膜がかかったようになった。「なんで？　なんでぼくを撃ったんだ？　あんた誰？」

彼の頭が横に転がった。また気絶してくれて、サビッチはほっとした。「さあ、グリフィン、救命士をここまで案内してきてくれ」

十五分後、グリフィンは救命士を連れて戻った。救命士のひとりが圧迫包帯を取りだすと、サビッチは血だらけの手を持ちあげ、場所を譲った。「救急車に乗って病院まで付き添ってくれ、グリフィン。おれはワトソン保安官に電話してから、病院に向かう」見ると、救命士は厳しい顔をしていた。「助かりそうか？」

「天のお偉い方にひとことお願いするのは、悪くないと思うね」救命士は言った。そしてふたりでチャールズ・マーカーを担架に乗せると、救急車に引き返していった。

36

ロング・アイランド、コルビー
土曜日の午前中

トッド・ジェンキンス特別捜査官は、外科集中治療室《SICU》でジャミール・ナザリの個室の外に座っていた。片方の手はグロックをすぐにつかめるよう腿の上に置いてある。土曜日の午前中にしてはあわただしかった。シフトについてから新しい顔をたくさん覚え、身分証明書をチェックした。そのあとでなければナザリのそばにはやれない。コリンズ看護師がようすを確認しにきて、ナザリがうめいた。看護師が小声ながらはっきりと「いくらうめいたって、これ以上、モルヒネの注文は受けられないわよ」と言うのを聞いたときは、笑みがこぼれた。ナザリがテロリストであることはみなが知っているし、ナザリのたわごとはいっさい取りあわないとコリンズは言っていた。彼女だったら夕食に誘ってみてもいいな、とトッドは思った。

トッドは奥の壁に取りつけられたテレビを観た。〝ＪＦＫの果敢なるヒロイン〟というキャプションとともにシャーロック捜査官の顔写真が映り、その隣にCNNのキャスターの顔がならんでいる。こんなあだ名をつけられたら、同僚捜査官たちから苦情が殺到するにちがいない。

そのとき、長い白衣を着たひとりの男が近づいてきた。ネクタイなしでシャツの襟を開き、黒いズボンをはいている。背が高く、もう若くはないが健康そうで、髪は薄くなっていた。首から聴診器を下げ、手にはタブレットを持っている。つぎの瞬間、トッドは右手をグロックにやりつつ、立ちあがった。あの靴。

男はトッドに一瞥もくれずに中央のナースステーションに向かい、通りすぎざま、看護師のひとりに声をかけた。だが、あの靴。医者が白い靴下に黒のランニングシューズをはくだろうか？　だが、今日は土曜だから、ひとっ走りしてきたのかもしれない。トッドはその男が口笛を口ずさみながらＳＩＣＵを出ていく十分後まで、その姿を目で追いつづけた。

午前八時に交替要員がやってくるのが待ち遠しい。監視の任務を行う場合、ＦＢＩでも、四時間を超えると集中力が途切れがちになるのを把握していた。しかも夜間、大勢の人たちが出入りするこういう場所だととりわけ神経を使う。スタッフの交替があるうえに、患者の移動、呼吸療法士、採血チーム、配食サービスなどなど、つぎたらつぎへと人が行き来する。トッドは全員に目を凝らし、はっきりちがうとわかるまで、そのひとりひとりがナザリを殺しにきたと仮定して監視にあたった。殺される勾留中のテロリストはひとりでじゅうぶんだ。

ケリー・ジュスティの声がすると思ったら、SICUに入ってきた。隣にはシャーロック、ふたりの背後にはワシントン支局のキャル・マクレーン捜査官がついている。ケリーの顔には特大の笑み——なにがあったんだ？

「ハイ、トッド。夜のうちに悪いやつらは来なかった？」

トッドは黒のスニーカーをはいていた医者のことを言いかけたものの、やはりやめて、笑顔になった。「すべて順調ですよ」

「あと十分で交替するから待っててと、シリコンから伝言よ。それまでしっかり頼むわね、トッド」

トッドはうなずきながら、シリコンが来たら、コリンズ看護師に話しかけようと心に決めた。シリコンとは、『スタートレック』おたくのグリニス・バンクス特別捜査官のことだ。お気に入りの古いエピソードに登場するシリコンをベースにした生命体について話しまくるのが三度の食事より好きなところから、そのニックネームがついた。

三人が個室のなかに入り、ジュスティ捜査官の気さくな話し声が聞こえてきた。

「おはよう、ジャミール。聞いたわよ。いたれり尽くせりのサービスが気に入らなくて、文句をつけてるんですってね。姉さんのジャナになにが不満なのかぶちまけてみる？」

三人には、ナザリがケリーに唾を吐きかけようと努力しているにもかかわらず、じゅうぶんな唾を集められないでいるのがわかった。「おまえはおれの愛する姉さんじゃない！　弁護士はどこだ？　弁護士を呼べと言ったろう？　おまえたちに話すことなんかあるもんか。ここから出てってくれ。担当の看護師に痛み止めを持ってこさせろ。痛くて死にそうだ！」

ケリーはパチンと指を鳴らした。「痛み止めはもうあげられないし、弁護士は来ないし、わたしたちは出ていかないわ。念のために言っておくけど、テロリストには弁護士がつかないのよ。さあ、あなたは話さなくていいから、わたしの言うことを聞いてちょうだい。

シャーロック捜査官を覚えてる？　ＪＦＫでナシム・コンクリンを逮捕した人。というか、彼の頭を蹴った人よ。そうナシム、彼よ。あなたが殺した相手。あなたはニューヨークでの担当者のひとりだったの？　彼に手榴弾の扱い方を教え、彼が犠牲にならないと家族を殺すと言った男たちのひとり？」

痛みがひどすぎて、彼がどなりたくてもどなれずにいるのがわかった。ケリーはこの状況が有利に作用することを願った。いまのナザリにはケリーをにらみつけることしかできない。

「あら、ばれちゃった？　わたしはあなたのお姉さんのジャナじゃないけど、あなたの姉だったら、どんなに鼻が高かったかしれない。わたしはケリー・ジュスティ捜査官、悪いことは言わないから考えをあらためるのを勧めるわ。わたしのことをなんでも打ち明けられる女友だち、生き残るための最善の一手と考えたらどうかしら？

返事はないの？　だったら、紹介を続けるわね。こちらはキャル・マクレーン特別捜査官。あなたの同胞を大勢、打ち倒してきた人だから、あなたの歯を喉に詰まらせるぐらいいわけないのよ。でもね、わたしを本気で怒らせないかぎり、彼を押しとどめてあげてもいいわ」

ナザリはふたたび彼女を罵ったが、さっきのような熱意はない。捜査官たちから顔をそむけた。

ケリーは彼の上にかがみこんだ。「ジャミール、いいから、無礼なことはもうやめて。あなたが今後どうなるか教えてあげるから、聞くのよ。あなたのためなんだから。

まずは特殊な状況下での第一級殺人、連邦捜査官に対する殺人未遂、テロ行為の共謀だけど——これだけで死刑になるにはじゅうぶんよ。じゃなきゃ、仮釈放なしの終身刑で重警備の連邦刑務所に入ってもらう。受刑者のテロリストに対する態度を考えたら、そっちのほうが悲惨かも。児童性的虐待者と似たり寄ったりの扱いになるでしょうね。でも、もっとひどい目に遭わせたいと思ったらね、ジャミール、あなたをエジプトに送り返す手もある。あそこで尋問とか刑罰とかを受けたら、およそ楽しい気持ちにはなれないと思うんだけど」


ようやく反応があった。ジャミールががばっと振り向いて、ケリーを見あげた。

「おまえの脅しはくだらない。おまえたちアメリカ人はなにもわかっちゃいないんだ。さあ、話は聞いたから、行けよ。ひとりにしてくれ。いや、あの役立たずの看護師にモルヒネを持ってこさせろ」

「だったら」ケリーはかぶせるように言った。「あなたを釈放することもできる。ただし、あなたが戦術家の名前を漏らした、アルジェリア時代から家族ぐるみの友人だったことなんかを全部話した、という発表とともにね。あなたの仲間からどれぐらい逃げつづけられると思う？　クリスマスの七面鳥みたいに切り刻まれるまでに？　わたしたちから保護されないかぎり、あなたにはそういう末路が待ってるんじゃないかしら」彼の顔のまえでパチンと指を鳴らした。

「じゃあ、おれが話せばＦＢＩが守ってくれるわけだ」ジャミールは鼻でせせら笑った。「ナシムをおれから守ったように」

「あなたたちがナシムの体にＧＰＳのチップを埋めこんでいて、それで彼を見つけだしたのはわかってるわ。そうね、ナシムに関してはしくじったけど、知ってる？　彼は撃たれたがってたのよ。自分の家族を救うために、標的になろうとしたの。

あなたは人殺しよ、ジャミール。臆病な操り人形で、戦術家に、そうエルキュールに糸を引かれてる」ケリーはふたたびかがみこみ、彼の頬に口を近づけて言った。吐息が羽根のように肌をくすぐる。「それでも、わたしはあなたと取引しようっていうのよ。あなたにしてあげられることがふたつある。ひとつは、あなたの家族に十万ドルあったらなにができるか。あなたの姉さんのジャナが結婚したがってた男のラストネームを教えてくれるだけでいいのよ。それはいつぐらいのことなの、ジャミール？　十年ぐらい？　もっとまえ？」

ジャミールは思案顔になった。「おれにしてやれることがふたつあると言ったな。金――おれの家族への十万ドル――と、もうひとつは？　ふたつめはなんだ？」

ケリーは彼の右腕の点滴のチューブのすぐ上に触れた。「あなたは処刑をまぬがれる。そして、大きいのはこれよ。あなたがテロリストだと知られないようにしてあげる。ほかの囚人からシャワー室で石鹸《せっけん》を口に突っこまれずにすむわ。そうだ、戦術家じゃないかと思われる人物の写真が二枚あるの。一枚はヒースロー、もう一枚はガトウィックで撮られたものなんだけど、よかったら見てもらえないかしら？」

「ヒースローだって？　戦術家は絶対にそんな場所には行かない。人が家畜扱いされて、くだらない検査場を通らなきゃならないし、そこらじゅうにカメラが設置されてるから――」ジャミールは口を閉じて、顔をそむけた。

そしてケリーがシャーロックとキャルにこそっと笑いかけるのを見ていなかった。

「そう、だったらいいのよ、ジャミール。あなたがエルキュールのフルネームを言うつもりがないんなら、こっちだってあなたを生かしておく義理はないわよね？」

彼の口は引き結ばれたままだった。じっと天井をにらんだまま、ケリーも、ほかのふたりも無視していた。ついに彼が口を開いた。「この世界から役立たずのクズであるナシムを取りのぞいたことで、おれが自分の運命を恐れると思うか？　あいつは泣き言ばかりの金持ちだった。自分の宗教を捨てた男、大義のために喜んで身を投じるべきことに背を向けた男だ。おれはちがう。信用できるのはアッラーであって、おまえじゃない。

おまえにどうされようと知ったことか。戦術家の名前は口が裂けても言わない。彼はおれが負傷するか死ぬかしてるのを知ってて、おれが沈黙を守ると信じてるし、おれもその信頼に応える。おまえたちには戦術家は見つけられない。彼は幽霊であり、影でありつづける。そう、おまえたちの誰かが殺せるようになるまでは。彼は偉大な男、従うに値する男だ」ジャミールはシャーロックを見た。「おまえがナシムに会いにきていると聞いて、戦術家は驚いてたぞ、女。それでなくともおまえに腹を立てていた。戦術家からの報復を覚悟するがいい」三人の顔をそれぞれ見た。「彼はおまえたち全員を殺すだろう」

37

オールコット家
バージニア州プラケット
土曜日の午前中

雨は降りやんでいるものの、鉛色の雲が低く垂れこめ、オールコット一族の三軒ある家屋は、鬱蒼とした木立に囲まれて陰に沈んでいた。すぐにもまた降りだしそうだ。陰鬱な土曜日の午前中、今日は外でフットボールをする子どもの姿もなかった。

サビッチは母屋のまえでポルシェのエンジンを切った。呼び鈴を押すと、歌声のないグレゴリオ聖歌のような旋律が奏でられた。いまこの家に誰がいるにしろ、ポルシェのエンジン音は聞こえたはずなのに、家のなかからはなんの物音もしない。サビッチは怒りを抑えこんだ。若い男が自分とグリフィンを殺そうとしたのはわずか一時間まえのことで、犯人は病院に送られ、誰がそんなことをしたのかを知っている者が、いまこの家のなかにいる。

再度、呼び鈴を押した。どういうわけか、最初から鳴るのではなく、さっきの続きが流れた。朝のお勤めをする修道士の姿が頭に浮かんだ。いや、焚《た》き火を取り囲む魔術師か。

ようやく足音がして、子どもたちの声が聞こえた。

サビッチの知らない男がドアを開けた。三十代半ばのがっちりした大柄な男で、年を取ったフットボール選手かボクサーのような風貌だった。色褪せたジーンズにフランネルのワークシャツを着て、くたびれたブーツをはいている。これがウォルター・ギブンズにケンカをふっかけたというリガートなのだろう。ジョナによく似た、やはり粗野な感じの男だが、亡き父親譲りなのかもしれない。ただ、リガートのほうは肥満しつつあった。これがリガートと初対面になったのは、彼がオールコット配送会社のトラックでリッチモンドまで二週間、出かけていたからだった。ジョナは事務職だから、将来の経営者として訓練されているのだろう。なぜそうなったのか？　なんだかんだ言っても長男はリガートなのだが。

「朝食中になんの用だ？　押し売りなら間に合ってるぞ」サビッチはこってりした南部なまりの奥にたっぷりの悪意を聞き取った。

「サビッチ捜査官よ」デリア・オールコットが息子の背後で声をあげた。「なかに入ってもらって、リガート」

リガートはサビッチに不穏な顔を向け、背後に下がった。回れ右をして、振り返ることなく長い廊下を歩きだした。デリアが言った。「ブレーキーの足首のモニターの件かしら？　どこかで落としたらしいんだけど、見つからなくて。息子はあなたに電話したがったのよ。でも早すぎるからもうちょっと捜しなさいとわたしが止めたの。どこかで見つかるかもしれないものね。でも、あなたのほうがもう来てしまったわ」

奥から人の声がする。デリアが言った。「みんなキッチンでパンケーキを食べてるわ。土曜日の朝の恒例でね。で、モニターの件でいらしたの？」

「そうです、モニターの件です」

「だったらこちらへどうぞ。よかったら朝食をいかが？」

パンケーキか。「いただきます、ミセス・オールコット。ご親切に感謝します」サビッチは彼女について長い廊下を歩いた。

オールコット家のキッチンはとびきり広かった。長々としたパイン材のテーブルが中央に置かれ、明るいブルーのテーブルクロスがかけてある。ブレーキーはほかの家族とともにテーブルを囲んでパンケーキを食べていたが、そのときは顔を伏せていた。顔を上げてサビッチを見るなり立ちあがり、あやうく椅子を倒しかけた。「電話するつもりだったんです、サビッチ捜査官。足首のモニターがなくなっちゃって！　外したんじゃないですよ、ほんとに！」

「わかってる」サビッチは答えた。「で、ベッドから出たことも覚えていないんだろう？」

「ええ、そりゃそうですよ、ベッドから出てませんから」

「だったら心配いらないな、ブレーキー。座って食事を楽しむといい」

サビッチはテーブルを見渡し、身分証明書を取りだしてまわした。リガートの妻のマーリーに自己紹介し、そのあと六人の子どもひとりずつにもあいさつして、彼らの名前を尋ねた。タニーを頭にいずれも十歳以下らしい。サビッチは緑色をしたタニーの奇妙な瞳をのぞきこんだ。タニーはリガートの娘。ほかの子どもたちはサビッチのことをどう考えたらいいのかわからなくて黙りこんでいるが、タニーはじっと見ていた。リガートはテーブルの上座、その右に痩せて神経質そうな顔つきをした若い妻、マーリーが座っている。ジョナはその隣だった。ジョナの妻はどこだ？

サビッチはジョナに尋ねた。「きみの奥さんはパンケーキが好きじゃないのかい？」

「プラケットの飼料倉庫で働いてる。アシスタントマネージャーなんだ」

デリアが手を叩いた。「子どもたちはみんな座って。まだまだパンケーキを焼くわよ。タニー、サビッチ捜査官のお皿を用意してちょうだい。彼にも食べてもらうわ」

デリアはテーブルに背を向けると、平らで大きなスキレットふたつにバターを落とした。ジューッという、バターの焼ける音がする。

リガートが言った。「なんでまたこんなに早くから？　おふくろのパンケーキを食べにきたんじゃなくて、ブレーキーのモニターの件で来たんだろう？」

「いわゆる役得ってやつでね」テーブルのもう一方の端がデリアの席だったので、サビッチはその隣に腰かけた。タニーがブルーベリーパンケーキを三枚積んだ皿をまえに置くと、サビッチは深々と香りを吸いこんで、デリアに笑いかけた。「いいにおいですね。ごちそうになります、ミセス・オールコット」

ミズ・ルイザが車椅子でやってきて、テーブルの子どもたちのあいだの席についた。サビッチにうなずきかけて、きんきん声でゆっくり言った。「ほらね、マーリー、嘘じゃないだろう？　なかなかの男前だと思わないかい？　いいかい、リガート、マーリーがこの男の男前ぶりにくらっときたぐらいのことで、カッとなって彼の食道にナイフを突き立てたりするんじゃないよ。あまりに不調法だからね」子どものパンケーキをちぎって、口に放りこみ、けたけたと笑った。「せめて食事がすんでからにしておやり」

「笑いごとじゃありませんよ、お母さん」デリアがパンケーキをひっくり返しながら言った。

マーリーが不安げな顔で夫を見る。リガートは妻も祖母も無視して、ひたすらパンケーキをぱくついていた。

ミズ・ルイザが言った。「この人も用件があって来てるんだからね、モルガナ。わたしは手を貸すつもりだよ。さて、これであんたもディリーの上の息子、リガートとジョナの両方に会ったわけだ。父親のディリーもかつてはいまのこの子らみたいに頑強だったんだがね、年取ってからはすっかり萎《しな》びちまった。おととい言ったとおり、ディリーはひ弱だった」

「その言い方はあんまりだわ、お母さん」デリアがパンケーキをひっくり返しながら、いらだちを抑えて言った。「あんなに頑強な人はいなかったのよ。変わったのは第一次湾岸戦争のあと、暴力に耐えられなかったから」彼女は肩越しにしゃべっていた。

「彼はイラクに送られたの。それで……変わってしまって」

「あの戦争でたくさんの人が変わりました」サビッチは相槌を打った。

ミズ・ルイザが甲高い笑い声をあげた。「で、ディリーがどんな死に方をしたと思う？　泣き言ひとつ言わずに、くだらない車に轢かれちまってさ。それなのに運転手は車を停めて、生死の確認をしようとすらしなかったんだよ。残酷な世のなかだね、モルガナ、ああ、血も涙もないよ。あんたの息子ふたりが自分の面倒を見られる大人に育って感謝することったね」

ブレーキーがとっさに口を開いた。「ぼくだってだいたいは自分の面倒を見られるよ、おばあちゃん。サビッチ捜査官がここへ来たのは、ぼくに逃走の恐れがあると思ったからだろう？　そして、ぼくの足首のモニターになにがあったか、知ってるんですよね？」彼は突然フォークを握りしめた。「ぼく、誰も殺してないですよね？」

38

「誰も殺してないよ、ブレーキー」サビッチは続いてデリアに言った。「朝食中に申し訳ないが、タニーに言って、子どもたちを全員リビングにやってください。これからする話を聞かせたくないので」

デリアはしばらくサビッチを見ていたが、やがてタニーにうなずきかけると、口を開きかけたタニーをさえぎった。「さあ、最後にもうひと口食べて。戻ってきたらまたパンケーキが待ってるわ。全員タニーといっしょにファミリールームに行って、テレビを観ててちょうだい。いいわね？　戻ってよくなったら、声をかけるわ」

子どもたちがぞろぞろとキッチンから出ていくと、サビッチは言った。「リガート以外のみなさんには、ステファン・ダルコの似顔絵を見てもらいました」携帯電話で似顔絵を呼びだし、テーブルに置いた。リガートは一瞥しただけで、じれったそうに首を振った。

サビッチはテーブルを見まわした。「わたしはあなた方のなかにこの男を知っている人がいると思っています。似顔絵を見てそれに気づきながら、黙っている人がです。なぜか？　ステファン・ダルコと名乗るこの人物を守りたいからか？　彼はあなた方の仲間、あるいは知りあいなのか？　わたしはこの男に会いました。霊能力者であり、夢のなかでわたしに姿を見せました。彼は同じことをブレーキーやウォルター・ギブンズにも、そしてチャールズ・マーカーにもした。スパーキー・キャロルとケーン・ルイス保安官助手の死を望み、ブレーキーとウォルターに指示を出し、彼らに人を殺させておいて、すべてを忘れさせた」

ブレーキーは言った。「チャールズ？　チャールズが今回のことにどう関係してるの？　彼、だいじょうぶなの？」

「チャールズ・マーカーは病院にいるよ、ブレーキー。銃で撃たれて、いま手術中だ。ついさっきここから西に十五キロほどの位置にある松の森で彼はわたしとハマースミス捜査官を撃とうとした。きみは覚えていないが、今日の早朝、チャールズがきみから足首のモニターを奪い、それを使ってわたしたちを森におびき寄せた。

チャールズはたぶんよくなる。だがね、スパーキーは、きみやウォルター・ギブンズと同じで、きっとなにも覚えていない。ダルコはそれをふくめて指示してるはずだ。

もう一度言う。わたしはきみたちのなかにこの人殺しを知っている人間がいると思っている。あるいは、きみたちの誰かがその人殺しなのかもしれない。そして、その人物を探りあてるつもりだ」

「正気の沙汰じゃないぜ」リガートが椅子から腰を浮かせた。

「座ってろ！」

リガートは憤怒に顔をゆがませたが、FBIの捜査官の剣幕に気圧《けお》されて、ゆっくりと腰をおろした。

ジョナがサビッチを見つめて、小首をかしげた。「チャールズ・マーカーが今朝、ここから十五キロほどの森であんたたちを撃っただと？　あの鬱蒼とした松の森のことか？　空き地の隣にある？」

サビッチはうなずいた。

「マカッティの地所のことみたいだな」ジョナはテーブルを見まわした。「もともとはうちのじいさんの土地だったんで、おれたちはよく知ってるが、町の連中もだいたいは知ってる。サビッチ捜査官、まさか本気でおれたちのひとりがチャールズを操って、あんたを殺させようとしたと思ってるわけじゃないよな？　いくらなんだって、どうかしてるぜ」

「どうかしてると思うかもしれないが」サビッチは言った。「ステファン・ダルコはわたしがそれを証明するのを恐れている。恐れているからこそ、わたしを消したがっている。そうはさせないが」

デリアはテーブルに両手をついて、立ちあがった。「そんな力を持つ人がいるだなんて、考えるだけでも恐ろしい。それがウィッカンだとしたら、なおさらよ。もしそんな人がいるとしたら、彼のなした悪はいずれ本人に害をおよぼし、彼自身の力が彼を傷つけることになる。できることなら力になりたいのよ、捜査官。ブレーキーを助けるためなら、なんでもするわ。ただ、わたしたちには無理なの。それが真実よ」

サビッチは言った。「無理とは、どういう意味です？　そうか、それがウィッカンとしての公式見解か。面倒なことには首を突っこまず、悪人はその悪の報いを受けると信じる。カルマこそがすべて」サビッチはこぶしでテーブルを叩いて、立ちあがった。「あなたたちのなかの誰かが事情を知っている。場合によっては全員が。わたしはかならず突きとめます」サビッチは冷ややかな目で一同を見まわすと、くるっと回れ右をして、キッチンをあとにした。

39

高速鉄道TGVの車中
リヨン北部、フランス
二十四キロメートル

フランスの経済・財務大臣に任命されたばかりのマルセル・デュブロックは、ほっそりした長い指でひとり掛けのシートの肘掛けを小刻みに叩いていた。貴重なひとりきりの時間を楽しみたかった。絶え間なく注意やら指摘やらを繰りだすリュークはうしろの席にいるが、それでもまだ距離が近すぎる。リュークが携帯電話で愛人と話す声が聞こえる。陰の実力者たる地位を喜んでいるにちがいない。

マルセルは外の景色を眺めた。高速鉄道と並行して、高速道路がまっすぐ走っている。時速三百キロメートルの車中から見ると、高速道路や木立や畑が滲んだように視界をよぎっていく。美しい赤のフェラーリが見えた。時速二百キロメートル近く出ているであろうその車体が、うしろ向きに走っているように見える。

客室乗務員がクロワッサンの皿をある乗客のテーブルに置くのを見て、マルセルは空腹を自覚した。お祝い代わりにいいかもしれない。座席から身を乗りだして、手を振るわけにはいかないので、深呼吸をしてシートにもたれ、いまの瞬間を味わってから、エスプレッソとクロワッサンを注文した。

自分は勝利をたぐり寄せた。この五年間、この地位を得るために計画を立て、目標を達成するため努力してきた。そしてついに権力と影響力と栄誉を手中にしたのだ。まだここまで来たという実感はあまりないが、今日の午後会合に臨んで、爆弾を落とせば、おのずと湧いてくるだろう。

いまのマルセルは経済・財務大臣——これが自分の遺産、最終地点になるのか？少なくともいまは満足しているものの、この先なにがあるかわからない。

マルセルは別れた妻のニコルを思って、顎が鳴りそうなほど大きな笑みを浮かべた。あの不実な尻軽女め。五区にあるこぢんまりとしたレストランで妻とその愛人がクスクス越しにキスを交わしていたと友人から聞かされたときは、怒りが体を突き抜けた。

だが、それももはや関係ない。思春期の息子のジャンは、なにを考えているのか、ニコルと別れたマルセルを責めたが、理解するにはまだ若すぎるだけで、いずれにわかってくれるだろう。

新たな地位がひそかな復讐となる。これまで台無しにされてきたたくさんの夜の埋めあわせとなる優雅なイベントの席で自分の腕につかまっている女は元妻ではない。そうだ、美しい女たちが引きも切らず近づいてくるだろう。マルセル本人にというよりその地位に興味のある女たちだろうが、それならそれでかまわない。

美貌に恵まれたいまの恋人のイレーヌが、経済・財務大臣という彼の地位の恩恵にあずかる。彼女と結婚すべきだろうか？　いや、急ぐことはない。

十五キロメートル

コーヒーの到着を待ちがてら、携帯用のヘッドフォンをはめて、音楽配信サービスに合わせた。思春期の子どもにしか理解できない異様な歌声が聞こえてくるが、マルセルは耳障りな不協和音に合わせてふたりの男性ボーカルがわめきちらしている意味不明の歌詞にどっぷり浸った。めちゃくちゃな音楽を聴くうちに、午後、ベルシー地区にある自分のオフィスで開かれることになっているアントワーヌ・バルドンとの会合に思いが飛んだ。マルセルは最後になるであろうこの会合を楽しみにしていた。大統領によって承認されようとしている新しい予算案のことを、バルドンに上機嫌で告げることになる。新しい予算案からは、バルドンが毎年受け取り、その大半をそのまま自分の懐におさめていた農機具の助成金と、お抱えの銀行家ならびに運送業を通じて賄賂として海外に流れていた数百万ユーロの全額が切り捨てられている。国庫の金が盗まれ、マルセイユの小さな銀行で洗浄されていた証拠をつかんだマルセルには、バルドンを引きずりおろすだけの力がある。ついにここまで来た。その証拠を突きつけてやったら、バルドンがどんな顔をするか、それを見るのがいまから楽しみでならない。実際、アントワーヌ・バルドンは刑務所送りになる可能性があり、フランス政府から完全に消えるのは、確実だった。もしバルドンが、自分はマルセルの元妻の愛人のひとりだったと明かしたら、どうなるか？　そんなことをすれば、かえって傷口を広げるだけだ。なんなら元妻を呼びつけて、元愛人をどんな目に遭わせたかを告げて、彼が晩年をどの刑務所で過ごすか教えてやってもいい。

マルセルは気がつくと曲に合わせて指でリズムを刻み、笑みを浮かべていた。カードはすべて自分の手の内にある。

すべて終わった。あとは歓呼の声をあげるだけ。バルドンとの会合が終わったら、大きな声を出してやろう。ベルシー地区にある新しくてみごとな板張りの会議室を出て、パリの太陽を一身に浴びる。そしてマスコミを呼ぶのだ。

わたしの勝ちだ。

四キロメートル

客室乗務員は彼の正体に気づくと、うやうやしくお辞儀した。低くこうべを垂れたが、スムーズに走行するTGVの車内ならば頭をぶつける心配はない。マルセルはうなずいて応え、客室乗務員は立ち去った。彼は舌を焼くエスプレッソの苦みを味わった。うまい。温められたクロワッサンを口にして、軽く眉をひそめる。これまでTGVで食べてきたものにくらべると、古くてぱさついている。とはいえ、いまのこの幸せがそこなわれるわけではないが。こんど友人のジャン・ルマーク交通担当大臣に会ったら、この件でからかってやろう。

〇キロメートル

マルセル・デュブロックは死に瀕して警告を受けることなく、彼の世界はただ崩壊した。

40

〈リバティ・ホテル〉
マサチューセッツ州ボストン
土曜日の早朝

サミール・バサラはゴールデン・スロープ・シャルドネのなめらかな喉越しを楽しんでいた。宿泊したスイートルームの小型冷蔵庫のなかにこれを見つけたときは、喜ぶと同時に驚いたものの、このホテルには以前にも滞在したことがあり、これが彼の好きなワインのひとつであることは従業員たちも知っていた。ナパバレーの小規模ワイナリーで醸造されているワインで、彼が子ども時代にアルジェリアで飲んでいた熟しすぎたブドウの味がする重たいワインとは大きく異なる。コトー・デュ・ザカールに家族経営のブドウ園を持っていた父が、よく枝からぶらさがるカリニャンやクレレットといった品種のブドウを愛《め》でながら、園のなかを歩きまわっていたのを思いだす。口笛を口ずさみつつ、指示を出し、そこからもたらされた実りでたっぷり喉を潤していたものだ。父はつねに彼らが言うところのブルゴーニュを好んだけれど、ブルゴーニュとは名ばかりで、実際は重たい雑ワインにすぎなかったが、それを父に指摘する者はいなかった。みな父を怖がっていたからだ。そう、遠いむかし、かつてのサミールがそうであったように。

母はその父から殴られると、めそめそと愚痴をこぼしたが、それに慣れっこになっていたサミールは、あまり気にしていなかった。それより家族を離れ、アルジェリアを出て、パリのソルボンヌ大学に入る日をただ心待ちにしていた。だが、パリでの日々も幸せではなかった。アルジェリアなまりのフランス語を鼻声でまねされて、さげすまれたのだ——裕福な家の出であり、学問的に成功をおさめ、容姿に恵まれていたにもかかわらず。そこで英語に磨きをかけ、偏屈なフランス人を捨てて、カリフォルニア大学バークレー校で経済学の博士号を取得した。彼はこのすばらしい地に自分の居場所を見つけた。そこでならなんでも言いたい放題だった。むしろ突飛であればあるほど知識人とみなされて歓迎され、女たちはこぞって彼と寝たがった。しかもワインがうまい。バークレーではよそ者ではなかった。すっかり受け入れられていた。より高邁《こうまい》な目的のために生きるよう運命づけられていることに気がつかなければ、あのままバークレーにいたかもしれない。

彼には姉妹が三人いた。価値のない雌牛どもは、父の土地によってもたらされた贅《ぜい》沢《たく》な暮らしに浸りきって、いずれも金持ちのフランス人と結婚し、パリの果実を楽しんでいた。だが、サミールはちがった。彼は別の道を選んだ。いま振り返ってみるに、徐々に導かれていった気がする。最初の種子は敵の腹のなか、つまりアメリカで植えつけられたのだから、まさに皮肉なめぐりあわせである。

サミールは毎年、ラマダンの時期になると、父と母に会うためアルジェリアに帰省した。去年のラマダンは七月にあり、帰ってみると、驚きが待っていた。脳卒中で左半身に麻痺《まひ》が残った父がベッドで寝たきりになり、母が家のことを取りしきっていたのだ。父はもはや気まぐれに人を殴る幸せなアルコール依存症者ではなく、懇願するしか能のない老人だった。

母は輝いていた。これもやはり皮肉なめぐりあわせだった。母は彼に対して口を開けば結婚しろと言い、ひとり息子の孫が見たいと訴えた。父はただひたすら酒だけを求めた。

サミールはふたたびシャルドネのグラスに口をつけた。まず舌で味わってから、気持ちよく喉を通過させて、頬をゆるめた。いずれは結婚するかもしれない。そう、レディ・エリザベス・パーマーと。彼女のなめらかな白い肌に触れる自分の褐色の手を見ながら、絶頂を迎えた彼女が自分の名を呼ぶのを聞く。ふたりのあいだには、どんな子どもができるだろう？

両親は彼のことを立派な知識人だと信じて疑っていない。実際そのとおり、著名な講演者にして、ロンドン・スクール・オブ・エコノミクスの教授だった。だが、彼の真骨頂は別にある。両親のどちらも、彼の祖父にちなんでつけられたエルキュールという名で呼んでいる息子に、戦術家という別の名前があることを知らない。その息子がひそかに語られる陰の存在として恐れられていることもだ。その評判はしだいに広がり、いまではヨーロッパから中東にまで届いている。理由は単純で、暗殺から建造物の爆破まで、どんな仕事でも契約どおりに遂行できる人物として変わらぬ信頼を得たからだ。聖戦の戦士たちは彼のことを仲間とみなしている。そしてベラと名付けた計画がテロリストにとって垂涎《すいぜん》ものの夢であるがゆえに、自分の評価がいや増していることをサミールは知っていた。だが、テロリストたちにはわかっていないことがある。西側の聖なる大聖堂を破壊することが彼、つまり戦術家には、まったく別の意味を持っていることだ。爆弾犯を雇って、世界的に有名な大聖堂を三つか四つ崩壊させたら、そのあとは、特定の大聖堂を爆破すると予告するだけで、彼の懐には多額な金銭が転がりこむようになるだろう。

そういえば、戦術家という名前をつけたのは、アル・ハーディ・イブン・ミルザ導師だった。シリアでヒズボラの資金集めを手伝っていたシーア派の銀行家を殺害するため、エルキュールが恐ろしくこみ入った計画を立案したあとのことだ。その計画によってエルキュールの懐は大いに潤った。その銀行家が銃弾の餌食になるまえに、輸送されようとしていた高額紙幣を差し押さえたのだ。導師はそのあたりのこまかい事情を知らず、エルキュールのことを世界のイスラム化に手を貸す献身的な才人、金に興味のない真の信仰者だと思いこんでいる。エルキュールを恐れ、その手足となって働く何十という筋金入りの戦士たちも同じだ。なかでも信頼の置ける優秀な戦士であるバハールは、エルキュールのことを、ベルベットでできた導師の手袋に隠された鉄のこぶしと呼んでいるという。彼らに背を向けると決めるまで、当面は導師とのつながりを保つつもりだ。

ロンドンを拠点にして七年になり、毎年、過ちから学んできた。命が犠牲になることもあったが、より腹立たしいのは、自分の懐が痛むことだった。エルキュールには導師の資金提供のもと標的を選ぶ権利が与えられ、聖戦の戦士たちに指示を出すのもエルキュールだった。テロリストたちの怒りには同意できる部分もあるものの、彼らのことは、過った道に導かれて、わずかな報酬で命令に従う悪党たちだとみなしている。無慈悲なテロリズムを隠れ蓑《みの》にして儲けのチャンスをものにできるなら、こんないいことはない。

導師の計画立案に手を貸すようになって数年になる。だが今回は不本意ながら導師に任せた。ナシム・コンクリンを使ったのは大失敗だった。エルキュールならそういう人の使い方はしない。安定性も確実性も低すぎる。真の信仰者はつねに頼りになるが、家族を人質にして人を動かそうとするのは、リスクが高い。導師はナシムなら完璧な道具になる、家族のために命を投げだすと確信していた。ナシムを使わないのであればベラ計画を認めないと宣言し、エルキュールには導師の後ろ盾が必要だった。冒すリスクはべらぼうに高かった。だが、それだけではなかった。導師をよく知るエルキュールには、導師がナシム・コンクリンにＪＦＫ空港で自害させたい裏の理由があることがわかっていた。

エルキュールはじっとしていられなくて立ちあがった。首を鳴らし、体のストレッチをしながら、スイートルームの広い窓に向かった。チャールズ川が一望できる。夜中なので水面は見えないが、そこに水があるとわかっているだけでなにかしらの満足感があった。途絶えることのない流れ、静かに船着き場に打ち寄せる波、草におおわれた川岸に触れる水。ロンドンにある自宅アパートメントの窓から見るテムズ川を思いだす。考えごとに没頭するにはもってこいの環境だった。

エルキュールは窓に背を向けた。疲れているのに眠れそうにない。過去数日間の失敗に正面から向きあうべきときが来ていた。ひと区切りずつ、決断事項のひとつずつを検討して、失敗に終わった原因を見きわめるのだ。それが自分が立てた綿密な計画を、ベラという名のすばらしいプロジェクトを救うことにつながる。ベラというのは、フランス南部で半年ほど楽しい時間を過ごしたとびきり独創的な恋人の名前だった。

直接こまかい部分まで監督するため、わざわざ合衆国まで出向いた。表向きの要件だったボストン大学での講義のほうは、上首尾に終わった。だが、ベラは動きだすなり、頭から便所に突っこんだ。

三十七歳の誕生日だというのに、すべてが暗礁に乗りあげている。

アル・ハーディ・イブン・ミルザ導師の説得に応じて、目くらましのためにナシム・コンクリンにJFK空港で手榴弾を爆発させることにしたのが、最初の明らかなまちがいだった。ナシムはセキュリティチェックの列にならんでいたFBIの捜査官に倒されるという、とんでもない失態を演じた。しかも、相手は女性捜査官だった。これは完全に避けられたミスだったが、計画全体から見れば致命的ではなかった。目くらましにはなったからだ。

ところがそのあと吐き気をもよおした侍者の少年がセントパトリック大聖堂の祈祷室で爆弾を見つけ、司祭が爆弾を五番街に投げ捨てるという不運が重なった。ひとりの死者も出ないばかりか、大聖堂の内部は石ひとつ崩れず、できたばかりのピカピカのファサードもそのままだった。なにより悪いのは、副大統領が無傷で生き残り、ヒーローとなってしまったことだ。副大統領をこの地球から抹殺するには、新たな計画を立てなおさなければならない。

失敗がふたつ。導師からは全面的に運が悪かったと慰められたが、JFK空港の失敗が防げたのは否定しがたい事実だった。敬意を示す必要から、それを導師に指摘することは控えたものの、ナシムを選んだのは導師のミスだった。それでもエルキュールの頭にその失敗が残るのは、自分がノーと言って突っぱねなかったからだ。これで導師も二度とエルキュールの判断に反対することはないだろう。

セントパトリック大聖堂に関しては、たしかにしかたがない。どんなに完璧に立案された計画でもリスクは避けがたくあり、多少なりとも失敗の可能性は残る。だが今日のフランスでは、彼らにそこまでの好運は望めないはず。

ソファに戻り、やわらかなクッションに頭を預けて、目をつぶった。あの愚かなナシムの生死すら、そう、いらだたしい糸屑の始末ができたかどうかすら、わかっていない。

ナシムを殺すために送りこんだのは、狙撃手としては最高の腕を持ち、アルジェリア時代からの友人であるジャミール・ナザリだった。ナシムの脇の下に埋めこんでおいたGPSのチップが居場所を教えてくれるし、こちらには人質としてナシムの家族がいる。それゆえジャミール自身には危険があるものの、その成功は確信していた。ジャミールが仕事用の携帯電話を使って、空港にいた女性捜査官がナシムの隠れ家にいると言ってきたときは、これさいわいとばかりに彼女も同時に消せと命じた。FBIがその使い捨ての携帯電話をマークしていないのは明らかだった。ジャミールは抜かりのない男なのだ。

エルキュールはジャミールがナシムの殺害に失敗したときのことも考えていた。万が一を考えておくのが彼の流儀だ。ジャミールに気づかれないようニューヨークのコルビーまで彼を尾行させて、起きたことを細大漏らさず報告するように指示しておいたのだ。だからジャミールが撃たれたこと、ロング・アイランドの地元の病院で手術を終え、このまま生きながらえる見込みであることを知っていた。命はあるにしろ、ジャミールを失うことは痛手だった。おそらく生あるかぎり収監され、場合によっては処刑もありうる。ふたたび自由の身になることはまずないだろう。ジャミールは雇われの殺し屋ではなく、真の信仰者なので、口を割る心配はしていない。たとえFBIから無理やり自白剤を飲まされても、彼ならしゃべらない。

確信が持てないのは、ジャミールがナシムの殺害に成功したかどうかだった。いまのところナシムは隠れ家から出てきていない。銃撃戦から数時間がたつのに、死体としても、生きて歩く姿としても目撃されておらず、GPSのチップは電源が切れているか使えなくなったかして発信を確認できない。そしてFBIからもいっさい発表がなかった。確実なことがわかるまではナシムの家族が殺されないですむかもしれないと考えて、わざと隠しているのか？ ジャミールが撃つまえにナシムが打ち明け話をしていたとしても、たいした問題にはならない。ナシムは彼のかかわるごく一部をのぞいて、全体像を把握していないからだ。導師に会ったことは話せても、証拠がないので、導師に累がおよぶことはないだろう。そしてエルキュール——戦術家——については、なにも知らない。だから心配はやめなければならない。ジャミールがナシムをしとめた可能性はきわめて高い。

スイートルームのドアをノックする音がした。フィッシュ・アンド・チップスのルームサービスだった。夜が明けるとともに、エルキュールが大好きなこの料理が特段のコメントもなしにさりげなく朝食として届けられた。ふたたびすべてを軌道に戻さなければならない。FBIには一日ほどの猶予を与える。それでもナシムに関する発表がなければ、ナシムの家族を消してこの間のことは過去に追いやろう。彼らを生かしておくのは危険すぎる。ベラ計画には手下たちの知らないことがまだまだある。

そしてフランスの件がある。結果がわかるまでに、あと少し。

マヨネーズをつけたフライドポテトを食べながら、よい誕生日になることを祈った。ふたたび頭に浮かんできたのは、ジャミールが取り押さえられたときその場にいた赤毛の女性FBI捜査官のことだった。彼女には二度してやられた。女からそんな目に遭わされたとなると、戦術家の沽券《こけん》にかかわる。自分の手足となって働いている原始的な男たちが自分に対する恐怖心や敬意を失いでもしたら、今後、なにが成し遂げられるだろう？　エルキュールは彼女を消すことに決めた。できることなら、公然と――多数の携帯電話で動画が撮られる場所で決行したい。激しい怒りを呼び、なかには彼女を殉教者扱いする者も現れるだろうが、それによってエルキュールの側の者たちは、最後に決着をつけるのは戦術家であることを確認できる。

携帯電話が鳴りだした。フランスのバハールからだった。話に耳を傾けて、通話を切った。

そして笑顔になった。

41

ステイシー家
バージニア州プラケット
土曜日の午後

サビッチは赤煉瓦造りの古い平屋建ての私道に車を入れた。その家は、広い前庭の真ん中に、居心地がよさそうに立っていた。家の前面に沿ってある花壇には、パンジーとマリーゴールドが咲き乱れ、敷地の周囲には大きく育ったオークの木が立ちならんで、強い風を受けて木の葉をそよがせていた。細長い板石敷きの小道を歩いて玄関まで行くと、刈ったばかりの芝生の甘い芳香に鼻をくすぐられる。よかった、私道に小型の白いミアータがある。タミー・キャロルの母親のミセス・ステイシーが在宅だということだ。

呼び鈴を押すと、意外にもオールコット家とよく似た旋律が流れた。急いで近づいてくる軽い足音が聞こえ、ドアが開くと、二十五年後にタミー・キャロルがなっているるであろう顔がそこにあった。ミセス・ステイシーは美人だった。それは娘も同じだが、母親のほうの顔には、年月だけが与えられる個性があった。サビッチはその顔に、そしてその目に、悲しみを認めた。娘と同じように、彼女も義理の息子の死に胸を痛めている。

「ミセス・ステイシーですか？　ＦＢＩのディロン・サビッチ捜査官です」彼は身分証明書を提示した。

「あなたのことは知ってます、サビッチ捜査官。あなたとシャーロック捜査官が帰られるとすぐに、娘から電話がありました」ミセス・ステイシーは控えめにほほ笑んだ。「シャーロック捜査官は娘に強い印象を残したようです。ＪＦＫで活躍されたからではなく、きれいな赤い髪のせいで」人生の大半はその口元にたたえられていたであろう笑みが、すぐに消えた。彼女は抑揚のない声で言った。「スパーキーのことですね」

「そうです」サビッチは言った。「お話をうかがえますか、ミセス・ステイシー？」

彼女はうしろに下がって、サビッチを家に招き入れた。「こちらです、サビッチ捜査官」

サビッチは彼女について長い廊下を歩いた。途中、右側にあった重厚なオークの家具で調えられた格式の高いリビングルームと、古めかしいキッチンと、ピンク色に塗られた簡易バスルームを通りすぎ、家の奥にある閉じたドアまで来た。

「わたしの私室です」彼女はドアを開けた。「どうぞ」

サビッチはウィッカンなら憧れずにいられないであろう部屋に入った。実際の広さはそこそこだが、軽やかで風通しのいい雰囲気があった。白に塗装された部屋に白いソファと椅子、窓には白いカーテンがかかっている。壁はすべて造りつけの白い本棚で埋められ、棚のひとつにはハーブの瓶がならんで、そのひとつずつにラベルが貼ってあった。タイトルを確認できた数十冊の本のなかには、『闇を夢見る――魔術とセックスと政治』や、『ウィッカのためのスパイラルダンス――独習用実践ガイド』などがある。ドライフラワーを飾った花瓶がいくつもあり、貝殻や真珠やボウルに盛ったクリスタルなどといっしょに部屋の随所に置いてある。長い窓枠には妙な形の小さな人形がずらりとならんでいた。

ミセス・ステイシーがサビッチの背後で言った。「わたしたちはむかし風にポペットと呼んでます。魔法をかけるときの小道具です」

「どう使うんですか？」

「簡単にお答えするのはむずかしいわ、サビッチ捜査官。でも、ポペットが望みの結果を得る助けになるし、儀式によっては、ポペットが肝心かなめの部分をになうものもあります」

サビッチは理解できないなりにうなずいた。

彼女から笑顔が戻ってくる。「ブードゥーの人形とちがって、悪いことには使いませんよ。もうすぐリーサ——夏至のお祝いですが、そのときは使います」挑戦するかのように、顎をそびやかせた。「そうしたら、わたしたちのなかにある力と、わたしたちが呼びだした神の力を合わせて、ウォルター・ギブンズがスパーキーをなぜ殺したのかを探るつもりです」彼女は首を振って、肩をすくめた。「成功するとは思えませんけど、そのときにまだあなたたちが事件を解決していなければ、試してみるしかありませんもの」

ウォルターはスパーキーを殺した記憶がないそうですね。人目のある場所で、なぜ自分がそんなことをしたのかわからないんだとか。それが事実なら——」上目づかいにサビッチを見た。「なんて恐ろしいんでしょう」

「ええ」サビッチは答えた。「本当に」ソファのかたわらにあるバスケットを指さした。四角い小さな布バッグが山積みにしてある。「それはプラケットです」彼女は膝をついて、ひとつを手に取った。「ええ、わかりますよ、この町の名前と同じようにに聞こえますけど、偶然なんです。ウォルター・ギブンズの名前をつけたプラケットも、もう準備してあるんですよ。魔術に使うつもりで」そっとブラケットをバスケットに戻して、立ちあがった。「おかけになって、サビッチ捜査官。わたしになにをお望みですか？」白いソファを指さし、サビッチの向かいにある白いひとり掛けの椅子に腰かけて、ジーンズに包まれた脚に小さな手を置いた。

「タミーはどうしていますか？」

「お察しのとおり、抜け殻のようです。結婚して四カ月で伴侶に死なれたんです。それだけでも恐ろしいことなのに、無残に殺されたなんて。でも、実家には帰らないと言って聞かないんですよ。スパーキーと暮らした場所にいたいのね」それきり、ミセス・ステイシーは黙りこんだ。

「ミセス・デリア・オールコットは、ご主人のものだったアサメイのコレクションをあなたに譲ったとか？」

「ええ、そうです」彼女は立ちあがって、ガラス製のキャビネットまで行くと、戸を開いて、彫刻の美しい木製のケースを取りだした。それをソファまで持ち帰り、蓋を開けた。なかには一ダースのアサメイがおさめられていた。双頭のドラゴンに似たものもあれば、握りの部分にそれとは別のみごとな意匠が彫りこまれたものもあった。

「ご主人が亡くなってまもないころに。というか、アーサーも殺されたんですよね？」彼女がため息をつく。「デリアがこれをくれたのは、彼が亡くなった三カ月後でした。彼もわたしに持っててもらいたいだろう、と彼女に言われて」

「ミセス・オールコットがこれをくれた時点でなくなっているアサメイがあったかどうか、知りませんか？」

彼女はばかではなかった。唾を飲みこんだ。「ウォルターがアーサー・オールコットのアサメイを使ってスパーキーを殺したってことですか？」

サビッチはうなずいた。

「もしアーサーのアサメイが使われたのなら、コレクションのなかにはありませんでした。デリアが何本か手元に残したのかもしれませんけど。彼女からそういう話は聞いたことがないし、わたしも尋ねたことがありません」

「ミセス・オールコットといっしょにウィッカを実践したことがありますか？　ふたり、あるいはほかの人も交えて、たとえばいま目前に控えているリーサのような儀式をみんなで祝ったことは？」

「いいえ。もうずいぶんそういうことはしていません。わたしはウィッカンの世界でいう、単独の実践者なんです」うなずいて、棚の本を指し示した。「デリアは家族といっしょに円を囲んでるんじゃないかと思いますけど」

「ですが、ご主人のコレクションを譲るぐらいですから、あなたのことも大事に考えているわけですよね」

「ええ。わたしはアーサー・オールコットと親しかったんです。礼儀正しくて、親切な人だと思っていました。うちの夫も彼のことが好きで、信頼していました。オールコット家のように棚ぼた式に大金を手にした人たちのなかには、お金に汚い人もいるけれど、彼にはそんなところもなくて。ええ、アーサーは地に足のついた、気前のいい人でした。わたしたち夫婦は、彼のことが大好きだったと言っていいと思います」

もう一度、ため息をついた。「わたしたちは、かわいそうなスパーキーの父親のことも、友人だと思ってました。でも、いつしかすっかりお酒にはまってしまって。アーサーのほうは、お酒を飲むのを見た記憶もありません」

「スパーキーの父親のミルト・キャロルがケータリング会社を持っていて、それをスパーキーが引き継いだんですよね？」

「ええ。〈食べて繁盛〉ね。ひどい名前だけど、ミルトもスパーキーも気に入ってて。ミルトは大酒飲みでした」

「ルイス保安官助手も大酒飲みだったんですよね？　ふたりでよく飲んでましたか？」

彼女はうなずいた。「ケーンはアルコール依存症でした。理由は知りませんけど。ミルトとは飲み仲間だったんですよ。ケーンがそれでトラブルに巻きこまれるとは、誰も思っていませんでした。仕事中は飲まなかったし、ほとんどの人は彼のことが好きだったし」彼女は部屋の片隅にある小さな薪《まき》ストーブを見た。顔を上げて、サビッチを見る。「ふたりとも死んでしまった。スパーキーまで。サビッチ捜査官、プラケットはどうなってしまったんでしょう？」

42

〈メープルリーフ・イン〉
ロング・アイランド、コルビー
土曜日の正午

全員の目がメインダイニングのカウンターの奥にかけられた大型テレビにそそがれていた。流されているのは、数時間まえ、フランスのリヨンから北に五十キロほどの地点で高速鉄道TGVの車両が爆破されたことを伝えるニュース番組だった。五両の一等車が爆破されて脱線し、その残骸が田園地帯に広く降りそそいだ。なかにはまだ火のついたまま煙をあげている瓦礫もある。カメラが被害の一部をパン撮りするなか、リポーターは、町なかあるいは市街地でこの規模の爆弾が車両の下で爆発していたらどれほどの人的、物的な被害があっただろうとしゃべっている。現時点で死者四十八名、負傷者百名以上が確認されており、その数はさらに増える見込みだった。

ピップ・アーウィンは野菜スープのボウルから顔を上げ、スプーンでテレビを指し示した。「そのうちフランス政府の誰かが言ってくるぞ。ああ、そうさ、この修羅場もテロリストの攻撃によるものだと、いずれそう言ってくる。なんなら、このミネストローネの残りを賭けてもいい。これはおれたちを攻撃してきたのと同じ連中のしわざ、つまりベラ計画の一環だ。今回は大聖堂じゃないが、フランスの有名な高速鉄道で、国家的なシンボルだ。この三十五年間、世界最速の鉄道だってことを自慢にしてきたんだからな」

キャルが言った。「列車は時速三百キロで走行してた。TGVの最高速にはほど遠いが、マイルに換算すると時速百八十マイルだからな、それだけの速度が出てれば、爆発の威力は千倍になる。その速度で走行中に、まえのほうの車両が吹き飛ばされるのをうしろの車両から見させられたと思ってみろよ」

ケリーのBLTサンドイッチと付け合わせのフライドポテトの山は、皿の上で手つかずのままになっていた。少々いやなことがあっても、フライドポテトなら喜んで食べられるのに、フランスで起きた恐怖をまのあたりにした今日は、食べる気にならない。ピップの意見に、テーブルについた全員が同意している。なんたることだろう。

「ひょっとしたら、グループから犯行声明が出るかも？　例の戦術家とか。いまだ正体不明の相手だけど」

キャルの目はテレビに釘付けだった。「二年まえに、TGVでパリからジュネーブに行ったことがある。フランス語だとトラナ・グランド・ビテス。光の速さの半分近くで移動できるんだから、すごいよな。駅を発車するや、高速道路を走ってる車を追い抜いてた。加速するあいだは座ってたほうがいい、発車するなり百キロに達するから、と言われてたね。乗ったことがあるフランス人はそのへんを心得てるから、他人の膝に倒れこむはめになるのは少数の旅行者だけだ。

おれが驚愕《きょうがく》したのは、あんまりスムーズなんで、そこまで高速で移動してるとは思えないことさ。音も静かだから、窓から外を見て、飛びすさる景色を見るまでわからない。ケリー、ちゃんと食べろよ」

彼女は半分に切られたBLTサンドイッチを手にしたものの、しげしげと眺めて、皿に戻した。「テロリストのグループは犯行声明を出したいはずよ。これなら信用が増して、支援が集まりやすくなるから。だからセントパトリックで失敗したあとは、なにも聞こえてこなくて当然なんだけど——」テレビを指さした。「今回の凶行は大成功だもの」

シャーロックはリポーターが爆発の目撃者と、二等車に乗っていて生き残った乗客にインタビューするのを聞いていた。イギリスのニュースキャスターが割って入った。

「フランス政府の広報官より、フランスのマルセル・デュブロック経済・財務大臣が爆破された列車に乗車しており、死亡したものと推定されると発表がありました。デュマ大統領はまもなく現場に到着する予定で、声明を発表するとのことです」

キャルが言う。「デュブロックは一等車に乗っていたはずで、一等車はすべて吹き飛ばされた。それも計画のうちなのか？　それともたまたまか？」

ピップが言った。「そこまでスピードが出てると、爆破のタイミングにはこまかい計算がいる。通過する列車自体が爆破を招く電気雷管が取りつけてあったんだろう。遠隔操作じゃ無理だ。一秒の何分の一かの遅れで、二等車が吹き飛ばされる。深く掘って、バラストの——」

ケリーが首を振った。「それなに？」

キャルが説明する。「バラストというのは、鉄道の線路の脇や下に厚く敷きつめた砂利のことさ。線路を支えて、動きを安定させる。おれが思うに、ＴＧＶの場合はふつうの列車の線路よりも深く、たぶん線路の下で少なくとも三十センチ、その脇だと五十センチはバラストを敷きつめてる。となると、人に見咎められたりなんらかのセンサーに引っかかったりせずにそのバラストを掘って、そこに相当量の爆発物をしこむのは、至難の業だぞ」

シャーロックは野菜スープのボウルを見おろしながら、眉をひそめた。セントパトリック大聖堂には、フォーリー副大統領を筆頭に多数の大物政治家と裕福で力のあるその友人たちがそろっていた。建物や列車そのものだけでなく、そこにいた人たちも標的だったのか？

ケリーがＢＬＴからベーコンだけをつまみだしていると、彼女の携帯電話が鳴りだした。また悪い知らせ？

ピップとキャルとホーグとシャーロックは食べるのをやめて、彼女を見た。ケリーがこぶしでテーブルを叩いたのだ。「やったわね！　ええ、なんとしてでも。空から運んでもらえるように手配して、なるべく早く行く――それまで現場の指揮はあなたに頼むわ、クリス。一触即発の状況になったら、あなたが判断するの。そこまでいかなければ、拠点を設けて狙撃手を配備したら、わたしたちの到着を待ってて」

ケリーは一同に親指を立ててみせた。「ボストン支局がお手柄よ。ナシムの家族を見つけたって」ふたたび携帯電話を見ると、つぎの電話をかけだした。

ピップが言った。「ケリーのことだ、すぐにヘリを手配するぞ」

彼女が電話を切った。「ええ、いますぐよ。さあ、ＳＵＶに乗りこんで」

十五分後、五人はＦＢＩのベルヘリコプターのシートに体を固定し、〈ジェイムソン・モール〉の駐車場から浮きあがりつつあった。一時間ほどで到着するとパイロットは言い、プレザント湖のなるべく近くに降ろしてもらうことになった。

ケリーは飛行中、ほぼずっとボストン支局のクリス・タイソン特別捜査官と無線連絡を取りあっていた。ヘッドセットを通じて聞く彼女の声は、甲高かった。「アブドゥル・ラハルの家にはコンクリン一家がいたらしい形跡がなかったんだけど、ボストン支局の捜査官たちが通話記録やクレジットカードの履歴、銀行の記録を追ったら、ラハル家が毎年夏になると、プロバーからコネチカット側に三十分ほどの位置にあるプレザント湖近くの貸別荘で二週間過ごすのがわかったの。それで貸別荘の持ち主にあたったら、いまはジェームズ・ロッカービーとその家族が借りていると教えられ、その名前を調べてみたら、書類にあった住所は嘘だった。そこでドローンを飛ばして貸別荘を探ったところ、武装した男三人が貸別荘の周囲を巡回していて、銃器対策班を投入して詳しく調べさせたら、照準の向こうにミセス・コンクリンと少なくとも子どものひとりの姿を確認できたってわけ。

攻撃拠点はもうできたそうよ。でも、テロリストに気づかれないよう狙撃手を配置するには時間がかかると思う。敵に気づかれるか、母子に危険が迫らないかぎり、わたしたちの到着を待ってくれることになってるわ」

シャーロックの心に希望がきざした。ヘッドセットについたマイクに話しかけた。

「ナシムのおかげで、チャンスを手に入れたわね。彼との約束を守れるといいんだけど」

43

プレザント湖
コネチカット州
土曜日の午後

人目につかないよう低空を飛行してきたヘリコプターは、シャーロックら五人を湖ならびに貸別荘から一キロほど離れた地点に降ろした。ボストン支局のクリス・タイソン捜査官が松の森のかたわらで待っていた。戦闘服と防弾チョッキを身につけ、肩からH&Kのライフルを下げている。「きみたちの防弾チョッキを指令拠点に用意してある。二分まえの時点で、対象は三人。ひとりは貸別荘を出入りしているが、残るふたりは外に陣取って、巡回してる。コンクリンの家族が食事をする姿は確認できているから、まずはひと安心だ。オークに囲まれた貸別荘全体を見渡せる位置に狙撃手を三人配置し、うちふたりには外の対象を監視させてある。救出チームの残りのメンバーは後方に下がって待機中だ。三人めの対象が外に出てきたら、いつでも作戦を開始できる」タイソンはピップ・アーウィンに笑顔を向けた。「久しぶりだな、ピップ。みんなやる気満々のいい面構えだ」シャーロックに手を差しだす。「会えて嬉しいよ、シャーロック捜査官。よし、じゃあケリをつけにいくとするか」

一同はタイソンを先頭に深い松の森を駆けた。やがてまばらになった木々の枝の隙間から湖がちらちら見えるようになってきた。全員、汗をかきだすのに、長い時間はかからなかった。最前まで雨が降っていたせいで、晩春にしては暑いこの日、空気が湿り気をはらんでいる。タイソンは立ち止まって片手を上げると、イヤフォンに耳を澄まし、木立の先に目を凝らしながら、無言のまま進み、数分後、駆け足で戻ってきた。「いま現在、対象の三人は外に出ているが、貸別荘やコンクリン一家から目を離すことはない。アラビア語やなまりのきつい英語でさかんに口論してるよ。いま顔認証を試みてる。よし、身を低くして移動するぞ。指令拠点はこの先だ」

一同はふたたびタイソンに続いて木立のなかを黙々と進み、数分後、かなり接近したところで、タイソンが銃器対策班のリーダーに連絡を入れるのを聞いた。貸別荘から死角の位置に設営された指令拠点は、たくさんの通信機器と武器があるだけの場所で、武装した六人の捜査官が待機していた。全員が沈黙を守っている。シャーロックら五人にはH＆Kのライフル、防弾チョッキ、双眼鏡がそれぞれ渡され、みな銃や弾倉を確認してチョッキを装着すると、その上にFBIの濃紺のジャケットをはおった。そして、狙撃班に導かれてすぐ近くの見通しのいい場所へ移動した。シャーロックは猛烈な蒸し暑さを忘れて、遠方に見える貸別荘に意識を集中させた。何十年も風雨にさらされたせいで木部はほぼ真っ黒になっている古い建物だが、手入れは行き届いている。十メートルほど先には湖があり、岸から五、六メートル突きだした船着き場の脇でボートが一艘《そう》、微風を受けて揺れていた。貸別荘は横に細長い造りで、リビングルームの幅いっぱいに大きな窓があり、とくに隠していないため、外から室内が丸見えになっていた。双眼鏡をのぞくと、色褪せた古い肘掛け椅子にマリ・クレールが座っているのが見えた。そのかたわらにいるのは、三人の子ども。女の子ふたりは五歳と七歳ぐらいだろうか、本を読んでいる。もうひとりはさらに幼い男の子で、手に頬を押しあてて、母親の足元に置かれた毛布の上で眠っている。すぐ横のテーブルには、昼食の食べ残しが置きっぱなしになっていた。マリ・クレールは見たところ三十代半ばで、艶やかな黒髪を、頭のうしろで三つ編みにしている。ジーンズと白いブラウスという恰好ながら、どちらもずいぶんとくたびれているようだ。シャーロックにも顔まではっきりと見えなかったが、彼女が限界に近づいていることはわかる。ここ四日間の恐怖に満ちた日々、子どもたちと四人、これからどうなるのかという不安で、憔悴しきっているはずだ。

シャーロックは双眼鏡を水平移動させ、武装した三人の男に目を凝らした。そのうちのふたりはとても若く、短い顎ヒゲを生やしている——いや、無精ヒゲだろう。アメリカ行きの飛行機に乗るまえに、ヒゲをそり落としてきたのだろうか？ 残りのひとりは年配で、おそらく四十代。ヒゲをそりあげ、サングラスをかけている。三人とも黒っぽいTシャツに色落ちしたジーンズ、ブーツというラフな恰好で、AK47をハーネスで胸に下げ、ベルトに拳銃を装着している。若いふたりが足首にケイバーナイフを潜ませているほうに買ったばかりのナイキのシューズを賭けてもいい、とシャーロックは思った。いずれも屈強で実戦に強そうだが、この期におよんでまだ言い争っている。なにを揉めているのだろう？

タイソンからイヤフォンを渡されて、それをつけると、男たちの会話が聞こえてきた。イギリス英語も聞こえるが、アラビア語が交じるため、話の内容は理解できない。そのうち、リーダーとおぼしき中年の男が携帯電話を取りだして、電話をかけた。男は話に耳を傾けると、電話を切って、ほかのふたりに向かって首を横に振った。

シャーロックが振り向くと、ケリーがボストン支局の捜査官三人と相談していた。そのひとりがキャルに質問し、答えを聞いてうなずく。ケリーがシャーロックと目を合わせてうなずいた。決着をつけるときだと判断したのだ。

だが、捜査官のひとりが悪態をつき、振り向いて小声で言った。「リーダーの男が貸別荘のなかに戻った」続いて無線機で指示を出す。「待て、待機だ」シャーロックは双眼鏡を貸別荘に向けた。リーダーがマリ・クレールに近づき、手ぶりを交えて話している。

そのとき足元の男の子が体を起こし、男の脚にもたれた。男がかがんで男の子を突き飛ばす。男の子が泣きだすと、マリ・クレールが男に抗議し、息子を抱き寄せた。男はこぶしを振りあげたものの、すぐにおろし、一家に背を向けて貸別荘から出た。よかった。これでまた三人とも外に出た――いや、リビングルームの窓の真ん前で言い争っている。

頼むから、そこを離れて。シャーロックは心のなかで、くり返し念じた。

そのとき若い男のひとりがたばこに火をつけ、マッチを地面に投げ捨てた。マッチの火は消えず、紙屑に燃え移って、勢いよく炎が上がった。

リーダーの男がなにやら叫び、火を消し止めるように身ぶりで伝えた。若い男のひとりがあわてて窓のまえから離れるや、ケリーが小声で指示した。「あの男を撃って。さあ！」直後に若い男が倒れ、その胸に血の赤が広がった。

残るふたりは木立に向けてやみくもに発砲し、身をかわしながら貸別荘を離れ、森のほうへと走りだした。さらに二発、狙撃手の銃声がとどろき、対象であるふたりの心臓を撃ち抜いた。男たちがその場にくずおれると、間髪容《い》れず、さらに二発の銃弾が彼らを襲った。

終わった。いともあっけなく。シャーロックは胸に手をあて、激しい鼓動を落ち着かせた。こちら側にはひとりの負傷者もおらず、コンクリン親子も全員無事だった。ケリーが救出チームとともに空き地へ駆けつけ、息絶えた男たちを確認している。シャーロックが合流すると、ケリーは貸別荘を顎で示した。ふたりは銃を捨てて室内へ入った。

シャーロックは、このときのマリ・クレールほど青白い顔をした人を見たことがなかった。三人の子どもたちをきつく抱き寄せ、両腕をまわして頭をかばっている。両方の足首を椅子にくくりつけられていたために、子どもたちをテーブルの下に避難させられなかったのだ。

彼女の目がシャーロックをとらえた。「ミセス・コンクリン、わたしたちはＦＢＩです。終わりました」シャーロックは修羅場をくぐり抜けた女性に笑いかけた。「すべて終わったんですよ。ここにいた男たちは全員死にました。あなたもお子さんたちも、もう安全です」

マリ・クレールはふたりの女性捜査官を見つめ、なまりの強い英語で尋ねた。

「じゃあ、あの銃声は──あの恐ろしい男たちは、本当に死んだの？」

「ええ」ケリーが言った。「わたしはＦＢＩのケリー・ジュスティ捜査官、彼女はシャーロック捜査官です」

シャーロックはマリ・クレールのそばに膝をついて、彼女の足首に巻かれたロープをナイフで切ると、体を起こして言った。「なるべく早く、安全な場所へお連れします。もうだいじょうぶですよ」子どもたちにも聞かせるつもりで言ったが、なにがだいじょうぶなものか。彼らの父親はもはやこの世にいない。マリ・クレールはすでにその事実に気づいているのではないかと、シャーロックは思った。

マリ・クレールは子どもたちの心を乱さないよう、黙ってうなずいた。母親によく似た面差しの長女が鼻をぬぐって、ふたりの女性捜査官を見つめた。「どうやってあたしたちを見つけたの？」自然な英語だった。父親、ナシムのおかげだろう。

ケリーは彼女の肩を撫でた。「この貸別荘を必死に捜したのよ。なにがなんでもあなたたちを見つけたかったから」

下の娘はナシムにそっくりの瞳をしている。シャーロックはそれに気づいて、喉を詰まらせた。マリ・クレールが言った。「子どもたちはすごく怯えてたのに、わたしはなにもしてやれなくて」幼い娘の手を握る。「わたしたちみんな垢《あか》まみれ。お風呂があるのに使わせてもらえなかったの」

彼女はシャーロックを見あげた。「ナシムは、わたしの夫はどこ？　話したのは一度きり、四日まえの火曜の夜だった。それからは全然。あの人はいまどこに？」

自分を見つめる子どもたちの目をまえにして、シャーロックはその答えを口に出すことができなかった。「よかったら、ご主人のことはあとにしませんか、マリ・クレール？　まずはみなさんの無事を確認させてください」

もちろんマリ・クレールにはわかっている。シャーロックはゆっくりとうなずき、子どもたちひとりひとりに笑いかけた。「わたしはシャーロック、この人はケリーよ。みんなの名前も教えてくれる？」

「あたしはガブリエル」

「あたし、レクシー」

男の子は唇を舐め、母親をちらりと見てから小声で言った。「ぼくトーマス。トイレ行きたい」男の子は母親の脚に体を押しつけた。

「そうね」マリ・クレールが言った。「みんなでトイレに行きましょう。そしたらこの家を出るのよ」手を叩いて子どもたちを追い立て、ドアまで行くと、振り返って静かに言った。「来てくれてありがとう」彼女の顔がこわばる。「ナシムも感謝したはずです」

ケリーはこみあげる涙をこらえた。「わたしには言えない、シャーロック。無理よ」

シャーロックは深いため息をついた。「ナシムの勇敢さを伝えるのよ。彼はわが身を犠牲にして家族を救い、わたしたちをここへ導いた。そのことを伝えなければ」

44

フェデラルプラザ
ニューヨーク市
土曜日の夕方

ピップ・アーウィンの運転するSUVがフェデラルプラザ二十六番地の地下駐車場に乗り入れると同時に、キャルが言った。「記者会見が終わったら、おれたちの役目は終わりです、シャーロック。自宅に帰る準備はできてますか?」シャーロックの脳裏には、自分の腕のなかで息を引き取ったナシムの顔があった。何度も味わった熱い涙がこみあげてくる。こんな理不尽なことは決して受け入れられない。「ええ、もちろんよ」

ケリーはピップが駐車スペースに停車してエンジンを切るのを待って、口を開いた。「会見がはじまるのは――」腕時計に視線を落とす。「三十分後、コミー長官も同席するそうよ。すごいわね、全米の視線がFBIに集まるなんて。これでやっとナシムの真の姿や、どんなふうにテロリストに殺され、わたしたちがどうやって彼の家族を救出したかをわかってもらえる。それと、言いにくいんだけど、会見が終わってもあなたたちは帰れないのよ。予定の変更を上から指示されてるから」シャーロックの手を軽く叩き、言葉を継いだ。「今回の件ではあなたが前面に出て、FBIの顔になるのよ。テロ攻撃を撃退した特別捜査官、全米のヒロインってこと。ジョゼフ・ライリー神父やロメオ・ロドリゲスについても質問されるかもしれないから、なにを話すか、少し考えておいてね」首を振って口を開こうとしたシャーロックを、ケリーは手を上げて制した。

「コミー長官はあなたをニューヨークから帰さないわ。あなたのことを、あなたがFBIの捜査官であることをとても誇りに思ってるから、会見後のあなたに危険がないようにしておきたいの。あなたはすでにテロ組織のボスの指示で、ジャミールの標的にされてる。すべてが片付くまで、あるいはあなたがテロリストの標的ではないと確信できるまでは、わたしのそばにいてもらうわ」ケリーはキャルに目を移して、笑みをこぼした。「腕利きのあなたにも、彼女のボディガードとして残ってもらう。あなたにはずいぶん助けられたわ。引き受けてくれるわね？」

きっかり三十分後、レーシー・シャーロック特別捜査官は屋外に設けられた会見場の演壇で、コミー長官の隣に立っていた。マスコミが大挙して押しかけている。

長官はマイク越しに大勢の記者たちの顔を見渡すと、いつもながらの冷静かつ事務的な口調で、ＪＦＫ空港とセントパトリック大聖堂での事件を受けてＦＢＩがどう対処したか、順を追って説明した。つぎに、ＦＢＩが勾留していたナシム・コンクリンが死亡したこと、だがそれは、ナシムが自分の命を犠牲にして家族を守ろうとしたからであり、彼を殺害したジャミール・ナザリについてはＦＢＩが発砲して確保したことを伝えた。続いて、ナシムの死の発表が遅れた理由――シャーロック捜査官がナシムから聞きだしていた重要な手がかりをＦＢＩが追っていたため――を説明し、そしてコネチカットでナシムの家族を監禁していた三人のテロリストを射殺して一家を無事に救出した話で締めくくった。

そしてＦＢＩのニューヨーク支局とボストン支局、ニューヨーク共同テロ対策チームの尽力に感謝を述べ、今回のテロ集団の残りのメンバーを引きつづき追跡するが、現時点で彼らの身元は特定できていないと述べた。〝戦術家〟に関しては当面公表を控えることになっているので、具体的に触れることはなかった。続いて長官は、メディアからの矢継ぎ早の質問にできるかぎり明解に答えつつ、捜査の詳細はいっさい漏らさなかった。最後に、自嘲気味にほほ笑んだ。「みなさんがわたしの話を聞くためにここに集まられたとは思っていない」そしてシャーロックに笑いかけ、彼女の手を取って聴衆に語りかけた。「レーシー・シャーロック特別捜査官を紹介する。水曜日の午後、彼女の迅速な対応によってJFK空港で多数の命が救われたこと、また本日、コネチカットにおいてコンクリン一家の救出に尽力してくれたこと、以上ふたつの功績により、FBIは彼女に心より感謝の意を表する」カメラのフラッシュがいっせいに焚かれると、長官はシャーロックの手を持ちあげてにっこりした。それからかがみこんで、彼女の耳元でささやいた。「きみはFBIの顔だ。こうした場に慣れて、全世界に向かって笑みを浮かべろ」

シャーロックはマイクに歩み寄った。とたんにざわついていた満員の会場が静まり返って、シャーロックの動揺を誘った。さらに、いい場所を確保すべく近くに停まっているバンのなかに、夜のニュース番組でおなじみの顔をいくつか見つけたせいで、一瞬、言葉が出なくなった。この場の全員が彼女を見つめ、自制しつつも、そのじつ質問をぶつけたくてうずうずしており、できることなら、番組のハイライトで使えるパンチのある発言を得たいと願っている。

いまディロンが横にいてくれたら心強いのに。だが、いない以上、ひとりでやり遂げるしかない。シャーロックはマイクを引き寄せ、明瞭な声で言った。「最初に申しあげたいのは、ナシム・コンクリンはテロリストではないということです。ナシムは家族を人質に取られ、テロリストに空港の爆破を強要されました。もし彼が臆することなく、平然と爆破を実行していたら、彼を制圧できたかどうか疑問です。またコンクリン一家を救出できたのも、彼のおかげです」こみあげる涙をまばたきでこらえた。いつしか演壇に置いた両手を握りしめている。「ナシムをかくも苦しめたテロリスト集団、彼の家族を躊躇《ちゆうちよ》なく殺害したであろう彼らの企ては、救出にあたった捜査官たちの尽力によって失敗に終わりました」シャーロックはケリー・ジュスティとクリス・タイソンの名前を挙げ、彼らに会釈した。

そして、ふたたび語気を強めた。「わたしは事件の背後にいる人物がこの会見を観ていることを、切に願っています。わたしたちがかならず彼らを見つけだし、法の裁きを受けさせることを知らしめるためです」

シャーロックは話し終えると、一歩下がった。コミー長官は腕時計を見てから、大勢の聴衆を見渡した。「このあと何分か、質問を受けつける」

《ニューヨーク・タイムズ》のマーティン・シバーズがすぐさま手持ちのマイクを取りだし、太くて低い声で飛び交う声を圧した。「今回のテロリストについてもう少し情報をもらえませんか？　セントパトリックの爆破を企てたのはどういう集団なんです?」

長官が答えた。「おわかりと思うが、推測で答えるわけにはいかないし、捜査に差し障りのある可能性のある情報は公表できない。だが、現在つかんでいる手がかりは相当数にのぼり、また多方面から捜査を進めている。今後も可能なかぎり進捗状況を伝えるつもりだ」意味のないことを言っているにすぎないと、長官自身も承知していた。だがいまは中身のない適当なことをまくし立ててかわすしかない。

つぎに、NBCテレビのロイス・ネドリックが少女のような甲高い声で質問した。「シャーロック捜査官、今後の予定を教えてください」

長官が脇によけ、シャーロックがマイクのまえに進みでた。「ニューヨークにとどまって捜査を続行しろと指示されています。今回のテロ事件の首謀者を逮捕したら、夫と息子の待つ家へ帰る予定です。R&R、レスト・アンド・リラクゼーションのために」いくつか笑い声があがった。

あちこちから質問が飛んだのち、FOXテレビのマーク・アレンが人一倍大きな声で場を制した。「コミー長官にうかがいます。本日フランスで起きたTGV爆破事件は、セントパトリックの爆破未遂事件につながりがあると思われますか?」

ほら来た。さすが大手メディアはいいところを突いてくる。

長官は会場を埋めつくす記者たちの顔を見渡した。さらりとかわそうと思いつつ、自分の見解を披露した。「現在フランス当局と連絡を取りあっており、引きつづき連携を深める予定だ。これまでのところ直接的な証拠はないが、わたしの考えではイエス、つまりふたつの事件にはまちがいなく関係があるものと考えている」

長官がひと息つくまもなく、マーク・アレンが質問を続けた。「ＴＧＶ爆破事件ではフランスの新任大臣が亡くなりました。また未遂で終わったものの、事件当時のセントパトリックでは、フォーリー副大統領をはじめとする多くの政府高官が葬儀に参列していました。ということは、今回のテロ事件には、国の至宝である建物を破壊するだけでなく、国家の要人や特定の人物を狙う意図があったとお考えですか？」

この質問も長官には想定範囲内だった。どこにも抜け作はいない。

「くり返しになるが、ＦＢＩは両事件を結びつける情報をいまだ入手しておらず、事件の首謀グループによる犯行声明や動機の公表も現時点ではない。どちらの事件にも、テロ活動の明確な特徴が見て取れる。だが、指摘どおり、よく知られた公共の場での要人の暗殺未遂は、過去のテロ攻撃には見られない手口であり、非常に深刻な問題だと考えている」

続いて、ＮＰＲラジオのハロルド・カーバーが質問を口にしかけたが、がっしりした女性に背後から押され、倒れまいと両腕を振りまわしている隙に、その女性に質問のチャンスを奪われた。「シャーロック捜査官、あなたのお考えは？　個人的な見解を聞かせてください」

シャーロックは長官に視線を送り、彼がうなずいたのを見て、口を開いた。「罪のない人々を殺してテロリストがなにを思うのか、わたしには想像もつきません。楽しいのでしょうか？　たくさんの命を奪ったと、飛びあがって喜ぶのでしょうか？　アッラーから与えられた使命を果たしたと、信じこんでいるのでしょうか？　絶滅を願うほど、異教徒への憎悪は深いのでしょうか？」

言葉を切り、頭を振った。「いかなる動機であれ、地上の神を務めるほど彼らが賢いとは思えません。経験上言えることがあるとしたら、テロリストの多くは凶暴なサイコパスであり、独善的なエゴイストです。今回の事件の背後にいるのは、そうした人物だと思います」聞いてる？　あなたに言ってるのよ。シャーロックは胸の内で、犯人に呼びかけた。

コミー長官が会見を締めくくった。「今日は集まってもらって感謝する。新しい情報が入りしだい、逐次提供する。さらに不明な点があるようなら、わたしのオフィスに問いあわせてくれ」長官はつぎつぎとぶつけられる質問を無視して演壇をおりると、数人と握手を交わして、会場をあとにした。その後、側近や捜査官たちに囲まれてフェデラルプラザへ向かいながら、振り返ってシャーロックに声をかけた。「シャーロック捜査官、あれでは戦術家に自分を狙えと言ってるようなもんだぞ」

シャーロックは足取りを乱すことなく答えた。ええ、そのつもりよ。「誰かが言わなければならないことですから」

45

リトルイタリー
ニューヨーク市マルベリー・ストリート
土曜日の夜

キャルはスパゲッティ・ボロネーゼの最初のひと口を食べ、味蕾《みらい》がハレルヤを歌いだしたとき、はじめて自分の空腹に気づいた。ケリーが笑った。「なによ、スパゲッティを食べたくらいで、天にも昇る心地になっちゃうわけ?」

「だってこいつは、ミリーおばさんのボロネーゼよりもうまいんだぞ」キャルはもうひと口食べながら言った。「ちなみに、おれはボロネーゼはおばさんのレシピと決めてる。ほらシャーロック、食べてくださいよ。痩せ細った奥さんをサビッチのもとへ連れ帰るわけにはいきません」

シャーロックは目のまえのチキン・パルミジャーナにほとんど手をつけていなかった。空腹なのに、神経が高ぶって食べられない。「まず落ち着かないと。大変な一日だったもの」

ケリーがカプレーゼを口に入れた。「それにはぴったりの店だと思うわ。むかしから通ってるから、店主とはクリスマスカードをもらうほど親しいの。そうよ、意外かもしれないけど、わたしはイタリア系だから」

キャルは、ケリーもシャーロックに負けず劣らず神経が高ぶっているのを感じ取って、親しさを感じさせる気軽な口調で応じた。「へええ。ジュスティってのはおれと同じ、アイリッシュ系によくある名前だと思ってたよ」

「もう！」ケリーがナプキンを放ると、キャルは空中でそれをキャッチして、彼女に返した。

「イタリアのどこの出身なの？」シャーロックが尋ねた。

「じつはナポリのジュスティ家とは無関係よ。あの一族はほら、控えめに言ってもかなりの荒くれ者だけど、うちはスイス国境に近いドロミーティの出身なの。だからうちは家族そろって、スキーが得意。もちろんご想像どおり、どっちのジュスティ家も、自分たちがローマの建国神話に登場する双子、ロムルスとレムスの子孫だと主張してるけど」

キャルがにやついたのを確認しつつ、ケリーは続けた。「曽祖父母がニューヨークに移ってきたのが四〇年代よ。ああ、あなたたちに母のピザを食べさせたい。生地が最高なんだから。小さいころから祖母にじっくり教えこまれたのよ」

キャルはもうひと口ボロネーゼを食べ、存分に味わってから応じた。「ピザと聞いたら、いやとは言えない。ワシントンDCのフォギー・ボトムにある〈オフリンズ〉のアイリッシュ・シチューとまたよく合うんだよな、これが。おれはあそこのシチューが大好きすぎて、うちの大型アイリッシュセッターにオフリンと名付けたぐらいだ。シャーロック、いいかげんに脳のスイッチを切ってパルミジャーナを食べてください。ケリーだってちゃんとカプレーゼを胃袋に突っこんでる。今日はコンクリン一家の救出に成功した大勝利の日です。祝杯ものですよ」

言われるままに、シャーロックはパルミジャーナを口に入れた。「うん、おいしいわ」それから悲しげに頭を振った。「でもディロンのにはかなわない。そうよ、ふたりともこんどうちに来て」

ケリーが口笛を吹いた。「あの屈強の色男がパルミジャーナを？　シャーロック、絶対に彼を放さないようにね」

キャルが口をはさんだ。「彼が逃げようとしたが最後、シャーロックにセメントの靴をはかされて、海の底に沈められる」

狙いどおり、女ふたりが大笑いしたので、キャルはキャンティのグラスを掲げた。「さあ、乾杯しよう。ケリー、きみのお気に入りのレストランに。そして今日のわれらの勝利に」

全員がワインを飲み干したところで、シャーロックの携帯電話からP・フランクリンの『エインシャント・ウィズダム』が流れてきた。「ディロンよ。どうぞ、ふたりでやってて」シャーロックはすかさず立ちあがった。

ふたりはシャーロックが美しいマホガニーのカウンターのまえを歩いていくのを見ていた。カウンターには鏡を背にしてたくさんのボトルがならび、メインダイニングのほの暗い金色の明かりを受けてやわらかな光を放っている。トイレに続くアーチ型の開口部を出てシャーロックが立ち止まったところで、キャルはレストラン全体に視線を走らせた。シャーロックに注目している人はいないようだ。

ケリーが言った。「わたし、大学を出て以来、長電話なんてしたことないわ」

「シャーロックにとってのサビッチ、つまり一心同体の相手がいないからさ。ふたりが別々に事件を担当するのは今回がたぶんはじめてだ。どちらもつねに相手を心配しなくちゃならないから、きついだろうな。サビッチにはシャーロックの心のなかが読めるから、あやうく撃たれそうになったことだって、どこまで秘密にできるやら。それでも彼女は隠しとおすつもりでいる。おれたちだってサビッチにどなりこまれるのはごめんだけどね」

「そうなったらサビッチはどうするかしら？」

ケリーがにやついているのを見て、キャルは嬉しくなった。よし、モートおじさんの懐中時計のゼンマイみたいに、彼女の緊張の糸がゆるんできたぞ。「おそらくおれを殴り倒す。何度か頭を殴ってから、この捜査をぶんどろうとする」

遅まきながら、ケリーはキャルが自分をリラックスさせようとがんばっていることに気づいた。しかも実際、効果が出ている。「でも、サビッチはいい人なんでしょ？」

キャルはうなずいた。「ああ、あんないい男はいない。あのふたり、今日だけで五、六回は電話で話してる。いまはきっと記者会見の話さ。〝戦術家〟をおおやけの場で挑発したことでサビッチが気を揉んで、それをシャーロックがなだめてるってとこじゃないかな」

「わたしの夫がそんなことをしたら、わたしだって気を揉まずにいられないわ」

「なんにしろ、サビッチが矛をおさめるしかない。どちらも危険な状況になるのは避けられないわけで」キャルは肩をすくめた。「折りあいをつけないことには、結婚生活が破綻する」

キャルは結婚で失敗したことがあるの？　ふとケリーは思ったけれど、いまは尋ねたくない。彼に合わせて明るい調子で続けた。「夫婦でＦＢＩの捜査官だなんて、やっぱり信じられない。サビッチがすごく有能だとは聞いてるけど」口をつぐんで、首を振る。「でもいま注目を浴びてるのはシャーロックで、サビッチじゃないのよ。それに、わたしが彼女だったら、ひとつ我慢できないことがあるんだけど」

「なに？」

ケリーが笑った。「わかりきったことよ。シャーロックはサビッチに報告を入れなきゃいけないんでしょ？　彼がボスなのよね？」

「シャーロックはサビッチをビッグドッグと呼んでる。でも結局はみんな誰かに報告するんだから、彼女がサビッチに報告してなにが悪いんだよ。だいたい、ＣＡＵを立ちあげたのはサビッチなんだからさ」

「だけどケンカしたときは？　サビッチの頭をぶん殴りたくなっても、仕事の命令にはおとなしく従わないといけないわけよね」

「指示した仕事をシャーロックがこなしているかぎり、家では喜んでその代償を払うとサビッチは言ってる」キャルがにかっと笑う。「それから天を仰ぐんだ」

実際に天を仰いでみせながら、キャルはおのずとシャーロックに目をやった。まだ電話に夢中だ。彼女がアーチ型の開口部の真下に移動していたので、はっきりと姿が見える。キャルはふたたびケリーを見た。何度か笑わせることに成功したものの、いまだ傷ついているようだ。任務を立派にやり遂げて称賛を浴び、記者会見も成功裏に終わったというのに。いっぺんにたくさんのことが起きた。最大のショックはナシムを亡くしたことだろう。狙撃犯を隠れ家に導いたのがナシム自身だったとはいえ、ケリーは何事につけ、失敗することに慣れていない。「なにがきっかけでＦＢＩで働くようになったんだい、ケリー？」

ケリーはもうひと口カプレーゼを食べた。「たいした話じゃないわ。うちは三代続く警察官一家なの。ＦＢＩの捜査官はわたしがはじめてで、祖父はいまだそのことにかりかりしてるけど、もう引退してるわ。父はいまもアルバカーキ市警察の殺人課の刑事よ。父からはわたしがどこかの地元警察をどやしつけてる話は耳に入れるなと言われてる」

「きみのお母さんもかい？　ピザ作りの名人だっていう？」

「母はわが家の出世頭よ。サンタフェのターンブル州知事の事務局長なの。いずれ州知事になるのはまちがいないと思ってるんだけど」

「お母さんはきみがＦＢＩに勤務していることをどう思ってるの？」

「娘が四十までにジュスティ長官になったら喜ぶでしょうね。兄のジェームズよりわたしにプレッシャーをかけるのよ。わたしが女だからだと思うけど、そのうち、わたしが協力的じゃないってわかるでしょ」

「お兄さんもＦＢＩの捜査官なのか？」

「いいえ、ジェームズは司祭なの。いつか偉い枢機卿になれと母からはっぱをかけられるたびに、笑い飛ばしてるわ。でも、兄はイタリア語がぺらぺらだから、母はあきらめきれないみたい。で、キャル、あなたはどうなの？　なぜＦＢＩに？」

「きみとちがって、警察官の血筋ってわけじゃない。九・一一が起きたときは高校生で、マサチューセッツ工科大学《MIT》に入学が決まってた。あの日がおれの人生を変えた。以来、うしろを振り返ったことはないよ」

「ご家族を亡くしたの？　それともお友だちを？」

「いや、そういうんじゃない。ただたんに、あの日、テロリスト集団はこれからもおれたちをこの世から抹殺しようとしつづけるってことに気づいたんだ。おれはそれを阻止する側にまわりたいと思った」

「テロ対策課にはいつから？」

「二十五になる直前だから、もう七年になる」ふたたびシャーロックに目をやると、さっきの場所から動いていなかった。ケリーに視線を戻した。「そこがおれの居場所であり、能力を生かせる場所だ。きみと同じで、今回のテロ活動——ベラ計画——には、やる気をかき立てられてる。おれを受け入れてくれて感謝してるよ、ケリー」

ケリーはテーブルを指でこつこつと叩いた。「最初会ったときは、ワシントンまで蹴り返してやろうかと思ったのよ。ところがあなたはすごく有能だった——少なくとも、これまでは」

キャルはいきなり椅子から立ちあがり、アーチ型の開口部へ急いだ。ある男が、たしかな足取りで一直線にシャーロックに近づきながら、ポケットに手を近づけたのだ。

キャルは男に追いつくと、脇腹にグロックを押しつけた。「動くな。ポケットの中身を確認させてもらう」

拳銃だと気づいたとたん、男は怯え顔でキャルに向きなおった。

「な、なんだ？」

「ポケットから手を出せ。ゆっくりだ」

「でも——」

「つべこべ言うな」

男の腿を叩くと、携帯電話の感触があった。「つ、妻に電話しようと、ここへ来たんだ」男はおどおどした顔つきで、自分のテーブルを見た。とてもきれいな若い女がワインを飲んでいる。キャルはグロックをそっとホルスターに戻した。「すまない、FBIだ。これも仕事でね。楽しい夜を過ごしてくれ。あんたが最低の野郎ってことはわかったが」

男は唇を結んだあと、なにか言いかけてやめた。妻以外の女性とのデート中に、騒ぎを起こすわけにはいかない。しかも相手は警官だ。多少は脳みそが残っているらしい。

「いや、まあ、いい。にしても、余計なお世話だ」男は言い捨てると、そそくさとテーブルに戻った。

「駆けつけてくれてありがとう、キャル。わたしはだいじょうぶだから、ケリーのところに戻って」キャルは笑顔になると、うなずいて立ち去った。シャーロックは携帯電話に向かって言った。「ディロン、心配しないで。浮気相手とデート中の男が奥さんに電話しようとしてただけよ。キャルはちゃんと目を光らせてくれてるわ」じつは男の顔を間近に見て、自分が眼中にないのを確認していたが、それを見ていないキャルは、すかさず行動してくれた。テーブルのあいだを縫って戻っていくキャルは、万が一に備えて、何度もこちらを振り返った。

シャーロックは携帯電話を持ち換え、反対の耳にあてた。「すべて順調よ。ほんと、人騒がせなんだから。ええ、嘘じゃないわ。で、さっきの話だけど、あなたがMI5の友人ジョン・アイザリーに相談したと、ケリーに伝えたらいいのね？」

「そうだ。これからも最新情報がおれに届くことになってる」答えるサビッチの心臓は、まだ早鐘を打ったままだった。

ひょっとすると、ケリーにはディロンの介入がおもしろくないかもしれない、とシャーロックは思った。だが、それならそれでしかたがない。早く事件を解決して、家に帰りたい。本来の生活を取り戻したかった。

サビッチが言っている。「わかってるだろうけど、ほんとはきみをクローゼットにしまって、四隅を武装した護衛に守らせたいぐらいだ」

「つねにキャルが隣にいるのよ、ディロン。片手にボロネーゼソースをすくうスプーンを持ち、もう一方の手をグロックのすぐそばに置いてね。心配いらないわ」

「とにかく油断するなよ。わかったな？」

「約束する。そういえば、今夜チャールズ・マーカーの病室を訪ねると言ってたわよね」シャーロックのほうも、夫を案ずるがゆえの不安をやっとのことで抑えこんでいた。ディロンとグリフィンは、催眠術をかけられた男にあっさり殺されていてもおかしくなかった。被疑者の男は自分の行為をいっさい覚えていないのはもちろんのこと、彼にそんな行為を強いた人物も、その理由もわからないという。

サビッチは妻と話しながら、病室のベッドに起きあがり、真っ青な顔で黙りこくっていた若い男を思いだした。ひどく苦しそうで、死ぬほど怯えていた。悪いことをしたのはわかっているが、それがなにかは記憶にない。付き添っていた年配の両親も、息子と同じように怯え、母親のほうはぽんぽんと息子の腕を叩きながら、突然なにかをしでかすのを恐れているのか、不安そうに息子を見守っていた。父親のほうも、なにがあって、誰をどやしつけたらいいかわからないまま、室内を行きつ戻りつしていた。チャールズが鍵のかかったガンケースから持ちだしたのは父親のケルテックであり、森まで運転していったのは父親のシボレー・シルバラードだった。ドクター・ヒックスになら、ブレーキーのときと同じように、チャールズが記憶を取り戻す手伝いができるだろう。サビッチはあったことをチャールズとその家族に伝え、不可解な出来事についてもできるかぎり説明した。だが、シャーロックにこの件を話したときは、万事グリフィンがうまく処理したと伝え、襲撃については適当にごまかしておいた。

「チャールズと両親は針のむしろに座らされているような気分だろうが、少なくともチャールズは誰も殺しちゃいない。このまま逮捕されずにすむと言って、安心させてやった。もちろん彼らも、ブレーキーやウォルター・ギブンズになにがあったかを知っている。プラケットの住民みんなが、チャールズがおれたちを待ち伏せしたマカッティの森を知っているようにだ。そう、あの森は、おれが見た不可解な夢のなかではじめてダルコが現れた場所だ。ダルコはあの森を知っていたから、チャールズを差し向けたんだろう。

さて、おれの不思議議話はこのくらいにして。ミセス・コンクリンは事情聴取ができる状態なのか？」

シャーロックには、夫が自分に話したよりもはるかに危険な目に遭ったであろうことがわかった。すっと話題を変えたのがその証拠だ。「彼女しか知らないことはほとんどないの。ロンドンのノッティング・ヒルの自宅に三人の男が押し入ってきて、言うことを聞かないとナシムと子どもたちの命がないと脅したそうよ。それから子どもたちといっしょに知らない男ふたりとボストンに飛び、SUVに乗せられ、目隠しをされたままどこだかわからない場所へ運ばれた。ナシムと話をさせてもらえたのは一度きり。それ以外のことは、ボストンの捜査官から聞くまでなにも知らなかったの」

「アル・ハーディ・イブン・ミルザという導師に関する話はなかったのか？」

「彼女はその導師が関係していると思ってるけど、証拠はないわ。それに、〝戦術家〟という人物のことも聞いたことがないって」

「ジョンの話だと、その導師は監視対象にはなってるが、任意同行まではしていないそうだ。泳がせておいて、交友関係を特定したいらしい」

シャーロックはため息をついた。「あなたにもマリ・クレールや子どもたちの顔を見てもらいたかった。いずれ子どもが殺される、まちがいないと思ってたんだから、恐怖以外のなにものでもないわ。事件が全面解決したら、フランスに戻るんじゃないかしら。ナシムが父親から継いだ事業のおかげで、お金には困らないのよね？」

「そうだな、事業は彼女のものになる。で、それを売りはらって二度とイギリスには戻らないさ。彼女はきみのおかげで命拾いした。シャーロック、きみは彼女と子どもたちにこの先の人生をプレゼントしたんだ」

シャーロックは目を閉じた。もたらされた結果がありがたく、心からの安堵感が湧いてきた。ただナシムの死だけが後悔として残った。「ありがとう。みんなが力を合わせてがんばったおかげなんだけど。さあ、今夜はどんな手を使ってショーンを寝かしつけたのか教えて」

46

イギリス、ソーンズビー
土曜日の午後

アル・ハーディ・イブン・ミルザ導師は、白いローブ姿で腕組みし、籐《とう》椅子の背にもたれて座っていた。店内にいる十人ほどの客の視線が自分に集まっているのはわかっていたが、ここまで外見がちがえば、無理からぬことだ。信用どころか理解すらできない異邦人、砂漠の国の聖職者がなぜこんな場所にいるのか、といぶかしんでいるのだろう。なにしろここは、どうにか地図に載る程度の時代に取り残された田舎町で、しかもレースのカーテンがかかり、中年のウエイトレスが給仕する、中流階級《ミドルクラス》向けのちっぽけなティールームなのだから。

導師は、向かいの席に座る洗練された男を誇らしげに眺めた。彼のことはエルキュールと呼んでいるが、この名前を知るのは懇意にしている人間だけだった。導師はアーモンド・ビスコッティをカプチーノに浸してやわらかくしてから、おそるおそるかじった。奥歯の一本が虫歯のせいでまた痛みだし、治療しなければいけないのだが、歯医者に行くのは気が進まない。エルキュールは話をするに先立って、ふたりがいる隅のコーナーテーブルからすばやく店内を見渡した。自分たちの話を盗み聞きしている者がいないかどうか確認するためだ。それにしても、エルキュールには少しも疲れたようすがない。プライベートジェット機とはいえ、ボストンから夜行便で戻ってきて、まだ六時間とたっていないのだが、これも若さと富という、特権のなせる業なのだろう。自分と同じ年齢になったとき、この戦術家はどんな風貌になっているやら。彼がその年まで生きていればの話だが。

「急なお願いでしたのに、遠方までご足労いただいて、ありがとうございます」エルキュールが言った。「こちらに来る道中、運転手は尾行者に気をつけていたんでしょうね？」

「運転手のサルキスは抜け目のない老犬だぞ。邪悪な異教徒がいかにたくみに身を隠そうと、すぐに嗅ぎつける。心配はいらない、エルキュール。きみはまるで口うるさい老婆のようだ」

いつものこととはいえ、導師はやはり軽く考えている。よくない兆候だ。

「つね日ごろからＭＩ５のエージェントから尾行され、電話の会話は一言一句盗聴されているという前提で動くべきです。部下たちについても同様で、どこへ行き、誰と会っているかを、すべて監視されていると考えたほうがいい。導師、わたしは本気でお願いしているのですよ」

「ああ、わかったわかった。それより、ボストンからのフライトはどうだった？　予定より早く着いたのならいいが」

エルキュールは心配だった。導師は知ったような口をきいているが、これまでも用心をおこたってきたにちがいなかった。だが今後は徹底してもらわなければ。「ミスター・ピカードのおかげで、いつも予定より早く着きます。六時間とかからないのですから、疲れなどありませんよ」優雅に肩をすくめ、あいさつ代わりにイングリッシュティーのカップを掲げた。「まずは、昨日のみごとな勝利に敬意を表したいと思います。あなたの資金調達とわたしの周到な計画と、いつもながらの協同作業が功を奏しましたね。あなたが黒幕だとわかれば、モスクには川の水が流れるように寄付金が集まるでしょう」

導師の頬がゆるんだ。この称賛は受けてしかるべきものだ。しかも褒めてくれている相手は、自分が手塩にかけてきた男、父親がこれと見込んだ愛する息子をしこむようにして育ててきた男、戦術家という名前を得て、いまや畏敬の的となっている男なのだから。とはいえ、テーブルの向かい側に座る男は、敬虔《けいけん》なイスラム教徒らしい恰好をしていなかった。欧米の服を身につけ、好みも欧米風だった。一日に五回の祈りを捧げず、飲みたいときは酒もたしなみ、どちらかというと、敬虔な信者ではないことを誇示しているようなところがある。だが導師だけは知っていた。エルキュールが計画立案の達人というだけでなく、人目をあざむく達人でもあることを。周囲の人々には帰化した英国紳士のように見せ、敬意を払われ、快く受け入れられている。エルキュールは異教徒をだますことが罪ではないのを知っている。導師自身がそう教えたのだ。

導師はカプチーノのカップを持ちあげ、エルキュールのカップに軽くあてた。「その点ではおまえの言うとおりだ。じつにすばらしい勝利だった」ＴＧＶの爆破は、彼の期待をはるかにうわまわる成功をおさめた。「バハールはおまえの計画を完璧に実行した。死者の数はいまも増えつづけている。フランス国民は混乱のきわみにあり、国内に住むイスラム教徒をいままで以上に恐れている。なにしろご自慢のＴＧＶが爆破されたんだからな」

言い終えると、導師は自分を見つめていた年配の女性に顔を向け、会釈をする代わりにカップを掲げてにっこり笑いかけた。いかにも詮索好きという感じのその女性は、とまどいに顔を赤らめ、あわててそっぽを向いた。ゴシップ好きのばあさんめ。

エルキュールはこの一瞬のドラマを見逃さなかった。導師と女性と、どちらの気持ちもよくわかり、そのうえで自分は彼女の側の人間だと感じた。導師とはちがって、ポロシャツにラフな革のジャケット、アルマーニのパンツにモカシンという、気取りのない恰好をしている。エレガントだけれどさりげなく、こういう装いだと、イギリス人からも一目置かれ、無条件に信用されるのだ。それに引き換え、導師のなんと愚かなことか。白人ばかりが集うこの場所で、自分の異質さをひけらかしている。ことに、こんな小さな田舎町でそんなことをすれば、いやでも人の記憶に残るというのに。

TGVの爆破については、自分の計画が寸分たがわず実行され、結果にも大いに満足している。ミスター・バルドンからは五百万ユーロという金額がスイスの匿名口座のひとつにすみやかに振りこまれてきた。それはもちろん、向かいの席で白いローブをまとって虫歯に苦しんでいる老人には、知らせる必要のないことだった。そろそろ潮時のようだとエルキュールは思いながら、導師の誇らしげな、年寄りじみた顔――ときに共感であふれたかと思えば、つぎの瞬間には不機嫌に怒りだし、情熱的な瞳の奥にはつねに憎悪を秘めている――を見ていた。彼の傲慢さにはもはや我慢がならない。自分が導師という地位にいるから、エルキュールと自分の身が守られていると思いこみ、自分はムハンマドのお気に入りだと根っから信じこんでいる。

エルキュールは身を乗りだし、静かに言った。「ですが導師、ナシムに関してはあなたの見込みちがいでしたね。彼を使うというご自分の計画を盲信したがために、ニューヨークの爆破計画は失敗したのです。なぜそこまで、ナシムにこだわったのか？　それは、モスクと自分につぎこまれる資金を手放したくなかったからです」ついに言ってやった。その発言がふたりのあいだに居座っている。導師のこわばった顔を見ていて、真っ白なフードつきのローブ、バーヌースに隠れている豊かな白い髪もこわばっているのか、とふと思った。この老いぼれは、侮辱されて憤っているのか？　それとも、恐れているのか？　おそらく両方だろう。エルキュールはそのとき、自分の声が砕いた氷のようにひび割れていたのに気づいた。

エルキュールはチョコレートクロワッサンを口に運んだ。中身がはみださないように注意して食べ、静かに待った。導師は自分がまちがうという可能性を考慮したことがなく、そのことが彼を危険な存在にしている。みずからの明らかな失態に対して、どう対処するつもりだろう？

「ナシムのせいで失敗したのは、ＪＦＫ空港の爆破だけだ」ようやく口を開いた導師は、外で降りだした小雨について話しているかのように穏やかな声で言って、肩をすくめた。「尾を引く失敗ではない。彼が知っているのは計画のごく一部にすぎなかったのだからな」片方の手のひらを上に向けた。「彼はなにひとつ漏らさなかったから、今後もわれわれに関する証拠をつかまれることはないだろう」

笑みを浮かべた導師は、白いローブの胸のまえで腕組みした。「ナシムを使ったのがわたしのミスなら、エルキュール、セントパトリックの失敗はおまえの責任だぞ。ニューヨークの爆破計画の成果を挙げてみるがいい。五番街の建物の窓が何枚か割れ、上院議員の亡骸を乗せた霊柩車が破壊されただけではないか。残念ながら、葬儀の参列者は誰ひとり負傷せず、大聖堂そのものも無傷だった。

いいかね、エルキュール、ミスをしたことで自分やわたしを責めるのではなく、ともに成し遂げた成功を喜びあい、つぎに控える偉大なる任務の遂行を目指そうではないか」

この時代遅れの年寄りは、おれを非難するだけでは飽き足らず、説教までするか。しかも、おれをうまく驚かせてやったと悦に入っている。エルキュールはゆっくりと言った。「少年が爆弾を見つけ、神父がそれを大聖堂から離れた場所へ放り投げたことは不運だったとおっしゃったのは、あなたご自身ですよ」

――そういうことだ。ではナシムはどうか？　やはり運が悪かっただけのこと。空港のセキュリティチェックの列にＦＢＩの捜査官がいるなど、誰にわかろう。ナシムは訓練を受けた戦士ではないのだから、あの罰当たりな赤毛の女にしてやられてもいたしかたのないことだ」シャーロックの話に触れた瞬間、テーブルに置いた導師の手が握りしめられ、皮膚の下で血管がぴくぴくと脈打った。

エルキュールはそれを見て、あらためて導師に尊敬の念を抱いた。導師には、アメリカ人が言うように、一瞬《ターン・オン・ア・ダイム》にして状況を変える能力がある。たいしたもんだ。「ええ、コネチカットで部下たちが射殺されたあと、ＦＢＩが開いた会見をテレビで観ましたが、あの女はその場でわたしに語りかけ、愚弄しました。ですから、こちらへ戻る機内で計画を練り、あの女を始末する準備を整えました。あの女はまもなく報いを受け、塵芥《ちりあくた》と化すでしょう」

「聖戦のヒーローを気取るのは危険だ」カプチーノを飲みながら導師が言った。「なぜあの女を殺すことにこだわる？　それよりも急を要する課題が山のようにあるだろう？　じつを言うとな、ナシムとその妻子が姿を消してから、たびたびサビーン・コンクリンの来訪を受けている。どうもＭＩ５からわたしがあやしいと吹きこまれたらしく、息子たちの失踪にかかわっているのかと執拗《しつよう》に尋ねるのだ。しかたなく嘘をつき、彼女と同じようにナシムたちを心配している、調査もしようと約束してしまった」そしてサビーン・コンクリンについて説明した。裕福で虚栄心の強い中年女性であり、欧米風の浪費的な暮らしにどっぷり浸《つ》かっているにもかかわらず、熱狂的なイスラム教徒だという。導師は悲嘆に暮れる彼女を毎日慰め、自分への信頼を少しずつ取り戻そうとしているらしい。だがそれができるのも、ナシムの妻子がイギリスに戻ってくるまでの話だ。「あのいまいましい嫁と孫たちがサビーンに連絡してきたらどうなる？　マリ・クレールは、われわれこそが悪の権化だとサビーンに告げ、さらには、生前ナシムが計画していたとおり、事業を売却するだろう」

エルキュールはアールグレイに口をつけ、さらに何滴かレモン汁を落とした。「導師、残念ですがおっしゃるとおりだと思います。今後はほかの資金源に頼らざるをえませんね。ナシムの妻の背後にはＦＢＩがいます。さすがに彼女を表に出すほど愚かではないでしょうから、現時点でこちらにできることはほぼ皆無です。あなたはこれまでどおりサビーン・コンクリンに接し、けれど、できもしないことを望むのはやめたほうがいい。一家の財産を現在管理しているのはマリ・クレールで、サビーンではありません。

今後あなたは、ベラ計画によって多額の資金を手に入れ、それはこれまでサビーンが夫の事業から不正につぎこんでいた額をはるかにうわまわるはずです。いまあなたがすべきは、彼女からの寄付金と、その金がどう使われたかの記録をすべて消去すること。ＭＩ５のエージェントがすぐにもやってきます。しかも今回は捜索令状を携えて」

導師が応えた。「なぜＭＩ５はニューヨークでのテロ事件の捜査としてわたしを引っ張りにこない？　不思議でしかたがないのだが、いまだに現れていない」

それを聞いて、エルキュールも驚いた。てっきり導師は話を聞かれていると思っていた。それでかえって不安になった。「連中が来たら、知らないの一点張りで通すんです。そして見られたらまずい書類をまずはすべて廃棄すること。そうすれば、連中もあなたには指一本触れられません」

導師は声をあげて笑った。「あんな間抜けども、わたしはひとつも恐れていない」

導師は自分の敵をまるで理解していない、とエルキュールは思った。ここまで無知なうえに、古くさくて野蛮な方法にこだわっていたら、いつかそれが彼の命取りになるのではないか。いま一度、ティールームを見まわした。「お会いするのは今回で最後にしましょう。さすがにもう危険ですから」

導師がうなずく。「ああ、ことさらに危険を冒すことはないからな」ふさふさとした白い眉を吊りあげた。「われわれのつぎの案件は……どうなってる？　あのイギリス人女性から欲しいものは手に入ったのか？」

「はい。彼女とは明日のランチで会い、確認するつもりです」導師は決してそうは言わないが、彼女はエルキュールの恋人であり、また例の計画に利用するにもうってつけの女だった。というのも、伯爵家の令嬢でありながら、放蕩《ほうとう》の末に勘当された弟を陰ながら支えるため、エルキュールからもらったプレゼントを質店に持ちこんでいるようなのだ。そのため、エルキュールを喜ばせることは、彼女にとっても悪い話ではなかった。

「よくやった、みごとな人選だ。レディ・エリザベスは最高の隠れ蓑になるし、ロンドンの上流社会への入場許可証にもなる」

「それに、政治家にもツテができます」エルキュールが言った。「彼女の父親は頑固で高慢な男ですが、貴族院議員で、政府内に多くの情報源を持っています。できることならわたしなどひねりつぶしたいはず。外国人、ましてやアルジェリア人ですからね。ですが社会的にも自分の娘にも大いに受けがいいため、苦汁を飲んで我慢しているといったところでしょう」

「たしかにな。おまえの選択眼はすばらしい。あの大聖堂はそういうやからでぎっしりと埋まるだろう」

そう、たしかに導師の言うとおりになるだろう。だがそのなかで、エルキュールが関心を持つのはただひとりであり、だからこそ念入りに時間と場所を選んだのだ。彼はゆっくりと立ちあがり、目のまえの老人にほほ笑みかけると、テーブルに十ポンド紙幣を置いた。「導師、今夜のBBCをぜひご覧ください。セントパトリックが爆破されていた場合の経済的な損失について、専門家の立場からわたしが意見を述べることになっています。そうですね、イギリス国民の愛するセントポール大聖堂に関しても尋ねられるかもしれません」

「つまりイギリス政府は、解決策をオオカミから教えてもらうつもりなのか？」

「わたしが当事者とは思ってもいないのでしょう」エルキュールは店内の視線を一身に浴びているのを感じながら、店をあとにした。

47

ワシントンDC
日曜日の昼過ぎ

サビッチは母の家までショーンを送っていった。ショーンはこれから公園で祖母と遊び、山ほどのチョコチップクッキーを食べることになる。サビッチも残っていっしょにフットボールをしたいのは山々ながら、そうもいかなかった。ダウンタウンに戻ると、グリフィンのコンドミニアムがあるウィラード・ストリートへ向かった。このあたりはむかしからの高級住宅地で、夏になると生い茂ったオークが厚い天蓋《てんがい》を作ることで知られている。

グリフィンは建物の外で待っていた。夜通し麻薬捜査にあたっていたアナの睡眠を妨げたくなかったからだ。ポルシェに乗りこむと、サビッチに顔を向けた。「こんないい天気にどこへ行くんですか？」

「もう一度ウォルター・ギブンズに会いに留置場までな。オールコット一家について新しい情報があれば、着くまでに教えてくれ」

グリフィンはタブレットの画面を開いて話しだした。「ほぼリガートに関するものです。いわゆる乱暴者ですよ、サビッチ、それ以外に言いようがない。酒場でケンカして、何度か保安官のワトソンや保安官助手のルイスにしょっぴかれ、ウォルターに暴行したときは、留置場でひと晩過ごしてます。なにが原因だったんだか」

サビッチは答えた。「リガートが子どものひとりを叩いてたんで、ウォルターがそれを注意したらしい。そのあと酒場でリガートがウォルターに絡んで、ルイス保安官助手に逮捕されたそうだ」

「じゃあウォルターは助かったわけですね」

「どうかな。ダルコがウォルターに目をつけ、殺人者にしたてあげるには、じゅうぶんな理由だと思わないか？」

グリフィンがはじかれたようにサビッチを見た。「リガートがダルコだってことですか？」

「わからない」

「おれにはそれほどの理由には思えません。スパーキーを標的に決めて、ウォルターに殺《や》らせたんですよね？　よっぽどの理由があるはずです」

「それが問題なんだ。スパーキーはダルコもしくは彼の家族に、なにをしたんだ？」サビッチはそう言って、赤信号で停車した。ワシントンにしては驚くほど道がすいている。

グリフィンが言った。「それともうひとつ、耳に入れておきたいことがあります。リガートの長女のタニーは十歳ですが、万引きで補導歴があります。しかも盗んだのはこともあろうにコンドームでした。しばらくのあいだ、それを町じゅうの少年たちに売って大儲けしてたんです。ついにドラッグストアの店主に捕まったとき、彼女のポケットはトロージャンのコンドームでいっぱいだったとか。

ワトソン保安官から連絡を受けた両親は、コンドームの代金を払って娘を連れ帰りました。店主は警察の取り調べを受けさせたいとねばったようですが、おれが調べたかぎりでは、それきりになってます」

サビッチは思わず笑ってしまった。「十歳の子どもがコンドームを盗んだからって、ふつうは刑務所《アッティカ》送りにはならんぞ。それよりリガートが娘にどんな罰を与えたかが知りたいね」

「待ってください、まだ続きがあるんです」グリフィンは言った。「いまのは九歳のときのことで、その後タニーのずる賢さには磨きがかかり、雑貨店で腕時計をいくつか万引きして、それを新品のままライニキーの質店に持ちこんだとか。それで警察に通報されたんですが、またもやお咎めなしで、帰されたそうです」

サビッチはグリフィンをちらりと見た。「デリア・オールコットがうまく処理したんじゃないのか？　あるいは祖父のアーサー・オールコットか。タニーが捕まったのはいつだ？　半年まえに彼が亡くなる以前のことか？」

「いいえ、直後です。精神科医が言うとおり、タニーがそんなことをしたのは祖父の死のせいだったのかもしれません」

「だったら雑貨店にその話を聞きにいってみるか。それに、ワトソン保安官がなにか知ってるかもしれない」言ったそばから、サビッチは首を振った。そんなことをしてなんの役に立つのか？　ダルコ捜しから派生して、あちこちに振りまわされ、結局はどこへもたどり着けない。サビッチの体は疲労困憊し、脳も疲れきっていた。

グリフィンが言った。「タニーの祖父のアーサー・オールコットについても少し調べてみました。あやしげな人物だった形跡はまるで残ってません。亡くなったあとで追悼会が開かれ、地元紙の記事によると、ほぼ町じゅうの人が参加したようです。それだけ尊敬されてたってことですよね。タニーがどうにか訴えられずにすんだのは、立派な祖父に免じてのことだったのかもしれません」

サビッチは尋ねた。「だがなんでブレーキーが選ばれた？」

「知ってのとおり、彼は引き出しのなかで一番切れ味のいいナイフってわけじゃないですからね、サビッチ。恰好の標的、便利な道具として、ダルコに利用されたんじゃないですか？　素直だし」

「だとしたら、それが裏目に出たか」サビッチは車をDストリートに入れた。「ウォルターと話したあと、プラケットに行ってワトソン保安官に会おう」

「ルイス保安官助手の事件ファイルの件で、彼からまだ電話はないんですか？」

「あるにはあったんだが」サビッチは留置場の駐車場に乗り入れた。「オールコットの轢き逃げ事故の報告書には、有益な情報がなかったと言い張ってる」

「そんな話を信じるんですか？　なんだかんだ言っても、ワトソンはルイス保安官助手の義理の兄ですからね」

「じつはおれもどうにも信じられないんだ」

サビッチは面会室でウォルターともう一度会う許可をあらかじめ取ってあった。ふたりが入っていくと、ウォルターはひとりで待っていた。

「サビッチ捜査官、ぼくになにがあったのか、少しはわかりましたか？」

「捜査は進んでいるよ、ウォルター。こちらはハマースミス捜査官だ」

意外にもグリフィンが手を握って笑ってくれたので、ウォルターは嬉しいようだった。

サビッチは若者の顔をじっくり見た。「ウォルター、わたしたちはいま一連の事件の黒幕を必死で捜している。きみに協力してもらって、事件を解決できれば、きみを釈放できる」

ウォルターの顔に血の気が戻り、瞳には希望の光が宿った。「ありがとうございます、サビッチ捜査官。どんな協力だってしますけど、でも、知ってることはもう全部話したと思うんですよね」言葉を切り、苦悩に満ちた目でサビッチを見あげた。「じつは両親がぼくのことを変な目で見るんです。なにも思いだせないと言ったときは信じてくれたんですけど、ぼくに見られてないと思ってるときは、やっぱりそんな目でぼくを見てて。今回のこと全体にふたりとも怯えきってるんですよね。ふたりともなにを信じたらいいかわからなくて、それはぼくも同じです。だけど本当に、ぼくには責任がないんですよね？　発作だとか、そういうのじゃないんですよね？」

「ああ」サビッチは答えた。「発作ではないよ。いいかい、ウォルター、わたしといっしょに考えてみてくれないか。きみは先月、リガートに文句をつけたんだったね？　彼が息子のテディを叩いているのを見て」

「ええ、そうです。そのあと〈ガルフ〉で酔っぱらった彼が、ぼくに殴りかかってきました。それでとうとう、ルイス保安官助手が彼を店から引きずりだしたんです」

「リガートとはそれ以外にもなにかなかったかい？　そうだな、ここ半年以内で」

「いいえ、ありません」ウォルターは顔をしかめ、しばらく面会室のテーブルを指先で小刻みに叩いていたが、ついに口を開いた。「あの、じつは一度だけあります。二カ月まえにぼくの店にリガートがやってきたんです。彼のお父さんの轢き逃げ事故からまだあまりたっていないときに。リガートから、彼の父親が事故死したあとに修理した車、たとえば事故を起こした車はあったかと訊かれました。そりゃあるさ、とぼくは答えました。そういう軽い接触事故のおかげで、プラケットみたいな小さな町でもうちの店はやっていけるんだから、と。それですぐに、スパーキーが青いマスタングを持ちこんできたのを思いだしたんです。リッチモンドに住む老人から買ったと、すごく自慢してました。二十年以上もガレージに置かれたままだったとか言って。それはともかく、スパーキーは、その車で鹿を撥ねたから、フロントバンパーと右のフェンダーミラーを修理してほしい、と言ってきました」

「それで、修理してやったのか？」

ウォルターはうなずいた。「でも、まったく同じ色には塗装できなくて。ずいぶんと古い車で、もともとの塗装が相当変色してたんです。でも、できるかぎりやりました」言葉を切ったウォルターを見て、なんだかうしろめたそうだ、とグリフィンは感じた。ウォルターが話を続けた。「だけど修理しながらミスター・オールコットが轢き逃げされてまだあまりたってないなと思って、この傷はどうもあやしいと思ったんですよね。鹿がぶつかったなんていかにも言い訳っぽくて。スパーキーは大親友だけど、そのままってわけにいかないから保安官に電話したんです。だけど留守だと言われて、代わりにルイス保安官助手に話しました。そしたら彼がマスタングを見にやってきて、捜査はするけどしばらく内密にしてくれと頼まれました」

グリフィンが言った。「その後、ルイス保安官助手から捜査結果の連絡はあった？」

「ええ、翌日寄ってくれて。スパーキーのことを調べたが、ミスター・オールコットを撥ねたのはスパーキーじゃない、事故の夜には町にいなかった、とのことでした。その後、さっき言ったとおりリガートがやってきて、ここ数カ月間でどんな修理をしたか尋ねられたんです」ウォルターは両手に視線を落とした。「リガートがどんなやつか知ってるから、なにも教えるつもりはありませんでした。やつに責められるのはごめんだし、スパーキーが訴えられるのもいやだったから。それにルイス保安官助手から、スパーキーは関係ないと聞いていたし。

そしたら、驚いたことに、リガートが尋ねてきたんです。ブレーキーが乗ってるクラシックブルーのマスタングはフロントバンパーの色だけ微妙にちがう、おまえがそこだけ塗装したのかって。ちがうとは言えないから、塗装に苦労したと答えました。そしたらなんと、リガートはぼくを殴ろうともせず、それどころか、礼を言って立ち去ったんです」

グリフィンが訊いた。「このことを誰かに話したかい？」

「いいえ、父さんにも恋人にも言ってません。スパーキーにだけは言いましたけど、リガートにはなにもされてないと言ってました」

これでようやく、すべてがおさまるべき場所におさまった。

ウォルターはごくりと唾を飲みこんだ。「じつは心配してるんですよね。こんなことになっちゃって、たとえ釈放されても、恋人のデビーはもう口をきいてくれないかもしれない」

口をきいてくれないどころか、近づくことすら拒否されるのではないか、とグリフィンは思った。「そうくよくよするな。近いうちにまた連絡する」

48

ワトソン家
バージニア州プラケット
日曜日の午後

ワトソン保安官の黒い大型フォードF150は、通りから少し引っこんで立つ白いこけら板張りの小さな二階建ての私道に停められていた。むかしからの高級住宅街の突きあたりにあって、オークとカエデの木々に囲まれ、夏に向けて青々とした葉を茂らせた木々は、家どうしの目隠しになっている。低い枝にぴたりととまって動かない青いカケスが一羽、サビッチたちが玄関に近づくのを見つめていた。

「いい家ですね」グリフィンが言った。「ですが、ここまで静かだと、おれなら逃げだしたくなりそうだ」

同感だとサビッチも思った。ワトソン家の玄関の呼び鈴を鳴らすと、屋内から足音が聞こえ、保安官本人がドアを開けた。よれよれのTシャツに着古したジーンズをはき、裸足《はだし》だった。手にはダイエットコーラを持ち、睡眠不足なのか、ずいぶんやつれたようすだった。

「日曜だぞ。え、そうだろう？　それなのにいったいなんの用だ？」敵意をむきだしにし、開け放ったドアの向こうで、真っ向からふたりをにらみつけた。

サビッチは朗らかに言った。「ルイス保安官助手が作成した報告書を見せてもらいたくてね。アーサー・オールコットの死亡轢き逃げ事件の報告書だ」

保安官は身をこわばらせた。「あんたたちに言われて確認したさ。すでに報告したとおり、あれは迷宮入りの轢き逃げ事故で、手がかりになる窓ガラスの破片も、塗料の跡もなかった」

「ああ、それは聞いた。だがスパーキーの青いマスタングをウォルターが修理した件で、保安官助手が記録を残してるんじゃないかと思ってね。スパーキーが鹿を撥ねてできた傷だと言ったとか。ルイス保安官助手とその件でなにか話をしたか？」

「話もなにも、ルイスの報告書にはそんなことは書いてなかった」ワトソンは室内を振り返った。「家に入ってもらうまでもない。ひどく散らかってるしな」

グリフィンが言った。「散らかってるくらいかまいませんよ。ねえ、サビッチ？」

「ああ、ちっともかまわない。だがこちらとしては、事務所のほうで保安官助手が書いた事故の報告書を見せてもらえるとありがたい。どうだろう、ワトソン保安官？」

「いや、断る。日曜は休息日だ。内容についちゃすでに報告したとおりだし、それでも報告書が見たけりゃ、明日事務所に寄ってくれ。さあ、もう帰ってくれ」

「そうはいかない」サビッチはワトソンに詰め寄った。「FBIによる殺人事件の捜査妨害にあたる行為を慎むことを勧告する。いい結果にはならない」

保安官はサビッチを見て、彼が本気だとわかると、コーラの缶を力いっぱい投げた。缶がオークの木にあたり、枝にとまっていた青カケスがあわてて飛び立つ。ワトソンは肩で息をしていた。「妨害するつもりなどない。これ以上話すことがないだけだ。明日事務所に来れば、ルイスの報告書に役立つ情報がないのがわかる。さあ、帰ってくれないか？」

サビッチは言った。「保安官、わたしが思うに、あなたは義理の弟のルイスをうとましがっていた。だが町の人たちは彼が好きで、飲みすぎも大目に見ていた。だが、あなたは許せなかったんじゃないか？　それをいまになってなぜ彼をかばう？」

「あのばかたれが義理の弟だからだ！　わからんか？　あいつはおれのたったひとりの妹グローリーの旦那だぞ。いまさら事を荒立ててどうする？　グローリーは嘆き悲しみ、二度とおれと口をきいてくれなくなる。姪っ子たちだってひどいショックを受ける。このままそっとしといてくれ」

「もはやあなたの責任ではありませんよ、保安官。あなたは妹さんや姪御さんたちを守るために精いっぱいやった。さあ、なかでゆっくり話を聞かせてください」グリフィンはワトソンの腕に手を置き、彼を家のなかに押しやった。

ワトソンはリビングルームに入り、手ぶりでふたりにくたびれた黒革のソファを勧めた。サビッチたちが腰をおろすと、暖炉まで行って腕組みし、マントルピースにもたれた。

サビッチは言った。「これまでに大筋でわかっていることを確認させてもらう。あの夜、ミスター・オールコットを撥ねたのは、マスタングを運転していたスパーキー・キャロルだった。スパーキーはパニックになってその場を逃げだしたが、父親のミルトには本当のことを話した。そのミルト・キャロルは、いまから二カ月まえに亡くなっているが、ルイス保安官助手と親しかった。なによりしょっちゅういっしょに飲んでいて、酔っぱらった状態で運転して帰ったことも一度や二度じゃなかったろう。この先はわたしの推測だが、ミルトは今回だけと言ってルイスに見逃してくれるよう頼んだ。たぶんこの時点で自分の死期が迫っているのを知っていて、親友の同情心にも訴えたのだろう。あれは事故だった、息子は気が動転し、怖くなって現場から逃げてしまった、恐怖で縮みあがり、届けでることもできなかったと。要するにミルトは揉み消しをはかったわけだが、それがまちがいだった。スパーキーは自分のしたことをひどく後悔していた。それをミルトは葬り去ってくれるよう親友に頼んだんだ」

ワトソンはついに降参して、うなずいた。「そうだ、ケーンは事実を隠蔽した」サビッチは言った。「ウォルター・ギブンズから電話があって、スパーキーがマスタングを修理に出したと知ったときのルイスは、生きた心地がしなかっただろう。ルイスはそのことも記録として残してなかったんだろう？」

「そうだ。そのときやつがウォルターと電話で話してるのを耳にして、ようやく合点がいった」

「だがあなたはなにも言わず、見て見ぬふりをした」グリフィンが言った。

「理由は言ったとおりだ。だが、もう手遅れだったんだ。ケーンは報告書を提出していて、それを修正する方法はなかった。ばれれば重罪だ。職を失い、いや、刑務所にぶちこまれたかもしれない。ただの事故が原因でケーンの家族がべらぼうな代償を払うことになる。それはあんまりだ。たしかにこの町の住民はアーサー・オールコットを敬愛してた。だがあの家の、ほかの魔法使いどものことはうさんくさがって、かかわりあいにならないようにしてた。もしリガートが事故の真相を知ったら、スパーキーやケーンがなにをされるかわかったものじゃない」

グリフィンが身を乗りだした。「じゃあ、ご存じなかったんですね。リガートはウォルターの店を訪ねて自力で答えにたどり着き、それがスパーキー・キャロルとあなたの義理の弟のケーン・ルイスの殺害につながった。つまり、アーサー・オールコットの轢き逃げ事故と、それをルイスが隠蔽したことへの復讐だったんです」

ワトソンは無言のままマントルピースを離れ、ソファとおそろいの黒革の肘掛け椅子に腰をおろした。重みで、椅子がきしむ。「気づいたさ。ふたりが魔女のナイフで殺されたと聞いてな」大きなごつい手を組んでまわしだし、目を上げて、ふたりの捜査官を見た。「オールコット家の人間、つまりブレーキーがケーンを殺したのは誰の目にも明らかだ。なぜそんなことになったのかわからんが、逮捕されて、これから罪を償うことになる。だからあんたたちにはケーンが殺された理由を言わないつもりだった。おれの妹や姪っ子たちが真相を知ったら、あまりに哀れだ。

リガートだかオールコット家のほかの誰かだが知らんが、どうやったらウォルター・ギブンズにスパーキー・キャロルを刺殺させられたんだか、おれには見当もつかない。チャールズ・マーカーにマカッティの森であんたたちを待ち伏せさせた方法もだ」じっとしていられなくなったのか、ワトソンはいきなり立ちあがると、細長いリビングルームを行ったり来たりしだした。「催眠術だか、魔女の呪文だか、そういうやつだと思うんだが、ちがうか？」

サビッチは答えなかった。

ワトソンはいまだ行きつ戻りつしている。「おれはリガートがやらせたんだと思う。やつは筋金入りの乱暴者だ。恐ろしく短気だし、崇拝してた父親に死なれて、ひどくこたえたんだろう。しかも父親を轢いて、置き去りにして逃げた犯人が見つからなかったことで、逆上した」ワトソンが髪に手を差し入れたので、髪が突っ立った。「にしたって、あの若者たちを殺人者にしたてるほどの邪悪な催眠術など、本当にあるのか？」

「確実なことがわかったら報告する、保安官」サビッチはワトソンの瞳に深い苦悩――長きにわたる罪悪感と悲しみ――を見て取った。立ちあがって、手を差しだす。「協力に感謝する。ルイスのしたことはなるべく伏せて、妹さんに伝わらないようにするが、わかっているとおり、約束はできない」ひと息ついた。「いずれまた、いっしょに仕事ができることを願っている」

グリフィンが帰り際に振り返ると、ワトソンはそれほど意気消沈しているようには見えなかった。グリフィンの目にまちがいがなければ、その顔に浮かんでいたのは安堵の思いだ。保安官は車で走り去るふたりを、手を振って見送ってくれた。

グリフィンは言った。「保安官もこれでぐっすり眠れますね。このあとはオールコット家と対決ですか？」

サビッチはメインストリートに戻り、首を振った。「まだだ、グリフィン。そのまえに計画を立てないとな」

49

FBIの用意した隠れ家
ニューヨーク州ブルックリン
日曜日の夕方

「さて、お手並み拝見といくか。きみのマンマに負けないくらいうまいピザを作ってくれるんだよな」キャルが挑発すると、ケリーは彼の腕を軽くパンチして、おこぼれに預かりたいんなら手伝いなさいよと口を尖らせた。シャーロックはそんなふたりを見ながら首を振り、ディロンとショーンに電話をしようと、携帯電話を手にリビングルームに逃れた。

キャルがスーパーの袋から買ってきたものを取りだすあいだ、ケリーはキッチンを歩きまわって必要な調理道具をそろえた。ピザプレート代わりの大きな四角い天板、生地とソース用のボウルをふたつ。イーストを買い忘れたが、かなり古そうな箱入りのイーストがあったので、生地がうまく発酵することを祈った。キッチンセットは一九五〇年代製で、キャビネットにへこみがあって、くたびれてはいるが、ありがたいことにオーブンは問題なく作動するし、ふたりが動きまわれる広さがあった。キャルはケリーがピザの生地をこねる横で食卓の準備を整え、彼女が口ずさむ『ハリー・ポッター』のテーマ曲を聞いた。そのあとは他愛《たわい》ないおしゃべりをしながら、生地が発酵するのを待った。「なあジュスティ、結婚したことはあるのか？」

「ええ、五分ぐらいだけど。相手はバークレー校のお偉い教授だった——いえ、いまも教授ね。たぶん学部長あたりになって、アメリカは堕落していると相変わらずまくし立ててるんだと思う。わかるでしょう、そういうタイプ。セントパトリック大聖堂の事件はすべてわたしたちアメリカ国民のせいだ、当然の報いだと、学生たちに話している彼の声が聞こえてきそう。

彼との結婚生活で一番嬉しかったのは、離婚が成立した瞬間だった」彼女はピザ生地を放りあげる手を休めて鼻をこすった。顔に白い粉の筋が残る。「ワイオミングのキャスパーにカウボーイのおじさんがいるんだけど、あのときにおじさんからもらった電話は一生忘れられそうにないわ。わたしが離婚が決まったと言ったら、〝ヤッホー〟って叫んだのよ。わたしまで叫びたくなっちゃった。いま思うと、あんな男には、あんたにはシベリアの強制労働収容所《ラーグ》がお似合いよと言ってやればよかった」

彼女がレンジ台に移動してソースをかき混ぜた。香りが立ちのぼり、キャルの口に唾が湧く。「これから作るのは、母が〝肉好き人間のパラダイス〟と名付けたピザよ。ソーセージとミートボールだけだと思ったら大まちがい、アーティチョークとトマトの下に厚切りハムがこっそり隠れてるんだから。さあ、つぎはあなたの番。プロポーズしたことはあるの？　クローゼットに隠してる元妻は何人？」

「一度きりだ。ＦＢＩに入りたての青二才のころ、フィラデルフィア支局でがむしゃらに働いてたときだ。彼女に男ができた。相手はゴルフクラブのインストラクターで、彼女に手取り足取り教えてやってたらしい。いまはプロのトーナメントでそこそこやってて、子どももふたりいるそうだ。ほんと、マンディはいいやつなんで、幸せになってくれて嬉しいし、いつまでも元気でいてもらいたいと思ってる」キャルは腹の上で両手を組み、まぶたを閉じた。「その一件を機に、おれは、人生はばくちみたいなもんだと考えるようになった。生きていれば人と出会う。いい人もいれば、悪い人もいる」背筋を伸ばし、ピザソースの香りを胸いっぱいに吸いこむ。「大事なのは、自分にぴったりの人に出会った瞬間を見逃さないこと、そしてその相手を手放さないことだ」

ケリーは彼を見て、しみじみ言った。「ほんとね。さすがのわたしも、多少は大人になったってことかも。だけど問題は、わたしたちにはいい相手を探す暇がないってことじゃない?」ケリーは残念そうに手を振った。「いつもなにかの事件で駆けずりまわってるから。人から頼られてばかりで、その逆はありそうにない」

「いや、時間はいつだってあるさ、ケリー。いまだって、こうしてきみのマンマ直伝のピザを楽しくいっしょに作ってる」キャルが見守るなか、ケリーがソーセージやアーティチョークをソースの上にならべていく。

ケリーが一歩下がって、彼に尋ねた。「こんなんでどう?」

「ソーセージは多すぎってことがない」キャルはスイート・イタリアンソーセージを五、六本まな板に置いてスライスし、巨大な四角いピザの上にセンスよくならべた。

「やるじゃない」ケリーはにやにやしながら、彼が描いたソーセージのスマイルマークを見て、彼といっしょにピザ生地をオーブンに入れた。「ソースがふつふつと煮え立ってチーズが溶けたらできあがりよ。言っとくけど、誰かがあなたの分のピザに近づいたら、撃ち殺したくなるから」

ピザが焼けるのを待つあいだに、ケリーはこの家の警護にあたる捜査官たちに電話を入れた。彼らは半ブロック先に車を停めて待機しており、物音ひとつしなかった。警護班のリーダーを務めるラリー・ラファーティ捜査官が言った。「いつでも動けるように、スタンバイしてるよ」ケリーは続いてグレー・ウォートンに電話をかけ、アルジェリアで暮らすジャミールの家族を見つけたかどうか尋ねた。家族は自宅のある町を出たきり、そのまま姿をくらましたとのことだった。

見ると、キャルも携帯電話で話している。相手はワシントンにいる恋人かしら？ キャルにぴったりの、絶対に手放したくない彼女？ そうじゃないといいけど。

ピザが焼けるまでには、まだ十五分ある。ケリーが母親に電話をかけたのと、キャルが携帯電話を切ったのは、ほぼ同時だった。となると、母親との会話が彼の耳にも入る。「そうなのよ、母さん、マクレーン捜査官とピザを作ってね。彼ったらハムがきっちり隠れるようにアーティチョークをスライスしたのよ。え、どんな人かって？ そうねえ、背はそんなに低くなくて、わたしの鼻のあたりかな。それに太鼓腹も目立つほどじゃないわ。え、髪の毛？ 生え際がちょっと後退してるぐらいよ」その直後、こらえきれずに噴きだした。「すっごくすてきな人よ、母さん。とってもキュートだし。ベッドの上でクラッカーを食べたって許せちゃう――あ、それはいいの。そんなことより、ピザの生地がすごくいい感じにできあがりそう。殺人の動機になりかねないにおいなのよ、母さんにも嗅がせたいわ」ケリーは一度言葉を切り、また続けた。

「ええ、ほんとのとこ、まだ大聖堂の事件でめちゃくちゃ忙しいの。でも事件を解決したら、長官の椅子がぐっと近づくはずよ。ひょっとしたら来年あたりかな？」彼女の笑い声がキャルの耳に届いた。「愛してるわ、母さん。もう切るわね。ピザが焼けたみたいだから」

電話を切ったケリーに、キャルが文句をつけた。「おれはベッドでクラッカーなんて食べないぞ」

「ただの言葉の綾よ」ケリーが答えたところで、シャーロックが鼻をひくつかせながらキッチンに入ってきた。「三十分まえから、すごくいいにおいがしてるもんだから、ショーンの電話をガシャンと切りそうになったわ。もちろん本気じゃないわよ。でもショーンったら、おばあちゃんとのボードゲームの勝負がどうなったか、ことこまかに話そうとするんだもの。やだ、ケリー、すごいじゃない。なんておいしそうなの。これがお母さんのレシピなのね？」

「ええ、十二のときに習ったとおりよ」

探したものの、隠れ家にはワイングラスのようなしゃれた食器はなかったので、キャルはガラスのコップを三つならべて、キャンティをついだ。

シャーロックがふたりに向けてコップを掲げた。「さあ、乾杯よ。まずは今日一日の激務に。わたしの勘だと、解決は近いわ、時間の問題よ。そしてケリーのお母さん直伝のピザに！」

全員がワインに口をつけた。

引きつづきシャーロックが話した。「すでにわかっていることを確認しておくわね。まずはエルキユールという名義で登録された自家用ジェット機はなかったから、エルキユールは戦術家の本名ではないか、あるいはジェット機がほかの人の名義で登録されているかよ。これだけじゃ、なにかの役に立つとも思えないけど。

けれどテロリストに関する手がかりは、つかみつつある。たとえばナシムの家族を貸別荘で監視してた男のひとりとか、彼らをボストンに運んだ男のひとりとか、セントパトリックに爆弾をしかけた男とかね。ひとりも身元が割れないってことはないだろうから」

キャルは言った。「その目のつけどころはいいかもしれない、シャーロック。エルキユールが本名でなければ、あだ名なんだろう」

ケリーがうなずいた。「明日の朝になったら、いろいろとまとめて考えることにしましょう。あのね、わたしが子どものころ、家族全員がそのときにやっていることをいっせいにやめる時間があったのよ。そう、食事《マンジャーレ》の時間。さあ、食べるわよ」

三人のまえにある天板が空っぽになったとき、三人が三人とも、もうひと切れ食べたいと思っていた。キャルは腕時計に目をやった。「よし、片付けが終わったらテレビを観よう。というか、BBCを」

ワイングラスはなくても、大画面テレビはあった。六十インチくらいだろうか。こんなテレビに大枚をはたく許可を与えたのは誰だろう、とシャーロックは思った。

ケリーが言った。「BBCが好きなの、キャル？」

「というか、TGVの爆破関連の最新ニュースを仕入れるんならBBCだし、あの事件に関する彼らの見解も知りたい。BBCからは、CNNやFOXが伝えるのとは別の世界が見えることがある。そりゃ、ときには全部理解できないこともあるよ。なにしろやつらは、上流階級や知識人ぶって聞こえないよう、わざともごもご話すから」

キャルは腰をおろしてブーツを脱ぎ、コーヒーテーブルに両足を載せた。そして腿にグロックを置くと、シャーロックとケリーを手招きした。「座る場所ならたっぷりあるよ。さあ、シャーロック、寝るにはまだ早いから、消灯するまえに、テロリストがまた悪さをしてないか確認しておきましょう」

ケリーは安っぽい茶色のソファを眺めた。座り心地がよさそうには見えないが、キャルはこれで手を打つのだ。「だったら二、三分待って」ケリーは厚地のカーテンが隙間なく閉まっていて、ドアの錠とチェーンがすべてかかっているのを確認してから、最後に少しカーテンを開けて、警護班の捜査官たちが所定の位置についているのを確かめた。それでようやくキャルの隣に腰をおろすと、折しも番組がはじまるところだった。

カメラがズームインしたスタジオには、ふたりの男性が向かいあわせに座っていた。ひとりはケリーも見覚えのあるBBCのニュースキャスターで、ローランド・アターリーだった。白髪にふさふさの口ヒゲが印象的な彼は、魅惑的な声の持ち主だった。もうひとりは三十代のハンサムな男性で、すてきにスーツを着こなしている。アラブ人のようだが、今回のゲストには妥当な人選かもしれない。

アターリーがまっすぐカメラを見据えて、口を開いた。「本日は、ロンドン・スクール・オブ・エコノミクスのサミール・バサラ教授をお迎えしています。中東における今後の経済紛争をテーマとする教授の講演はきわめて人気が高く、同じテーマで著書も出されています。バサラ教授、今夜はお越しいただきありがとうございます」

上流階級特有の、歯切れのいいイギリス英語でバサラが応えた。「こちらこそ、お招きいただいて、ありがとうございます、ミスター・アターリー」

「バサラ教授、TGVへのテロ攻撃で、多くの人命が失われました。また今週水曜には、ニューヨークのJFK空港とセントパトリック大聖堂で爆破未遂事件が発生し、全世界に大きな衝撃を与えました。いまのところテロリスト集団から犯行声明は出ていませんが、これらの事件は互いに関係しているとお考えでしょうか？」

「はい、そうですね。またニューヨークでの爆破の失敗は、テロリストらの憎しみと決意をかえって刺激したものと考えています」バサラが顔の向きを変え、カメラを見つめた。その顔を見て、褐色の美男子だとケリーは思った。しかも激しさと知性を感じさせる風貌だ。

「残念ながら、わたしはアメリカとヨーロッパ大陸から、同様のテロ攻撃がここイギリスにも持ちこまれるのを恐れています。つぎの標的として、セントポール大聖堂やウエストミンスター寺院など、歴史的に重要なシンボルとされる建物が狙われる可能性があります。たとえば教会など、わたしたちが自分を体現すると考えるもの、かつ実際に破壊できるものであれば、なんでも標的になりえます。彼らはわれわれの神聖なるシンボルを破壊することによって、西洋文明そのものを破壊できると考えているのでしょう」

ローランド・アターリーは、まさかバサラが自分の導きもなしに、一足飛びに問題の核心に触れるとは思っていなかった。アルジェリア生まれのイスラム教徒である彼が、なぜそこまで西洋の教会を心配するのか知りたかったが、もちろん実際は尋ねなかった。バサラ教授はとても落ち着いているようだった。浅めに椅子に腰かけ、椅子の肘掛けに両手を軽く載せている。アターリーは主導権を取り戻しにかかった。「もし教授のおっしゃるとおりにテロ攻撃が続くとしたら、経済的な影響は、九・一一の同時多発テロのときより、はるかに広範囲におよぶ可能性があります。バサラ教授、あなたのいまのご発言によって、わが国に過度の不安を、いえ、パニックすら引き起こす可能性があるとは考えられませんか？」

バサラは深刻な表情でうなずいた。厳しい判決を下す裁判官のような重々しさだ。その顔を見て耽美《たんび》主義者のようだとシャーロックは思った。「そう考えざるをえませんね、ミスター・アターリー。ですが、自明の事実を無理に避けたとしても意味がありません。短期的にはセキュリティ対策を強化し、黒幕である狂信者捜しに全力を尽くす必要があります。けれどもそれは、部分的な解決にすぎません。この手の憎しみは、こちら側のふるまいや怠惰によってさらに増大するケースが多い。ですからわたしはかねてより、テロリズムと戦う秘訣《ひけつ》は経済的要因を取りのぞくことだと訴えてきました。つまり、現在、不満を抱きながら西洋社会で暮らしている少数派のイスラム教徒たちに経済的なチャンスを与えること、そしてさらに重要なのは、西洋に対して深く強い憎しみを抱く地域にあっても、わたしたちに歩み寄る姿勢のある政府に対しては、重点的かつ多額の経済的援助を行うことです」バサラは握りしめた自分のこぶしを見おろした。「そうした政策を抜きにして、テロ攻撃ときっぱり決別しようと考えることには無理がある——そう、真の恒久平和の実現は叶いません」

一瞬、まったき静寂がスタジオを支配した。ローランド・アターリーは咳払いをしつつも、どうにか真顔を保っていた。「つまり、言ってみれば、わたしたちの社会のより賢明な——」

キャルの携帯電話から『野生のエルザ』のテーマ曲が流れ、ケリーが怪訝《けげん》そうな顔を向けた。

「はい、マクレーン」

「サビッチだ。いまの状況を正確に教えろ。多少なりとも、はしょろうとは考えるな」

「いま自分たち三人は、FBIから提供されたブルックリンの隠れ家に身を潜め、みんなでBBCの番組を観てます。ゲストであるアラブ系の有名な経済学者から、テロリストに攻撃されるのがわれわれ全員の責任だとする理由を聞かされてたとこです」ひと息ついて続けた。「心配いりませんよ、サビッチ。今夜はなにがあってもシャーロックを守り抜きます。いまのところなんの問題もありません」

「おまえが頼りなんだ、キャル。彼女をよろしく頼む」

「ＭＡＸはエルキュールに関してなにか見つけましたか？」

「いまのところネット上でも深層ウェブでも、引っかかってこない。人名でも俗称でもだめだ。引きつづき捜査を続けるよ」

キャルは電話を切って、シャーロックを見た。首を横に振った。どうやら携帯電話が渡されるのを待っていたらしい。彼女に笑いかけて、「あなたになにかあったら、おれの命がないことを、あらためて伝えたかったみたいです。だから、くれぐれも用心してくださいよ。いいですね？」

ケリーが笑った。「そうね、シャーロック。あなたの夫はＦＢＩの上司でもあるけど、なんでうちの女房を帰さないんだと、ヒステリックにわめき散らす民間人にくらべたらましかも。残念だったわね、キャル、バサラのインタビューは終わっちゃった。大事なまとめの場面を見逃したわね。さあ、あと五分で消灯よ。悪いけど、キャルはこのソファで寝て。廊下のクローゼットに毛布があるわ。枕もあったと思う。バスルームは先に使って。シャーロックとわたしはそのあといっしょにすませるから」

シャーロックにとって、ほかの女性が歯を磨いている横でシャワーを使うのは、はじめての体験だったが、背に腹は替えられない。そして髪を洗いながら、これ以上ないほどありふれた祈りを捧げた。どうか家族とわたしをお守りください。

50

真夜中過ぎ。ケリーとシャーロックは暗闇のなか、せまい寝室で声を潜めていた。どちらもジーンズにスウェットシャツ姿なのは、いつなんどきなにが起きるかわからないからだ。なにかあったとき、パジャマ姿で銃撃戦に巻きこまれてはかなわない。

キャンドル・ストリートは深閑として、ときおり、通りすぎる車の音が聞こえるだけだった。部屋の空気はよどみ、しけた葉巻のにおいがする。ケリーは顔のまえで手を振った。「ブッチー・レミスが泊まったあとに、消臭剤をまいてくれればよかったのにね。彼はボスに食ってかかる粋がった若造だった。葉巻なんか吸っちゃってさ」

「これも優雅な捜査官ライフの一環よ」シャーロックは伸びをしながら言った。「ベッドに入ればわが家も同然。わたしはそうよ。この仕事について後悔したことはある?」

「わたしはむかしからいっぱしの警官になりたいと思ってきた。キャルにも言ったけど、うちは警察官の血筋でね。父も祖父も警官だったの。でも、気がついたらこうなってたっていうだけで、最初から決めてたわけじゃない。若いうちは楽しむことしか考えてなかったから、先々の人生なんか漠然としたもので、なにが待ち受けてるかわかってなかった。それがある晩、地元のふたり組の変質者がわたしを待ち受けてたの。図書館帰りの学生に手を出すのがクールだと考えるやからよ。レイプ目的だったんでしょうけど、それは頑として認めなかった。ノースウエスタン大学の警備員だったミセス・オーティスがそいつらふたりをまとめて捕まえてくれたわ。そのとき彼女に言われたのよ。いつもわたしに護衛してもらうわけにいかないのなら、自分の身を守るすべを身につけなさいって。それで翌日、わたしは武術のクラスに申しこんだ。あとでわかったんだけど、ミセス・オーティスの息子さんはふたりともＦＢＩの捜査官だった。彼女が言ってたわ。若くてチャンスがあったら、息子たちと同じ道を歩みたかったたって。

彼女とはたまにお茶をするようになって、息子さんたちにも会った。仕事の話を聞かせてもらったわ。ふたりともとても優秀だった。それで、キャルにも言ったんだけど、ある朝目が覚めて、これしかない、ＦＢＩの捜査官になろう、と決めたの。サビッチとはＦＢＩに入ってから知りあったの、シャーロック？」

シャーロックは、心の痛みをおぼろに思いだした。ようやく心静かに振り返ることができるようになった。「わたしは姉を殺した犯人を捕まえたくてFBIに入り、不思議な縁で、ディロンと組んで捜査にあたったのよ。それで自分の天職だとわかったから、あとは今日までまっしぐら。キャルはなぜ捜査官になったか話してくれた？」

お姉さんを殺した犯人を？　ケリーはその事件の全貌を知りたくなったが、シャーロックは詳しく話したくはないようだった。ケリーは言った。「九・一一が十八歳の青年に大きな影響を与えたことは確かみたいね」

「ええ、それが大きかったみたい。それにキャルは第一次湾岸戦争のあと、おじさんをアルカイダとの戦いで失ってるのよ」

彼からいくらか話は聞いていたが、おじさんの話は出なかった。当時の彼は、まだほんの子どもだったはずだ。「ねえ、シャーロック、キャルはいま誰ともつきあってないのよね？」

「最近つきあいだしてなければね。CAUでそんな話があったら、ディロンかわたしの耳に入るに決まってるから」シャーロックはほほ笑んだ。暗闇なので、ケリーには見えないが。「CAUは大きくて透明なオリンピックプールみたいなものよ。底になにかを沈めたって、ほぼ全員にお見通しってわけ」

「ニューヨーク支局も同じ。なにかをしようと思うと、はじめるまえに知れ渡ってる」ケリーはシャーロックのあくびの音を聞いた。「そろそろおしゃべりを切りあげたほうがいいかも。眠れそう？」

「ええ、テロリストたちがスズメバチみたいにうるさく飛びまわる夢を見ないことを祈るわ」

「スズメバチに刺されたらあの強烈な注射を打ってもらわなきゃならないのよね？」

時間の経過がわからなかった。深い眠りに落ちたと思ったつぎの瞬間、シャーロックは窓のカーテンの隙間から差しこむ投光器の強い照明と、耳をつんざくけたたましい銃声に叩き起こされた。窓から立てつづけに銃弾が撃ちこまれ、ガラスの破片がそこらじゅうに飛散した。壁にあたった弾丸が、塗装や板壁を吹き飛ばす。ケリーはシャーロックをつかんで、ツインベッドのあいだに引きずりこんだ。寝室のドアから飛びこんできたキャルがグロックを抜き、すばやく女たちの隣に腹這いになった。ケリーは無線機を使った。「どうしたの？　なにがあったの？」

「しゃがんでてくれ。男がふたり、家の脇をうろついてた。ちょいと驚かせようと思って、独立記念日の花火みたいに盛大に照らしてやったら、銃撃戦になった。そこから動くなよ！」

ケリーがグロックに手を伸ばしかけると、キャルがその手を押さえた。「だめだ、じっとしてろ。ここはラリーに任せるんだ」キャルは女ふたりを懐に入れて守りたがっているが、そうはいかない。世界が大混乱に陥っているときにおとなしく縮まっていられるふたりではないのだ。またもや窓ガラスが室内に飛び散り、三人に降りそそいだ。キャルが伸びあがって枕を自分たちの上に落とす。そして待った。アドレナリンが放出されているせいで、動きたくてじりじりするが、その衝動を抑えて、ベッドのあいだにうずくまっていた。

「たぶんご近所さんが911に通報してるわ」ケリーが言った。キャルの腕にふさがれているせいで、声がくぐもっている。「ここでこんなことが起きるのは、はじめてだもの。わたしが嚙《か》むまえにその腕をどけて！」

不意に男の叫び声がして、銃声がやんだ。いったん待ってから、キャルが膝をついて体を起こした。ケリーの無線機から声が流れる。「ラリーだ。ふたりとも倒した。入り口から走って逃げるところをやった。くり返す。ふたりとも倒した。ほかに異状なし」

シャーロックはベッド脇のデジタル時計を見た。三分とたっていない。

ケリーが無線機に言った。「負傷者は？」

「こちらは全員、無事だ」

「わかった、ここから出るわ」

ケリーが寝室の明かりをつけた。部屋は惨憺《さんたん》たるありさまだった。はがれた壁と割れた窓ガラスが床じゅうに雑然と散らばり、飛散した欠片や弾丸で鏡台は傷だらけになっている。「少なくとも六十発は撃ちこまれたな」キャルが言った。「さあ、外のようすを見にいこう」

振り向くと、シャーロックが寝室の入り口で立ちすくんでいた。微動だにしない。彼女が振り返って、口に指を立てた。「動かないで」ひそひそ声。「物音がするから調べてくる」

キャルの血が凍った。小声で言い返した。「だめだ、シャーロック。動くな。おれが行く」だが彼女は早くも暗い廊下に消えていた。ケリーがグロックを取りだしたのが気配でわかる。「行くぞ」キャルはケリーとともにシャーロックを追って暗い廊下を歩きだした。シャーロックの足音だけが聞こえている。

つぎの瞬間、耳をろうする爆発音が家全体を揺さぶった。「シャーロック！」キャルは走りだし、すぐあとにケリーが続いた。ふたりがキッチンに飛びこむや、小さな人影が窓から外に飛びおりた。たちまちキッチンは煙と炎に包まれ、飾り戸棚までも呑みこもうとしている。シャーロックはキッチンの窓から外に出ようとカウンターによじ登っていた。不意に熱気が増す。キャルは叫んだ。「シャーロック、おれたちは正面から出る。キッチン側にいてくれ！　気をつけて！」

シャーロックは窓から外に飛びおりると、イチイの茂みに駆けこみ、それを盾にして叫んだ。「ラリー、シャーロックよ」熱い弾丸が頬をかすり、地面に伏せると、口に土を感じた。シャーロックはふたたび叫んだ。「ラリー、もうひとり、キッチンに焼夷弾《しょういだん》を投げこんだやつがいるわ！　わたしは足留めを食らってる！」

シャーロックは腹這いでイチイの茂みをめぐり、茂みを透かして目を凝らした。人影らしきものがすばやく動き、庭の反対側にあるオークの背後に隠れた。距離にして十メートルくらいだろうか。

「武器を捨てて、手を上げなさい。撃たないから、早く！　あなたは包囲されてて、逃げられないし、仲間はふたりとも撃たれたわ！　あなたまで撃たせないで！」

その人影が腕を突きだし、シャーロックの声を頼りに発砲してきた。銃弾がシャーロックの頭上、数センチの壁にあたる。シャーロックは近づいてくる捜査官たちの足音を聞くと、肘をついて体を起こし、発砲した。悲鳴があがり、拳銃が宙を舞う。ラリーほか四名の捜査官が家の脇をまわって全速力で駆けつけ、身をかがめて裏庭へと散った。

「倒れてるぞ！」

うめき声を漏らす人影に捜査官たちが近づく。相手の胸の中央に銃口を向け、痛みにうめきながら手首を揺すっているテロリストを拘束しようと膝をついた。

テロリストはうめくのをやめ、燃えさかる家を見た。その場の全員を地獄の業火のような輝きで包み、オレンジ色の炎を噴きだしている。黒煙によって空気中の酸素が奪われるせいで、息をするのが苦しい。裏庭は真昼のような明るさだった。

「おい、男じゃなくて、少女だ！」

シャーロックが駆けつけると、少女は片手をきつく握りしめていた。黒ずくめの恰好に、顔まで黒く塗っている。泣くまいとがんばっているのは、恥辱感ゆえだろうが、それでも睫毛《まつげ》のあいだからこぼれだした涙が黒く塗った顔を伝って、創傷のような跡をつけている。シャーロックは少女のかたわらに膝をついた。もう手首には止血帯が巻かれている。「だいじょうぶだから、おとなしくしてるのよ。もうすぐ救急車が来るわ」

少女は痛みに濁った暗い瞳をシャーロックに向けた。「仕組まれたんだね」

「ええ、そうよ」シャーロックは言った。肩にキャルの手を感じ、ケリーが捜査官たちと話している声が聞こえた。

キャルが言った。「爆弾をしかけるために送りこまれたな？　きみが小柄だからか？　どうやってキッチンに潜りこんだ？」

少女はそっぽを向いて、なにも答えなかった。

キャルが続ける。「彼女はキッチンの窓を壊してない。壊してたら聞こえたはずだ。窓は小さすぎてふたりの男のどちらも入れなかったから、彼女が選ばれたんだ。彼女はキッチンの窓に穴を開けて、体をねじ入れ、爆弾をセットした。ちがうか？」

少女は彼を見あげたが、無言だった。

「彼女の仕事は、言ってみれば、キッチンとリビングのあいだで爆弾を爆発させて、そのあと全速力で駆け戻り、窓を飛びおりて外に出ることだった。おれたちが爆発や火事で死ぬか、死なないにしても、そのときは外に出るしかないから、そこを彼女の仲間ふたりでみな殺しにするつもりだった」

「うまくいかなかったわね」ケリーは腕組みして少女を見おろしていた。

遠くから、救急車のサイレンの音が聞こえる。この静かな界隈でなにが起きたのかといぶかり、近隣住民が外に出てくるのも時間の問題だ。

シャーロックはしゃがみこんで、燃えさかる炎を見た。たかが家、たいしたことじゃない。

みながそれぞれに役割を果たした。テロリストはうちひとりが死んだものの、ふたりは生き残り、そのうちのひとりは、いま足元で砕けた手首を後生大事に抱えているこのいたいけな少女だった。

51

〈ベラミー・クラブ〉
ロンドン
月曜日の昼まえ

サミール・″エルキュール″・バサラ博士は、ピカデリー・サーカスにある〈ベラミー・クラブ〉の神聖なる入り口に足を踏み入れ、二百年の歴史を誇るクラブのテーマカラーの制服を着たドアマンにうなずきかけた。濃紺に金の縁取りの制服など滑稽だし、見栄《みえ》を張るのは時間と金の無駄としか思えないが、上流階級は往々にして古くさい伝統にしがみつきたがる。それ以外、どうしたら自分たちが特別で、他人より上だと思えようか。この数十年で彼が気づいた唯一の変化といえば、女たちがここで朝食や昼食をとれるようになったこと。ただそれも、午後も二時を過ぎると、女性は入店を許されない。〈ホワイツ〉や〈ブードゥルズ〉とくらべれば成り上がりの後続店にすぎない〈ベラミー・クラブ〉だが、金ぴかのモールディングで飾られた十八世紀の建物のありえないほどの天井の高さや、ところせましと置かれたマホガニー材のアンティーク家具が彼の好みだった。

客間では紳士淑女がくつろいだようすで静かに語らっていた。建物と同じくらい老いた執事長のクロードが進みでて、控えめな笑みを浮かべた。しょせんバサラ博士はよそ者。これもまた無意味な堅苦しい儀式ながら、小さく会釈を返す。すると近衛騎兵隊なみに姿勢がよく、輪状に白髪の残る老クロードが小さく会釈を返して、エルキュールの驚きを誘った。

「サー、はばかりながら昨晩のミスター・アターリーの番組についてひとこと、申しあげさせていただきます。先生のお説は正鵠《せいこく》を射ておりました。まったくもってむずかしいご時世でございます」

「ありがとう、クロード」

「レディ・エリザベスはクローバリー・アルコーブにいらっしゃいます。どうぞこちらへ」ダイニングルームのなかを先導するクロードは、襟に赤いカーネーションを一輪差し、洗練と高慢がピカピカのブラックスーツを着て歩いているかのようだった。

細長い窓はあるにはあるが、日差しはめったに差しこまない。そもそも日差しなどほとんど期待できないのがこの国だが。白いクロスの上で銀食器が輝きを放つテーブルは優雅で、いつもどおり、小声で交わされるお育ちのよい会話が、室内を満たしている。ふたりはあるアルコーブのまえで足を止めた。プライバシーを求める客用に、慎ましい名前のついたアルコーブが十二、用意されている。どんよりとした月曜の昼まえにアルコーブで待ちあわせることをエリザベスはいぶかしんでいるかもしれない。たいていは、彼女が望むとおり、機会あるごとに彼女の友人や家族と同席した。伯爵令嬢ともなれば、アラブ人であっても彼女の同伴者として認められ、賓客名簿に名を連ねることが許されるのだ。

エルキュールはかがんで彼女の頬にキスをすると、上質なマホガニーと革でできたブースに腰をすべりこませた。「今日はいちだんと魅力的だよ、エリザベス」彼女は洗練されたディオールの黒のスーツに身を包み、メッシュを入れたブロンドをシニョンにまとめているが、不思議とその地味な髪型が端整な顔立ちに似合っていた。彼女は落ち着きはらって、超然と会議室のほうを見ていた。これぞイギリス流の抑制の典型だ。エルキュールは思わず笑い声をあげそうになった。前夜のベッドのなかでは自慢の抑制をすべて失っていたからだ。それでいて、今日の午後には、まったく異なる顔で父親とともにセントポール大聖堂の結婚式に参列することになっている。

「ありがとう」エリザベスは彼のアルマーニのスーツを一瞥して、美しい肉体を際立たせる服装に感嘆した。このスーツにいくら払ったのだろう？　そして、弟のことを思った。弟がメールを送ってきたのは、わずか三十分まえのことだ。金の無心だった。昨夜のあの営みからして、ダイヤモンドのブレスレットぐらいは期待できるだろう。そうすればひと月程度は弟を街とコカインから引き離しておける。

エルキュールは彼女に揺さぶりをかけた。「昨晩のきみもこのうえなく魅力的だった。きみは髪を振り乱して美しい白い肌を惜しげもなくさらし、腰に脚を絡ませてきて、わたしの名を呼んでいた」おれに抱かれれば誰だってそうなる、と彼は思った。食事のあと〈カルティエ〉できれいなエメラルドのブレスレット、ことによってはダイヤモンドのブレスレットを買ってやるぐらい、ちっともかまわない——なにせ、ひと晩に三回も体を交えたのだから。彼女は一度か二度それを身につけてから、こっそり質に入れて、それで得た金を弟に渡すのだろう。導師に語ったとおり、おおむね悪くない取引だった。彼女は自分の行動がすべて把握されていることを知らない。人を雇って彼女を尾行させ、会話を盗聴させて、つねに一歩先んじるようにしてきた。毎月の出費は投資を守るための経費だと考え、今日もこうしてその報酬を得ようとしている。

エリザベスは彼の赤裸々な発言に息を呑み、彼の顔にあざけりの笑みを見た。彼はときどき、こんなふうに粗野な言葉で彼女を動揺させ、辱める。彼女はそれを甘んじて受け入れつつ、人目のある場所にいるときは誰かが聞いていないかどうかあたりをうかがわずにいられなかった。だが、彼になにを言われようと、自分の氏素性である伯爵令嬢という地位は変わらない。かすかな笑みとともに「どうも」とだけ言って、バイエルンのスパークリング・ウォーターに口をつけた。

エルキュールは黒服のウエイター、ヘンリーにうなずきかけた。この偏屈そうな変わり者の老人も、クロード同様、〈ベラミー・クラブ〉にはなくてはならない人物だ。ヘンリーは彼のまえに搾ったばかりのオレンジジュースのカラフェを置き、その隣に、クラブのソムリエであるピエール・モントルーが選んだフランソワ・モンタンのスパークリング・ブリュットのボトルを置いた。ミモザを作るのに最適のスパークリング・ワインであることは、当然ながらエルキュールも知っていた。

ヘンリーは手ずからミモザを作り、一礼すると、クロワッサンとエスプレッソの注文を受けてテーブルを離れた。

エリザベスはグラスを彼のグラスに合わせた。「昨晩は大変な活躍ぶりだったわね。インタビューを仕切っていたのはあなたよ。アターリーは陸揚げされたマスがゲップしてるみたいだったわ」

レディ・エリザベスならびにその同胞が繰りだす婉《えん》曲《きょく》表現には、舌を巻くばかりだ。基本的なアングロサクソン語ではありきたりすぎて、エリザベスのたぐいの要求を満たせない――セックスで絶頂に達したときのあられもない言葉は別にして。彼女という人間は、週末はアルプスでスキー三昧、夏はサントロペでバカンス、そして有名なスイスの花嫁学校で最後のしあげをすることでできあがっている。そして彼女は一度として花嫁修業の中身を口にしたことがなかった。だが、クソッたれのアターリーについてのひとことは、的を射ている。エルキュールはほほ笑んだ。「あの男は賢いつもりで自分に対する評判に踊らされてる。ところで今朝、ここに来る途中できみの父上にお会いしたよ」

「わたしの父に？」彼女は年老いた父親が彼になんと声をかけたのか、聞きたがっている。ほんのわずかだが、彼女の張りのある声に警戒の色が混じるのをエルキュールは聞き逃さなかった。

「銀行に用があって行ったら、トーマス卿がたまたまオフィスから出てこられてね。アターリーの対談番組を褒めてくださった。簡潔かつ賢明だったし、わたしのイスラム教徒への同情的な態度に、きみの母上が心を動かされたとおっしゃっていた。だが、そのあと不服そうな顔をされたところをみると、きみの母上やわたしには賛同していらっしゃらないんだろう」

「驚いた」エリザベスはもうひと口ミモザを飲んだ。「母が心を動かされたことなんてあったかしら？　そうね、トミーの件には多少動かされたかもしれないけど」

伯爵家の跡継ぎである彼女の弟は、昨年、三十歳の誕生日に一文無しで勘当された。エルキュールから見るに、老伯爵がそうしたのはもっともだった。トミーはろくでなしのコカイン常習者であり、弟を溺愛するエリザベスでさえ見捨てないでいるのがやっとだ。もし自分がトーマス卿なら、とうのむかしにあのばか息子をテムズ川で溺死させていただろう。

「弟さんに仕事を紹介しようと思ったことはないのかい？　たとえば、イタリアのメガバンクとか？」

「もちろんあるわよ。でもトミーのことだから、乗るならファーストクラス、泊まるなら〈ハスラー〉のスイートルーム、食事なら〈アルフレッド〉でなきゃだめだと言い張るわ。それでひと月もするとすっからかんに逆戻りして、彼にカンカンに腹を立てた人たちを大勢引き連れてくるでしょうね。なかには拳銃を持った人もいるかも」

エルキュールは彼女がときおり披露するウィットを好ましく思っていた。エリザベスに対する好意が芽生えたいま、その身にこれから起こることを考えると、胸が痛む。

彼は腕時計に目をやった。「一時間あるよ、エリザベス。午後は会議や大学院のゼミがある」

「ヘンリーがクロワッサンとエスプレッソを持ってきたわ」

ヘンリーが午前の軽食を几帳面《きちょうめん》にテーブルにならべるのを待ちながら、エルキュールはミモザをもうひと口飲んだ。じつに美味だ。「午後からは父上といっしょに友人の結婚式に参列するんだったね？」

彼女は笑顔になった。「ええ、わたしは六人いるブライドメイドのひとりなの。新婦の家族、コルストラップ家はご存じよね？　パリスター卿は？　ロンドンのロスチャイルド家の銀行を経営していらっしゃる方だけど」

「面識はあるよ」といっても、ロンドンのプライベートカジノのひとつで、飲み仲間に囲まれたコルストラップ卿をルーレットの回転盤をはさんで見かけたことがあるだけだが。血色のいい、気取った男。そんな印象だった。

「エリーとわたしはジュネーブで同窓だったの。でも、なんでライアン・グレー・マーチソンなんかと結婚するのかしら。ギャンブル好きなのよ、父親に似て」彼女は彼にもたれかかり、声を落とした。「ライアンの父親は犯罪者だという噂を聞いたことがあるわ。でも彼の家は古くて格式があって大金持ちだから、みんな陰でこそこそ言うだけだけど。彼のことをなにかご存じ？」

「わたしがかい？　経済学の教授にそんなことを訊くなんて、きみも変わっているね。名前を知っている程度だよ」

なんにしろ、彼女にさほど関心がないのは明らかだった。彼が言い終わったとたん、話しはじめた。「でもエリーのお父さまのパリスター卿は、まちがいなく、娘に盛大な式を挙げておやりになるわ。今シーズンの社交会の一大イベントなの」彼女は肩をすくめた。「彼らの結婚生活がどうなるかわからないけど。エリーは子どもを欲しがってるのよ」クロワッサンをひと口かじる。「ここのはほんとにおいしいわね。ねえ、明日の夜、レディ・ブレックネルのトランプの集まりについてきてくださらない、サミール？」

「喜んでお供するよ。ハーロー卿とホーンズビー市長も来るんだったね？」彼はそこそこの関心を示しつつ、軽い調子で尋ねた。彼女は知りようもないことだが、花婿の父親の仕事仲間であるハーロー卿は、日々の単調な仕事の裏で、ロンドンの犯罪地下組織を率いる大立て者だった。そんなハーロー卿には手ごわい大富豪の敵が山ほどいるため、彼に近づくのは至難の業。抜かりのない彼は、守りも万全なのだ。だが、二時間後、エリザベスが友人の隣で祭壇に立ち、新婦の両親がハーロー卿の近くに着席するころには、すべてが終わる。

なんと気の毒な話だろう。エルキュールはエリザベスの死を心から悼むだろう。だが、驚くほど金のかかる暗殺とテロ攻撃を一度にやれるチャンスがふたたびめぐってきたとあらば、それを逃すわけにはいかなかった。

52

フェデラルプラザ
ニューヨーク市
月曜日の朝

指紋から、その若い男はミフスッド・シャディド、二十歳と判明した。プレザント湖の貸別荘にいたテロリストのなかでは最年少だった。窓のない白壁のせまい取調室のなかで、机の向かいに置かれた居心地の悪い椅子に座っていた。傲慢な態度で無関心を装っているものの、若さと恐怖心は隠せず、腕を吊った三角巾をひっきりなしに撫でている。痛みはなさそうだが、しきりに唇を動かして、アラビア語の一節を唱えていた。祈りの言葉でもくり返しているのだろう。

シャーロックとケリーとキャルの三人は、ほか六人の捜査官とともに隣の部屋にいて、片側からしか見えないガラス越しにシャディドを注視していた。この若い男以外に有力な情報を得る望みがないことは、全員承知していた。ブルックリンの家を爆発させた十代の少女、パスポートにケンザと記されていた少女とは、前夜のうちに話をした。少女は見張りつきで病院のベッドに横たわっていた。手首をワイヤで固定された状態で右腕を吊され、もう片方の腕は肘まで包帯でぐるぐる巻きになっていた。野球帽を脱いだ少女は、黒くて短い髪を立たせて、いかにもロンドンの下町っ子《イーストエンダー》といった印象だった。この若さでテロリストにしたてあげられるとは、どういうことだろう？　彼女がいま感じている肉体の痛みや、痛み止めを利用して、口を開かせることはできないだろうか？　ケリーたちは彼女を侮蔑したり、脅したり、いま彼らがガラス越しに見ているシャディドのことで嘘をついてみたりしたが、彼女は十七歳にして多くを見すぎた大きな黒い瞳で彼らを見つめ、その瞳にさげすみをあらわにした。そしてシャディドが戦術家の名を明かしたと伝えると、はじめて重い口を開いた。「嘘つき女」歯切れのいいイギリスなまりでケリーに言って目をつぶり、枕の上でそっぽを向いた。

「ザカリーに言われたのよ。シャディドには自分の犯した罪についてもう少し考える時間を与えろって」ケリーは捜査官たちに言った。「ザカリーもまもなく立ち会いに来るわ」ケリーは背後の壁に設置されたテレビを指さした。アルジャジーラのニュース番組にチャンネルを合わせ、音声を消してある。「びっくりよね。アルジャジーラはわれらがテロリスト三人がイギリス国民だってことを早くも突きとめてるのよ。欧米風の真っ赤なスーツに身を包んだこの若くてきれいなアラブのお嬢さんによれば、アメリカのFBIは三人のアラブ人を無慈悲に制圧し、うちひとりを射殺、ふたりを負傷させた。またしても人種差別にもとづいてアメリカの警察が暴力行為をはたらいたと報じてる。昨日の夜のうちに、誰かがリークしたのね。大騒ぎだわ」ケリーは気を取りなおした。「それはそれとして、シャディドにはどう対応するべきだと思う？」キャルが言った。「シャディドはなにしろ若くて、逮捕歴もない。ましてやテロ行為で、アメリカで捕まるなんてことは初体験だ。まず彼に昨晩のことを話させる必要はない。それに関しては、すでに尻尾をつかんでる」キャルはにっこりすると、きちんとしたオックスフォード英語をまねた。「このわたしが、イギリス領事から派遣されたイギリス人弁護士の役を演じるのはどうだろう？　そう、大きくて柄の悪いアメリカのFBIから不当な扱いを受ける女王陛下の臣民を守るためにです。とくになにもできなくとも、彼に長くしゃべらせることはできます」

ケリーは目をみはった。「やるわね、マクレーン捜査官。ニューヨーク支局のドラモンド捜査官みたいに、あなたにも一部、イギリス人の血が流れているの？」

「いいや、純然たる雑種のアメリカ人だよ。むかし演劇をかじったことがあってね。

それに親父《おやじ》も人まねがうまかった。その才能を受け継いだんだろ……多少なりとも。親父のエルトン・ジョンのものまねを聞かせたいよ」

ケリーが思案顔になった。「彼がなにを言っても証拠として認められないけど、それはそれ。彼はどうせわたしたちのことを信用してないんだから、あなたに自信があるんなら、やってみるってものよね、キャル。彼があの家であなたを見たとは思えないし。見たとしても、ちゃんとは見てないはず。やりましょう。シャーロック、とびきりいやな女を演ずる準備はある？」

「シャワーを浴びて、着替えをしたから、なんでもこいよ。でも、となるとキャルに少しおめかしさせないと。洗いたてのシャツにネクタイ、それにブリーフケースがいるわ。イギリス領事のところからまっすぐここへ来たという設定ならね」

十分後、ケリーはキャルの全身に目を走らせていた。借りもののシャツを着て、ザカリーのブリーフケースを持っている。「シャツが少しきつそうだけど、なんとかなるでしょ。スーツのジャケットで隠して、キャル。さあ、ネクタイが曲がっているのを直してあげる」彼女は一歩下がり、うなずいた。「これでいい」

三人はそろって取調室に入った。ケリーは腰をおろすと、腕組みをして、自分とシャーロックを紹介した。それからキャルをじろっと見て、冷ややかに言った。「ミスター・シャディド、こちらはイギリス領事から派遣されたジョナサン・クラーク・ウィッター弁護士よ」

いい名前だ、とキャルは思った。どこからそんな名前が出てきた？「ミスター・シャディド」彼は若者にうなずきかけた。

ケリーは自分を見つめ返す若者を見た。興味がなさそうなふりをしている。彼女はシャーロックに言った。「ミスター・シャディドと外来のお仲間暗殺者は、あなたのことを殺そうとしたんだから、あなたが最初に話したら？」

「ちょっと待ってください、ジュスティ特別捜査官」キャルが言った。「あなた方が質問するまえに、こちらのイギリス国民と内々にお話ししたい」

ケリーはシャディドから目を離さなかった。「それはできません、弁護士さん。この男はここアメリカの地で、わが国の連邦捜査官を殺害しようとしたんですよ。あなたは儀礼上、同席が許されただけです」

シャーロックはシャディドがケリーをにらみつけていることに気づいた。黒い瞳から放たれる憎しみの光が敵のひとりである彼女にそそがれている。椅子に深く腰かけ、腕組みをしているケリーが、懐からとっておきの侮蔑を引っ張りだしてきた。「ミスター・シャディド、年はいくつ？　十四か十五？　手首を負傷して病院に収容されたのは妹かしら?」

「おれは二十一だ、十五じゃない!」

「あら、ちがうでしょ。一カ月まえに二十になったばかりのくせに」

「彼女は妹じゃないぞ!」

おもしろくなってきた、とケリーは思った。シャディドは傷だらけの机の上で握りしめられている両手を見た。手錠をかけられている。

シャーロックは頭を振り、驚きを声に出して言った。「そんなんで、自分をプロの戦士だと思ってるの? 信じられないわね。その点、あの家に爆弾をしかけるために連れてこられたあの少女はどうよ? あの子はわたしたち全員を丸焼きにするつもりだったのよね? あなたたちのなかで根性や勇気を見せたのは彼女だけだわ。あの少女を見殺しにして、自分たちは草むらで小さくなってるなんて、戦士のやること?」

彼女はがばっと身を乗りだし、こぶしで机を叩いて、シャディドを飛びあがらせた。彼はとっさにシャーロックを見た。「そんなあなたがわたしを殺す? あなたみたいな卑劣な臆病者には、イギリス領事がよこしたこの気取った弁護士だって殺せやしないわ。たとえわたしから拳銃を渡されたとしてもね」

若いミフスッド・シャディドがどなった。「売女め、おれがこの手で殺してやる!

おまえはイスラムの敵、抹殺すべき悪の根源だ。現世でも来世でも呪われるがい い!」

なんて美しいイギリス英語だろう、とケリーは思った。彼女の訓練された耳はマンチェスターなまりを聞き逃さなかった。

「はいはい、それがあなたの組織の公式見解ってわけね」シャーロックは言うと、あくびを嚙み殺すような顔をした。そして表情を一変させた。「ミスター・シャディド、こんな汚い仕事をさせるのになぜ妹なんか連れてきたの?」

「ケンザはおれの妹じゃないと言ってるだろ!」

「もういいでしょう、捜査官」キャルが介入した。「侮蔑的な言辞でこの若者をいじめているんですか?」

「ここは法廷じゃありません、ミスター・クラーク・ウィッター」彼には目をくれずに、ぴしゃりと言い返した。

シャディドが言った。「ケンザは訓練を積み、おれたちと志を同じくしている。おまえたちはケンザが家に忍びこむのも見てないんだろ? 家からも気づかずに出られるはずだったんだ。おまえたちが投光器やたくさんの銃を準備して待ち伏せしてなかったら、うまくいってた」

シャーロックは頭を振った。「わたしたちが完全武装して待ちかまえているとは思わなかったの？　わたしたちをばかにしてるんでしょう？　じゃなきゃ、これっぽっちも疑わないなんてこと、ありえないわよね？　戦術家と導師はすごく頭がよくて、なんでもわかってるとでも思ってるの？　そうよ、フランスのあの高速鉄道を爆破したのは彼らなんでしょう？　でも戦術家がそのあとなにをした？　厳重に守られたFBI捜査官のわたしを襲うために、たった三人しか送りこまなかったなんて、才能の欠片も感じられないわ。

昨晩死んだムハンマド・ホスニという老人は、あなたたちの世話係なの？　それともボスなの、おじいさんなの？」シャーロックは一瞬間を置いたものの、シャディドからはなんの反応もなかった。

「あなたはケンザが静かだったように言うけど、ちがったわよ。物音が聞こえたもの。あのね、ミフスッド、わたしにはいまだに信じられないの。あんな少女に爆弾をしかけさせて、わたしたちが燃えさかる家から飛びだしてきたら、あなたたちとおじいちゃんで撃ち殺せると本気で思ってたの？」さげすみの目で彼を見る。「導師と戦術家を崇拝してるから？　でもどうなの？　彼が送りこんだ哀れな三人の手先を見たら、とても崇拝できるとは思えないんだけど」

53

もし手元に銃があったら、わたしを撃ち殺してるんじゃないの、シャディド？　だが、彼は沈黙を守っていた。シャーロックはケリーに小さくうなずいた。

ケリーが引き継いだ。「シャーロック捜査官、たぶんわたしたちのせいで、戦術家は素人まで使うはめになったのよ。あなたたち三人で昨日ニューヨークに降り立ってから、なにをした？　ピザを食べて、レンタカーのなかで寝たとか？　戦術家もアル・ハーディ・イブン・ミルザも、安ホテル代さえ出してくれないんでしょう？」

「いいですか、シャーロック捜査官」キャルがいきなり立ちあがる。「こんな幼稚な侮蔑はいいかげんにしていただきたい。あなた方はこの若者にまったくまともな質問をしていな――」

ケリーが鼻を鳴らした。「まずは、幼稚なという言葉の意味を彼に教えてあげたほうがいいわよ、弁護士さん。あまりお利口じゃなさそうだから。彼の行動を見ればわかるでしょう？　ミスター・シャディド、あなたたち三人がしくじったことを知ったら、戦術家はなんと言うかしらね？」

シャーロックが言った。「あなたがどう思うか知らないけど、ミフスッド、ケンザの手はもう使いものにならない。わたしが撃った弾で手首の骨が粉々になったの」

「戦術家がおまえを殺す！」ミフスッドは椅子から立ちあがると、手錠を鳴らしながら、こぶしを振って訴えた。「おまえたちはおれたちの計画に気づかないはずだったんだ。ものすごく用心してあとをつけたのに」目に涙が浮かび、喉が詰まる。「おまえたちが罠にかけたんだ。おれたちを待ち伏せして、おれたちをおびき寄せたんだ。まさかあんな大勢いるなんて──」

シャーロックはもうひと押しした。「あなたたちにつけられてることくらい、もちろん知ってたわ。戦術家の手抜きじゃないの？　それとも尊敬する導師かしら？　彼らのせいで罠にはまったのよ。ＪＦＫの保安検査場を爆破するのに、ナシム・コンクリンを選んだのはその優秀な方々のどちらかしら？　あなたたちを送りこんだのは？」

シャディドはわれを忘れて、わめき散らした。「黙れ、クソ女！　役立たずの女ふたりに侮辱させるなんて、おまえらの法律は腐ってる。ああ、導師のことは知ってる。

ロンドンに住んでる本物のイスラム教徒なら、誰だって知ってるさ。導師は聖なる人、偉大な人物で、絶対に逮捕されない。イギリスの法律にしっかり守られてる」

ケリーは袖で爪を磨きながらうんざりしたような口ぶりで言った。「座りなさい、ミスター・シャディド。そうかっかしないで。あなたに伝えたいことがあるのよ。今後アル・ハーディ・イブン・ミルザ導師から命令が下されることはないわ。ロンドンで正式に逮捕されたという、嬉しい知らせが入ったの。いまはMI5が身柄を拘束して、携帯の使用も面会も制限されてる。あなたの敬愛する聖職者は牙を抜かれちゃったってこと。そのうち絞首刑になるわね」彼女は手刀で宙を切った。

「イギリスに絞首刑はないぞ！」

「あら、そうだったわね、ミスター・シャディド」ケリーが言った。「でもあなたの母国だったら、ナイフさえあれば、手も、耳も、頭も切り落とせるんじゃないの？」

ミフスッド・シャディドがふたたびケリーに食ってかかろうとしたが、クラーク・ウィッターの革のブリーフケースが割って入った。シャディドは言った。「いいや、おまえは嘘をついてる。そんなの嘘だ」

ケリーはキャルに向かって首を振った。「ここにいるあなたの弁護士に訊いたらどう？　事実だと教えてくれるから。さっき言ったとおり、MI5は導師の事務所とカムデン・ストリートにある自宅を捜査中よ」立ちあがって、シャディドのまえの机をこぶしで叩いた。「あなたと同じように、あなたの導師は自分は逮捕されないと決めつけてた。そんな人だから、ろくに用心もしてなかったんでしょうね。すぐに関係者の名前や時間や場所が割りだされるわよ。あなたたちの名前もあるんじゃないの？敬愛する導師はもう二度と外の自由な世界には戻れない。あなたもね」

ケリーが体を近づけた。「まだあんなに若いのに、ケンザは終身刑になるでしょうね。といっても、刑務所に入って数カ月もしないうちに、ナイフで背中からやられちゃうでしょうけど。文明国はどこもテロリストが嫌いで、刑務所にいる受刑者も例外じゃないのよ。でも、手首があんなじゃ、身も守れないものね。行き着く先は共同墓地。彼女の骨が埋められた場所はちゃちな墓石が教えてくれるってわけ」

シャディドは息を荒らげ、なにか言おうとしている。

もうひと押し。シャーロックが言った。「MI5の報告書によると、戦術家には若いイスラム教徒の愛人がいるらしいわね。それってケンザのこと？」

「ちがう！　そんなの嘘だ！」シャディドが飛びあがり、手錠が机にあたって音をたてた。そのあと椅子に沈みこみ、両手に顔をうずめた。「ちがう」彼は小声で言った。「おまえたちは嘘ばっかりだ。ケンザは彼に会ったこともない。ケンザにとって彼は雲の上の存在なんだ」顔を上げて、シャーロックを見た。「彼女は誰とでも寝るような子じゃない。ケンザとおれは——」頭を振り、ふっと口をつぐんだ。

キャルが立ちあがった。「ミスター・シャディド、わたしはあなたに助言をするために来ました。もし助かりたければ、そしてあの少女、ケンザを助けたければ、ＦＢＩの捜査官にすべてを話す必要があります。あなたが知っていること、おかしいと思っていること、あなたたちをここに送りこんだ者たちについて聞いたことのすべてをです。そうしないかぎり——」肩をすくめる。「わたしにもあなた方を救うことはできない」

シャーロックはふたたび椅子に深く腰かけ、ペンで軽く机を叩いた。

「戦術家は彼女と無理やり関係を持とうとしたの、ミスター・シャディド？　それで彼女はその話をあなたにした？　それを聞いて、あなたは腹を立てたの？」

ケリーが言った。「知ってることを教えてくれたら、わたしが個人的にケンザの身の安全を確保させるわ。決して彼女を殺させない」

シャディドは首を振りながら泣きだし、手錠のかかった手で目をおおった。「彼女はなにも言ってない。おまえたちが嘘をついてるんだ。みんな嘘っぱちだ。いいか、戦術家はケンザみたいに正直で忠実な戦士を辱めるようなこと、イスラム教徒の女の子を辱めるようなことは、絶対にしない。彼がつきあってるのはイギリス女だ。キリスト教徒の貴族の女を自慢気に連れ歩いてる」

ついにやった。

隣の部屋では、捜査官たちがさっそくノートパソコンに向かい、ロンドン社交界のページや、行事予定を調べだしていた。彼らが捜しているのはイギリス貴族の女。彼女を腕に抱いている裕福なアルジェリア人こそがテロリストだ。

54

FBI本部、CAU
ワシントンDC
月曜日の朝

サビッチはいったん携帯電話に手を伸ばしたものの、やっぱりやめることにした。本当はシャーロックの元気な声をもう一度聞いて、安心したかった。昨夜ブルックリンで起きたことを彼女がさらりと流すことがわかっていても、だ。キャルが情報源になってくれるので、彼女がそのつもりなら聞き流してやってもいい。たとえキャルでも、シャーロックのことに関して隠し事をしたら許さない。サビッチは顔をしかめた。キャルが正直に話してくれていると信じていいのか？　シャーロックと同じように、自分を心配させまいと、こまかいことを省いているかもしれない。シャーロックと離れていて、彼女が無事かどうかがわからないことが恨めしかった。

そういう自分は偽善者なのだろうか？　これからダルコの正体を暴くためにあるこ

とをするのを、シャーロックには内緒にしている。だが、自分には正当な理由がある。手出しのしようがない彼女に心配だけさせるのは、意味がない。

聞きこみや物的証拠もダルコと犯行現場を直接結びつけることはできなかった。彼はその場に行ってすらいない。となると、サビッチにはダルコを倒すしかなかった。そのうえで、ウォルター・ギブンズとブレーキー・オールコットを起訴しないでくれと連邦検事にかけあうのだ。ふたりにはあの冷酷な殺人事件の責任はないのだから。途方もない挑戦だが、ふたりを救える者がいるとしたら、自分だけだ。そのための計画はもう立ててあるし、正面から飛びこむ準備もできている。あと必要なのはグリフィンだ。サビッチはパソコンで作業をしているグリフィンのもとへ向かった。オリーがすぐそばに立っていた。

グリフィンが顔を上げ、サビッチと目が合うと、うなずいた。グリフィンはオリーに声をかけてパソコンを切り、サビッチについて、彼のオフィスに入った。サビッチは手で椅子を勧め、いきなり本題に入った。「ある計画がある、グリフィン。だが、プラケットからオールコット家に行くまえに、おまえに期待されていることを伝えておきたい。たぶん危険な仕事になる。

知ってのとおり、オールコット家の何人か――あるいは全員が――嘘をついて、ダルコの正体を隠している。おそらくやつが怖いんだろう。あの家族には怒りや対立がある。あるにちがいないんだ。ダルコがブレーキーを使って人を殺させたことが原因で、家族でそれを隠蔽しつづけてる。オールコット家の連中が団結しているのは見せかけだ。そろそろおしまいにしていい。なんとか、それをぶっ壊してやろうと思う。ダルコの正体を知るにはそれしかない。

以前にも話したとおり、ダルコはおれを殺そうとした。今日、おれとオールコット家に行けば、ダルコを怒らせ、おまえもやつの標的にされるかもしれない。そのリスクを覚悟してもらう必要がある」

「おれはすでにダルコに狙われてますよ、あなたとマカッティの森で。あなたとは運命共同体です、サビッチ」彼は満面の笑みになった。「危険こそわが仕事」

サビッチも笑みを返したが、口調は深刻なままだった。「ああ、おれたちは日々危険に身をさらしてるが、こんどのはわけがちがう。土曜の待ち伏せのことはアナになんて言われた?」

「彼女には話してません。怖がらせたくないし、あんなわけのわからないことを無理に説明するのもいやなんで。彼女なら信じてくれるでしょうけど、怯えさせるようなことはしたくないんです。そうですね、結婚して、おれのことをもっとわかってもらえたら――そしたら考えます。とりあえずいまは、彼女を巻きこみたくありません」

サビッチには理解できなかったが、グリフィンが決めることだ。麻薬取締局《DEA》の捜査員であるアナは、ドラッグの売人をボコボコにして、手錠をかけながら口笛を吹くような女だ。彼女ならなんだって受けとめてくれるだろう。アナとグリフィンは、数カ月まえ、バージニア州で彼女がおとり捜査をしていたときに出会い、恋に落ちた。どちらにとっても想定外のことだった。

「そんなことを尋ねたのは、ダルコに襲われたとき、シャーロックに起こしてもらったからなんだ。彼女はおれがうめきながら、もがき苦しんでるのに気づいてくれた。あのとき彼女がいなかったらどうなっていたかわからない」

「アナは眠りが深いんです。おれが隣で犬みたいにハーハーやっても、ぴくりともしません」グリフィンが破顔した。「でもおれと出会ってからは、軽くて甘い夢を見るそうで――」照れたように口をつぐむ。「まあ、こんな事件だと、彼女に話すにも、言葉を選びますね」

「あくまでおれの意見だが、彼女には話したほうがいいぞ、グリフィン。シャーロックと同じで、彼女ならいい参考になることを言ってくれるかもしれない。彼女に力になってもらえ」

サビッチにはグリフィンが彼女にひとことも言わないだろうとわかった。これ以上は言う言葉がない。「やってくれるか?」

「はい、やります。それにしても、まさか自分たちがここでこんな話をしてるなんて、誰も思わないでしょうね」彼は言葉を切り、サビッチをまっすぐ見た。「それとも、当て推量はできるのかな」

サビッチは頭を振って、立ちあがった。「さあ、行くぞ」

55

ワイバリー・プレイス
ロンドン
月曜日の午後

エルキュールは、ワイバリー・スクエアにある自宅のペントハウスの中央に陣取り、お気に入りのゴールデン・スロープ・シャルドネを楽しみながら熱心にテレビを観ていた。ＢＢＣは、燃えさかる炎の映像をバックに流しながら、昨夜、ニューヨークのブルックリンであった事件を報じている。世界のトップニュースとして、ＪＦＫ空港であわや大惨事の事態を救ったのと同じＦＢＩの捜査官が、またしても襲撃者のひとりに発砲したと伝えている。ＢＢＣのリポートは、当然ながら、アルジャジーラのそれとは大きくちがった。導師は事件のニュースが流れる数分まえに、アルジャジーラのニュース編集部に籍を置く情報提供者からブルックリンでの事件について聞かされていた。そして使い捨てのプリペイド式携帯電話でエルキュールに連絡してきた。導師は動揺していたものの、エルキュールが手ずから選んだ殺し屋たちが失敗したことを告げる彼の声には、それ見たことかとあざ笑っているような響きがあった。

なにがあったのか？　ニューヨークを担当しているのはサリラという男で、彼にとってエルキュールは命の恩人だった。サリラに発火装置と自動小銃を用意させたうえで、エルキュールは最高の人材を送りこんだ。ムハンマド・ホスニは、かつての刀剣さばきは望めないものの、自動小銃を操るベテラン戦闘員であり、人を率いる力があった。秘蔵っ子のミフスッド・シャディドは、今回の計画を任せるには若すぎるが、熱意があって、毒蛇のような容赦のなさがある。そしてかわいいケンザは、わずか十七歳ながら、エルキュールの宝だった。ケンザが戦う姿をはじめて見たのは、彼女が十四歳のときだ。膝から崩れ落ち、息ができないせいで真っ青になっていても、なお屈しようとせず、なおその状態から足で敵を蹴って地面に倒し、飛びかかっていった。エルキュールは彼女を最高のトレーナーに預けるよう導師に頼んだ。その指導のもと、彼女は誘導ミサイルに、そう〝彼の〟誘導ミサイルへと成長していった。

この三人を選んだもうひとつの大きな理由は、三人とも危険人物のブラックリストに載っていないことだった。そのため、思ったとおり、イギリス国籍のイスラム教徒——年長の男がふたりの若い友人の世話を焼く——として、税関も保安検査も問題なく通り抜けることができた。三人のうちの誰が殺され、誰がフェデラルプラザでＦＢＩに拘束されているかは、わからない。女——彼のケンザ——は重傷を負い、ニューヨークの病院で監視下に置かれていると報じられていた。ＦＢＩに死傷者が出たという報道はない。標的であったシャーロックも、ほかの捜査官も。なにをどう計画したら、この結果を招かずにすんだのか？　後付けならば、答えは簡単。ＦＢＩは罠をしかけていた。つまり、こちらの勇み足が原因だ。もう少し間を置いて、ＦＢＩが油断するのを待つべきだった。

だがもう終わったことだ。この局地戦には負けたが、戦争には勝つ。そう、これまでと同じように。

少なくとも、三人の誰もＦＢＩに口を割らないのはわかっている。ケンザは質問者と見れば唾を吐きかけるだろう。エルキュールは三人に全幅の信頼を寄せており、それも彼らを選んだ理由だった。それにしても、ケンザは死なずにすむのか？　それを知るすべはなく、どの情報提供者も答えを知らなかった。彼女の消息についてＦＢＩは早急に蓋をした。急いで知る必要はないものの、そのことによってもたらされる無力感に不安をかき立てられ、それが無性にうとましかった。死んだのはミフスッドか、それともムハンマド・ホスニか？

携帯電話が鳴ると、その思いを脇に置いた。待ち望んでいた電話、部下のバハールからの電話だった。セントポール大聖堂に入るまえに、余裕を持ってエルキュールに電話をすることになっていた。電話の背後からロンドンの街なかを行き交う人や車の音がした。アラビア語を話すと、爆弾でも持っていると思うのか、西欧人の注目が集まりやすいので、話をするときは英語と決めている。クイーンズイングリッシュさえ話していれば、ロンドンっ子たちは笑顔でうなずきかけてくる。それにしても、今日のバハールはふだんとは様変わりしているはずだった。その役割に見あった外見に調えるべく、エルキュールは細部にいたるまでことこまかに指示を出していた。セントパトリック大聖堂の爆破未遂事件を受けて、セントポール大聖堂の警備はふだんにも増して厳重になっているだろうから、その分、リスクは高くなる。だが、バハールを申し分のない結婚式の招待客として潜りこませることができれば、あとはいつもと変わらない。バハールのことなど誰も知らず、たとえ知っていたとしても、今日のような姿では、誰も彼とは気づかないだろう。

バハールは落ち着いていて、自信に満ちた声をしていた。「いまセントポールの正面入り口の向かい側にいます。招待客が楽しそうにおしゃべりしながら、なかに通されはじめました。招待客がもっと増えたら、あなたの計画どおり、そのなかに紛れこみますよ、戦術家。いつもより警備が手厚いんですが、結婚式のために雇われた民間の警備員なのか、捜査官なのかは、見分けがつきません。けれど、あなたがおっしゃってたとおり、招待客の手荷物はチェックされてません。招待状の確認はしてますがね」

エルキュールはバハールに戦術家と呼ばれて嬉しくなった。あれからもう数年たつが、導師はその呼び名が彼にある種の近寄りがたさを与えると考えた。その呼び名によって、さらに箔がついたのはまちがいない。導師の慧眼《けいがん》が生きた一例だった。「ところで変装はうまくいったか？　時間をかけて、わたしが言ったとおりに身支度をしたか？　もう何年もレディ・ダービッシュを見かけた者はいないが、わたしが選んだドレスは彼女にぴったりのはずだ。それで化粧はしたのか？　わたしが送った写真のとおりに？」

バハールは声をあげて笑った。「アメリカ人が言うところの、セルフィとやらを一枚送りましょうか？　任せてくださいよ、戦術家、どこから見たって隠遁《いんとん》生活を送る裕福な老婦人にしか見えません。イギリス人が言うところの、往年の美女ってやつです。あなたの指示どおりに服を着て、指にはあなたの大きなダイヤモンドの指輪をはめてます。顔におしろいをつけたら肌の色まで明るくなって、青っちろい顔をしたイギリス人そのものです。そしてレディ・イブリン・ダービッシュの招待状はハンドバッグのなかにあり、いつでも見せられます」

エルキュールが言った。「万が一レディ・ダービッシュの知りあいが近づいてきても、おまえに声はかけないはずだ。もう何年も、生身の彼女を見た者はいないんだ。本人が登場する心配もない。ダービシャーにある古い石積みの屋敷――一族に引き継がれてきたダービッシュ・アビーのなかを、あてどなく歩きまわってるだろう」

「ところで、レディ・エリザベス・パーマーが若い女性の一団と入り口付近にいらっしゃいましたよ。それが変なんです。全員、同じ恰好をしてて」

「ブライドメイドだからだ」と、エルキュール。「しかし、なぜ新婦といっしょにいない？」

バハールが知るわけがなかった。だいたいなぜバハールがエリザベスのことを知っているのだろう？　彼にもむろん目はついているから、《ロンドン・タイムズ》かタブロイド紙でエルキュールと彼女がいっしょに写っている写真でも見たのだろう。

ひと息置いて彼が言う。「彼女が死ぬ可能性もありますよ、戦術家」

「誰しも一寸先は闇だよ、バハール。プラスチック爆弾の準備はいいか？」

「強化プラスチックコーティングでしっかり包み、あなたが選んだ最大の破壊力が得られる場所にすべりこませられるように薄くしてあります。気づかれる心配はありません」

「いいだろう。四十五分後には、西側に対するわれわれのメッセージがニュースで流されるだろう。失敗するなよ、バハール」エルキュールは携帯電話をポケットにそっと戻した。こんどこそすべてうまくいく。エルキュールは骨の髄からそれを感じた。そしてふたたびエリザベスのことを考え、彼女がこれから立つ場所を思い浮かべた。爆発が起きたときにあの場所にいて生き延びられるだろうか？

エルキュールはこれまでは一貫して運命論者だった。死んだあとに敬虔なるイスラム教徒を待ち受けているとされる、くだらないほうびのことなど、まるで信じていなかった。エリザベスは死後の世界を信じる人たちの仲間なのだろうか？　そして鼓動が止まるまえの一瞬、そのことが彼女の慰めになるだろうか？　そんな一瞬が与えられるかどうかすら、あやしいものだが。爆発そのものが一瞬の出来事でしかないのだから。エルキュールはつぎに、家族の親しい友人として新郎側の前列近くに座ることになっているハーロー卿のことを考えた。すでに八百万ポンドの半金は、誰にも手出しできないようスイスの口座のひとつに預けられている。

エルキュールはもう一杯シャルドネをつぐと、テムズ川が一望できる大きな窓に近づき、セントポール大聖堂のある東の方角を見た。ここからでは大聖堂の爆発は見えないが、爆発音は聞こえるだろうし、建物から立ちのぼる黒煙は目に入るだろう。そして大聖堂が爆発するとき、あるいはそのかなりの部分が崩れ落ちるときには、街じゅうにその美しい音が響き渡り、そのあとにサイレンの音が続くだろう。

彼はエリザベスとハーロー卿のためにグラスを掲げた。

56

セントポール大聖堂
ロンドン、イングランド
月曜日の午後

バハールはセントポールズ・チャーチ・ヤードをゆっくりと歩いた。このにぎやかな大通りは、大聖堂を取り囲むいびつな三角形の、南側の長辺をなしている。往来は激しく、ビル郡がひしめきあっているにもかかわらず、教会のファサードは引っこんでいない。すべての中心にどっしりとおさまり、自転車や、赤い大型の観光バス、急ぎ足で歩く無数の人たちに囲まれている。近隣にあるロンドン名物のカフェの店先には、屋外用の小テーブルがところせましとならべられ、コーヒーやお茶を楽しむ人たちであふれ返っていた。

最新式のビデオ監視システムを備えたカメラがあるのはまちがいないし、ひとたび大聖堂に入れば、たちまち現場のコントロールルームで監視する人たちの目に触れるとも承知していた。とはいえ、彼らはあてどなく目を光らせているだけなので、そう心配はいらない。ましてやよぼよぼのばあさんに注意を払う人間などどこにいるだろう。

二百人を超えるスタッフは、配布されたICカードを誇らしげに身につけていた。セキュリティ関連製品の多くがそうであるように、スマートカードにも役に立ちそうな印象があるし、大聖堂の警備を統括する決定打になると考えられている。だが、実際は噴飯物のおそまつなしろものでしかなく、あえて危険を冒してまで盗む気にもなれなかった。現実問題として、セントポール大聖堂では、X線検査すら課さずに見学者を聖堂内に通している。バハールのようなプロにしてみたら、低い枝になった果物をもぐような容易さだ。大聖堂の警備スタッフにはそうした検査を導入しようにも場所がなく、そもそも〇・七平方キロメートルほどの場所に、毎年二百万人もの観光客が押し寄せるのだから無理がある。偉大なるクリストファー・レンも、彼の壮大なる建築物がのちのちそのようなことになろうとは、夢にも思わなかっただろう。

バハールはアッラーの恵みを感じていた。自分は今日、永遠の命を与えられる。イギリスでもっとも聖なる大聖堂を、ロンドンっ子がとりわけ大事にしている大聖堂のひとつを破壊した人物として、永遠に名前が刻まれる。彼らは怒るだろうし、嘆くだろうし、叫ぶだろうが、それよりなにより、矢も盾もたまらず恐怖に根底から揺さぶられる。結局のところ、彼らは自分たちのやり方を変えるしかなくなるが、バハールにはそれが想像できなかった。イギリス人たちはやれ社会の一体性《インクルージョン》だ、多様性《ダイバーシティ》だ、寛容《トレランス》だと、口当たりのいいことを言うものの、究極の部分で自分たちの優越性に絶対の自信を持っていて、優越的であるがゆえに自分たちは客観的で倫理的だと思いこんでいる。つまりおおむね偽善者と言っていい。

バハールはこれから起きることを思って口元をほころばせた。口笛でも吹きたい気分だけれど、今日のこの姿ではそれもできない。まもなくセントポール大聖堂ではすばらしい結婚式が執り行われる。戦術家は上流階級の連中が五百人ほど集まると見ている。立派な身なりに宝石で着飾った参列者たちが、キリストの名のもとにふたつの名家が取り結ばれる式を見守るのだ。バハールは教会の入り口にならぶ六十人ほどの招待客に加わり、新たに投入された警備員と思われるダークスーツ姿の男たちのまえを通りすぎた。ニューヨークのセントパトリック大聖堂の爆破未遂事件から一週間もたたないのに、イギリス人の対応は早かった。おそらく、その中身はわからないが、ほかにもセキュリティ対策を講じているはずだ。逆の立場なら、自分でもそうする。バハールが警どんな対策だろう？　気の毒なことに、それも無駄骨に終わるのだが。バハールが警備員に招待状を掲げ、うなずきを受けて、教会の内部に入った。

彼は練習どおりに臆することなくゆっくりと広大な身廊に足を踏み入れ、壮麗な祭壇に向かって通路を進んだ。カップルはそのみごとな丸天井のもとで、三方向に居ならぶ招待客に見守られながら、華々しく結ばれることになっている。この美しい丸天井は崩れ落ちる運命にある。戦術家はそれを実現するために綿密な計算によって爆薬をしかける場所を割りだした。バハールは聖ミカエルと聖ジョージの礼拝堂に向かう招待客の群れから離れ、別の大集団のなかにすんなりと紛れこんだ。ウェリントン公爵記念碑へと移動し、三十秒ほど立ち止まって敬意を表してから、女王のように堂々とした足取りで南側翼廊を目指した。そして階段を上がった。この階段の先に〝ささやきの回廊〟と図書館があり、さらに二百七十段のぼると丸天井にたどり着く。下ってくる見学者が六人、下では三人がしゃべったり感嘆したりしながら待っていた。すでに何度か偵察に来て、監視カメラの設置場所は把握してある。彼は年代物のシャネルのバッグをわざと落とすと、親切そうな紳士ふたりに首を振りつつ、ゆっくりとかがんで、落としたバッグを拾いあげた。そして立ちあがるついでに、プラスチック爆弾の包みと起爆装置を階段の下に蹴りこんだ。さらに二度にわたって立ち止まりつつ身廊まで戻って南側翼廊に向かい、ネルソン提督記念碑の脇でふたたび足を止めると、記念碑に寄りかかって、招待客で埋まりつつある椅子の列を眺めた。眠っている幼児を抱きかかえた若くて美しい女と目が合った。イギリス人らしい透きとおるように白い肌をした女性で、ペールブルーのワンピースがよく似合っていた。黒髪が赤ん坊にかかっている。彼女は笑顔で隣の空いた席を指さし、座らないかと誘った。

ババールも思わず笑みを返した。腕時計で時間を確認した。残りの席が埋まってきているので、視線が集まらないよう、その女性の隣に座ることにした。あまり言葉を発さず、しゃべるとしても彼女の子どもを褒めるぐらいにして、何分かして立ち去るときは、感じよく別れのあいさつをすればいい。大聖堂から離れて安全を確保できたら、起爆装置を作動させ、耳をつんざく爆発音と、それに続く阿鼻叫喚《あびきようかん》の大混乱を楽しむ。気の毒なことに、戦術家には石が崩れ落ち、大建造物が粉々になるのが見られないが、スカイラインを彩る炎や黒煙は楽しめるだろう。

若い女性が体を寄せてきた。「あのバラの美しいこと！　ロンドンじゅうの花屋さんのバラを買い占めたんじゃないかしら。新婦方のご友人ですか？」

新婦の実家であるコルストラップ家は、もう何百年もまえにむかしの男爵位を授けられ、のちに伯爵となった名家で、莫大《ばくだい》な税金を課されているにもかかわらずいまだ金持ちなのは、銀行業に転身し成功をおさめたからだった。この一族のことは個人的には知らない。彼らが何者なのかさえ知っていれば事足りた。

彼はうなずいて、若い母親に笑いかけた。きれいな女性だが、かわいそうに。あと十二分で彼女と赤ん坊はこの世から消える。爆風か、あるいは落下するセメントの塊の下敷きにされるか、破壊された丸天井から飛び散るガラスの破片のせいで。そのころには、流れ落ちる滝のように飾られた豪華な白バラもいまほど美しくはないだろう。

メアリー・アン・アイザリーは疲れていた。昨夜のサシィは三時間と眠らず、午前中の昼寝もわずか一時間だった。だがありがたいことに、いまこのタイミングで寝る気になってくれた。これでエリーとライアンが誓約を交わす最中に、やきもきせずにすむ。メアリー・アンは、船をこぎだしたサシィのおでこに、軽くキスした。かわいそうにジョンは、MI5のテロ緊急非常事態とやらでいつにも増して忙しく駆けずりまわされ、もう十二時間会っていない。メアリー・アンは隣に座る堂々とした物腰の老婦人に笑いかけた。老婦人は笑顔を返しつつも、無言だった。着ている服は古くさく、少なくとも十五年はたっているが、高価なブランドものだ。メアリー・アンは老婦人の横顔にどことなく違和感を覚えた。目につくわし鼻は、むかしの貴族にはありがちだけれど、顔にはおしろいが厚塗りしてある。そう、この威厳のある老婦人にはたしかにおかしなところがあるが、くたくたすぎて気にしていられない。エリーがクレタ島のハネムーンから帰ってきたら、この老婦人の正体を尋ねてみよう——それまで覚えていればだけれど。とにかくいまは寝不足で頭がはたらかない。これからエリーはギャンブラーと噂される男と——メアリー・アンから見たらいいとは思えない男と——結婚の誓いを立て、メアリー・アンも立ち会う。それがすんだらサシィを連れて家に帰り、くたくたになったジョンが今日のうちに帰ってくるのを祈る。メアリー・アンは腕時計を見て、早くはじまればいいのにと思った。いまはただ娘の隣で丸くなり、死んだように眠りたかった。

ＭＩ５のジョン・アイザリーは、ほか六名のエージェントと警備員とともにセントポール大聖堂のコントロールルームに詰め、大聖堂に入ってくる招待客の顔に目を光らせていた。セントパトリック大聖堂の爆破未遂事件以来、厳戒態勢が敷かれている。加えて、今日の結婚式には多数の著名人が集まることから、ここセントポール大聖堂では午後からさらに厳重な警備が必要とされていた。全力で警備にあたるようにと、首相本人がジョンの上司に電話をよこしたという。服を脱がせて持ち物検査をすること以外、できることはすべてしている。

いずれも美しく着飾った招待客は、華やいだ雰囲気のなか、笑いながらおしゃべりに花を咲かせており、ひとりの不審人物も見あたらなかった。身体検査などしようものなら、おめでたい空気に水を差すこと請けあいだ。ジョンは苦笑いして、あくびを漏らした。いまジョンとメアリー・アンのあいだでは、〝あと二週間〟というのが合言葉になっている。あと二週間もしたらサシィが夜通し眠るようになる、と医者から言われたからだ。早くメアリー・アンを眠らせてやりたい。

そのときにたまたま南側翼廊のカメラのモニターに目をやったジョンは、心臓が止まりそうになった。よりによってこんな日に、メアリー・アンがぐっすりと眠っているらしいサシィを抱えてそこにいるではないか。彼女が身につけているきれいなペールブルーのワンピースは、三週間まえにふたりで結婚三周年を祝ったときに着ていたものだ。一瞬わけがわからなくなった。今日ここへ来るなんて、聞いてなかったよな？　いや、思いだした。ここにいて当然だった。彼女と新婦のエリー・コルストラップは友人で、その友人が妻の嫌っている男と結婚するんだと聞かされていたではないか。この四日間の目のまわるような忙しさで、すっかり忘れていた。そういえば、夫婦そろって式に招待されていたはずだ。ジョンがメアリー・アンと結婚するよりもまえから、エリーはメアリー・アンと親しかった。何人かいる大金持ちの友人のひとりとして、メアリー・アンが格下の男と結婚したと思っていることは、ジョンも知っていた。警官ふぜいと結婚？　と。

ジョンは南側翼廊に座る妻の姿を一心に見つめた。友人たちは祭壇に近い中央に大集団で陣取っているが、そこからひとり離れている。サシィが目を覚まして、声をかぎりに泣きだしたときには、さっと退出できるようにだろう。彼は妻から目が離せなくなった。汗が頬を伝うのを感じて、手で払った。メアリー・アンがいる。そしてサシィも。いや、だいじょうぶだ、セントポール大聖堂ではなにも起こらない。おれの家族は無事だ。どんなに自分に言い聞かせても、ほかを見られず、メアリー・アンの顔に目が釘付けになった。彼はカメラをズームインして、彼女のまわりに列をなして入ってくる六人を見た。彼女のそばにいかめしい老婦人が立っていた。盛装して、ダイヤモンドで飾り立てている。流行遅れながら、恐ろしく高そうな服を着ていた。老婦人はネルソン提督記念碑をじろじろ見ると、近づいて碑に触れた。そしてくるっと向きを変え、出ていくかと思われたそのとき、メアリー・アンが彼女に笑いかけて、隣の空いた席を指さした。

ちょっと待った！「九番カメラの映像を巻き戻せ、いますぐ！　そこにいる老婦人だ！　映像を巻き戻すんだ！」

「そこで止めて。そうだ。彼女がネルソン提督記念碑の脇で足を止めたところだ。よし、そこから通常の半分の速度で再生しろ」三人のエージェントが彼のまわりに集まった。彼らは老婦人が15×20センチほどの薄い包みを、手袋をはめた手に携えているのを見た。注意していなければ、見落としていただろう。彼女はネルソン提督の記念碑に近づき、一瞬動きを止めた。

「ズームイン!」ジョンは指さした。老婦人が包みを小さな裂け目に押しこんだ。そのあと、老婦人が見えなくなった。彼女のまえを人がぞろぞろと歩いて、カメラからさえぎったのだ。

「正面を向いた顔を静止画にして!」ジョンが叫んだ。「顔認証だ! 急げ!」

最新鋭のプログラムが厚塗りした老婦人の顔に狙いを定めた。わずか数秒のうちに、老婦人の顔の隣に何百もの顔写真がならんだ。そこでいったん動きが止まり、彼女の頰を細め、きつく巻いた白髪と、首のスカーフを取り去った。現れたのはナシブ・バハール。アルジェリアで指名手配されている逃亡者だった。

よし!

彼のすぐそばのエージェントが言った。「ジョン、メアリー・アンとサシィがいるぞ!」

「わかってる」彼は消え入りそうな声で言った。「わかってる」

　ジョンは、笑顔のメアリー・アンの隣にバハールが腰かけるのをじっと見ていた。ここにいる全員を吹き飛ばすつもりなのか？　自爆覚悟で？　いや、バハールは工作員だ。計画の途上で自分を犠牲にすることはない。爆弾をしかけたら逃げる手はずだ。大聖堂のなかに、いったいいくつしかけてあるんだ？　ジョンは捜査官たちに指示をして、録画されていたバハールの足取りをたどらせた。爆弾は全部で八つあった。

　もしまちがっていたら？　バハールがこのままここにいて、メアリー・アンとサシィの隣で自爆したら？　かつて経験したことのない恐怖だった。決断しなければならない。そのとき、老婦人が腰を浮かせた。ゆっくりと立ちあがり、祭壇に目をやり、丸天井を見あげると、笑顔になった。身廊へと移動し、遅れてきた招待客の横をゆっくりと通りすぎ、入り口へと引き返していく。

　ジョンと六人の捜査官はコントロールルームを飛びだした。ジョンは無線機に向かって叫んだ。

57

フェデラルプラザ二十六番地
ニューヨーク市
月曜日

グレー・ウォートン捜査官は、コンピュータの画面に《インターナショナル・ニューヨーク・タイムズ》から一枚の写真を表示した。「シーク・タミン・ビン・ラシード・アル・アムディ。石油で財をなし、ロンドン来訪時には――頻繁に来るそうだが――湯水のように散財するため、いつも王族なみの待遇を受けている。現時点でわかっていることは、彼が見た目どおりの初老のプレイボーイで、ジェット機を三機も所有している大金持ちだということ」グレーはつぎの写真に移った。「彼の腕にもたれかかっているのは、レディ・パメラ・サンダーソン。ペンブローク男爵令嬢だ。このときふたりはジェームズ・ボンドの最新作のプレミアショーの会場に向かおうとしていた」

シャーロックはシークの気ままそうな顔と、自分の欲望にしか興味のない黒い目をじっくりと観察した。「いいえ、この男じゃない。年を取りすぎてるし、目立ちすぎるし——それに自分の富と、それによってもたらされるものに満足しきってる。ジェット機が三機もあって、なにがしたいのかしらね？」

「それはわからないが、彼には大家族がいる。親族を快適に旅行させるためだろう」

グレーはつぎの写真を出して、指さした。「これはイギリスに住むイスラム教徒のアバス・ガンバリ。セントアンドルーズ大学教授で、いっしょにいる女性はプレザンス子爵令嬢だ。見てくれ。背中は丸く、眼鏡をかけ、髪は薄く、老齢だ。所帯じみてるし、不満もなさそうで、条件に合致するとは言いがたい」

グレーがつぎの写真を出した。「これが最有力候補だと思う。サミール・バサラ博士、三十七歳、イギリス国籍を持つ著名な国際経済学者で、ロンドン・スクール・オブ・エコノミクスの教授。アルジェリアの出身で、父親はアルジェリアで広大なブドウ園を経営している。なに不自由なく育ち、十八でアルジェリアを出たのち、パリのソルボンヌ大学で学び、その後、アメリカに渡って、バークレーで経済学の博士号を取得。専門は中東だ」

キャルが言った。「妙な偶然だな。昨日の夜、ケリーとシャーロックとおれはＢＢ

Cで彼のインタビューを観た。彼の話をまとめると、JFKとセントパトリック大聖堂とTGVに対する攻撃の責めは、こちら側にもある、ということだった。まあ、彼の受けた教育を考えれば、驚くにあたらない見解だろうが」

ケリーはバサラの顔をじっくり観察した。「この目を見てよ。ほとんど不透明で、なにを考え、なにを感じているか、さっぱり伝わってこないわ。それにこのスーツ、きっとわたしのひと月分の給料より高いわね。裕福な欧米の知識人然としてる。そんなお金がいったいどこから入ってくるの？　家族？　それとも中東の支援者？　彼もプライベートジェットで飛んでるとしたら、桁違いのお金持ちよね。そして、この隣のゴージャスなブロンド美人は？」

「レディ・エリザベス・マーガレット・パーマー、第十一代カムデン伯爵令嬢」グレーがキーボードから顔を上げた。「彼女は社交界の常連にして花形、父親はロンドンの銀行家で評判も上々だ。レディ・エリザベスはスイスの私立学校を出たあとオックスフォード大学を卒業、社交界では目立つ存在だ。弟はコカイン依存症だとタブロイド紙には書かれてる」

「レディ・エリザベス・パーマー」ケリーは彼女の名前をくり返した。「バサラを見あげるこの輝くばかりの笑顔を見て。そうよ、グレー、彼に焦点をあてて。わたしのピンクパンサーのニーソックスを賭けてもいい。サミール・バサラ博士がわれらの戦術家よ」

　シャーロックがうなずいた。「問題はそれをどうやって証明するか。グレー、彼が民間航空機を使った記録はあった？」

「じつのところ、やつはもう何年も民間機に乗ってない。少なくとも、本名では。つまり自家用機を使ってるってことだ。で、調べてみたら、サミール・バサラ博士はまだ乗って二年のガルフストリーム機を所有していて、イングランド南部のフォークストン近くに置いてある」

「まだ民間航空局はあたってないのよね？　イギリスにおける連邦航空局《FAA》のことだけど。善良なるバサラ博士がフライトプランを提出してるかどうか知りたいわ」

「調べるんなら、ＩＣＡＯ、国際民間航空機関だ。公空上のフライトはすべてそこを通すことになってる」

　ケリーが言った。「ザカリーはあなたがなにをしているか、知りたがる？」

「たぶん。おれもきみと同じで、彼にはすべて伝えてる」グレーは顔を上げずに言った。「いいぞ、これだ。彼のジェット機はたくさんのフライトプランを出してる。パリ、ミュンヘン、ローマ。そのほとんどは短期休暇か他大学への出張だ。シリアやイランなど、あやしげな旅行先はないね」みんなはグレーの肩越しに、彼が画面を下にスクロールするのを見ていた。「一年に一回、ラマダンの時期にアルジェリアに帰省するみたいだな」彼はみんなを振り返った。「さあ、これを見てくれ。彼は先週ボストンに飛び、二泊したあと、ロンドンに帰ってる」

ケリーが言った。「じゃあ、ナシムの家族が入国したときだけじゃなくて、セントパトリックが爆破されかけたときも近くにいたってことね。ますますあやしいわ」

キャルが言った。「彼がすべての旅行についてフライトプランを提出してないのは、まちがいない。パイロットも共犯だろう。名前はわかるか、グレー？」

「ちょっと待てよ。いまアルジェリアの彼の家族を調べてる」彼は画面に目を走らせてから、顔を上げた。「ふむ、これを見てくれないか？　彼の祖父の名前はエルキュールだ」

シャーロックがこぶしを天に突きあげた。「よし！」

キャルが言った。「ケリー、ＭＩ５のきみの協力者に連絡したほうがいい。もう一点、シャディドとケンザの安全を確保する必要がある。バサラはおれたちがやつの正体を突きとめたことを知ったら、彼らの殺害を試みるかもしれない。そんな気がするんだ」

ケリーは携帯電話を取りだして、電話をかけた。「ジョン？　大事な話があるの。えっ？　いま、なんて？　待って、スピーカーフォンに切り替えるから」

ジョン・アイザリーの声は酔っぱらいのようにうわずり、そこに怯えのようなものが滲んでいた。「セントポールを失うところだった。あぶなかった。ぎりぎりで、犯人を取り押さえた。犯人は指名手配中のテロリスト、ナシブ・バハールだ。おれの妻子もセントポールにいたんだ。何百人という上流階級の人たちに交じって結婚式に参列してた。もしおれが臨時の警護についてなかったら、もしやつがネルソン提督記念碑にプラスチック爆弾の包みを置いたとき、妻にカメラをズームインしてなかったら、絶対にやつの犯行は阻止できなかった。なんてことだろう、やつは気取った老婦人に変装してたんだ」

「ジョン、今夜はメアリー・アンを外に連れだして、どこかとっておきの場所でお祝いをして。おめでとう」

「そんな特別なことはできないよ。なんせ、赤ん坊がいっしょだからね。サシィのことだから、店じゅうに響き渡る声で泣きわめく。まあ、〈ウィンピー〉か〈スパジュライク〉あたりで手を打つよ」

大笑いしたあと、ケリーが言った。「それと、いい知らせがあるの。戦術家の正体がわかったみたいよ。サミール・バサラ博士、イギリス国民。レディ・エリザベス・パーマーの恋人として、あなたの国の新聞を最近にぎわしてるわ」

「嘘だろ。その男なら、ＢＢＣのローランド・アターリーの番組で観たばっかりだ。それにレディ・エリザベス・パーマーだって？　彼女なら結婚式のためにここにいて、まだなかで事情を訊かれるのを待ってるぞ。さっそく彼女に会ってくるよ。助かった、恩に着る」

ケリーは、恩は売っておいて損がないことを知っていた。満面の笑みを一同に向けた。「セントポール大聖堂は救われたわ。こんどはわたしたちが仕事をする番ね」

58

ワイバリー・プレイス
ロンドン
月曜日の午後

エルキュールはセントポール大聖堂方面のスカイラインから目をそらすことができなかった。渦巻く煙はどこだ？　もはやバハールがしくじったのは否定できない事実だった。爆発するはずの時間から、少なくとも二十分はたっている。テレビはつけっぱなしにしてあった。ＢＢＣの速報でセントポール大聖堂からの中継がはじまると、彼はテレビを振り返った。記者が爆破未遂事件があったと報じたのち、動画に切り替わった。現場に居合わせた人が携帯電話で撮影したものであることは明らかだったが、じゅうぶんに鮮明だった。ＭＩ５のエージェントの複数が、ひとりの老女をセントポール大聖堂の外へせきたてていた。老女がエージェントたちの手から逃れようと抵抗するうちに、その頭からカツラが落ちた。エルキュールはバハールを凝視した。結婚式の招待客たちが、背後のセントポール大聖堂からあふれだしてくる。その多くはイギリス人の威厳を保とうとしているが、一部、バハールを指さしたりどなったりする者たちがいて、ダークブルーのスーツを着た男がひときわ鋭い声で、待機させてあるバンにバハールを押しこむよう彼らに指示を出した。いったいなにがあったのか？　エルキュールが指示した場所にプラスチック爆弾を置くところを見られたにちがいないが、バハールはプロ中のプロであり、エルキュールはにわかには信じがたかった。またもや失敗した。急に息が苦しくなり、無理やり心を静めた。バハールは絶対に彼の名を漏らさない。彼とは六年近いつきあいにあり、少なくともバハールのほうはエルキュールを聖戦の同志だと思っている。だがエルキュールには、バハールを失うことよりも、ハーロー卿の暗殺と引き換えにチューリッヒの口座に振りこまれるはずだった数百万ポンドが手に入らないことのほうが気がかりだった。

携帯電話が鳴った。エリザベスだろうか？　テーブルからひったくるようにして電話をつかみ、画面に表示された名前を見おろした。導師からだ。あの老いぼれめ、なぜ使い捨ての携帯電話にではなく、プライベートの携帯にかけてきた？　これはふたりの長年の取り決めだった。ついにもうろくしたか？　電話に出るつもりはなかった。出るのは愚の骨頂だ。だが導師が電話をかけてきた時点で、もう取り返しのつかないことになっている。それに気づいたエルキュールは、もはやいらだちを隠そうとしなかった。「なぜプライベートの番号にかけてきた?」

導師は怯えの滲む震え声で言った。いっきに老けこんだようだ。「MI5のエージェントたちが自宅に踏みこんできた。令状を見せて、そこらじゅうを調べあげようとしている。わたしにも話を聞きたいそうだ。このわたしにだぞ、エルキュール! 連中はおまえのお気に入りのミフスッドの件を持ちだした。やつをあのFBI捜査官の殺害に送りこんだのも、セントポール大聖堂を爆破しようとバハールを送りこんだのも、わたしのしわざだと言うのだ。やつらは得意満面だ! 聞いているのか、エルキュール? やつらはほくそ笑んでいるんだぞ!

そして手当たりしだいに、すべてを押収するつもりだ! わたしは気分が悪いと言って、バスルームに逃げこんだ。ドアの外にはエージェントがいる。わたしが携帯を持っていることは気づいていないようだ。家に踏みこまれたときに、使い捨ての携帯のほうを壊したからだ。まさかもうひとつあるとは思っていなかったのだろう。エルキュール、わたしはどうすればいい?」

導師と同様、エルキュールの心臓も激しく打っていたが、声には冷静さが保たれていた。「落ち着いてください、導師。不利になるような証拠は残さないように注意してきたではありませんか。あなたや、わたしたちの知りあいを罪に陥れる可能性のある書類やコンピュータのファイルは、残っていません」老人の沈黙に、エルキュールは腹部へ一発受けたような衝撃を受けた。「それとも、有罪の証拠が自宅にあるんですか？」

「いや、その点は抜かりがない。わたしは嘘をつかない。別の場所にちゃんと隠してある」

だったら、なぜそんなに怯えている？　ああ、そうか、このもうろくじじい！

「では、まずい書類はモスクにあるんですね？」

沈黙をはさんで、押し殺したような声がした。「ああ、だが、イスラム教徒の祈りの場を捜索する令状など、取れるはずがない。あそこほど安全な場所はないぞ」

彼らにとって大切なセントポール大聖堂の爆破未遂事件が起きたいま、それが導師の祈りの絨毯《じゅうたん》の下であろうと、令状が取れるはずだ。「具体的にどんな記録が残してあるんです？　元帳ですか、支払いの記録ですか、領収書ですか？　名前の記載はあるんですか？　たとえばわたしの名前の？」

「ああ！　いくらかあるが、おまえの本名のサミール・バサラじゃない」

愚か者め。すべての鍵となる手がかりを自分のモスクに保管するとは。

「エルキュール、連中が出ろと言っている。急がないと、ドアを壊して入ってくる」

バスルームのドアを激しく叩く音を聞いて、エルキュールは叫んだ。「携帯を叩き壊すんです！　いますぐに！　さあ、口を閉じて。なにも心配いりません」第一級の嘘だった。エルキュールの耳に、ドアが勢いよく開く音、そして男たちの声が聞こえてきた。電話は切れた。

エージェントたちに奪われるまえに導師が携帯電話を壊したのだ。いまさら関係ないが。MI5は必要となるありとあらゆる証拠をモスクで発見する。おそらく導師の巨大なマホガニーの机のなかに入っているのだろう。もっと早くに気づくべきだった。世間的には思慮深くて、穏やかな導師だが、ひとたびホームグラウンドである愛するモスクに戻れば、口を慎もうとはしなかった。そこは不可侵だと考えていた。その愚かさのツケをこれから刑務所で支払うことになる。いいやっかい払いだ、役立たずめ。

エルキュールはもう考えないことにした。知性はエルキュールの拠《よ》り所であり、賢明であるからこそ、サミール・バサラ博士としての人生が終わりに近づいていることがわかる。導師の残した書類から自分が突きとめられるまでに、どれくらいの猶予があるだろう？　一週間か、一カ月か？　それとも数日か？

前方のいたるところで流砂が渦を巻き、それが押し寄せてくるのが見える。いま行動しなければ、呑みこまれてしまう。国家に対する反逆者として裁判にかけられるつもりはない。それは屈辱であり、残りの人生を刑務所のなかで朽ちていく自分も想像できなかった。もういっさいテレビには出られない。ヨーロッパの大学でカリスマ教授として講義をすることも、自説が称賛の的となり、拍手喝采を受けることもないのだ。そうしたことは受け入れられる。その心づもりもしてきた。受け入れられないのは、すべてについてあれほど綿密に計画を立て、細心の注意を払って選択を行ってきたにもかかわらず、人生が崩壊に導かれたことだった。それが無性に腹立たしかった。こんなことは絶対に、なにがどうあっても、許せない。なにがあろうと、戦術家は土壇場で勝利をおさめるべく、それをみずから引き寄せねばならない。あとは誰にも見つからない場所に潜むまでのこと。

逃走計画はすでにある。十五年かけて用意してきた。なにがあろうと真っ向からぶつかっていく。導師のように、血管の浮きでた鼻より先のことを見ないようにしてきたツケとして、閉じこめられて生きるのはごめんだ。財産の大半はスイスの安全な場所に隠してあった。パスポートも複数あるし、現金もふんだんにある。イタリアのソレントには、スイスの会社名義でこぢんまりとした美しい別荘を買ってあり、いつでも住めるようになっている。最悪でも戦術家として生きることはできるし、潜伏を余儀なくされようとも、これまでどおり人々から恐れられる存在ではありつづけられる。

エルキュールはテレビを消して、レディ・エリザベスに電話をかけた。セントポール大聖堂の事件が知れ渡ったいま、彼が心配をして電話をかけてくるのを待っているはずだ。ひょっとしたら、バハールが失敗した原因がわかるかもしれない。彼女がボイスメール経由で電話を取ると、恐怖のために荒く不規則になった息づかいが聞こえてきた。彼は場に見あった声を出した。「エリザベス？　セントポール大聖堂が爆破されかけたって？　テレビで観たんだ。無事だと言ってくれ」

「ええ、だいじょうぶ、いまは。サミール、まるで悪夢よ。信じられない――」結婚式の直前になって、ひとりの男が身分証を見せながら通路を走ってきて、外に出るように言った、と彼女は説明した。「大聖堂のなかに爆発物がしかけられたから、全員一刻も早く避難するようにって。いまは、大聖堂のなかにある控え室のひとつにいるのよ。ＭＩ５のエージェントから緊急の話があるからここで待つようにと言われたの。なんでわたしにと尋ねたかったんだけど、そのまえに行ってしまったわ。なぜＭＩ５がわたしと話したがるのかしらね、サミール？　事件のことでわたしが知っていることなんて、あるとは思えないのよ」

エルキュールは話を聞くのをやめて、電話を切った。本当になぜだ？　彼らはエルキュールがレディ・エリザベス・パーマーとつきあっていることを知っている。だが、どうしたらそんなことが可能なのか？　ミフスッドか――彼ならレディ・エリザベスのことを知っているだろう。導師がなにかの折りに彼女のことを漏らしたのか？　それにしてもなぜミフスッドは裏切ったのか？　だが、もはやそれも関係なかった。いまさらどうすることもできない。ただ、おかげで出発の準備をする時間がないことがわかった。早急に姿を消さなければならない。

サミール・バサラは取るものも取りあえず、金庫だけを空っぽにすると、ワイバリー・プレイスのペントハウスに通じるドアを閉め、ボンド・ストリートの外れにある専用ガレージへ向かった。そこにあるのは、この世に存在しない男の名前で預けられた、ありふれたベージュのフィアットだった。

59

オールコット家
バージニア州プラケット
月曜日の昼近く

サビッチのポルシェがオールコット家の母屋のまえで停まった。車に乗ったまま、のどかな景色を眺めた。三軒の屋敷は緑豊かな自然に抱かれ、いたるところに草花の香りがあふれている。まさかこの屋敷に怪物が住んでいるとは信じられなかった。

人の気配は皆無だが、オールコット家の面々が屋敷のなかで待ち受けているのはわかっていた。まえもって電話をかけ、子どもたちが学校に行っているあいだに話を聞きたいと伝えておいた。いまごろ彼らはどんな話をし、なにを考えているだろう？だがサビッチがどんな心づもりでいるのかを知らないことだけは、確かだった。

サビッチはグリフィンを見た。「準備はいいいな？」

「はい、もちろんです。行きましょう」

ポーチに足を置くが早いか、美しい装飾のある玄関のドアが開き、デリア・オールコットが現れた。いつものふわりとしたロングスカートをはき、そのウエストに白いブラウスをたくしこんで、ほっそりとした足にはサンダルをはいている。化粧っ気のない顔が今日は青ざめているようだ。怖がっているのか？　サビッチはそうであることを願った。

デリアはグリフィンに視線を移して、一歩下がった。「指示されたとおり、みんななんとかやりくりして集まってるわ。またもやわたしたちの生活を引っかきまわして、こんどはどんな手柄を立てるつもり？」

ふたりはオールコット家の人たちでいっぱいになったリビングルームに入った。ブレーキーがお気に入りの暖炉脇に立ち、小首をかしげてこちらを見ている。期待している顔つきだろうか？

窓辺にいるジョナは、車が到着するのを見ていたにちがいない。ふたりの動きを逐一目で追っている。どんな斧《おの》が振りおろされるのかと戦々恐々としているが、振りおろされることは覚悟している。

リガートは嫌悪をむきだしにしてふたりを見ていた。態度は攻撃的で、みじんも恐怖を感じていない目をしている。なんとか踏みとどまっているものの、いまにも殴りかかってきそうだった。

サビッチは棒針が触れあう音がするほうを見た。静まり返っているので、やけに大きく聞こえる。ミズ・ルイザはふたりにはいっさい関知せず、サビッチがはじめて彼女に会ったときに編んでいたとおぼしきマフラーを鼻歌交じりに編んでいた。だが、編み目をひとつ落とすと、入れ歯を嚙みしめ、しかめっ面でふたりを見た。「畏れ多き法の執行官さまが、わたしたちを守りにおいでかね？　それとも誰かを縛り首にするためかい？　いいかい、みんなこの話で持ちきりだよ。どうやらモルガナは、真実を知るのを怖がってる。あんたたち、誰がかわいそうなブレーキーに命じて、ルイス保安官助手の胸にアサメイを突き刺させたか、突きとめたんじゃないだろうね？」

ブレーキーは祖母の言葉を聞いて、気絶しそうな顔になった。

サビッチはふたたびオールコット家の面々をひとりずつ見た。全面対決の場、みな緊張に体をこわばらせ、彼とグリフィンを無言で見返している。「今日みなさんに集まってもらったのは、ステファン・ダルコがなぜああも派手な方法でスパーキー・キャロルを殺したかったのか、その動機がわかったからです。おわかりの方もいるでしょうが、スパーキーの殺害は、スパーキーが半年まえにアーサー・オールコットを轢き殺したことに対する復讐でした」

ブレーキーは目をしばたたいて、身を乗りだした。「スパーキーが父さんを殺しただって？　そんなのありえないよ、サビッチ捜査官！　スパーキーはむかしから父さんのことを知ってて、うちにもよく遊びにきてた。フットボールをしたりして、スパーキーは父さんのことが大好きだった」

サビッチはうなずいた。「殺す気はなかったんだよ、ブレーキー。事故だったんだ。きみの父親を轢いたスパーキーは、途方に暮れてね、きみと同じようにパニックを起こして逃げたんだ。怖くて誰にも言えなかったが、自分の父親にだけは話した」

彼はひとりひとりの顔を見た。「そのあとスパーキーはうっかりミスを犯した。へこんだバンパーを直してもらおうと、むかしからの友だちのウォルター・ギブンズのところにマスタングを持ちこんだんだ。不審に思ったウォルターは、ルイス保安官助手に連絡した」言葉を切り、グリフィンにうなずきかけた。

グリフィンが続いた。「ルイス保安官助手の酒好きは、プラケットじゅうの住人が知っています。そして彼の親友のひとりはミルト・キャロル、スパーキーの父親だった。FBIではウォルターがルイス保安官助手にスパーキーの愛車マスタングの傷について話をしたあと、ミルト・キャロルがルイスに息子を守ってくれるよう頼んだのではないかと考えています。もともとはただの事故だ、アーサー・オールコットがふらふらと車道に出てきて、スパーキーには避けようがなかった、事故のせいで息子の人生が台無しになるのはあんまりだ、と。それでルイス保安官助手は、結果としてアーサー・オールコットの死に加担することになった」

リガートが言った。「そんなんじゃないぞ！　あのチビのろくでなしは酔っぱらって運転して、それで親父を轢き殺したんだ！」

サビッチが言った。「スパーキーが死んでしまった以上、真相は藪《やぶ》のなかだ。とにかく、ルイス保安官助手はウォルターから聞いたスパーキーのマスタングにできた傷の情報をなかったことにした。そしてウォルターには、スパーキーが轢き逃げ犯でないのがわかったから、今回のことは忘れてくれ、と伝えた。

だがそこでリガート、きみがスパーキー・キャロルのマスタングの塗装の色がおかしいことに気づき、疑いを持った。ウォルターの店に出向き、なにげなく尋ねてみると、ウォルターはスパーキーのマスタングにへこみができて、塗装の色をそろえるのに苦労したと話した。ウォルターはまさかそれがスパーキーの胸に的を描くと同時に、自分の運命をゆがめることになるとは、思いもしなかった。

さぞかし腹が立ったろうな、リガート？　きみは死んだ父親のあだを討ちたいと思った」

リガートが叫んだ。「あのチビのろくでなしが親父を殺したんだ！　見殺しにしたんだぞ！　ああ、そうとも、どんなにあいつを殺したかったか。それが当然の報いでもある」

「だがきみはそのことで捕まりたくはなかった。そうだろう、リガート？　きみは手が早く、きみがしょっちゅう殴るせいで奥さんが痣だらけなのは、プラケットじゅうの住人が知っている。できることなら、きみはプラケットのど真ん中でスパーキーを殴りつけ、瀕死のスパーキーを置き去りにして、その場を立ち去りたかっただろう。スパーキーがきみの父親にしたのと同じように」

リガートは呼吸を荒くし、体の脇で手を握ったり開いたりしている。「想像するのは勝手だがな、おれがかかわった証拠はないぞ。おまえらふたりとも、さっさとここを出てけ。さもないと――」

「さもないとなんだ、リガート？　おれたちを外に投げ飛ばすか？」サビッチはかかってこいとばかりに、リガートに向かって指をひらひらさせた。

リガートは一歩踏みだした。怒りに顔をゆがめ、関節が盛りあがるほど手をきつく握りしめている。デリアが叫んだ。「リガート！　そこまでよ！」

リガートは一戦交えて、ふたりを床に叩きつけたがっていたが、母親のひと声で思いとどまった。どっちつかずの顔でちらっと母親に視線を投げたところをみると、デリアにはいまだ息子を抑えつける力があるようだ。彼女が黙っていたら、おもしろい展開になったのに、とサビッチは思った。だが、これでリガートからもう少し話を引きだせるかもしれない。

ミズ・ルイザが大声を出した。「好きにやらせておやりよ、モルガナ。なにがいけないんだい？　床がちょっぴり血で汚れるぐらい、どうってことないだろう？」

デリアは義母を見た。「黙っててちょうだい、この老いぼれ魔女！」

サビッチはリガートから目を離さなかった。「リガート、きみが公衆の面前でウォルターにスパーキーを殺させたのか？」

「ばかじゃねえのか」リガートが言った。「スパーキーを殺したのはウォルターだ。おれはプラケットにいて、目撃者もいる。あのチビの人殺しスパーキーは自業自得だが、おれはなんの関係もない。なにがどう関係があるっていうんだ？」

サビッチはリガートを無視して、デリア・オールコットに言った。「あなたはダルコが誰なのかご存じだ、ミセス・オールコット。ダルコにブレーキーを殺人犯にされて、内心ははらわたが煮えくり返る思いでいる。それでもあなたが黙っているのは、ダルコがなにをしでかすかわからなくて怖いからだ。あなたや、息子さんたちや、お孫さんたちや、あなたの人生に対して」

デリアはリビングルームの中央にいた。たったひとり、誰からも完全に切り離されているようだった。彼女はかぶりを振った。

「わが子ながら、あなたはリガートがときに不品行で、手に負えないのを知っている。彼は妻を殴り、自分の子にも手を出す。彼には人を怯えさせ、意のままに操る力があるんですか？　リガートがダルコなんですか、ミセス・オールコット？　なにか言ったら殺すと脅されてるんですか？　あるいはブレーキーやジョナを殺すと？　いや、彼の妻とか子どもたちを殺すと脅しているのかもしれない」

さすがのデリアもカッとして、叫んだ。「ばかなこと言わないで！　リガートは短気だけど、それだけのことよ。奥さんだってめったには殴らない――」

ブレーキーが言った。「ぼくは兄さんがマーリーを殴るのを見たことがあるよ、母さん。いきなり殴ったんだ」

「ええ、そうね、わかってる。でも、もう殴らないと約束したわよね、リガート。もう子どもを叩いたりしてないわね？」

リガートは無言だった。

デリアは打ちひしがれているようだった。

グリフィンが言った。「ウォルター・ギブンズは彼が子どもを叩いたと言ってました。人前で幼い息子を叩いてたんで、止めに入ったと」彼はリガートを見た。「だからウォルターにスパーキー・キャロルを殺させて、殺人犯の汚名を着せたのか？　そのときの腹いせとして？

そこへわれわれが捜査に乗りだしてきて、真相に近づいたんで、排除したくなった。マカッティの森でチャールズ・マーカーにおれたちを待ち伏せさせたのはなぜだ？　チャールズがなにをした？　利用しやすかっただけか？　チャールズが父親の拳銃を簡単に手に入れられることも知っていたんだろう？　なあ、リガート、男だったら正直に話したらどうだ？」

サビッチには二メートルほど先にいるリガートの首の血管が激しく脈打つのが見えた。

ジョナがグリフィンのまえに進みでた。「やめろよ。あんたらふたりとも誤解してる。あんたらの言う、ウォルター・ギブンズとブレーキーに人を殺させて、チャールズにあんたらを狙わせたダルコってやつだけど、リガートなはずがないんだ。リガートには人になにかをさせる能力なんかまるでなくて、だからいつもむしゃくしゃしてるんだ。妻を殴るのは、それならできるからさ。彼女も我慢して、おれが家を出るべきだって言っても耳を貸そうとしない。ただ肩をすくめて、また殴られるのを待ってる」ジョナは兄に目をやると、嫌悪もあらわに続けた。「リガートは平凡な男だ。脳みそより怒りのほうが多い、むかしながらの男さ。子どもを殴るほど落ちぶれてるとは知らなかった。ほんとにあのかわいいテディを殴ったのか？　あのやさしくてかわいい子を？　いいか、リガート、こんどあの子を殴ったら、保安官を呼ぶぞ。そんなやつはブタ箱にぶちこまれて、痛い目に遭えばいいんだ。わが子を殴るとは、一族の名折れだとわかってるのか？」

話は脱線しかけていたが、ジョナが立場を明確にしたことがサビッチには嬉しかった。この先もその態度を堅持してもらいたい。サビッチは経験上、リガートのようなやからは弱い者いじめをやめないのを知っていた。「じゃあ、人を操る能力があるのは、ジョナ、きみなのか？　そして若いやつらのほうが都合がいいのか？　より従順で、扱いやすいから？　ウォルターとブレーキーとチャールズを利用して、死んだ父親の恨みを晴らそうとしたのか？　実の弟まで使って？　きみはそれほど卑劣な人間なのか？」

驚いたことに、ジョナは声をたてて笑った。「いや、ダルコはおれじゃない。誤解しないでくれ。おれは親父が大好きだった。死なれておれも家族もこたえたし、腹が立ってしかたがなかった。だが、スパーキー・キャロルはむかしからの知りあいだ。あいつが父親からミートボールの作り方を教わるのも近くで見てた。スパーキーはお人好《よ》しの弱虫で、鼻にとまった虫さえつぶせないやつだった。それぐらいやわだったんだ。だから、彼がうちの親父を車で轢いたのが事実なら残念でならない。どうしたらいいかわからなくて、その場に立ちすくんでるあいつが目に見えるようだ。そりゃ父親に泣きついたろう。タミーには泣きつけないもんな。彼女はあいつよりさらに甘ちゃんだからね」

ジョナはふたりを見て、かぶりを振った。「その妙な髪型をしたダルコとやらは、おれじゃない。もちろんブレーキーでもない。ブレーキーは、ルイス保安官助手の死体を自分の配送車のOTRコンテナに乗せるぐらい善良な犯罪者だぞ。そして、リガート」ジョナは兄を見た。「おれの知らないことでも覚えたか？　マカッティの森で、呪文をそらんじながら、焚き火を囲んで踊ったのか？　なあ、リガート、白状しちまえ。スパーキーの車の塗料が合ってないのを見て、それで怒れる霊能者に豹変《ひょうへん》したのか？」

室内は冷たい静けさに満たされた。首を切り落としたそうな目つきで弟を見ていたリガートは、身震いして、息を深く吸いこむと、ふたたびサビッチとグリフィンを見た。「それで、あんたらはもう気がすんだのか？」

サビッチが言った。「一番大事なことがまだだ。先週の木曜の夜、ダルコはわたしを殺そうとした。就寝中のわたしを脅かしたんだ。ブレーキーもウォルター・ギブンズもチャールズ・マーカーも、そしてあなた方の何人かも、同じように脅かされたはずだ。だが、わたしのほうが強かったために、彼の試みは失敗に終わった。わたしは彼を自分の領域に引きずりこみ、震えあがらせた。以来、姿を現さないのは、わたしを恐れているから、わたしに殺されるのがわかっているからだろう。

わたしを恐れるあまり、彼はマカッティの森でわたしを襲ってはこなかった。そうだ、代わりに若いチャールズ・マーカーを送りこんできた。チャールズは父親の拳銃を手に、わたしたちを待ち伏せした。ダルコは臆病者だ。正面からぶつかってくるだけの根性がない。彼がブレーキーにしたことを見れば、彼のたちの悪さがわかろうというものだ。

デリア、ダルコの正体を教えていただきたい。あなたのことは守ります。あなたが言ってくれなければ、ウォルター・ギブンズは残りの人生を塀のなかで過ごすことになり、ブレーキーは起訴されるでしょう。ありとあらゆる証拠がブレーキーの罪を断じ、連邦検事には、死んだ父親の殺害の隠蔽工作に対する復讐だという動機まで与えられる。ダルコがつぎにするかもしれないことよりも、そのことのほうが恐ろしいのではありませんか？」

デリア・オールコットは動かなかった。ゆっくりと、かぶりを振った。

ミズ・ルイザがカラカラと笑いだし、関節炎の手を上げて、サビッチに向かって指を振った。「あんたは颯爽《さつそう》と登場して、人を脅しつけ、哀れなリガートに癇癪《かんしやく》を起こさせようとした。で、その結果、なにがわかったんだい？　なにもさ。そのダルコとやらは誰？　何者だい？　あんたを殺そうとしただって？　わたしがなにを考えてるか教えてやろうか？　そんなやつはいやしないんだよ」

老婦人は家族のひとりひとりを見た。「モルガナがダルコじゃないことは確かだ。そこまでの強さはないからね。もしそうだとしても、この女が大事なブレーキーを殺人者にしたてあげるなんて想像できるかい？」彼女は棒針を手に取り、一同を無視して、いつ完成するともしれないマフラーをのぞきこんだ。このまえより三十センチほど長くなっているようだ。

サビッチはミズ・ルイザの車椅子のうしろに立つブレーキーから、窓辺で五芒星の隣に寄りかかるジョナを見て、さらにリガートへと視線を移して、彼に笑いかけた。

「きみがダルコなのかい、リガート？　就寝中にまたやってきておれを殺すつもりか？　そんなことができると思ってるのか？」

　サビッチがリガートをあおっているあいだ、グリフィンは全員の顔を観察していた。表情からはなにも読み取れなかったものの、積もりに積もった陰鬱な恐怖と、その場の空気を熱するような、根の深い憤怒のにおいがした。リガートから放たれているのか？　たぶん。

「おれが眠るのを待ちたくないだろう、リガート？　いますぐはじめたくてうずうずしてるのに、ママのリビングではできないってか？　なんなら外に出るか？　おれはきみの奥さんや子どものように弱くも小さくもない。やられたらやり返せるぞ」

　リガートはうなり声とともに、サビッチに突進した。母親が悲鳴をあげる。

　蹴りあげたサビッチの足がいともたやすくリガートの腹を直撃した。うしろに蹴り飛ばされたリガートは、テーブルの足元で息をあえがせていた。

　デリアが駆け寄り、ふたりのあいだに割って入った。「いいかげんにしてください、サビッチ捜査官。いますぐ出てって。令状がないかぎり、二度とうちの敷居はまたがせないわ。リガートはダルコじゃありません！」

　サビッチは言った。「ダルコもいいかげん、観念しないと。ブレーキーのために降参しないのであれば、またわたしにケンカを売るしかない。それは彼が、そしてあなた方が決めることだ」

これでサビッチの話は終わりだった。彼とグリフィンは回れ右をして、オールコット家の人々をリビングルームに残して出ていった。

60

フェデラルプラザ二十六番地
ニューヨーク市
火曜日の午前中

スピーカーからジョン・アイザリーの声が響き渡るなか、支局担当責任者のミロ・ザカリー捜査官は会議室に入っていった。苦いコーヒーとピザのすえたにおいが立ちこめているが、MI5のエージェントの声に耳を傾けるFBIの捜査官たちは、それも気にならないようだ。

ジョンは言った。「ケリー、知ってのとおり、昨日きみから電話があった数分後には、サミール・バサラ博士のワイバリー・プレイスのアパート——失礼、ペントハウス——の家宅捜索の令状を取った。やつはすでに立ち去ったあとだったんで、いつでも逃げられるように準備してたんだろう。金庫は開いていて、なかは空だった。私的な書類や現金、別名義のパスポートを持ち去ったと思われる。パスポートは複数ある可能性がある。少なくともイギリス国内では彼名義の口座にはいっさいアクセスできない。スイスに持っているかもしれない口座も凍結すべくはたらきかけているところだ。ただ、当然のごとくそれ以外の国にも別名義で口座があるかもしれず、うちの科学捜査班の連中が現在、血まなこになって調べている。われわれも総力を結集して捜索にあたり、港と空港と個人の滑走路で警戒態勢を敷いた。それでもやつがイギリスを出るつもりなら、捕まえるのは至難の業だ。ずいぶんまえから万全の準備を整えていたのは明らかだからね」

「シャーロックよ、ジョン。モスクにあった導師の書類には、行き先の手がかりになるようなものはなかったの？」

「残念ながら、それがないんだ。バサラと名指しされているものはなくて、つねにあだ名の戦術家として出てくるんだが、調査の必要な財務報告書が大量にあるし、導師を長くぶちこめるだけの、不正資金の記載のある帳簿もひとそろい見つかった。導師のやつ、やっと神聖な場所を侵すのは神への冒瀆《ぼうとく》だとわめくのをやめたかと思えば、こんどは知らぬ存ぜぬ、わたしのせいじゃないの一点張りでね。そんな弁明が通るわけないんだが」

「ペントハウスを出てすぐに向かった先の心当たりはあるの？」ケリーが尋ねた。

「ベントレーは置いたまま、タクシーにも乗ってないんで、はっきりしない。地下鉄や列車に乗れば、国内なら、ほぼどこへでも行ける」

シャーロックが言った。「もう一台車があったのかも。さっき言ってたじゃない、ジョン。いつでも逃げられるように準備してたって」

「ああ、たぶんそんなところだ。だが、どうやって追跡すればいいんだか」

キャルが言った。「レディ・エリザベス・パーマーには訊いたのか？　協力してもらえないのか？」

ジョンが一瞬、黙った。「彼女はひどいショックを受けてる。最初は彼が暗殺者やテロリストのはずがないと、聞く耳を持たなかったんだが、彼がセントポール大聖堂に爆薬をしかけたことや、あの巨大な丸天井の真下に彼女がブライドメイドとして立っていたことを言うと、気絶しそうになってね。残念ながら、彼女にも行き先の心当たりはなかった。やつの個人的な癖はよく知ってても、戦術家としての彼の生活となるとさっぱりだ。おれが部屋を出るとき、最後に彼女がなんて言ったと思う？」

「いいわよ、ジョン」シャーロックが言った。「こんどのは期待できそう？」

「父の言うことを聞くべきだった、テレビに出てる自分を観るのが好きな男となんかつきあうんじゃなかった、だとさ。そして、あの男には道義心もフェアプレーの精神もなかった。そもそも庶民に期待したのがまちがいだった、と」

ケリーが言った。「なかなかおもしろいじゃない、ジョン。彼が暗殺者でテロリストであったことにレディ・エリザベスが驚いたのは、よくわかった。わたしたちはこれまで議論を重ねてきて、あなた同様、バサラが特定の個人の殺害を隠すためにテロを利用したと見てるんだけど、セントパトリックでも、TGVでも、セントポールでも、いったい誰が狙われていたのかさっぱりわからないの」

ジョンが言った。「やつを見つけないことには、わからないね。だが、最近標的になったこの三つの現場には政府の高官がいた」

シャーロックが言った。「いいわ、バサラが航空券を買ってないのはわかったし、彼のプライベートジェットと専属パイロットは監視下にある。これで船を使われたら、お手上げだけど。プライベートボートに関しては監視体制が確立されてないし、監視カメラのあるヨットハーバーはめったにない。だからここ数時間は、わたしたちと同世代の男がこの二十四時間にイギリスから世界のどこかに向けて飛んでないかどうか、プライベートジェットを手配する会社に問いあわせることに全力を傾けてるの。アメリカのFBIが連絡してきたっていうんでびっくりする人が多いけど、バサラがセントポールの爆破未遂事件の重要参考人だと言うと、素直に協力してくれるわ」

ジョンが言った。「力を貸してもらって、助かるよ。心配なのはフランスに逃げられた場合だ。あそこにはヨーロッパじゅうのプライベートジェットの会社が集まってる——」

「見つけたぞ！」グレー・ウォートン捜査官がノートパソコンを片手に部屋に飛びこんできた。いまにも飛び跳ねそうなほど、興奮している。「おれのリストの十二番めにあったマンチェスター・プライベートジェット・ハイヤーだった。該当する時間帯の出国予約が三件あった。令状がどうの顧客のプライバシーがどうのと最初はうるさかったが、捜している人物の正体を明かすと、ありえないほど対応が早くなった。

それでメールで顧客のパスポートの写真を八枚送ってくれた。どれが捜してる犯人と適合するかさっぱりわからなかったんで、顔認証を使ってみた。ヒゲありではあるけれど、こいつがバサラとよくマッチした」ノートパソコンを会議室のテーブルに置く。「見てくれ。このパスポートはブルース・コンドール名義で、出身はメイン州カルディコット、三十五歳。カウンターの女性には、自分はアメリカのビジネスマンで、帰国するところだと言ったそうだ。で、聞いてくれ、この名前と生年月日の納税申告者はおらず、社会保障番号もない。おれにはわかる、こいつにまちがいない」

ジョンが言った。「それで行き先はどこだ、グレー？　ティンブクトゥか？」

「いいや」彼はシャーロックに一瞥を投げた。「信じられないことに、九時間まえ、ボルティモア・ワシントン国際空港に降りてる」

ザカリーは肩越しに言いながら、早くも部屋を飛びだそうとしていた。「ボルティモア支局のマイクに連絡しなければ。状況を説明すれば、すぐに兵隊を動かしてくれる。ケリー、キャル、シャーロック、すぐに直行してくれ。三十四丁目にヘリを待たせておく」

ジョンは信じられないといったように首を振っていた。「びっくりだな。安全な場所へ高飛びすることもできたのに、敵陣に乗りこむとは。戦術家はなぜこんな無謀なことをするんだ？　完全に正気を失ったのか？」

シャーロックは全員の思いを代弁した。「彼がここに来た理由はただひとつ。わたしを殺すことよ」

ジョンは押し黙り、メアリー・アンとサシィがセントポール大聖堂で死と隣りあわせにあったことを思いだした。こんどはシャーロックがやつの照準にとらえられているのか？「だとしたら、やっぱり正気を失ってる。気をつけてくれよ、シャーロック」シャーロックは彼がこのあとすぐにディロンに電話することを知っていた。

61

〈フォーシーズンズ・ホテル〉
メリーランド州ボルティモア
火曜日の午前中

ボルティモア支局からサミール・バサラを発見したという第一報が入ったのは、ヘリコプターが着陸するまえのことだった。シャーロックはすぐにディロンに電話した。

「ヘリコプターの音がうるさいけど、聞こえるのを祈るわ。彼は昨夜、〈フォーシーズンズ・ホテル〉にチェックインしたそうよ、ディロン。わたしたちもあともう少しでクリントン・ストリートのピア7へリポートに到着するわ。〈フォーシーズンズ・ホテル〉までは三キロぐらいね。それで、そっちはどう?」

サビッチが言った。「うまくいったら教えるよ。うまくいきさえすれば問題ない。いいか、シャーロック、きみはおれの妻でショーンの母親だってことを忘れるな。気をつけるんだぞ」

ヘリポートには、ボルティモア支局の捜査官が四人、ＦＢＩの大型ＳＵＶ二台の隣に立っていた。ケリー・ジュスティは着陸するや、四人にホテルの出口を割りふった。

「計画の説明はヘリからしておいたの。これで出入り口はすべてカバーできるはずよ。なにか質問は？」

超大物テロリストである暗殺者の逮捕劇に加わるとあって、捜査官たちはやる気にはやっていた。

キャルとケリーとシャーロックは、豪華なロビーを突っ切ってフロントに直行した。フロント係の若い男に身分証明書を見せ、宿泊客であるブルース・コンドールというビジネスマンについて尋ねた。だがフロント係はぐずぐずと煮え切らず、挙げ句、支配人を捜してきますと言いだした。

「支配人室へ案内して」ケリーが言った。「いますぐよ」フロント係は彼女を見て、うなずいた。ケリーとシャーロックを支配人室にやる一方で、ロビーに残ったキャルは、勤務中のベルボーイや駐車場管理人、コンシェルジュに話を聞いてまわった。そのひとりひとりにバサラの写真を見せた。昼のシフトの時間帯のせいか、彼の顔に見覚えのある者はいなかった。

ケリーとシャーロックはフロント係の案内で金色の大理石でできた美しいロビーを

進んだ。巨大なシャンデリアが三つあり、芸術的なフラワーアレンジメントが飾ってある。支配人室はコンシェルジュのデスクの奥を右に曲がった先にあった。

支配人は立ちあがり、びくつくフロント係の背後に控える女性ふたりを見ると、眉をひそめた。「どうかしたのか、ジェブ？」

シャーロックとケリーはすっと進みでて自己紹介をしたが、男は不愉快そうにふたりを見つめるばかりで、黙ったままだった。ケリーは眉を吊りあげた。

「ギブソンです」男はようやく名乗ったものの、デスクの奥から出てこようとしない。「FBI？　女性《レディ》がおふたりで、当ホテルにどういったご用件で？」

ふたりとも男の言葉に嫌みを感じ取った。レディと言いつつも、その実はビッチと呼びたがっている。もし女で、こんなクズを上司に持たなきゃならないとしたら地獄だ、とシャーロックは思った。緊急な用件でなければ、八つ裂きにしてやるのに。

「こちらに宿泊しているブルース・コンドールの部屋番号を教えてください」

支配人は顎をそびやかせ、肩をいからせた。「それには令状をお持ちいただかないと、捜査官。当ホテルでは、お客さまのプライバシーを尊重しておりますので」

ケリーはくだんの男はセントパトリック大聖堂爆破未遂事件の重要参考人だと告げた。それでも支配人は動じず、偉そうな態度を崩さなかった。

「先ほどから申しあげておりますとおり、令状をお持ちいただきませんと」支配人がうすら笑いを浮かべたのをシャーロックは見逃さなかった。

ケリーが支配人のデスクの奥に入りこみ、面と向かって言った。「ミスター・ギブソン、これはNSAにかかわる問題です。ただちに許可しないと、FBIボルティモア支局にフル装備の特殊部隊を派遣させて、ホテルじゅうを捜索させますよ。あなたの大切なお客さま方がお喜びになるとは、とても思えませんけど。あなただって、札付きのテロリストをかくまったかどで会社から大目玉を食らうかもしれない。その点、お気づきかしら？」彼女はさらに詰め寄った。「ところで、彼がお宅のルームサービスに満足してるといいわね。さもないと、彼の人柄と職業からして、お礼参りに舞い戻ってこないともかぎらないもの」ケリーは手を差しだした。「さあ、カードキーを出して」

支配人は態度をあらため、ノートパソコンでデータを呼びだした。そしてフロントに電話すると、別のフロント係がやってきて、シャーロックにカードキーを渡した。「スイートルームの六一三号室です」支配人は、また傲慢な態度を復活させた。「ミスター・コンドールはもうチェックアウトされました。先に言っておきますが、車もうちの駐車場には停めていませんでしたし、今日の行き先についての記録もいっさいありません」

ケリーが尋ねた。「チェックアウトしてから、どれぐらいになるの？」

支配人はフロント係に目をやった。「まだ一時間たっていません」

「部屋の清掃はすんでるんですか？」

「さあ」

「たぶんまだだと思います、支配人」フロント係が言った。

ふたりは支配人を残して部屋を出ると、ロビーを横切った。ケリーは捜査官全員が所定の位置についているのを確認した。エレベーター乗り場へ向かう途中で、キャルが合流した。写真をひらひらさせている。「昼のシフトだ、誰も見てない」

最上階まで上がり、長い廊下を突きあたりまで行くと、そこにある両開きの扉がスイートルームの六一三号室だった。三人はグロックを抜き、ノックをせずにカードキーを差しこんで、両方の扉を押し開けた。若い女性が悲鳴をあげる。その腕には折りたたんだ清潔なタオルがかかっていた。

さいわい、彼女は部屋に入った直後だった。彼女をカートもろとも外へ出し、部屋の捜索を開始した。

「逃走中といえども、贅沢の好きな男みたいね」ケリーは豪華なスイートルームを見まわした。インナーハーバーが一望できる。

三人は広いスイートルームの分担を決めて、各自、仕事に取りかかった。もはやこれまでかと思いかけたとき、扉をノックする音がした。フロント係のジェブだった。

「ミスター・コンドールは昨夜の真夜中ごろにルームサービスを頼まれました。ゴールデン・スロープ・シャルドネと軽食だったそうです。厨房《ちゅうぼう》に問いあわせたところ、注文の品を運んだ従業員がまだホテルにおりましたので」

シャーロックはわが身を蹴りあげてやりたくなった。ルームサービス係に尋ねるという発想がなかった。ジェブがこの情報を知らせてくれたことを、支配人は知っているのだろうか？

エレナ・ウィスクはほっそりとした長身の美人で、疲れると同時に興奮しているようだった。はずむような足取りで部屋に入ってくるなり、三人の見ているまえで大あくびをした。恥ずかしさに顔を赤らめながら、ちょうど夜勤が終わるところだと言った。どうやらジェブは彼女にコンドールがテロリストだと話していなかったようだ。

ジェブから聞かされていたとおり、彼女はミスター・コンドールにツナサラダ・サンドイッチのポテトチップス添えと、シャルドネ一本を部屋に届けていた。ハンサムだけれど疲れているようでした、と彼女は言った。そしてコンドールは、シャルドネを飲むとよく眠れる、明日は——もう今日ですね——大事な日だから、それに備えてしっかり寝たい、と言ったという。「わたしはシャルドネの栓を抜き、北カリフォルニアの出身だと話しました。いいワインをお選びですね、とゴールデン・スロープのことを話題にしました。ナパのワイナリーで作ってて、何年かまえに行ったことがあるんですよって。お客さまはお父さまのブドウ園で作ったどのワインよりもおいしいとおっしゃいました。そのブドウ園はどこにあるのかとお尋ねしたら、顔を曇らせて、すぐにわたしを部屋から追いだしたんです。そのことを話したくなかったんですね。理由はわかりませんけど。でもチップははずんでくれました」

うっかり口をすべらせたな、エルキュール。キャルはエレナにサミール・バサラの写真を見せた。彼女はうなずいた。「ええ、この方です」

三人は彼女への質問を続けたが、もうなにも出てこなかった。そのあと、部屋を出る段になって、彼女が扉のまえで振り返った。「くたくたのせいで、忘れてました。わたしがお部屋に入ったとき、ミスター・コンドールは携帯でお話し中でした」

三人全員が緊張に体をこわばらせた。ケリーが尋ねた。「話していたことを聞いた、エレナ？」

エレナは口をすぼめた。「べつに盗み聞きしてたわけじゃないですよ。でも、電話のお相手に、よくやった、頼りにしてる、とかそんなようなことを言ってらっしゃいました。それだけです。あの方がなにをされたんですか？　ものすごく悪いことですか？」彼女は身震いした。

シャーロックは彼女の肩を軽く叩いた。「ありがとう、ミズ・ウィスク。ご協力に感謝します」そしてディロンにスピーカーフォンで電話をかけ、バサラが電話をしていたことを伝えた。

「よし、これではっきりするぞ」サビッチが言った。「昨晩バサラがホテルに到着してから外にかけた電話を捜そうと思って、〈フォーシーズンズ・ホテル〉をサービス範囲にふくむ携帯電話の中継塔から、携帯データの情報を引きだしたんだ。一本だけ、未登録の電話から外にかけられていて、その使い捨ての携帯が初めて使われたのは昨日だった。その携帯からかけた番号はここワシントンDCのもので、やはり未登録だった。麻薬の売人どうしの電話か、バサラが手下にかけたかのどちらかだ」

「真夜中ごろだったとルームサービス係は言ってたわ」シャーロックが言った。

「だったら、まちがいないな。やつがワシントンに向かっているとは思っていたが、これで裏が取れた」サビッチは言い足した。「おれたちの自宅があるワシントンにね。おれはリアルタイムでふたつの携帯の位置を特定できるかどうか、通信業者にあたってみる」ふたたび言葉を切った。「そうだな、手っ取り早い方法を使うかもしれないが」

キャルが電話を取った。「なにかあったら教えてくださいよ、サビッチ。おれたちもそろそろ撤収して、ワシントンに向かいます。電話の状況からすると、バサラには先遣隊がいて、やつの要望に応えてるんじゃないですかね。たとえば、グローブボックスに使い捨ての携帯を入れた車を飛行場に停めさせておくとか。つまり、かなりの高確率で銃を持ってるってことです」

「ああ」サビッチは言った。「そうだな。じゃあ、あとで。みんな、気をつけろよ」

シャーロックがふたたび電話に出た。「ディロン？　ショーンとガブリエラはもう家を出てるの？」

「母さんのところにいるよ。心配いらない、シャーロック」

62

州間高速道路95号線
ワシントンDCへの途上
火曜日の昼近く

サミール・バサラはアクセルを踏んだ。なぜか時速四十五キロでのろのろ運転していたビールの輸送トラックを追い越すや、時速九十キロに戻して、するすると右車線に入った。この先のことを思うと心がはやるが、運転に影響が出てはならない。州警察のやっかいになるのは避けたかった。サリラが飛行場の駐車場に置いておいてくれた車は完璧だった。三年おちのトヨタ・カムリで、色はベージュ。決して人目を引かないしろものだ。助手席にはワルサーP99のセミオートマチックがあった。サリラの私物だと、昨晩遅くに電話で話したときに聞いた。ほかに必要になりそうなものはすべて、サリラの甥がひと足先にワシントンに車で運び、サリラが借りたコンドミニアムで彼の到着を待っている。そのなかにはジョージタウンにあるあの女性捜査官の家を、彼女と家族もろとも爆破するのにじゅうぶんな量のプラスチック爆弾もふくまれている。彼女はほどなく帰宅し、バサラはそれを待つだけでいい。ブルックリンでの大失態でサリラを責めることはできない。彼の〝兵士〟――サリラはともに働く者たちを、年齢にかかわらずすべてこう呼ぶ――の失敗にひどく心を痛めるサリラをまえにすると、心が揺さぶられて慰めてやりたくなるものの、サリラの兵士がしくじったのは厳然たる事実だ。負傷して、捕らえられ、年長の戦友であるムハンマド・ホスニは射殺された。サリラは、わが子のようにかわいがっていたふたりの若い兵士、ミフスッドとケンザがアメリカの刑務所から一生出られないのではないかと憂いを口にした。その一方で、この若いふたりについてはなんの心配もない、とバサラに請けあった。あいつらは絶対に口を割らない。自分がバサラに忠実なように、わが子らは大義に忠実だから、と。

ブルックリンの家であのFBI捜査官を焼き殺せなかったのはいかにも残念だった。あれは超弩級《ちょうどきゅう》の大失態だったが、バサラが悪いのではない。計画は念入りに練りあげ、指示も明確かつ簡潔だった。なぜかサリラの兵士たちは動きを察知され、FBIに警戒させてしまった。とにかくいまはその件を考えないことだ。もはや問題ではないのだから。

いまは前進あるのみ、あの女に意識を集中すること。サリラのことは信頼している。彼にならこまかな部分まで任せられる。どんな望みも叶えてくれる。サリラに対する信頼の深さは、シリアのダマスカス郊外で彼の命を救ってやったという事実にもとづいている。乗っていた車のそばで爆弾が爆発したとき、サリラを引きずって安全な場所へ避難させたのだ。この最後の暗殺計画にあたり、サリラなら自分を失望させない。自分に惨めな思いをさせたあのバハールとはちがう。サリラには、この日の仕事と引き換えに、たっぷりの報酬を与えるつもりだ。

道が混んできたので、スピードが出せなくなった。MI5は導師のモスクでもうあの書類を見つけただろうか？　サビーン・コンクリンが夫から横領した金を莫大な寄付として導師に差しだしたことを示す書類を。あれだけでも、ふたりを刑務所送りにするにはじゅうぶんな証拠になる。ナシム・コンクリンの妻マリ・クレールは生き残った以上、かならず告発してくる。そんなことを考えているうちに、ふつふつと怒りが湧いてきた。FBIがどうやって彼女とその子どもを見つけたのだろう？　なんにしろ、あのいまいましい女、シャーロックが一枚嚙んでいるのはまちがいなく、その件についてもツケを払ってもらわなければならない。その方法を考えていると、気持ちが静まってきた。

いつかまた家族に会えるだろうか？　ふとそんな思いにとらわれた。姉妹たちは地獄に堕《お》ちようがどうしようが知ったことではないが、母がこの先何カ月となく何年となく父にしてやることを見守りたいというのは、偽らざる気持ちだった。終わりのない母の手厚い介護で、父はどこまで生きながらえるだろう？

こんどは、エリザベスのことを思って、笑い声が出た。両親を裏切り、他人に知られてはならない秘密と美しい肉体を惜しげもなく分け与えた相手がテロリストだと知って、彼女はいまなにを思うだろう？　しかも、ただのテロリストではない。セントポール大聖堂を彼女もろとも爆破しようとした黒幕ときた。父親は彼女にどんな言葉をかけるだろう？　かわいそうなエリザベス、もはや放蕩息子のごとき弟のために質に入れる宝石が手に入らないばかりか、《ロンドン・タイムズ》はこれでもかというほど下劣な話を書き立てて、彼女と彼女の高貴な家族を奈落の底に突き落とすだろう。ところが自分のほうは、マスコミにたかられることもなく、高みの見物を決めこむ。

腹が鳴った。深夜にルームサービスのサンドイッチと、つねに赤ん坊のような眠りをもたらしてくれるお気に入りのワインで食事をすませたのを最後に、なにも口にしていない。腕時計を見ると、まもなく正午だった。サリラと会ってから、食べることにしよう。

彼はアルジェリアの古い民謡を口笛で吹きながら、いくつもの口座に分けてある金額を足していった。企業を複雑に絡みあわせて、誰にも見つからないようにしてある。これでイタリアのソレントへ移住するにはじゅうぶんすぎる額があるのを思いだせた。今回の件が片付いたら、四年まえに買ったあの別荘へ行こう。海に臨む岩壁に立つあの別荘で美しい手すりに足をかけて、ワインをちびちびやりながら、魂を鎮めてやろう。戦術家としての仕事を再開するのは、そのあとだ。導師が投獄されることで活動はむずかしくなるだろうが、戦術家としての評判は申し分ない。自分と導師の信奉者たちは、引きつづき自分を畏れ敬う。導師の刑務所送りにひと役買った、あのＦＢＩの捜査官を家族もろとも吹き飛ばしてやれば、戦術家としての株もさらに上がろうというもの。

自分は偉大なる暗殺者としてのキャリアを失い、プライベートジェットを失い、ペントハウスを失った。あの女ひとりのせいでないのはわかっているが、彼女を殺すことが仕切りなおしになる。鼻歌を口ずさむ彼の脳裏には、いまいましい売女が木っ端みじんになる姿があった。

63

FBI本部、CAU
ワシントンDC
火曜日の午後

サビッチはCAUの自分の部屋で携帯電話が鳴るのを待っていた。アサルトギアと防弾チョッキに身を固めた捜査官が六人、外でサビッチの合図を待っている。無線通信業者は、令状がないと携帯電話の位置情報は提供できないと、FBIの依頼を突っぱねた。そこで一か八《ばち》かで友人の連邦保安官で地方裁判所に勤務するクリント・マシューズに電話をかけた。連邦保安局はセスナを一機所有している。逃走者を追跡する際にコロンビア特別区上空に飛ばして、携帯電話を探知するためだ。そのセスナ機にはダートボックスと呼ばれる携帯基地局で使われている受信器の類似品が搭載されており、それによって地上にある携帯電話の固有の識別番号を読み取ることができる。エリア内にある電源が入っている携帯電話なら、一メートル以内の誤差で位置を特定できるとマシューズは豪語していた。

サビッチが電話をして十七分後に携帯電話が鳴った。クリントは過呼吸を起こしそうなほど興奮していた。「携帯を見つけたぞ、サビッチ。ここワシントンからかけたやつだ。いまジョージタウンにある。おまえの家から一・五キロと離れていない、あの〈ニュー・ギルモア〉とかいうコンドミニアム群のなかからだ。住所はナイランド・ドライブ・ノースウエスト。部屋番号は三三八号室。おれの部下を派遣しようか？　それともＦＢＩの腰抜けどもで我慢するか？」

サビッチは笑った。「ありがとう、クリント。恩に着るよ」

「いや、これでセントパトリックを爆破しかけたクズのテロリストが引っかかってくれるなら、おれたち全員の大手柄だ」

サビッチは電話を切る間も惜しんで、オフィスを飛びだした。

64

〈ギルモア・コンドミニアム〉
ワシントンDC、ジョージタウン
火曜日の午後

ナイランド・ドライブ沿いにある、横ならびになったそっくり同じの建物三棟は、〈ニュー・ギルモア〉と呼ばれていた。ニューとは名ばかりで、建設されたのは二〇〇三年なのだが。いずれも落ち着きのある赤煉瓦造りの三階建てで、美しく造成された公園のような庭が将来性のある若い知的職業人を引きつけるらしく、住人の大半が彼らで占められている。

通りをはさんだ反対側には、一戸建てが立ちならび、あいだに駐車スペースがないため、家の持ち主たちは通りに車を停めていることが多い。だが、いまはほとんどが働きに出ている昼のさなかで、通りもおおむねがらんとして静かであり、歩く人の姿もまばらだった。サビッチは捜査官四人を建物の近くと通りの向かい側に配置し、人目につかないか、周囲に溶けこむようにしろと指示したものの、長時間人目につかずにいるのが大変なのはわかっていた。

サビッチはオリーとルースを連れて、モロッコ製のカーペットが敷きつめられた階段を三階までのぼり、長い廊下を突きあたりの三三八号室まで進んだ。管理人には電話をしていない。三三八号室を借りた人物について無理やり聞きだそうとするのは、リスクが高いと判断したからだ。管理人が妻や恋人、あるいはほかの誰かに電話でしゃべり、その相手が突然押しかけてきたら困るし、かといってそれを防ぐために捜査官を見張りにつけるだけの余裕もなかった。サミール・バサラを待ち伏せしている者たちの正体はいずれわかる。

階段でも廊下でも誰にも会わず、廊下に面した部屋からもなんの物音もしなかった。みな仕事に出ているのだろう。それでも、目当てのドアが近くなると、彼らはできるだけ足音を忍ばせた。サビッチはグロックを脇に押しつけ、のぞき穴に向かってほほ笑むと、ドアをノックした。「ピザの配達です」

軽いアラビア語なまりと生粋のブルックリンなまりの両方がある話し手が、低い声で叫んだ。「うちじゃないぞ。ピザは頼んでないから、さっさと行け」

サビッチはルースとオリーにうなずきかけると、うしろに下がって、ドアノブを蹴りつけた。勢いよくドアが開き、ルースが叫ぶ。「FBIよ。動かないで!」

浅黒い肌の男が彼らの右手にあるリビングルームのソファの背後に飛びこむ。男は玄関のドアめがけて立てつづけに三発撃ってきたが、三人は玄関口の壁のうしろまで下がった。すると、奥の寝室からなにか物音がした。ほかにも人がいるのだ。

サビッチが叫んだ。「どちらも出てこい。寝室にいるやつもいますぐ。包囲されていて、逃げられないぞ」

窓が開く音がした。続いて、何者かが金属の非常階段に飛び移る音。

オリーが無線機に向かって言った。「デーン、非常階段をおりておまえのほうに向かってる」

リビングルームにいた男がソファの脇から顔を突きだして、サビッチたちのほうに続けて発砲してきた。つぎの弾倉を装塡するガチャンという大きな音がする。不本意ながら、あれを使うしかない。サビッチはオリーにうなずきかけた。オリーがチョッキから閃光《せんこう》手榴弾を取りだし、ピンを抜いて、リビングルームに向かって放った。三人は建物の廊下まで下がり、激しい爆音に備えて、手で耳をふさいだ。せまい場所だけに、爆発音も閃光もすさまじかった。

男が息をあえがせ、咳《せ》きこむ音がする。男は両手で顔をおおって、床に転がっていた。忘れ去られた拳銃が、隣に転がっている。

ルースがリビングルームに駆けこみ、男をうつ伏せにして、手錠をかけた。

男の息づかいは荒く、とめどなく涙を流している。「もうだめだ、死ぬ、死ぬ」

ルースが男の頭をはたいた。「あら、死なないわよ。榴散弾じゃなくて、ただの閃光手榴弾なんだから、めそめそしないで」男を引きずりあげ、投げだすようにして椅子に座らせた。サビッチとオリーがコンドミニアムの裏手を確認しているあいだに、ナイロン製の手錠で男を椅子につないだ。男はいまだ息をあえがせ、涙を頰に伝わせている。閃光手榴弾による耳鳴りのせいで、こちらの言ったことはまったく通じていないのだろう。ルースはリビングルームの窓に近づいた。デーンが男をグリフィンのいる建物の正面へと引き立てている。こちらの男はかなり若く、義理の息子のレイフとたいして年がちがわない。ルースは振り返って、椅子の男を凝視した。下にいた男とどこか似ている。真っ黒の髪。目の間隔が広く、顎が突きだしている。「名前はなんていうの？」

男は彼女に唾を吐きかけようとした。

「行儀が悪いこと」ルースは彼を避けて背後からまわりこんだ。うしろのポケットに手を突っこみ、ワニ革の財布を抜き取った。

サビッチとオリーは一度にひと部屋ずつ、ふたりで室内を捜索した。最初の寝室にはキングサイズのベッドがあり、床には服が散乱していた。どうやら男ふたりでここに寝ていたらしい。バスルームには汚れたタオルが乱雑に置かれ、歯磨き粉とジャコウのような香りのアフターシェーブローションのにおいがした。ふたつめの寝室はきちっと整頓されたまま、非常階段に通じる窓だけが開けっぱなしになっていた。

バサラがここに泊まる予定だったのか？　オリーが非常階段を調べているあいだに、サビッチはクローゼットの扉を開けた。拳銃の入った袋が出てきた。全部で六挺《ちょう》、すべてグロックだった。膝をつき、プラスチック爆弾とおぼしき包みを手に取った。TGVを脱線させたのも、セントパトリック大聖堂やセントポール大聖堂で使われたのも、同じ爆薬だった。怒りがこみあげてきて、動けなくなった。おれたちを爆破するつもりだったのか？　おれたちの家を？

サビッチとオリーが室内にいると、デーンが若い男を連れて玄関から入ってきた。デーンが非常階段で取り押さえたこの男は、ひっきりなしに悪態をついている。サビッチはソファを指した。「オリー、こいつに手錠をかけろ。デーン、さっきの銃声や手榴弾で警察や消防が来るのも時間の問題だ。911に電話して出動を止めろ。首都警察にも、パトカーをここに近づけないように伝えるんだ。あとこの通りから野次馬を追いはらうのに、管理人に協力を頼め。バサラが近くまで来てるかもしれない」

サビッチはヒゲをそりたての若い男を見た。バスルームにあったのと同じアフターシェーブローションのにおいがする。いまだ小声で悪態をついているが、もはや同じことのくり返しになっている。サビッチは男に近づいた。「口を閉じろ」

度肝を抜かれた若い男は、口を閉じて、サビッチを見あげた。「おれを殴るのか？アメリカの警官には許されないぞ」

サビッチは言った。「おれがやりたいと思ったことは、なんでもするさ。名前はなんだ？」

若い男は押し黙った。

「息子をこんなことに引きずりこんだ父親の言い分を聞いてみるか」

「おれは息子じゃない。甥だ」

「そういうこと」ルースは使い古したワニ革の財布をサビッチに手渡した。なかにはニューヨーク州の運転免許証、クレジットカードが三枚、現金が五百ドル、それに三人の子どもに囲まれた女性の写真が入っていた。「ミスター・サリラ」サビッチは彼の顔を見ながら言った。「おまえがサミール・バサラの先遣隊員だな。この写真にあの青年が写っていないところをみると、さっきの話は嘘じゃなくて、おまえは彼のおじだ。彼の名前は？」

サリラはなにも言わなかった。

オリーは頭を振った。「こいつは財布を持ってない。ルース、こいつを見張っててくれ。おれは、あの豚小屋みたいな寝室の引き出しを見てくる」

「豚呼ばわりするな。おれたちは人間だ」サリラはオリーに唾を吐きかけた。

「お行儀の悪いことをしたって、いい結果にはならないわよ」ルースは彼の腕を殴った。「それでなくたってやばいことになってるのに」

「ばか女め、おまえになどなんの価値もない。なんだそのズボンは？　男にでもなったつもりか？」

彼女はにっこりして、黒く汚れた男の顔をぽんと叩いた。「考えなおしたほうがいいわよ、ミスター・サリラ。あなたを椅子に固定したのは、このわたしだから」

サリラはひとりずつをにらみつけ、最後に、向かいのソファに座っている甥に目をやった。「おれたちを逃がしてくれ。なにも悪いことはしていない」

サビッチが眉を吊りあげた。「じゃあ、寝室のクローゼットにあった六挺のグロックはどう説明する？　それとあの違法性の高いプラスチック爆弾でなにをするつもりだったのか、教えてくれるか？」

サリラは首を横に振った。

甥が言った。「武器のことはなにも知らない。まえにいた人が置いてってたんだろ」

オリーが財布を手にリビングルームに戻ってきた。「汚れたシャツの下にあった。おれたちが話していたのは、ミスター・アサド・サリラ。で、おまえのおじさんのフサム・サリラには兄弟がいる。おまえの父親もテロ業界の人間なのか、アサド？」

サリラは無言だった。アサドは口を開きかけたものの、サリラににらまれて、顔を伏せた。

「バサラはいつ来る？」サビッチが尋ねた。

サリラは答えかけて、急に声を落とした。「おれの知りあいにバサラなんてやつはいない」

「ほんとか？　おまえがニューヨークに住んでいるのはわかっている。セントパトリックの爆破未遂事件で犯人に手を貸したのはおまえなのか？　シャーロック捜査官を殺そうとした三人の世話係をしてたのか？」

彼は口をつぐんだままだったが、呼吸は速くなっていた。

「やつらがしくじったんだろう、ミスター・サリラ？　バサラがボルティモアに飛んでから、ほかにやつを手伝える人間はいなかったのか？」

サリラはサビッチを見た。「そんなことが言えるはずないんだ。なぜわかる？」

「バサラが昨日の真夜中に〈フォーシーズンズ・ホテル〉からおまえに電話をかけたことも知ってるぞ」

サリラの口がぽかんと開いた。「ありえない。おまえは嘘をついてる」

サビッチはサリラのシャツのポケットから携帯電話を取りだし、彼の顔の前で振った。「おまえの携帯がおれのところに来て、秘密を全部教えてくれたのさ。さて、おまえがワシントンに来てからいままでになにをしたか、見てみようじゃないか」

サビッチは通話履歴をスクロールした。たった三件。一件はバサラから、あとの二件はニューヨークの番号にかけていた。こいつの家族か？

「バサラがいつこっちに着いたか教えてくれ。それと、おまえたちはシャーロック捜査官の自宅のまわりにプラスチック爆弾をしかけて、彼女を吹き飛ばす計画を立ててたのか？　言っとくが、あの家はおれと五歳の息子の家でもあるんだぞ」

サリラの首筋の血管が激しく脈打っているのを見て、サビッチは彼が怯えていることに気づいた。失敗を突きつけられながらも、なんとか自分を保っている。「だとしたら、おまえの家になにが起きようと、その種を蒔《ま》いたのはあの女だ。おまえの運命はアッラーが握っていらっしゃる」

「好きに言ってろ」オリーが言った。

「われわれはみなアッラーの手のなかにある」サリラが言った。「そして悪をなす者は、アッラーによって罪の報いを受ける」

ルースが言った。「わたしにはアッラーが罪のない人を殺せと言うとは思えないんだけど。ニューヨークのセントパトリック大聖堂の葬儀には、数百名いたのよ。だったらアッラーはあなたに罪の償いをさせるわけ、サリラ？　バサラも償うの？　バサラが現れたら、わたしたちは彼を逮捕するわ」

サリラに頼んでバサラに電話をかけさせることができないのは、サビッチにもわかっていた。たとえバサラがサリラからの電話を待っていたとしてもだ。サビッチがどんなに脅そうと、サリラは隙あらばバサラに危険を知らせようとするだろう。それにどれだけ脅しを重ねても、サリラはバサラを裏切るまい。ここまで忠誠を保たせるとは、バサラはいったいサリラになにをしたのか？

サリラが目をつぶり、祈りの言葉を口にしだす。そんなおじを見つめながら、ヒゲをそりたてのアサドの顔は、恐怖に青ざめていった。

サリラの携帯電話が鳴った。また鳴った。

65

十六丁目ノースウエスト
ワシントンDC
火曜日の午後

キャルはサイレンと回転灯のスイッチを切り、ふたたび本線に合流すると、十六丁目でUストリートに右折した。「あと少し、ナイランドまであと五分くらいです」携帯電話から『ワイルドでいこう!』が流れだすと、シャーロックはスピーカーフォンに切り替えた。「ディロン、あと五分で着くわ。そっちはどう?」

「バサラからサリラに電話があった。ふたりで会う約束でもしていて、その確認だろうから、近くまで来てるのかもしれない。当然サリラには電話を取らせなかった。できるだけ目立たないように来いよ。やつがどんな車に乗ってるのかまだわからない。急いでくれ」

「そこ、プリチャートを左折して、キャル」サビッチが携帯電話を切ると、シャーロックは言った。「地元の人がナイランドやギルモアに行くときに使う道よ」

キャルがナイランドに入ると、シャーロックが後部座席から言った。「コンドミニアムは二ブロック先の左側よ。いまごろ、グリフィンが庭木の手入れをしてるわ。すごくハンサムなの。バサラもまさか捜査官だとは思わないでしょうね」

ケリーが信じられないとでもいうように息を呑んだ。「あいつだわ！　十時の方角よ、キャル。あのトヨタのカムリ。ゆっくり走って、通りをうかがってる。捕まえるわよ！」

キャルがアクセルを踏むが早いか、おんぼろのシボレーのインパラが私道から真んまえに飛びだしてきた。急ブレーキを踏んだおかげで、なんとか運転席側のドアに突っこまずにすんだ。最初は運転手がいないのかと思ったが、つぎの瞬間、ハンドルの上に、もじゃもじゃの白髪頭と、恐怖で青ざめた顔が現れた。

甲高いブレーキ音を聞いたバサラは、音がしたほうを見て、彼らに気づいた。すぐさま窓から携帯電話を投げ捨て、アクセルを踏むと、通りに出てきた歩行器を押している老人をすんでのところで回避した。グリフィンが剪定《せんてい》ばさみを放りだして、携帯電話を取りだす。カムリは猛スピードで角を曲がり、二十九丁目のある南の方角に走り去った。

ケリーが叫んだ。「ワシントンはさっぱりわからないの。彼はどこへ行こうとしてるの？」

「まだわからない」シャーロックが言った。シートベルトを外し、グロックを片手にフロントシートのあいだに身を乗りだした。「ううん、待って、二十九丁目イーストをDCに向かうか、キーブリッジを渡ってアーリントンに行こうとしてるのかも」

キャルはふたたびサイレンと回転灯のスイッチを入れると、鳴り響くクラクションと怒声をものともせず、十数台の車と平台にタイヤを積んだシルバラードをつぎつぎと追い抜いていった。カムリが一台のキャデラックを追い抜いてキーブリッジに差しかかったとき、キャルの車はカムリの三台うしろまで迫っていた。「やつの運転はまずまずだな」キャルは言った。「だが、ワシントンを知らないことが足枷になってる」

ケリーが言った。「これってどこに行くの？」

「このまま南に行けば、アーリントン国立墓地だ」キャルが言った。「だがもうすぐ標識が目に入って、あんな迷路みたいなとこに突っこみたくないと思うはずだ。しっかりつかまってろよ！」キャルはハンドルを切って政府専用車両のナンバープレートをつけた黒塗りのリムジンを追い越した。呆然《ぼうぜん》としているふたつの顔が見える。そして、すべるようにして元の車線に戻り、恐怖におののく運転手を尻目にマスタングのまえのわずかな隙間に割りこんだ。「いや」キャルが言った。「バサラは墓地に向かってない。66号線からルーズベルトブリッジを渡ってDCに入ろうとしている。あいつはわかってやってるのか？　おい、うしろから来るのはディロンの赤いポルシェじゃないか？」

シャーロックが振り返った。「ええ、ルースもいるわ」前方の渋滞に視線を戻す。「バサラも向こうに行ったらなにがなんだかわからなくなるわ、キャル。この車の流れから出たら、リンカーン記念堂の環状交差路に放りこまれるもの。すべての車がぐるぐるまわってて、しかもまわりは観光客だらけ。止まらずに通り抜けるなんて無理よ」シャーロックはキャルに気をつけてと言いかけてやめた。キャルの運転の腕前はディロンに伍《ご》する。振り返ると、すぐそこにディロンの赤いポルシェがあって、ルースがグロックを片手に助手席側の窓から身を乗りだしていた。ディロンはキャルに先導を任せていた。

狂気の沙汰だわ、とケリーは思った。滔々《とうとう》と流れる眼下のポトマック川と、さっき標識のあった左手のセオドア・ルーズベルト島に視線を投げた。

キャルはといえば、視線を一点に定め、ゆったりとハンドルを握って、落ち着いている。彼には自分のすべきことがわかっていた。キャルは鼓動が速まるのを感じた。

怖いからではなく、わくわくしているからだった。母の悲鳴を背にスキーの上級者コースをすべりおりた七歳のときの自分が見える。

ケリーはふたたびバサラに視線を戻した。車のあいだを縫うようにして、六台先を走っている。

キャルはカムリを追ってコンスティテューション・アベニューに入った。カムリはふたたび右に進路を取り、最初の連絡道路でふたたび川のほうに進路を取った。魔のシャーロックの言うとおり、バサラは自分がリンカーン記念堂に向かっていて、環状交差路が目前に迫っていることに気づいていない。キャルはカムリを猛追した。対向車をすんでのところでかわし、環状交差路のなかでクラクションを鳴らしっぱなしにした。前方に建設現場が現れ、大きなコンクリートブロックで交通から遮断されていた。キャルは環状線内で二台の車を強引に抜き去ると、適切な速度を計算しつつ、カムリの左リヤパネルにぶつかった。カムリは車体を傾けながら猛スピードでコンクリートブロックに突進し、浮いた車体がそのまま建設機器に突っこんだ。数名の作業員があわてて避難する。掘削機にぶつかったカムリは、一度二度と回転して、泥をまき散らしながら、建設現場のバリケードを破壊した。

「つかまってろ!」キャルは急ブレーキを踏んだ。スピンしたSUVが建築用ブロックのひとつに激突し、ボンネットの下から煙が漏れだす。三人は横転したカムリを見つめていた。運転席側のドアが勢いよく開き、バサラが転がりでてきた。顔からだらだらと血を流しながらも、膝をついて体を起こしたバサラは、コンクリートブロックの反対側にいる彼らに気づいた。彼らの周囲で斜めに重なって停車した車からは、けたたましいクラクションの音が鳴り響いている。

バサラはいったんは拳銃を構えたものの、彼らが車内にいるのを見ると、環状交差路を走って観光客でごった返すリンカーン記念堂へと向かった。

シャーロックとケリーはＳＵＶを降り、観光客や車のあいだを縫って彼を追った。身分証明書を掲げたケリーは、数歩進むごとに「ＦＢＩです！」と叫んだが、ひとりの父親が幼い子どもの手を引くのが遅れたために、子どもを避けようとして転倒した。先を走っていたシャーロックは、バサラがリンカーン記念堂に走っていくのを見た。拳銃を持ち、顔から血を流しているために、それを見て驚いた人たちが道を空けている。

神さま、バサラに人質を取らせないで。

シャーロックは叫んだ。「みんな伏せて！」

その声を聞いて、バサラが足を止めた。階段にいる十代の少女を人質に取ろうとしている。だが、彼は人々の阿鼻叫喚などものともせず、ふと背後を振り返った。シャーロックと目が合うや三発撃ち、最後の一発が彼女の胸にあたった。シャーロックは激痛によろめいた。その瞬間、息ができなかった。防弾チョッキを着ていても、肋骨が折れることがあるの？　そんなことを考えながら膝をつき、腹這いになって、心を静めようとした。両手でグロックを握りしめて、彼を見据える。そして機先を制して、三発応戦した。彼の首、肩、胸に命中した。バサラはシャーロックと目を合わせたまま、広い段の上で立ちつくしていたが、倒れたかと思うや、階段を転がり落ちた。

シャーロックは跳ね起きて、「下がって！」と叫ぶと、バサラに駆け寄り、銃を蹴飛ばした。銃は階段の最下段に落ちた。彼は階段の上で斜めになって手足を投げだしていた。胸板が上下し、首筋の銃傷から血が流れだしている。シャーロックはかたわらに膝をついた。

ディロンの叫び声が聞こえても、バサラから目が離せない。

目には膜がかかってきているのに、それでもバサラはぶつぶつとつぶやいている。言葉が血にくぐもっていた。「おまえを地獄に吹き飛ばしたかった」

「うまくいかなかったみたいね」

彼は唇の血を舐めた。「まだ死ねない。こんなはずじゃなかった」

頭が横に倒れ、じっと空に向けられた瞳は、もはやなにも見ていない。死んだ。亡くなったナシムが生き返るわけではないけれど、できるだけのことはした。シャーロックはバサラを見おろしながら、まわりに人垣ができつつあるのを感じた。ディロンが下がれと命じている。ケリーが駆け寄ってきて隣に膝をつき、キャルがそのあとに続いた。

シャーロックはゆっくりと立ちあがり、自分にまわされるディロンの腕を感じた。白いシャツはバサラの血で赤く染まっている。

終わった。

66

サビッチの自宅
ワシントンDCジョージタウン
火曜日の夜

みんなして『かわいい子どもと世界一のママ』の四番を歌うころ、ついにショーンが眠りに落ちた。ショーンが二歳のとき、サビッチが息子のために作ったカントリー調の歌だ。歌詞は他愛ないし、シャーロックの声も褒められたものではないが、そんなことは問題ではなかった。ショーンにとっては最高の歌だった。いまふたりは眠りについた息子をしみじみと眺めていた。サビッチは彼女のこめかみにキスをした。

「おかえり」

シャーロックは彼の腕に抱かれ、その首に頬を押しつけた。「あなたやショーンと離れているのがいやでたまらなかった」ふふっと笑う。「帰ってきてから、もう六回は言ってるわね」

「何度でも言って、おれの心を静めてくれ。ショーンもアストロも、きみと再会して、大喜びだったな。でも、一番はおれさ」サビッチはあらためて彼女を強く抱き寄せた。

「わかってるでしょ、ディロン、わたしはつねに捜査官たちに囲まれてたわ」

「きみが捜査官たちの毛布に潜ってたって、やっぱり心配でならない」

シャーロックは伸びあがり、彼の顔に触れた。「わたしだって同じよ。でもこれでようやく決着がついたわ。バサラは死んだ」目をしばたたく。「事の発端となったJFKのあの事件から、まだ一週間もたってないなんて信じられない」ナシムの顔、マリ・クレールの顔が浮かび、そこでやめた。「バサラはテロ行為を暗殺の隠れ蓑にしようとした。ひとりを殺すためにたくさんの人を巻き添えにし、それのすべてがお金のためだった。フランスでたまたまTGVに乗ろうと思ったがために命を落としたすべての人たちのことを思わずにいられないわ。もしセントパトリックやセントポールの爆破事件が成功していたらどうなっていたかも。いったいいつからはじまっていたの？　彼はどれだけの人たちを殺したの？　バサラはサイコパスよ、ディロン。骨の髄まで腐ってる」

「だがもう死んだ。悪とともに」サビッチは言いながら、思った。彼女はあやうくバサラのつぎの犠牲者になるところだった。「やつがスイスの口座に隠した大金を、突きとめないとな。

それにしても納得がいかないな。もしバサラがまだチャンスのあるうちに、自分の金とツテを使って姿をくらましていたら、やつはまだ生きて、仕事をしていた。だが、あいつは失敗を認められなかった。責任をなすりつける相手を必要としていて、きみを選んだんだ、シャーロック——そう、女のきみを。そして敵にした」ディロンは首を横に振り、湧いてくる不安の念を抑えこんだ。彼女にキスをして、ぎゅっと抱きしめる。「十二回めのおかえりを言わせてくれ。疲れただろう？　そろそろベッドに入るか？」

彼の言うとおり、くたくたに疲れていて、いまにも気絶しそうだが、まだしなければならないことが残っている。そう、いまはまだ。シャーロックはゆったりとほほ笑みかけると、彼の手を取って寝室にいざなった。温かくて、大きなディロン。彼のすべてが愛《いと》おしかった。

サビッチは三十秒とかけずにボクサーパンツとTシャツ姿になったが、振り向くと、シャーロックは服を着たままベッドの真ん中に突っ伏して、すやすやと寝息をたてていた。服を脱がせても、ナイトガウンを頭から着せても、目を覚まさなかった。サビッチは愛してやまない彼女の寝顔をひとしきり眺めてから、電気を消し、眠りについた。

サビッチは夢を見た。凍えるほど寒かった。恐ろしく冷たい海水を頭から浴びて、Tシャツもボクサーパンツもびっしょり濡れていて、海水が顔を打った。荒れくるう波を浴びるたびに、背中が硬くて動かないものに打ちつけられた。岩だ。波はいったん引いては、ふたたび襲いかかってきて、サビッチを打ちのめし、骨の髄まで凍えさせる。波から逃げようにも、体を動かせない。海から突きでた巨大な岩に太いロープできつく縛りつけられていた。この海はどこだ?

岩につながれた夢を見ているのか? 必死に身をよじったりロープを引っ張ったり、太い麻縄の下で手を自由に動かせるようにあがいてみるが、どうすることもできない。凍えるほど冷たい波に濡れて、ロープはきつくなる一方だった。

これは夢じゃない。ダルコのしわざだ。

なにかが空《くう》を切る大きな音がして、頭上を見あげると、巨大なイヌワシが特大の翼を広げて頭上を旋回していた。急降下してきて、黒い翼でサビッチをおおいつくし、その嘴《くちばし》をサビッチの脇腹に突き立てた。言うにたえないほどの痛みに意識が遠のく。イヌワシは血に染まった嘴を腹から抜いて空高く舞いあがるや、ふたたびサビッチめがけて急降下してきた。そしてまたもや嘴を脇腹に突き立て、さらに深く突き入れ、サビッチが地獄のような痛みに悲鳴をあげるまで、肉を引っ張ったりちぎり取ったりした。ふたたびイヌワシが体から嘴を引き抜いたとき、サビッチは黒く不透明な瞳を見た。イヌワシもこちらを向き、何秒か彼を見おろしていた。よく見ると、その瞳は不透明ではなかった。奥にダルコがいたのだ。

イヌワシはまたもや脇腹に嘴を突き立てて、深くえぐり、サビッチの一部を削り取った。サビッチはわれに返った。いや、これはダルコだ、こんな狂人に負けてはならない。痛みに屈していないで、この状況を理解するのだ。自分は岩にくくりつけられていて、逃げることができない。巨大なイヌワシに嘴で脇腹をつつかれている。いったいどういうことだろう？　今回のダルコはなにを演じている？　ダルコ自身がイヌワシになってプロメテウスの神話を再現しているのか？　それはゼウスは毎日ワシをやってプロメテウスの肝臓を嘴でつついて食べさせながら、夜になると肝臓を元どおりにさせ、それがヘラクレスに救われるまで延々とくり返されるという話だが、結末は物語の語り手によって異なる。だがいずれにせよ、この責め苦は人間に火を贈るなどという大それたことをしたプロメテウスに対する、ゼウスの罰だった。

ダルコは自分にはゼウスと同じくらい強大な力があると思っているのか？　サビッ

チは叫んだ。「どうした、ダルコ？　神話のまねじゃない、オリジナルな物語は作れないのか？」

イヌワシは耳をつんざく甲高い鳴き声を大空に放ったが、サビッチの頭上をただ舞って、急いでいるようすはなかった。話しかけたところで、相手がワシでは返事が期待できない。そしてダルコはサビッチを身体的に自由がきかない状況に置くよう、気をつけている。サビッチはウィンクル洞窟を思い浮かべ、自分とダルコをあの広い空間にまたもや送りこもうとしたが、なにも起こらなかった。続いて沼沢地《しょうたくち》の緑色の水のなかをのっそりと泳ぎまわる、巨大なアリゲーターの上にダルコを立たせてみた。アリゲーターは口をゆっくりと開き、その真っ黒な目でダルコをにらみつける。だが、相変わらずサビッチは岩にくくりつけられていて、頭上にはイヌワシがいた。つぎに紫色の海と、波に乗る一艘のいかだ船を想像し、広大な海を孤独に漂ういかだ船にダルコを乗せてみた。

やはりなにも起きない。

荒波がいまだ容赦なくサビッチに襲いかかり、脇腹の開いた傷口に入りこむ。意外にも海水のあまりの冷たさが、痛みを遠のかせてくれる。ただし、ほんの一瞬のことだったが。

イヌワシがふたたび甲高い声をあげて、急降下してきた。サビッチの頭を翼ですっぽりおおい、ぽっかりと開いた脇腹の傷口に、嘴を深く突き立てた。そしてまたのんびりと飛び立つと、黒い翼を羽ばたかせて頭上でとどまり、嘴の先から血を滴らせながら、サビッチを見おろしていた。

サビッチは自分のベッドに戻ろうと叫んでみたが、なにも変わらなかった。どうしてなにも変えられないのか？　この悪夢のような光景のなかで、永遠に岩に縛られたまま、死んでいくのか？　彼は絶叫した。「グリフィン、助けてくれ！」

グリフィンがサビッチの頭上に立った。突風を受けて岩から吹き飛ばされそうになり、足元に打ち寄せる波しぶきが、グリフィンを引き倒そうとしている。ショックに目をみはった彼が、体を支えようと太いロープをつかむのを、サビッチは固唾をのんで見守った。

グリフィンはサビッチのロープにつかまりながら、岩の側面を這いおりると、ロープの結び目をほどきにかかった。そこへイヌワシが嘴からサビッチの血を滴らせながら、ふたりめがけて急降下してきたかと思うと、不意に引きさがり、激しく翼をばたつかせて、彼らに向かって金切り声をあげた。グリフィンに突進してきて、嘴を肩に突き刺した。その勢いであわや岩から海に転げ落ちそうになりながらも、グリフィンはなんとか踏ん張り、さっと向きなおって、イヌワシの頭に殴りかかった。イヌワシが悲鳴をあげて身を引く。それきりイヌワシは一定の距離を保って近づいてこなくなった。「おれたちを見張ってる」グリフィンが言った。「こっちがふたりになったんで、どうすればいいかわからないんです」

グリフィンは生温かい血が肩から腕を伝うのを感じながらも、動きをにぶらせることはなかった。グリフィンは熟睡のさなかにサビッチの絶叫を聞き、つぎの瞬間にはこの大きな岩の上にいて、たちまちのうちにそれが悪夢であることを理解した。

ダルコか。

グリフィンはどうにかロープをゆるめた。これでサビッチも腕を引きだして、戦いに加われる。イヌワシがふたたび急降下すべく、甲高い鳴き声をあげたが、そのときにはサビッチのほうもほぼロープから自由になっていた。だが、ふたりでどこへ行けばいいのか？　打ち寄せる凍えるほど冷たい海には尖った黒い岩が転がり、その上で荒波が泡立っている。

イヌワシは引きつづき金切り声をあげながら、巨大な翼をはためかせて中空にとどまっている。どうしたものか迷っているようだ。すると、土砂降りの冷たい雨が滝のように降ってきて、グリフィンは岩から海中へと引きずりこまれそうになった。

サビッチは声を出そうとしたが、できなかった。自分の脇腹を見る気にもなれない。あるのはずたずたにされた肉体だけだ。あまりの痛みに、息をしている感覚さえない。視界に映るもののすべてが霞《かす》み、いまにも気絶しそうだ。こんな状態ではグリフィンを救うこともままならず、ふたりして死ぬしかなくなる。グリフィンの肩から血が出ている。だが止血しようにも、その手立てがない。グリフィンが着ているのは、ぐっしょり濡れたTシャツと、パジャマのズボンだけだった。

豪雨が降りそそぎ、脇腹の傷口にも入りこむ。グリフィンの叫ぶ声が聞こえた。「負けるな！」見るとグリフィンは、かがんでパジャマのズボンの裾を引きあげていた。その下にはアンクルホルスターが装着してあり、グロック380が入っていた。それがこんどはグリフィンの手に移る。滝のような雨のなかをイヌワシが近づいてくる。激しく翼を羽ばたかせ、甲高い声で鳴きながら、彼らめがけて急降下してきた。グリフィンはイヌワシをぎりぎりまで引きつけておいて、その眉間を撃ち抜いた。

頭が吹き飛び、羽と血が激しい雨と混じりあった。それでもイヌワシは首から血を噴きだしながらも翼をはためかせて、その場にとどまった。そして降りしきる灰色の豪雨のなかに姿を消した。

「ディロン！　ディロン！　起きて。なんて苦しそうな声なの。さあ、起きて！」

彼女の声がするや、頬を思いきり平手打ちされた。彼女は叫びつづけている。

「ディロン、起きるのよ！」

サビッチはいっきに目を開いた。勢いよく息を吸いこみ、彼女を見あげると、夜明けまえの薄明かりのなかに、彼女の輪郭が浮かんでいた。「シャーロック」ひとこと言って、黙りこんだ。あのひどい痛みが押し寄せるのを待ったが、痛みは来なかった。脇腹にもぽっかり開いた傷口はなく、肌はつるんとして、なんの問題もなかった。ロープの痛みは残っているものの、それも薄れつつあり、手首にも腕にも、痕跡は残っていなかった。寒さはあったけれど、凍えるほどひどくはない。シャーロックが自分を抱き寄せて髪を撫で、顔にキスをくり返している。「もうだいじょうぶよ、ディロン。わかってる。ダルコでしょ？　もう襲ってこないから。だいじょうぶ、安全よ」

サビッチは彼女の首元に話しかけた。「グリフィンがいっしょだった。あいつに電話して、無事を確かめないと」

シャーロックは彼の上に手を伸ばして携帯電話を取ると、グリフィンの短縮番号を押した。

グリフィンは最初の呼び出し音で応答した。「サビッチ？　だいじょうぶですか？」

グリフィンの声を聞いて、サビッチは思わず安堵に目をつぶった。「ああ、おれは無事だ。体は痛いし、寒気はするが、開いた傷口はない。おまえの肩はどうだ?」

グリフィンは肩を動かした。「同じですよ。痛みはありますが、傷も青痣も見あたりません。何事もなかったようですが、実際にあったことなんですよね」いったん黙って、言葉を継いだ。「とんだ災難でしたね、サビッチ」

サビッチはにやりとした。「まったくだな。助けにきてくれて、ありがとうな、グリフィン。おまえがおれの命を救ってくれたんだ。まさか銃とは。おまえが銃を引き抜いて、ワシの頭をぶっぱなすとは、想像だにしなかったよ」

「あなたに話を聞いたあと、毎夜ホルスターを装着したまま寝たんです。ダルコは死んだんでしょうか?」

「おれが思うに、それは明日、オールコット家を訪ねたらわかる。できたらそれまでに少しやすんでおいたほうがいい。また連絡する」

電話を切ったサビッチは、まだ寒気が残っていることに気づいた。シャーロックを抱き寄せて、ぬくもりが戻るのを待った。彼女は肩に顔をうずめて言った。「これで全部聞かせてもらえるわね。でも、いまはだめ。まずはあなたを寝かせないと」

サビッチはそのとおりにした。

67

オールコット家
バージニア州プラケット
水曜日の朝

「人が住んでる気がしませんね」グリフィンは言いながらポルシェを降り、朝の清々しい外気のなかへ踏みだした。しんと静まり返っているので、上空で鳴くカラスの声が大きく聞こえる。

サビッチは正面玄関のドアを叩いた。聞き覚えのある足音がする——デリア・オールコットだ。彼女はドアを開けると、ふたりの顔を順番に見て、うなずいた。「サビッチ捜査官とハマースミス捜査官。来ると思ってたわ。来たとき、わたしひとりのほうがいいと思って。おとといは、リガートとのあいだであんな大騒ぎになったから」彼女は突然、笑顔になった。「ありがとう。ようやく終わったのね。どうぞ入って、自分の目で確かめて」

サビッチとグリフィンは彼女について五芒星の下がるドアを抜けると、ラベンダーの香りのする長い廊下を進んで、突きあたりの部屋に向かった。彼女は閉まったドアのまえで立ち止まり、ひとつ深呼吸してから、静かにドアを開けてなかに入った。

古風な調度で調えられた広い部屋だった。窓辺にはレースのカーテンがかけられ、磨きあげられたカエデ材の床には端切れ布を使ったラグが敷いてあり、いかにも老人の部屋だった。奥の壁を背に、年季の入った鉄のフレームベッドが置かれ、ミズ・ルイザが微動だにせずに横たわっていた。熟睡しているか、意識がないかの、どちらかだ。白いハイネックのナイトガウンを着て、白いスプレッドを首まで引きあげている。片方の肩に下がる痩せた三つ編みは、動かない顔と同じくらい灰色がかっていた。ベッド脇のナイトテーブルは、緑と白と金のキャンドルの炎で煌々《こうこう》と輝き、そのキャンドルに囲まれるようにして、ハーブやドライフラワーでいっぱいの皿が置いてあった。

デリアは彼女を見おろした。「真夜中過ぎに彼女の悲鳴が聞こえて、急いで来てみると、床で頭を抱えてたの。それから意識を失って倒れたのよ。触れた瞬間、彼女がもういないのがわかった。おかしなものね。あのいまいましい棒針の音がしないのがなんだか寂しくて」デリアはふたりのほうを向いた。「もうおわかりでしょう？　彼女が何者なのか?」

「いまのいままで、彼女がステファン・ダルコだと確信が持てませんでした」サビッチは言った。

「わたしがそのダルコとやらだと思ってたんでしょう?」

「そうですね、少しのあいだは。ですが、すぐにあなたがブレーキーを愛していて、彼を守るためならなんでもする覚悟があることに気づきました。そんな人がブレーキーを人殺しにするわけがない」

「彼女はまたあなたを狙ったの?」

サビッチはうなずいた。「グリフィンが彼女を撃たなければ、わたしが殺されていた。わたしは手も足も出ませんでした」

「じつは」グリフィンが言った。「巨大なイヌワシがサビッチを襲ったんです。おれはそいつの頭を吹き飛ばしました」

デリアはナイトテーブルの下にあった大きな本を持ちあげ、サビッチに渡した。

「彼女はギリシア神話が大好きでね。これを研究してたの」サビッチとグリフィンが目にしたのは、裸のプロメテウスが荒れくるう海に突きだした岩に鎖でつながれ、その頭上を一羽のワシが激しく翼をはためかせながら飛んでいる絵だった。サビッチはうなずいて、本を返した。「ええ、彼女がわたしのために用意したのは、まさにこの設定でした」サビッチは生前に絶大なパワーを持ちながら、いまはぴくりともしない人の姿を、しげしげと眺めた。脇腹に絶望的なまでの激痛がよみがえるようだった。デリアが言った。「彼女はいつも自分こそ史上最強の魔女だと自慢してた。でもあなた方はそんな彼女に勝ったのよ、捜査官、彼女の魔力に」

「この人は」サビッチが言った。「魔術のシンボルを操る強力な霊能力者でした。しかも常道を逸していた。彼女のような人をふたりほど知っていますが、どちらも強烈でした」

「なぜ彼女を病院に運ばないんですか、ミセス・オールコット？」グリフィンは尋ね、ベッドの上の弛緩《しかん》した顔を見た。

「連れていくだけ無駄だから」

「計器類でモニターして、点滴をしてくれるはずです」

彼女はこんども首を振った。「さっきも言ったとおり、触れた瞬間、彼女がもうそこにはいないのがわかったの。キッチンへどうぞ。お茶でも淹れるわ」彼女はくるりと背を向けて、寝室を出た。サビッチとグリフィンは彼女についてラベンダーの香りのする廊下をキッチンへ向かった。

彼女がじっくりとお茶を淹れるのを、サビッチとグリフィンは無言で眺めていた。ようやくテーブルについた彼女は、お茶に砂糖を入れると、話しだした。「いま振り返ってみると、彼女は長いあいだ狂気の縁をさまよっていたのかもしれない。あるいはずっとおかしかったのに、わたしが認めなかっただけかもしれないわね。彼女はアーサーと結婚したわたしを、ウィッカンだといって、よくあざ笑ったわ。わたしたちの儀式も、無意味でくだらないと言ってた。でもアーサーのまえではおくびにも出さなかったのよ。夫が彼女の抑えになってたのね。ええ、夫には彼女という人間がわかってた。どんな力を持っているかも、それを使うことにみじんの良心の呵責《かしゃく》も覚えない人だということも。なんだかんだ言っても、実の母親だものね。それが数年まえに交通事故に遭って、車椅子の生活を余儀なくされた。アーサーが車を運転していたときに、飲酒運転の車が交差点で助手席側に突っこんできたの。その男はひと月後に死んだわ。自殺だった。彼女のせいかどうかわからなかったけれど、たまたま彼女を見たら、すごく満ち足りた顔をしていたことがあった。でも、ケガがよくなると、彼女は変わった。いつも怒っているようになって、自分の手に負えなくなったことを心配したアーサーは、それしかないと決意して、母親を拘束したの。拘束は魔女の力を封じる、とても効力のある魔術よ。彼女もそれからの数年間は、誰にも危害を加えなかった」

「ひょっとしたら、ミセス・オールコット」サビッチが言った。「彼女は息子さんを尊敬していて、彼の言うことを聞いたのでは？」

デリアがあきれたような顔をした。「そう思いたければ、お好きに。でも、わたしはちがうと思うけど。彼女がアーサーを愛していたのは事実よ。世界じゅうの誰より、亡くなった元夫ふたりより、わたしたちの誰よりもね。だから彼の強さを称賛していたし、たぶん嫉妬もしてたんだけど、ひたすら彼に自由にしてくれと頼みつづけてた。彼女は息子がパワーを使わないのは意気地がないからと言い、それをわたしのせいにしてたの。

その彼が半年まえに亡くなったとき、これで自分の好きなようにできると彼女は言った。そのときからよ。彼女の狂気が目に見える形で現れて、暴走しだしたのは」涙で目がきらりと光った。「アーサーは誠実で、善良な人だった。まさか自分が死んで、わたしたちが彼女に支配されることになろうとは思いもしなかったでしょう。

アーサーの死後は、彼女をコントロールするため、あらゆる手を尽くした。この家が彼女を中心にまわっていると思わせたくて、必死におだてもした。儀式をして祈りを捧げたし、アーサーが彼女をコントロールするためにかけた拘束の術も試してみたけれど、何度試しても、わたしには力量が不足していた」

デリアはティーカップに視線を向けた。「ある晩、ついにわたしは彼女と一戦を交えることになった。彼女がリガートをそそのかして、妻を懲らしめろとけしかけていたの。マーリーが彼女を侮辱したっていう理由でね」

「それで彼女はどうしたんですか？」グリフィンが尋ねた。

「わたしをあざ笑ったわ。いつもそんなふうだった。愚か者の意気地なし呼ばわりされたし、彼女の暴走をなにひとつ止められないまがいものだとも言われた。そのうちわたしの子どもたちまで脅すようになって、常識では考えられないようなことや、危険なことをさせるようになった。それもすべて彼女を楽しませ、わたしを震えあがらせるためによ。わたしがお行儀よくしないと——彼女がそう言ったのよ——タニー、つまりリガートの娘に、生まれてきたことを後悔させてやると言われたこともある。彼女は本気だった。もしあのときわたしの手にナイフがあれば、使おうとしてたかもしれない。それくらい子どもたちのことが心配だったの。

リガートがスパーキー・キャロルのマスタングの傷の話をしたとき、彼女は悲鳴も叫び声もあげず、リガートを罵ることもなかった。ただむっつり黙りこんで、何時間も口をきかなかったの。その後、彼女はウォルターにスパーキーを殺させた。どちらもそうされて当然だと彼女が思ったからよ。ルイス保安官助手の殺害には、こともあろうに実の孫のブレーキーを使った。彼女の頭のなかでは、ルイス保安官助手もスパーキーと同じくらい罪深かった――事実を隠蔽したからよ。彼女がブレーキーを使ったのは、たぶんわたしのせいね。彼女をコントロールしようとしたわたしを罰したかったのよ。自分の持つパワーを――ブレーキーに人殺しをさせられるほどのパワーを――わたしに見せつけると同時に、彼女にならわたしに人殺しをさせるのもわけはないという無言の脅迫をちらつかせたの。

恐怖による統治状態で、わたしたちはみな彼女の捕虜だった。そこへあなたが来てくれたのよ、サビッチ捜査官。ブレーキーはこれからどうなるんですか？」

サビッチは言った。「ブレーキーなら心配ありません。ウォルターのほうは、そう簡単にはいかないかもしれない。彼は大勢の目撃者のまえでスパーキー・キャロルを刺しましたが、なんとか連邦検事を説得して、精神鑑定を受けられるようにするつもりです。刑務所じゃなくて、連邦療養所送りですむといいんですが」

「あなたがはじめてうちに来て、帰ったあと、彼女は椅子を揺すって大笑いし、ひたすら編み物をしたかと思うと、また大笑いして、さらにまた笑うといった調子だったのよ。あなたを苦しめて、物の道理を教えてやるのが楽しみだと言ってた。あなたを殺すつもりだと、わたしたち全員が思ったわ。あなたたちがしてくれたことに感謝します」彼女は簡潔に言った。「昨日の夜、あなたとハマースミス捜査官は、半年続いたわたしたちの恐怖に終止符を打ってくれたのよ」

彼女がほほ笑んだ。「わたしたちウィッカンの多くは、死んだら火葬されて、女神にライフフォースをお返しするの。だから彼女もいよいよ息を引き取ったら火葬にしてあげるつもりよ。ものすごく嫌がっただろうから」

エピローグ

ワシントンDCジョージタウン
一週間後

「もちろんじっくり考えたさ」キャルは言った。「上司のマービン・コニファーから、今朝、異動手続きが完了したという連絡があったよ。二週間後にはニューヨークで仕事開始だ」

シャーロックは、ケリー・ジュスティ特別捜査官を見てから、キャル・マクレーン特別捜査官を見た。ケリーは喜色満面だった。シャーロックも知ってのとおり、ふたりはキャルのニューヨークへの異動についてじゅうぶん話しあってきたが、なぜかケリーは悲しそうにかぶりを振った。「わたしの直属の部下じゃないのね。もしそうなら、もうわかってるはずだから。残念、一週間もあればあなたをバシバシ鍛えて、ふたりで外に出られたのに」そしてシャーロックに話しかけた。「正直言って、キャルがニューヨークに来て、同じチームで働けて嬉しい。事件の現場はニューヨーク、戦場になってるのはニューヨークで、なんでも分析し倒すおたくの地じゃないってことが、彼にもわかったのね。なんだかんだ言っても、彼が優秀で役に立つ男だってことは認めなきゃ」彼女はキャルに笑いかけた。「でも、マンハッタンであのレーシングカーのドライバーみたいな無茶な運転をさせないように気をつけないと。それと、もしいい子にしてるなら、部屋が見つかるまでうちに居候させてあげてもいいわよ」

キャルは〈ディジーダン〉のペパロニ・ピザをもうひとかじりすると、口を動かしながら、まじまじとケリーを見た。ふたりの仲がいいほうに転がれば、自分の住居を借りる必要はなくなる。本物の大ニュースに対して、ケリーはどう反応するだろう？キャルは彼女の膝をぽんと叩いて、はずみをつけた。「ああ、ケリー、おれもニューヨークに移れてすごく嬉しいし、きみのアパートメントに泊めてもらうのもすごく楽しみだよ。でも、そのまえに言っておかなきゃならないことがあるんだ」

彼女が身がまえた。「話はもう全部聞いたはずだけど。ほかになにかあるの？」

「いや、まだ全部じゃないんだ」彼はビールを飲んで、ナプキンで口元をぬぐうと、神に祈った。

「なんなの？　ピザの最後のひと切れに手を出すつもり？」

「かもな。でも、これはたぶんシャーロックに取られる。よし、話すか。つまりこういうことなんだ。おれがニューヨーク支局に異動になったのは、言ったとおりだ。だがこの話にはまだ続きがあって、おれは同時に昇任もした。コミー長官が、バサラを倒したときのおれの仕事ぶりを気に入ってくれてさ。おれの運転技術、とくに局のSUVを運転したときのハンドルさばきにいたく感心したらしいんだ。たぶん、いい宣伝になったんだろうな」

ケリーはあらためて驚いたようすで、目をぱちくりさせた。「あの運転で昇任？なにも特別なことなんかしてないのに」彼女はまくし立てた。「そりゃ、まあ、あなたの運転は悪くないわよ。そうね、みごとなもんだと思う、ほんとに。でも、バサラをしとめたのはシャーロックよ。あなたは頭もいいから、そう、それで昇任を決めたのかもね」小首をかしげて、キャルの顔を穴が開くほど見つめた。「ところで、昇任ってどんな？」

「それがさ」キャルは彼女を見つめながら言った。「きみの上司のビンス・タルボットがワシントンに異動になって、おれがニューヨークで彼の後任につくことになった」椅子に深くかけなおし、腹のまえで手を組んで、満面の笑みで彼女を見た。「わかるだろ、ジュスティ。おれがきみの上司になるってことさ」

「まさか」ケリーは首を横に振りながら、キャルに向けてピザをひらひらさせた。

「わたしは信じない」ピザを見て、彼を見ると、その顔めがけてピザを投げた。キャルの顎からチーズが垂れる。彼は手でチーズをぬぐい取ると、にこっと笑って、膝に落ちていたピザを拾いあげ、かぶりついた。彼はサビッチを見た。「地雷を踏んだときの対処法を教えてください。なんたって、あなたはシャーロックの上司ですからね。彼女の凶暴さを思うと、地雷が多そうですけど」

サビッチはのけぞって笑った。スライスされたペパロニを紙皿の上に一直線にならべていたショーンが言った。「パパ、なにがそんなにおかしいの？　それってジョーク？　なんでケリーはキャルおじさんにピザを投げたの？」

サビッチが言った。「これがコズミック・ジョークっていうやつかもしれないな。おれの最初のアドバイスは、キャル、口を閉じるタイミングを心得るってことだ。さあ、グラスを掲げて、おれとシャーロックにお祝いをさせてくれ」

ショーンがキャルのビールの缶にアイスティーのグラスを触れあわせた。「キャルおじさん、夕食がすんだらごほうびに、ぼくが『フライング・モンクス』をいっしょにやったげるよ。ケリーはやり方がわからないって言うんだけど、おじさんは男だからわかるよね」

『フライング・モンクス』というゲームを聞いたことがなかったキャルは、ショーンと上げた右手を打ちあわせた。「達人と対戦するつもりでいろよ、ショーン。おれとやるまえに両親とやったらどうだ？　いいウォーミングアップになると思うぞ。おじさんのことは運命の特別捜査官と呼んでくれ」

ショーンが父親そっくりに首をかしげ、目をぱちくりさせた。「ぼくのパパとやるなら、おじさんこそウォーミングアップしないと。ぼくのママとやるときもね」

シャーロックがショーンの黒い髪をくしゃくしゃにした。「そうね、ショーン。おじさん本人はどう思ってるか知らないけど、キャルおじさんはわたしたちには遠くおよばない二等賞ってとこね」

「遠くおよばない二等賞ってどういうこと？」

ケリーが言った。「つまりキャルは自分を買いかぶってるのよ、ショーン。いくら本人が偉ぶっても、ニューヨークの大物魔術師たちにはかないっこないんだから」

キャルはピザの最後のひと切れをさらい、クッションにもたれて深く椅子に腰かけた。彼は自分にも、世界にも満足しているようだった。「少なくとも、自分で全部片付ける必要はなくなるな。下準備も、カウボーイたちのケツを叩いて整列させるのも、おれに敬意を払うように仕向けるのも、ケリーに頼めばいい」

ケリーはキャルを見て、自分の飲んでいるコーヒーを見て、またキャルを見た。これを彼の白いシャツにかけてやったら、どんなに大きな染みができるだろう？　だが、彼のはじけるような笑顔を見ると、その瞳の奥には、温かで希望に満ちたなにかがあった。ケリーは笑顔を返して、降参とばかりに両手を上げた。

「ああ、もうわかったから。あなたがわたしを支えてくれるなら、わたしも支えてあげるわ、キャル」

ショーンが大人たちの顔をひとつずつ見た。「笑ってるね、ケリー。ママが言ったことはやっぱり本当だったんだ」

「ママがなんだって、ショーン？」キャルが尋ねた。

「女王さまがごキゲンなら、王国はアンタイなんだって」

訳者あとがき

サビッチ&シャーロックのFBIシリーズの第十六弾『誘発』(*Nemesis*)をお届けします。あとがきまでたどり着いたいま、前作の『謀略』を取りだして見ているのですが、初版発行が二〇一七年十一月二十日になっていますから、二年近くたってしまったんですね。ほんと月日が流れるのは早い、お待たせして申し訳ありません。お待ちいただいただけの価値はあるかと!

初登場の『迷路』ではじめて登場したときのシャーロックは、姉を殺害した犯人に対する苦しいほどの復讐心を胸に秘めて、クワンティコで訓練に励んでいましたが(訓練中にサビッチに出会ったんですよね)、いまや経験、実力ともに十二分な働き盛りの捜査官。本作でも世間の注目を集める大活躍を見せます。とくにサビッチと別個に活躍するのは、シリーズはじまって以来の展開ではないかと思います。

大きな事件はふたつ。

ひとつはシャーロックが巻きこまれることになるテロ事件。発端になるのはニューヨークのJFK空港における爆破未遂事件です。ニューヨークからの帰宅途上、たまたま現場に居合わせたシャーロックは、保安検査場で手榴弾を掲げて脅す実行犯を制圧することになりました。事情聴取を終えていったんはサビッチとショーンの待つワシントンDCの自宅に戻るのですが、実行犯のナシム・コンクリンが取り調べの席で自分を制圧した女性捜査官にしか話をしないと言い張ります。しかも、JFKの事件の直後には、やはり未遂に終わったものの、ニューヨーク市民が愛するセントパトリック大聖堂が爆破されかけるという事件が起きており、テロ組織による計画的な犯行が疑われる状況でした。シャーロックはなかば強引にユーヨークに引き戻され、ナシムへの取り調べにあたります。ナシムの話から、彼が家族を人質に取られてテロ行為を強要されたことがわかり、わずかながら犯人の手がかりにつながる有益な情報も聞きだせたものの、ナシムはその直後に殺害され、シャーロックまでが標的にされます。そうこうするうちに、フランスからもテロ組織によると思われる爆破事件の報が入ってきて、今回の事件との関連が取り沙汰されることに。

いったい犯人は何者で、なにが狙いなのか？　そして、シャーロックはいつになったら自宅に帰れるのか？

当然ながら、そんなシャーロックのことをワシントンDCで待つサビッチは、猛烈に心配しています。有能なキャル・マクレーン捜査官がシャーロックの警護についているとはいえ、ふたりが離れて捜査にあたるのははじめてのこと。彼女が都合の悪いことを隠しているようで、気が気ではありません。

かくいうサビッチのほうも、むずかしい事件を抱えていました。バージニア州で二件の殺人事件が起きたのですが、その二件とも、被害者・加害者ともにバージニア州のプラケットという小さな町の出身者で、凶器はアサメイと呼ばれる魔女の儀式用のナイフ、しかも殺人を犯したほうに殺した記憶がないのです。被害者のひとりは、その町で長年保安官助手をつとめていた男、彼を殺したのは配送トラックの運転手をしている青年でした。もうひと組の殺人事件は、殺された側がケータリング業を営む青年、殺した側はその青年の友人にして自動車整備工の青年、しかもこちらの殺人は衆人環視のなかで行われるという、異様なものでした。

凶器のアサメイを手がかりに、サビッチがこの謎解きに乗りだしたとき、彼は夢のなかでダルコと名乗る男に出会い、その男が青年たちを操って事件を起こさせたことを直感的に知ります。サビッチ自身はダルコの術にかかることなく無事目を覚ますことができましたが、ダルコとはいったい何者なのか？　人を自由に操れるダルコを捕まえることはできるのか？　そして、その動機はなんなのか？　サビッチは超常的な能力を持つグリフィンを相棒に選んで、謎の解明に挑みます。

世界を舞台にしたテロ事件と、小さな町の不可思議な殺人事件。スケールや趣の異なるふたつの話が、サビッチとシャーロックという、お互いを心配しあう夫婦を介することで、違和感なく組みあわされ、絶妙にねじり合わされて、最後の大団円までいっきに読ませる作品にしあがっています。

ところでこのFBIシリーズでは、途中から超常的な能力や、不思議な世界が扱われることが多くなったのですが、今回はウィッカというあまり聞いたことのない宗教が出てきました。調べてみたところ、宗教というよりは、キリスト教以前の多神教的な世界の豊かさを復興しようとする、魔術の実践を含めた運動に近いようです。日本語では「魔女宗」と翻訳されることもあるウィッカという言葉を、そういう意味で最初に用いたのは、ジェラルド・ガードナーというイギリス人男性でした。本書のなかの記述「ガードナーさんという人が五〇年代にみんなにすべて教えたんだって」とは、彼の著した*Witchcraft Today*（一九五四年）のことでしょう。その後一九六〇年代に入って、魔女を信奉する宗教の意味でウィッカの名称が広がり、その信奉者はウィッカンと呼ばれます。

ではそもそも魔女とはなんでしょう？　わたしたち日本人からすると、西欧の小説や戯曲やおとぎ話やファンタジーなどに登場する、魔術や薬草を自在に扱う能力を持った女性たち、といったところでしょうか。『魔女の宅急便』という、かわいい少女魔女が主人公の名作アニメもありました。つまりわりとふわっとした感覚で魔女をとらえていることが多いと思うのですが、西欧諸国では大きく事情が異なります。悪名高い魔女裁判も、遠い中世のことと思いがちですけれど、十六世紀から十八世紀の近世にも広く行われていたようです。なかでも十七世紀、植民地時代のアメリカ、マサチューセッツ州セーラムで起きた魔女裁判は有名で、二百人近い村人が魔女として告発されたとされます。現在では集団ヒステリーだったとする説が有力ですが、魔女や魔術をたしかな実体を持ったものとして見る伝統があることはまちがいないでしょう。十六世紀の半ばから何度も繰り返し魔術法（Witchcraft Act）を出して妖術を禁じてきたイギリスで、その法律が廃止になったのは一九五一年（ガードナーが本を出版するわずか三年まえ！）だったというから驚きです。そんな背景を踏まえて本書のなかに出てくるアメリカのウィッカンや魔法使い、魔女たちを見ていただくと、またちがったおもしろさを感じていただけるかも？

さて、次回作*Insidious*を簡単に紹介しておきましょう。Insidiousとは、「狡猾な」とか「潜行性の」といった意味です。ある日、サビッチとシャーロックのもとに相談が舞いこみます。相談主は世界的な企業を率いる有能な女性経営者、ビーナス・ラスムッセン。命が狙われているので、犯人を見つけだしてもらいたいとのこと。実際、真っ昼間に拳銃で狙われるという事件が起きます。はたして犯人は強欲な家族の誰かなのか？　十年間、行方不明になっていて、最近戻ってきた孫もあやしい。

その事件と平行して、カム・ウィッティアー特別捜査官は、若い女優を狙った連続殺人事件を地元警察とともに捜査するため、ワシントンＤＣからロサンゼルスに飛びます。スターレット・スラッシャーと名付けられたこの連続殺人犯によって、六人めの被害者が出たとき、カムのなかで、犯人は自分が考えているよりも、近くにいるのではないかという疑いが芽生えます……。次作もどうぞお楽しみに！

二〇一九年八月

ザ・ミステリ・コレクション

誘《ゆう》発《はつ》

著者　キャサリン・コールター

訳者　林《はやし》　啓《ひろ》恵《え》

発行所　株式会社 二見書房
東京都千代田区神田三崎町2-18-11
電話　03(3515)2311［営業］
　　　03(3515)2313［編集］
振替　00170-4-2639

印刷　株式会社 堀内印刷所
製本　株式会社 村上製本所

落丁・乱丁本はお取り替えいたします。
定価は、カバーに表示してあります。

ISBN978-4-576-19130-0
https://www.futami.co.jp/

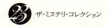

二見文庫 ロマンス・コレクション

袋小路
キャサリン・コールター
林 啓恵［訳］

全米震撼の連続誘拐殺人を解決した直後、サビッチのもとに妹の自殺未遂の報せが入る…。『迷路』の名コンビが夫婦となって大活躍！ 絶賛FBIシリーズ第二弾!!

死角
キャサリン・コールター
林 啓恵［訳］

あどけない少年に執拗に忍び寄る魔手！ 事件の裏に隠された驚くべき真相とは？ 謎めく誘拐事件に夫婦FBI捜査官S&Sコンビも真相究明に乗りだすが……

追憶
キャサリン・コールター
林 啓恵［訳］

首都ワシントンを震撼させた最高裁判所判事の殺害事件。殺人者の魔手はサビッチたちの身辺にも！ 夫婦FBI捜査官サビッチ&シャーロックが難事件に挑む！

失踪
キャサリン・コールター
林 啓恵［訳］

FBI女性捜査官ルースは休暇中に洞窟で突然倒れ記憶を失ってしまう。一方、サビッチ行きつけの店の芸人が何者かに誘拐され、サビッチを名指しした脅迫電話が…！

幻影
キャサリン・コールター
林 啓恵［訳］

有名霊媒師の夫を殺されたジュリア。何者かに命を狙われFBI捜査官チェイニーに救われる。犯人捜しに協力する同僚のサビッチは驚愕の情報を入手していた…！

眩暈
キャサリン・コールター
林 啓恵［訳］

操縦していた航空機が爆発、山中で不時着したFBI捜査官ジャック。レイチエルという女性に介抱され命を取り留めるが、彼女はある秘密を抱え、何者かに命を狙われる身で…

残響
キャサリン・コールター
林 啓恵［訳］

ジョアンナはカルト教団を運営する亡夫の親族と距離を置き、娘と静かに暮らしていた。が、娘の〝能力〟に気づいた教団は娘の誘拐を目論む。母娘は逃げ出すが……